ANNIE DARLING

Sommer in Bloomsbury

ROMAN

Aus dem Englischen
von Andrea Brandl

PENGUIN VERLAG

Die englische Originalausgabe erschien 2017 unter dem Titel
»True Love at the Lonely Hearts Bookshop« bei HarperCollins, London.

Sollte diese Publikation Links auf Webseiten Dritter enthalten,
so übernehmen wir für deren Inhalte keine Haftung,
da wir uns diese nicht zu eigen machen, sondern lediglich auf
deren Stand zum Zeitpunkt der Erstveröffentlichung verweisen.

Das Buch enthält etliche Zitate aus Jane Austens *Stolz und Vorurteil*. Diese stammen
aus der Übersetzung von Andrea Ott, erschienen im Manesse Verlag.

Das Zitat aus Charlotte Brontës *Jane Eyre* auf S. 41 stammt ebenfalls
aus der Übersetzung von Andrea Ott, erschienen im Manesse Verlag.

Das Zitat aus William Shakespeares *König Heinrich V.* auf S. 391 stammt aus:
Shakespeares sämtliche Werke, Magnus Verlag.

Alle Zitate wurden der neuen Rechtschreibung angeglichen.

Verlagsgruppe Random House FSC® N001967

1. Auflage 2018
Copyright © 2017 by Annie Darling
Copyright © der deutschsprachigen Ausgabe 2018 by
Penguin Verlag in der Verlagsgruppe Random House GmbH,
Neumarkter Straße 28, 81673 München
Covergestaltung: Favoritbüro
Covermotive: Nata-Lia; WDG Photo; AN NGUYEN (2);
Zerbor; BK foto; Kondor32; Graphical_Bank; oksana 2010; Richard Peterson;
schab; Gluiki; Ihnatovich Maryia; mikolajn; gowithstock; SantaGig; 1000 Words;
Africa Studio; peerapong suankaew / Shutterstock
Redaktion: Lisa Wolf
Satz: Uhl + Massopust, Aalen
Druck und Bindung: GGP Media GmbH, Pößneck
Printed in Germany
ISBN 978-3-328-10111-6
www.penguin-verlag.de

 Dieses Buch ist auch als E-Book erhältlich.

Meinem geliebten Mr. Mackenzie gewidmet.
Er lässt ausrichten, dass er zutiefst entsetzt
über die Ähnlichkeiten zwischen ihm und Strumpet ist
und bereits eine Klage erwägt.

Kapitel 1

Es ist eine allgemein anerkannte Wahrheit,
dass ein Junggeselle im Besitz eines schönen Vermögens
nichts dringender braucht als eine Frau.

Peter Hardy, der Ozeanograf, war der beste feste Freund, den man sich vorstellen kann.

Er sah gut aus: blond und braun gebrannt von den zahllosen Stunden an den exotischsten Stränden der Welt, mit Augen so tiefblau wie das Meer – ohne dabei so übertrieben attraktiv zu sein, dass er auf andere einschüchternd gewirkt hätte.

Abgesehen davon war er ein schlauer Kopf. Schließlich war eine Karriere als Meereskundler ohne Einserzeugnis und mehrere Uni-Abschlüsse wohl kaum möglich. Zudem besaß er einen fantastischen Sinn für Humor – ein klein wenig trocken, dazu ein bisschen albern, und er beherrschte es wie kein anderer, wahnsinnig witzige Katzen-Videos auf YouTube aufzustöbern.

Und damit war die Liste seiner Qualitäten bei Weitem noch nicht zu Ende: Jeden Mittwochabend und Sonntagmorgen rief er seine Mutter an, er war immer superpünktlich und schickte, sollte er sich doch einmal verspäten, was jedoch nie vorkam, sofort eine Nachricht mit einer Entschuldigung. Darüber hinaus war er ein aufmerksamer, rücksichtsvoller und leidenschaftlicher Liebhaber, ohne dabei auf allzu abseitigen Schweinkram zu stehen. Peter Hardy würde seine Freundin niemals anbetteln, in rosa Latex zu schlüpfen oder ihn mit einer nassen Socke ins Gesicht zu schlagen.

Peter Hardy war schlicht und ergreifend ein super Fang, er wusste ganz genau, worauf es einer Frau in einer Beziehung wirklich ankam. Verity Love, die als Pfarrerstochter eigentlich als leuchtendes Beispiel vorangehen sollte, würde ihn bei nächster Gelegenheit abschießen müssen.

Was du heute kannst besorgen…, dachte sie, umklammerte ihr Glas viel zu sauren Pinot Noir und rang sich ein dünnes Lächeln ab, während ihre Freundinnen immer noch in den höchsten Tönen von Peter Hardy und seinen Beziehungsqualitäten schwärmten.

»Er klingt absolut toll. Süß, aber trotzdem wie ein richtiger Mann«, säuselte Posy. »Also, wann lernen wir ihn endlich kennen?«

»Ach, du weißt doch, wie es immer ist. Er hat so viel um die Ohren. Eigentlich ist er so gut wie nie hier. Allmählich wird das echt zum Problem…«

»Wir verstehen schon. Du willst ihn ganz für dich haben.« Nina nickte. »Wir kennen das alle, aber ehrlich, Very, das geht jetzt schon seit Monaten so. Du kannst uns deinen heißen Ozeanografen nicht ewig vorenthalten.«

»So lange schon?« Aber Nina hatte recht. Es war Mitte Juni, und Peter war dankbarerweise Mitte November auf der Bildfläche erschienen, gerade noch rechtzeitig, um Verity zu ersparen, als Single bei all den Weihnachtsfeiern auftauchen zu müssen. Zu den meisten war sie gar nicht erst gegangen, aber wer konnte es ihr auch verdenken, wenn sie es nach drei

Jahren Dürreperiode mit ihrem Ozeanografen-Gott erst mal wieder so richtig krachen ließ. »Du liebe Zeit, ein halbes Jahr! Wahnsinn!«

»Tu nicht so unschuldig! Ihr seid doch garantiert noch in der Phase, in der ihr es wie die Karnickel treibt, noch dazu, wo ihr euch so selten seht.« Nina strich sich ihr – neuerdings platinblond gefärbtes – Haar hinter die Ohren und stieß einen leisen Seufzer aus. »O Gott, wie ich diese Anfangszeit vermisse, in der man am liebsten gar nicht mehr aus der Kiste rauswill … bevor man anfängt sich darüber zu streiten, wer den Müll rausbringt oder wieso er es ums Verrecken nicht hinkriegt, den Klodeckel runterzuklappen.«

Verity nahm noch einen Schluck Wein zur Stärkung. Sie saßen in ihrem Lieblingspub in Bloomsbury, direkt um die Ecke der Buchhandlung, in der sie alle drei arbeiteten – ehemals Bookends, heute Happy Ends, seit Posy den Laden vor ein paar Monaten geerbt und in ein »Paradies für alles, was das romantische Herz begehrt« verwandelt hatte.

Sie machten ziemlich oft nach Feierabend noch einen Abstecher ins Midnight Bell, ein winziges Pub mit Arts-and-Crafts-Vertäfelungen aus den 1930ern an den Wänden und im Art-déco-Stil gefliesten Toiletten. Hier bekam man bis acht Uhr abends für einen Zehner eine Flasche Wein und zwei Tüten Chips – wen kümmerte es da, dass der Chlorgestank aus dem Schwimmbad in einem der angrenzenden Häuser herüberwehte und sie ihre Handtaschen nicht auf den Boden stellen konnten, weil Tess, der zum Pub gehörende Hund, sie bloß hemmungslos beschlabbern würde? Tess roch selbst aus zwanzig Metern Entfernung eine Tüte Bombay-Mix oder einen Apfel in den Tiefen einer Tasche.

»Na ja, ehrlich gesagt bin ich gerade am Überlegen, ob das

mit mir und Peter eine Zukunft hat.« Verity trank ihr Glas aus und zwang sich, Posy und Nina anzusehen, die sie beide mit einer Mischung aus Verblüffung und Entsetzen anstarrten.

»Nein!«

»Du hast doch gesagt, er sei perfekt!«

»Habe ich nicht«, protestierte Verity. »*Ihr* habt das gesagt. Ich habe nur bestätigt, dass er ein netter Kerl ist.«

»Aber er *ist* perfekt«, erklärte Posy im Brustton der Überzeugung. Auch wenn sie frisch verheiratet war, hatte es manchmal den Anschein, als würde sie tiefere Gefühle für Peter Hardy hegen als Verity selbst. Andererseits machte die Tatsache, dass Posy dem unverschämtesten Kerl von ganz London das Jawort gegeben hatte, ihre Schwäche für Peter Hardy etwas nachvollziehbarer. »Aber warum? Jeder halbwegs vernünftige Mensch würde doch alles tun, um einen Mann wie ihn zu halten, oder etwa nicht?«

»Weil er mich niemals so sehr lieben wird wie … äh, wie das Meer, und die See kann eine grausame Geliebte sein.« Verity war ziemlich sicher, dass das Zitat aus *Moby Dick* stammte. Oder vielleicht auch aus *Titanic*. Jedenfalls aus irgendwas mit viel Wasser. »Er ist ständig weg, und wie sollte das funktionieren, wenn es etwas Ernstes wäre oder wir vielleicht sogar Kinder hätten? Wie könnte ich sicher sein, dass er nicht von einem Hai gefressen wird oder sein Taucheranzug einen Riss bekommt?«

»Ich wusste gar nicht, dass Ozeanografen in haiverseuchten Gewässern zu tun haben«, wandte Nina stirnrunzelnd ein. »Gibt es für so was keine Sicherheitsvorschriften?«

»Sie müssen bei Arbeitsantritt eine Verzichterklärung unterschreiben«, sagte Verity und stand auf. Genug jetzt. Das Ganze dauerte schon viel zu lange. Leider entpuppten sich ihre Beine als nicht ganz so unerschütterlich wie ihr Vorsatz, sodass sie einen Moment lang schwankend neben dem Tisch stand.

»Aber wir haben doch noch nicht mal die erste Flasche ausgetrunken!« Nina schwenkte die Weinflasche, in der noch ein winziger Rest schwappte. »Außerdem ist es gerade mal halb acht. Schwächelst du etwa?«

»Vielleicht weil du pausenlos an Peter Hardy, den Ozeanografen, denken musst?«, fügte Posy mit einem verschmitzten Grinsen hinzu.

Kopfschüttelnd schnappte Verity ihre Handtasche. »Ich verstehe überhaupt nicht, wieso du ihn immer so nennst. Als wäre sein Beruf ein Teil seines Nachnamens. Aber egal. Tut mir leid, dass ich kneife, aber ich habe ja gleich gesagt, dass ich nur auf einen Sprung mitkomme. Ihr wisst, dass ich nicht gern direkt von der Arbeit zu einer Verabredung gehe.«

»O mein Gott, du triffst dich gleich mit Peter Hardy, stimmt's? Um mit ihm Schluss zu machen?« Nina sah aus wie eine jüngere Schwester von Marilyn Monroe mit Piercings und Tattoos, allerdings hatte sie Verity einmal gestanden, dass sie als Teenager nicht besonders hübsch gewesen sei (»Ich hatte eine Zahnspange wegen meiner Hasenzähne und war flach wie ein Brett.«), diesen Mangel jedoch durch ihre Lebhaftigkeit zu kompensieren versucht hätte. Und selbst heute noch, obwohl sie sich längst in eine atemberaubende Pin-up-Schönheit im Fifties-Stil verwandelt hatte, hatte sie für jede Situation eine übertriebene Grimasse parat – gerade riss sie ihre großen blauen Augen auf, zog die Nase kraus und ließ den Mund weit offen stehen.

»Ich habe mich noch nicht entschieden.« Verity zwängte sich aus ihrer Ecke, wobei sie um ein Haar über Tess gestolpert wäre, den stämmigen Bullterrier, der angetrabt gekommen war, um zu sehen, ob nicht vielleicht doch ein paar Chips zu Boden gefallen waren.

»Aber du kannst ihn doch nicht abservieren, bevor wir ihn kennengelernt haben«, jammerte Posy. »Können wir nicht mitkommen? Nur um kurz Hallo zu sagen ...«

»Du brauchst nicht Hallo zu sagen. Du bist verheiratet«, erklärte Verity.

Posy zuckte zusammen. »O Gott. Stimmt ja. Das vergesse ich ständig.« Sie hielt kurz inne, sammelte sich aber sofort wieder. »Egal. Wir sind hier nicht im neunzehnten Jahrhundert, sondern in einem Zeitalter, in dem verheiratete Frauen sehr wohl mit Männern reden dürfen, die nicht ihre Ehemänner sind.« Sie schüttelte den Kopf und schnaubte. »Ich kann es immer noch nicht fassen, dass ich einen Ehemann habe. Iiihh! Sebastian Thorndyke ist mein Mann. Wie zum Teufel konnte das passieren?«

Ganz einfach: In einer ziemlich verrückten Zeit, in der Posy die Buchhandlung neu eröffnet hatte und in der viele höchst merkwürdige und ungewöhnliche Dinge passiert waren, die Verity nach wie vor nicht recht einzuordnen wusste, war Posy dem Charme von Sebastian, ihrem erklärten Erzfeind, verfallen und hatte ihm vor wenigen Wochen auf dem Rathaus von Camden das Jawort gegeben. Es war kaum genug Zeit geblieben, um Konfetti auf das vermeintlich überglückliche Paar regnen zu lassen, als es auch schon über die Straße und in den Bahnhof St. Pancras gestürzt war, um mit dem Eurostar nach Paris zu rasen und dort die Eheschließung zu feiern, noch bevor die Tinte auf dem Trauschein trocken war. Eigentlich war es kein Wunder, dass Posy ein bisschen durch den Wind war, statt mit einem seligen Lächeln durch die Gegend zu laufen.

Verity machte sich die Tatsache, dass ihre Freundin nicht

wusste, wo ihr der Kopf stand, schamlos zunutze. »Du solltest vielleicht lieber nach Hause zu Sebastian gehen. Ich meine, rein theoretisch seid ihr doch immer noch in den Flitterwochen, oder?«

»Geh nicht. Ich finde, du solltest keine dieser Frauen werden, die all ihre Freunde in den Wind schießen, nur weil sie einen Ring am Finger haben.« Nina schmollte. Als Posy sich zu ihr umwandte, nutzte Verity die Gelegenheit, zur Tür zu hasten, während ihr Ninas Stimme quer durch den Pub folgte. »Wieso ist Peter Hardy, der Ozeanograf, eigentlich nicht auf Facebook? Ist doch komisch, oder?«

Das war es tatsächlich, aber Verity hatte es ihnen bereits erklärt, und ihre Schwester Merry hatte ihr Rückendeckung gegeben – als Ozeanograf stand Peter im Dienste mehrerer Regierungen und hatte Zugang zu vertraulichen Informationen über den Klimawandel, daher war es ihm nicht gestattet, sich in den sozialen Medien zu betätigen.

Oder so etwas in der Art.

Es hatte geregnet, während sie im Pub gewesen waren. Verity stieg der herrliche Geruch von nassem, heißem Asphalt in die Nase, als sie über das rutschige Kopfsteinpflaster auf der Rochester Street ging, vorbei an den Läden, die sie in- und auswendig kannte: das schwedische Deli, den altmodischen Süßigkeitenladen, die Boutiquen. Kurz überlegte sie, ob sie in die Wohnung über dem Happy Ends gehen sollte, wo Posy sie und Nina mietfrei wohnen ließ, aber noch fühlte sie sich nicht recht zu Hause dort. Außerdem war es Freitagabend, und Veritys Freitagabend-Rituale waren in Stein gemeißelt.

Sie bog um die Ecke in die Theobalds Road, hastete an den Läden, Büros und der Immobilienagentur mit den leuchtend bunten Eames-Stühlen vorbei, dann ging sie nach links in die hell erleuchtete Southampton Row, wo reges Treiben herrschte – Leute befanden sich auf dem Weg zu ihren Verabredungen oder standen plaudernd und lachend vor irgendwelchen Pubs. Sie lief eine schmale Straße entlang, vorbei an einem noch altmodischeren Pub als dem Midnight Bell, und blieb vor einem kleinen italienischen Restaurant stehen. Über der Tür hing ein rotes Schild, und die Fenster waren beschlagen. Stimmengewirr, Gelächter und das Klirren von Gläsern schlugen ihr entgegen, und der köstliche Duft nach Knoblauch und Kräutern stieg ihr in die Nase, als sie die Tür öffnete.

Verity hatte das Il Fornello an einem Freitagabend vor einigen Jahren entdeckt, als sie die Straße entlanggeschlendert war, weil sie nicht nach Hause gewollt hatte – damals noch ein Doppelzimmer, das sie mit ihrer Schwester Merry in einem Haus in Islington teilte, das der Tochter eines Gemeindemitglieds ihres Vaters gehörte. Die Familie bestand aus fünf Kindern, einem spanischen Kindermädchen, zwei Bichon Frisés, mehreren Meerschweinchen und einem Goldfisch. Häufig waren die Gerüche und die Geräuschkulisse schier unerträglich. Erschwerend kam hinzu, dass Verity sich gerade von Adam, ihrem damaligen Freund, getrennt hatte. Die Trennung war alles andere als freundschaftlich verlaufen, und sich in einem so lauten, von Gerüchen erfüllten Haushalt, in dem sie noch nicht einmal ein eigenes Zimmer hatte, ihrem Liebeskummer und Weltschmerz hinzugeben, war ziemlich schwierig gewesen.

Deshalb war sie durch die Straßen gewandert, mit blutendem Herzen und schmerzenden Füßen, und hatte sich, obwohl ihr schon die Vorstellung, allein zu Abend zu essen, den kalten Schweiß auf die Stirn getrieben hatte, von Luigi, dem Besitzer, ins Il Fornello locken lassen. Und so wie damals trat er auch heute auf sie zu, um sie zu begrüßen.

»Ah! Miss Very! Sie sind heute Abend spät dran. Wir dachten schon, Sie würden nicht mehr kommen. Ihr üblicher Tisch?«

»Ich musste unterwegs noch etwas erledigen.« Als sie zu ihrem angestammten Platz ging (ganz hinten in der Ecke, sodass bloß kein kontaktfreudiger Single auf die Idee kam, ihr ein Gespräch aufs Auge zu drücken), warf sie einen Blick über die Schulter, nur um Posy und Nina am Fenster stehen und sich die Nasen platt drücken zu sehen.

Das durfte doch wohl nicht wahr sein!

War es aber.

Ihre Neugier im Hinblick auf Peter Hardy, den Ozeanografen, hatte offensichtlich über ihre Vernunft gesiegt, deshalb hatten sie sich an ihre Fersen geheftet. Und jetzt würden sie zweifellos ins Restaurant platzen, sobald sie Verity auf ihrem Stammplatz zwischen den rustikalen Tischen und Bänken entdeckten. Veritys Herzschlag verlangsamte sich, ebenso wie die Zeit, die schließlich nahezu völlig stillzustehen schien. Verity stieß zitternd den Atem aus. Sie würde das hinkriegen. Keine Frage. Knallhart und rotzfrech. Das Problem war nur, dass Verity alles war, bloß nicht knallhart und rotzfrech.

Sie hatte genau zwei Alternativen: Sich der Situation stellen oder die Kurve kratzen, und Verity entschied sich ausnahmslos für Letzteres, wenn sie unter Druck geriet. Sie könnte die Treppe hinauflaufen, sich in der Damentoilette einschließen und sich rundweg weigern, wieder herauszukommen.

Der Haken dabei: Das war kein Plan, sondern purer Schwachsinn. Sie war eine erwachsene, vernünftige Frau und würde sich der Situation stellen und sich irgendeine Ausrede einfallen lassen müssen; zum Beispiel, dass Peter Hardy, der Ozeanograf, sie längst absorviert und sie vorhin versucht hatte, es ihnen zu erzählen ... er sei in letzter Zeit ziemlich distanziert gewesen ... und dann die große Entfernung zwischen ihnen und so weiter und so fort. Dies wäre die perfekte Gelegenheit, ihn final in den Orbit zu schießen ... aber leider war sich Verity ihrer Unzulänglichkeiten nur allzu bewusst, und dazu gehörte auch ihr mangelndes Improvisationstalent.

Denk nach! Lieber Gott, mach, dass mir etwas einfällt!

Hektisch sah sie sich um, während Luigi immer noch neben ihr stand. »Alles in Ordnung, Miss Very? Sie sind ja ganz rot im Gesicht. Aber es ist heute Abend auch wirklich schwül, nicht? Ich hoffe nur, Sie brüten nichts aus.«

Das war's, dachte Verity resigniert. In diesem Moment sah sie ihn.

Er saß an einem Zweiertisch im hinteren Teil des Raums. Der andere Stuhl war frei, so als würde er nur darauf warten, dass sie hinüberging und sich zu ihm setzte. Was sie auch tat, in der Hoffnung, dass seine Begleitung nicht in dieser Sekunde von der Toilette zurückkehrte.

Der Mann blickte stirnrunzelnd von seinem Handy auf. Jung genug war er. Dreißig vielleicht. Er hatte keine Tattoos am Hals, trug keine abgerissenen Klamotten, sondern ein einfaches weißes Hemd und einen Pulli darüber, der fast dieselbe Farbe hatte wie seine blaugrünen Augen, aus denen er sie überrascht ansah. Der reicht aus, dachte sie. Für den Notfall reicht er aus.

»Hallo?«, sagte er mit eisiger Stimme. Eine Frage, keine Aussage. Nach dem Motto: Wer zum Teufel bist du, und wieso setzt du dich einfach an meinen Tisch?

Verity riskierte einen Blick durch den Raum und stellte fest, dass sich ihre schlimmsten Befürchtungen bestätigten: Posy und Nina waren eingetreten und hielten nach ihr Ausschau. In diesem Augenblick entdeckte Posy sie und stieß Nina an, die prompt herüberwinkte. Verity wandte sich wieder dem Typen zu. O Gott. Er sah alles andere als erfreut aus.

»Bitte entschuldige. Bist du allein hier?«

Er blickte auf sein Handy und runzelte erneut die Stirn. Na ja, eigentlich hatte sie sich bisher noch gar nicht geglättet; vielmehr vertieften sich die Furchen sogar noch. »Sieht ganz so aus.« Nun verschwanden die Falten, und ein flüchtiges Lächeln breitete sich auf seinem Gesicht aus. »Ich weiß, es herrscht ziemlich viel Betrieb, aber ich würde trotzdem lieber alleine essen, wenn es …«

»Very! Hör auf, so zu tun, als hättest du uns nicht gesehen!«

Verity schloss die Augen, angetrieben von einer unsinnigen, aber inbrünstigen Hoffnung: Solange sie Posy und Nina nicht sah, konnten auch sie sie nicht sehen. Leider grätschte ihr die Realität wieder mal dazwischen. »Bitte«, stieß sie kläglich hervor. »Ich flehe dich an. Bitte spiel einfach mit, bitte.«

»Wobei mitspielen?«, fragte er, aber es war zu spät. Verity spürte Hände, die sich schwer auf ihre Schultern legten, dann stieg ihr der schwere Rosenduft von Ninas Parfum in die Nase.

»Very! Willst du uns denn nicht vorstellen?«

Kapitel 2

Ich habe jedenfalls nicht wie manch anderer
die Begabung, leichthin mit Leuten zu plaudern,
die ich noch nie gesehen habe.

Förmlich gelähmt angesichts dieser unbeschreiblichen Demütigung saß Verity mit geschlossenen Augen am Tisch – eine gefühlte Ewigkeit lang, obwohl es in Wahrheit vielleicht nur ein paar Sekunden waren, bis sie einen leichten Luftzug spürte, dann streifte etwas Kaschmirartiges ihre Wange, und eine Stimme sagte: »Ich bin Johnny.«

Widerstrebend schlug sie die Augen auf. Der Typ – Johnny – war aufgestanden, um Posy und Nina die Hand zu schütteln. Nina musterte ihn verwirrt.

»Johnny? Du bist also nicht Peter Hardy, der Ozeanograf?« Ihre Stimme klang schrill, atemlos, dabei aber höchst fasziniert.

Verity würde sie umbringen. Nachdem sie ihr den Kopf gewaschen hatte, und zwar nach allen Regeln der Kunst. Für Situationen wie diese gab es ganz klare Regeln: Man stellte keine Freundin bloß, die ihren Freund betrog. Und erst recht verpetzte man sie nicht auch noch bei dem Mann, mit dem sie ihn betrügen wollte. So etwas gehörte sich einfach nicht. Das verstieß gegen die grundlegendsten Gesetze.

Johnny blickte Verity an, die erneut die Augen schließen musste, weil seine Miene alles andere als ermutigend war.

»Nein, das ist nicht Peter«, brachte sie mühsam hervor, was wegen des Kloßes in ihrer Kehle und ihrer Zunge, die sich wie ein zäher Klumpen in ihrem Mund anfühlte, alles andere als einfach war. »Ich habe nie gesagt, dass ich mich mit Peter treffen will, das war eine reine Vermutung von euch.« Zumindest hatte sie das Schlimmste jetzt hinter sich und konnte ganz normal weiterlügen: Sie konnte behaupten, Johnny sei der Sohn eines Gemeindemitglieds ihres Vaters (dankbarerweise war den Leuten ein reicher Kindersegen beschert), und sie hätten sich verabredet, weil er ein wenig spirituellen Zuspruch bräuchte … auch wenn so etwas eher in den Zuständigkeitsbereich ihres Vaters fiel. »Jedenfalls ist Johnny …«

»Ich weiß ja, dass das zwischen uns noch ziemlich frisch ist, aber mir war nicht bewusst, dass du dich auch noch mit anderen triffst. Also, wer ist dieser Peter Hardy, der Ozeanograf? Muss ich mir wegen ihm Sorgen machen?«

Verity spürte die Hitze, die sich über ihrem Brustkorb, ihrem Hals und ihren Wangen ausbreitete, bis hinauf zu den Ohrläppchen, die sich anfühlten, als hätte sie jemand in kochendes Wasser getaucht. Sie war in ihre eigene Falle getappt, und es wurde mit jeder Sekunde schlimmer … sie steuerte geradewegs auf eine Katastrophe zu.

»Very, Süße, du böses, böses Mädchen!«, rief Posy verzückt. »Du hast mir gar nicht erzählt, dass du zwei Jungs gleichzeitig datest. Und das als Pfarrerstochter!«

Das war der Standardspruch, den Verity sich selbst beim kleinsten Vergehen anhören durfte – wenn sie fluchte, über Leute aus Reality-Shows im Fernsehen lästerte oder, wie es gerade aussah, mit zwei Männern gleichzeitig zusammen war.

»Ach, na ja, es ist … meine Güte … ich weiß auch nicht …«
Vollständige Sätze wären eine prima Sache. Sogar regelrecht
grandios. Wieder spürte sie die Hände auf ihren Schultern
und Ninas Kinn, das sie auf Veritys Kopf abstützte.

»Bitte, denk jetzt nichts Schlechtes über sie«, sagte sie zu
Johnny, während Verity sich bereits auf Ninas Wortschwall gefasst machte – gleich würde sie dem sichtlich unbeeindruckten
Fremden erzählen, dass Peter Hardy, der Ozeanograf, Verity
viel zu häufig alleine ließ, weil er sich pausenlos auf irgendwelchen Meeren herumtrieb, deshalb könnte man es ihr doch
kaum verdenken, wenn sie sich anderweitig umsähe, oder?
Derlei Theorien hatte Nina schon häufiger vom Stapel gelassen, vorzugsweise wenn der Laden voller Kunden war. »Aber
ich will dir etwas über diese Frau hier erzählen. Einmal hat
sie sogar das Auto ihrer Vermieterin ausgeliehen und ist damit
durch ein heftiges Gewitter gerast, nur um mich von einem
Campingplatz in Derbyshire abzuholen, wo mich mein Blöd-
mann von Exfreund sitzen gelassen hat. Verity Love ist der
großherzigste Mensch, den ich kenne.«

Der Mann, Johnny, stand immer noch neben dem Tisch. Er
war schlank und so groß, dass Verity den Kopf in den Nacken
legen musste, um den nachdenklichen Ausdruck in seinen
Augen erkennen zu können, als würde er sich ernsthaft fragen,
ob sie mehr sein könnte als bloß eine unverschämte, schmut-
zige Lügnerin.

»Na ja, wir waren ja noch nicht an dem Punkt, an dem man
klärt, ob es noch andere gibt. Eigentlich hatten wir ja noch
nicht mal ein richtiges Date.« Immerhin waren zwei vollständige Sätze aus Veritys Mund gekommen, ohne dass sie dafür
hatte lügen müssen. Na ja, fast. Und es sah ganz gut aus, denn
Johnny setzte sich wieder hin und lächelte – diesmal nicht ver-

kniffen, sondern durchaus amüsiert, als wäre das Szenario eine willkommene Ablenkung von dem, was ihn zuvor so verärgert hatte.

»Tja, dann ist das doch die perfekte Gelegenheit, oder? Posy, Nina, hat mich gefreut, eure Bekanntschaft gemacht zu haben. Bestimmt sehen wir uns bald mal wieder.«

Die beiden traten erst den Rückzug an, als Verity sich umdrehte und ihnen einen vielsagenden Blick zuwarf, der signalisieren sollte: »Ich kann mir mindestens zehn verschiedene Methoden vorstellen, euch beide umzubringen und es wie einen Unfall aussehen zu lassen.« Zum Glück machten sich Posy und Nina unter Daumenrecken und lautlosen »Auf geht's!«- und »Du machst das!«-Ermutigungen schnell auf den Weg zur Tür. Verity drehte sich erst um, als Johnny sich betont räusperte.

»Tut mir wirklich leid. Ich bin in Panik geraten und wusste nicht, was ich machen soll«, gestand Verity und starrte auf ihre Hände, die sie um die Tischkante gekrallt hatte, wobei ihr auffiel, dass auf ihrem Daumen ein schwarzer Tintenfleck prangte.

»Immerhin läuft es für mich noch besser als für Peter Hardy, den Ozeanografen.«

»Es gibt keinen Peter Hardy. Es tut mir aufrichtig leid. Ich denke, ich habe dich lange genug belästigt.«

»Was genau meinst du damit, dass es keinen Peter Hardy gibt?«

Johnnys Ausdrucksweise war sehr präzise – man könnte auch sagen, leicht affektiert –, seine Stimme kultiviert, gleichzeitig schwang eine gewisse Wärme darin mit, so als würde er die ganze Zeit lächeln, was Verity jedoch nicht beurteilen konnte, weil sie immer noch wie gebannt den Tintenfleck auf ihrem Daumen anstarrte.

Endlich hob sie den Kopf. Im Eifer des Gefechts hatte sie lediglich überprüfen können, ob er für ihre Finte halbwegs tauglich war, doch inzwischen konnte auch sie nachvollziehen, wieso Posy und Nina regelrecht um einen Platz in der ersten Reihe gerangelt hatten.

Dieser Johnny war ein gut aussehender Typ, auf diese »Ach ja, und in meiner Freizeit modele ich noch für Burberry«-Weise. Er hatte hohe Wangenknochen, und wenn er nicht lächelte, sahen seine vollen weichen Lippen aus, als würde er ein klein wenig schmollen. Er hatte dichtes, glänzendes dunkelbraunes Haar, das er hinten und an den Seiten kurz, oben dafür etwas länger trug, sodass er es sich lässig aus dem Gesicht streichen konnte, was wiederum seine geradezu lächerlich markanten Wangenknochen und seine Augen – ein bläuliches Grün oder eher ein grünliches Blau – noch betonte. Er war die erwachsene Version der bleichen Kunstgeschichte-Jungs auf dem College in ihrer Heimatstadt, nach denen sie sich als Teenager immer verzehrt hatte. Leider hatten die allenfalls ein gelangweilt-höhnisches Grinsen für sie übrig gehabt, weil sie eine der fünf Töchter des Pfarrers war, die alle als etwas schräg galten, wobei sie eben leider nicht hübsch genug war, als dass sich diese Schrägheit als Pluspunkt hätte auswirken können.

Natürlich war Verity keineswegs hässlich, trotzdem war es ihr nie gelungen, ihre Aufmerksamkeit auf sich zu ziehen – im Gegensatz zu diesem fremden Kerl, der leicht ungeduldig mit den Fingern auf die Tischplatte trommelte und darauf wartete, dass sie endlich etwas sagte.

Tja … Peter Hardy, der Ozeanograf. Wo sollte sie anfangen? Vielleicht mit der Wahrheit.

»Also, tja, Peter Hardy ist das Produkt eines albernen Geplänkels zwischen mir und meiner Schwester Merry darüber, wie der perfekte Freund sein müsste. Am Ende hatten wir eine komplette Biografie über ihn zusammengestellt, aber natürlich war er reine Fiktion … bis meine Freundinnen angefangen haben … na ja, sie meinen es ja nur gut, aber … sie versuchen eben pausenlos, mich mit irgendwelchen Typen zu verkuppeln oder basteln ein Profil auf Datingseiten für mich oder … o Gott, kennst du zufällig diese neue App, HookUpp?«

Er schüttelte sich. »Alle bei mir im Büro unter dreißig drehen komplett durch deswegen.«

»Mir blieb gar nichts anderes übrig, als sie runterzuladen, weil es einfacher war, als ihnen zum hundertsten Mal zu erklären, wieso ich kein Interesse an einer Beziehung habe. Eines Abends musste ich im Pub zur Toilette und habe mein Handy auf dem Tisch liegen lassen. Als ich zurückkam, hatten sie schon Dates mit den allerübelsten Typen ausgemacht, und da habe ich einfach behauptet, ich hätte längst einen Freund. Peter Hardy.«

»Der Ozeanograf.« Wieder nickte Johnny. »Was würdest du gern trinken, Verity Love?«

Aus seinem Mund, mit dieser dunkelgrauen Samtstimme, hörte sich ihr Name auf einmal nicht mehr ganz so schlimm an; er klang plötzlich weniger schnulzig. »Eigentlich heiße ich Verity, aber alle nennen mich Very. Und, Verzeihung, aber ich hätte tatsächlich gern etwas zu trinken.«

Eigentlich hätte sie sich mit einer Ausrede in ihre gewohnte Ecke zurückziehen sollen, doch stattdessen winkten sie Luigi heran, um zwei Gläser Malbec zu bestellen.

Verity war seit drei Jahren Single, nachdem ihre erste, letzte und bislang einzige Beziehung auf dramatische, hässliche und sehr schmerzliche Art und Weise in die Brüche gegangen war.

Seit Adam nicht mehr Teil ihres Lebens war, genoss Verity ihr Single-Dasein – nur der Rest der Welt war nicht glücklich damit, dass sie glücklich war.

»Meine Freundinnen meinen es nicht böse, wirklich nicht. Die meisten sind eben in einer festen Beziehung oder wollen unbedingt eine haben, deshalb erwartet jeder von mir, dass ich das auch will. Außerdem sind ihre Ansprüche an die Typen, mit denen sie mich zusammenbringen wollen, nicht gerade hoch.« Verity zuckte innerlich zusammen beim Gedanken an ein Blind Date mit einem Kerl, den Nina bei einer Party kennengelernt hatte. Der Typ hatte sich als »vollzeitdominant« entpuppt und allen Ernstes gefragt, ob Verity einen Mann suchen würde, der »mit liebevoller, aber strenger Hand herrscht«. Verity war zu perplex für eine Antwort gewesen, doch ihr eisiger Blick hatte Bände gesprochen.

»Ich werde auch ständig von meinen Freunden verkuppelt. Bislang allerdings ohne Erfolg«, sagte Johnny, als ihre Getränke kamen. Er hob sein Glas. »Prost. Und wenn ich sehe, welche Frauen sie für mich aussuchen, kann ich nur davon ausgehen, dass sie keine allzu hohe Meinung von mir haben. Meistens sind es entweder so junge Mädchen, dass ich mir erst mal ihren Ausweis zeigen lassen muss, oder aber verbitterte frisch Geschiedene. Die Letzte wollte sich eigentlich nur an ihrem Ex rächen. Aber wenn ich jammere, werfen mir meine Freunde vor, ich sei wählerisch und solle nicht so ein Theater machen.«

»Genau deshalb habe ich mir die Story von Peter Hardy einfallen lassen. Und das Praktische an ihm ist, dass er wegen seines Jobs ziemlich viel unterwegs ist.« Verity konnte nicht fassen, dass sie einem Wildfremden von ihrem Schein-Freund erzählte. »Wie gesagt, ich bin zu hundert Prozent glücklich darüber, dass ich Single bin, aber meine Freunde wollen es mir einfach nicht glauben.«

Johnny spitzte gedankenverloren die Lippen, was seinen Mund noch hinreißender aussehen ließ. »Vielleicht bist du einfach noch nicht dem Richtigen begegnet.«

»Das will ich auch gar nicht. Ich habe einen anstrengenden Job, tolle Freunde und eine Katze, die mich dringend braucht. Da ist gar kein Platz für jemand anderen.« Verity umfasste ihr Glas ein wenig fester. »Also, wie ist es mit dir? Du hast doch keine Probleme, Frauen kennenzulernen, oder?«

Johnny senkte den Kopf – bestimmt bloß, um sein leicht beschämtes, aber geschmeicheltes Grinsen zu verbergen, dachte Verity. Zweifellos hatte er einen Spiegel zu Hause und wusste sehr wohl, dass er optisch gesehen ein echter Knaller war. »Nein, eher nicht.«

Klar! Logo! Nun, da Verity nicht länger auf dem Altar ihrer eigenen Demütigung gekreuzigt war, schaffte sie es endlich auch, eins und eins zusammenzuzählen. Kein Mann konnte so aussehen und … »Oh, jetzt kapiere ich! Du bist schwul. Alles klar. Und du hast dich vor deinen Freunden bloß noch nicht geoutet, stimmt's? Also? Na ja, natürlich geht mich das nichts an.«

»Es schmeichelt mir, dass du das glaubst«, sagte Johnny mit einer Stimme, deren anfängliche Samtigkeit der kalten Schärfe eines Stacheldrahtzauns gewichen war. »Und das war noch nicht mal eine Frage, sondern eine ganz klare Aussage. Aber, nein, ich bin nicht schwul.«

Verity presste die Hände auf ihre glühend heißen Wangen. »Entschuldigung. Normalerweise laufe ich nicht herum und oute einfach fremde Leute. Einer meiner besten Uni-Freunde ist schwul. Und zwei Cousins von mir auch. Und ich stehe voll und ganz hinter den LGBT-Rechten. Ich liebe Schwule!«

»Das freut mich zu hören, deshalb bin ich aber trotzdem nicht schwul.«

Jetzt waren Johnnys Augen definitiv blau. Wie das Meer im Winter – eisig und kalt. Ein Mister Darcy, tippte Verity. Darcys traf man nur sehr selten. Vermutlich wusste sie es deshalb so genau, weil sie *Stolz und Vorurteil* praktisch auswendig kannte, und wann immer Verity neue Leute kennenlernte, ordnete sie ihnen eine Figur aus dem Roman zu – im Lauf der Jahre hatte sie schon viele Jane Bennets und Charles Bingleys kennengelernt, definitiv zu viele Mr. Collins, den einen oder anderen Wickham, aber einem Darcy begegnete man seltener als einem alleinstehenden Mann mit einem hübschen Vermögen, der tatsächlich eine Frau suchte. Und ehrlich gesagt war es nicht gerade ein Zuckerschlecken, einen Darcy kennenzulernen.

Offen gestanden war es sogar fast unerträglich. In diesem Moment läutete Johnnys Handy. Als er danach griff, beschloss Verity, dass es keinen Grund gab, noch länger zu bleiben und zu leiden.

Sie verabschiedete sich und stand eilig auf, während Johnny immer noch am Telefon war und ihr überstürztes Aufbrechen nicht zur Kenntnis nahm. »Schreiben Sie die zwei Gläser Wein bitte auf meine Rechnung«, rief sie Luigi zu, der immer noch sichtlich verblüfft darüber war, dass Verity zum ersten Mal seit drei Jahren ihre freitagabendliche Gewohnheit über Bord geworfen hatte. Und damit nicht genug: Sie war in Gesellschaft eines Mannes gewesen.

Kapitel 3

Das ist tatsächlich ein Abend voller Wunder!

Nachdem ihre Pläne fürs Abendessen durchkreuzt worden waren, ging Verity zurück in Richtung Rochester Street und kaufte sich unterwegs bei der Fischbude eine Portion Kabeljau mit Pommes und Erbsenpüree.

»Kannst du vielleicht gleich deinen Kater mit nach Hause nehmen?«, fragte Liz. »Er hockt schon seit Stunden hier und macht Theater.«

»Tut mir leid«, murmelte Verity. Sie war erst vor einer Woche in die Wohnung über dem Happy Ends gezogen und hatte eigentlich vorgehabt, Strumpet mindestens einen Monat lang eingesperrt zu lassen, damit er sich an die neue Umgebung gewöhnte und nicht nach Islington zurückrannte. Aber kaum hatte Strumpet mitbekommen, dass er keine hundert Meter von einer Fischbude und einem schwedischen Delikatessengeschäft lebte, wo regelmäßig Lachs im Hof geräuchert wurde, nutzte er jede Gelegenheit, sich aus dem Staub zu machen. Der sonst behäbige und faule Kater schlüpfte durch jeden noch so schmalen Türspalt, um sich den Geruch nach Freiheit um die Nase wehen zu lassen … und nach Fisch.

Verity hatte sich gezwungen gesehen, überall in der Straße

ein Foto von Strumpet in seiner gesamten Pracht aufzuhängen, mit der Bitte, ihn nicht zu füttern, weil er »auf strengster Diät« sei.

Strumpet schien das allerdings noch nicht mitbekommen zu haben, denn er hatte an der Hintertür der Fischbude Posten bezogen und forderte, auf die Hinterbeine gestützt (Verity konnte nur staunen, dass sie allen Ernstes sein Körpergewicht trugen), nachdrücklich Einlass.

»Was treibst du da?«, fragte sie, doch Strumpet tat, als hätte er sie nicht gehört. Das machte er häufig. Wundersamerweise zeigte er sich gegenüber Veritys Bitten, sie in Ruhe zu lassen und ihr Gesicht nicht als Kissen zu benutzen, meistens stocktaub, andererseits bekam er es sofort mit, wenn jemand mitten während eines Gewitters drei Zimmer weiter ein Stück Käse auswickelte.

Am Ende ließ sich Strumpet lediglich weglocken, weil Verity ein Stück von ihrem Fisch abriss. Sie packte ihn und trug das verdrossen strampelnde Fellbündel die Straße entlang und in die Gasse, in der sich seit über hundert Jahren die Buchhandlung, einstmals Bookends, jetzt Happy Ends, befand.

Rochester Mews hatte sich in den letzten Wochen sichtlich gemausert. Zwar befanden sich auf der einen Seite immer noch einige heruntergekommene, leer stehende Ladengeschäfte, doch das Happy Ends erstrahlte nach der Renovierung in nagelneuem grau-fuchsiafarbenem Glanz. Mittlerweile hatte sich Verity an den Anflug von Stolz in ihrer Brust (auch wenn Strumpet gerade seine Krallen hineingrub) gewöhnt, der sie beim Anblick ihres Arbeitsplatzes und ihres neuen Zuhauses überkam.

Und sie war nicht die Einzige, die sich über den Aufschwung des Happy Ends freute: Seit Posy die Holzbänke auf Vordermann gebracht und die Bäume gestutzt hatte, diente der Platz als Anlaufstelle für eine Gang von Kapuzenshirt-Kids aus der nahe gelegenen Sozialsiedlung, die hier fast jeden Abend abhingen und Gras rauchten.

Nina hatte sie gefragt, ob es ihnen etwas ausmachen würde, sich einen anderen Treffpunkt zu suchen, aber offensichtlich liefen sie überall sonst Gefahr, von ihren Eltern oder einem Lehrer entdeckt zu werden. Sie hatten sich breitschlagen lassen, erst nach Ladenschluss dort abzuhängen, und Nina und Verity hatten beschlossen, sich lieber von ihrer freundlichen Seite zu zeigen und eine Art Beziehung zu ihnen aufzubauen.

»Und? Alles paletti, Very? Siehst echt cool aus heute Abend«, rief der kleinste Kapuzenshirt-Typ. Verity schenkte ihm ein Lächeln, das nett sein, ihn jedoch keineswegs zu weiteren Bemerkungen ermutigen sollte, und hastete zum Laden, die Schlüssel griffbereit in der Hand, um sie notfalls als Waffe einzusetzen.

Den zappelnden Strumpet unter dem Arm schloss Verity die Tür auf und trat ein. Mit einem neuerlichen Anflug von Stolz ließ sie den Blick über die Regale schweifen, die sie im Schweiße ihres Angesichts selbst gestrichen hatte, sog den Geruch nach neuen Büchern und der Happy-Ends-Kerze ein, einer Spezialanfertigung, die Posy selbst erfunden hatte.

Der große Hauptverkaufsraum bot Platz für drei Sofas in unterschiedlichen Stadien des Durchhängens mit einem kleinen Tisch in der Mitte, auf dem das Foto von Lavinia, der verstorbenen ehemaligen Besitzerin, stand, gemeinsam mit ihren Lieblingsbüchern (von Nancy Mitfords *Englische Liebschaften* bis hin zu Jilly Coopers *Reiter*) und ihrem Markenzeichen, rosafarbenen Rosen.

Eine ganze Wand war ausschließlich mit Büchern bestückt,

an der anderen waren altmodische Vitrinen mit allerlei Romantik-Krimskrams aufgereiht – Kaffeebecher und besagte Kerzen, Modeschmuck, T-Shirts, Grußkarten und Geschenkpapier. Und Tragtaschen. Posy war geradezu besessen von Tragetaschen.

Links vom Hauptverkaufsraum befanden sich mehrere kleinere Räume, in denen fuchsiafarbene Schriftzüge auf den grauen Regalen auf die unterschiedlichen Genres hinwiesen: Klassiker, Historische Romane, Regency, Junge Erwachsene, Gedichte und Theaterstücke und, ja, selbst Erotische Literatur. Ganz hinten, am Ende des letzten Torbogens, führte eine gläserne Doppeltür in die Teestube – zumindest würde dort bald eine Teestube eröffnen; gerade war es noch eine Baustelle und der Fluch in Veritys Leben, wenn auch nicht ganz so sehr wie Strumpet, der sich mit Leibeskräften gegen ihre Umklammerung zur Wehr setzte. Eilig schloss sie die Tür hinter sich und löste dankbar den Griff um die neun Kilo strampelndes blaues Britisch Kurzhaar.

»Du bist eine echte Nervensäge«, sagte sie zu Strumpet, der schnurstracks am Tresen vorbeistiefelte und dann ungeduldig miauend und mit peitschendem Schwanz vor der Tür stehen blieb, die nach oben in die Wohnung führte. »Du kannst miauen, solange du willst. Ich werde mein Abendessen nicht mit dir teilen«, erklärte sie und folgte ihm die Treppe hinauf. »Ich gehe ins Wohnzimmer und mache die Tür zu, damit ich keinen Muckser mehr von dir hören muss. Es war ein langer Tag, und ich brauche meine Ruhe.«

Das Miauen wurde lauter und wütender. Katzen anderer Leute rächten sich mit stummem Protest; Verity wünschte, sie hätte dieses Glück. Aber in Wahrheit hatte sie sich längst mit ihrem Schicksal abgefunden: Sobald sie den Fisch, die Pommes und das Erbsenpüree auf einen Teller gehäuft und sich ein Glas Rotwein eingeschenkt hätte, würde sich Strumpet auf ihrem Schoß häuslich einrichten und sich ihr Essen einverleiben.

Aber in diesem Fall würde er zumindest Ruhe geben.

Ruhe.

Sie blieb einen Moment am oberen Treppenabsatz stehen und holte tief Luft. Ihre Schultern sackten herab, und ihre Glieder erschlafften. Sie schloss die Augen, nahm noch einen tiefen Atemzug, durch die Nase ein, durch den Mund aus, spürte, wie die Strapazen der Woche, vor allem aber der letzten zwei Stunden, von ihr abfielen und einer köstlichen Ruhe und Stille …

»Hey, hey! Ich bin einfach reingekommen. Das macht dir doch nichts, oder?« Die Wohnzimmertür wurde so abrupt aufgerissen, dass sie gegen die Wand knallte. »Oh! Machst du wieder diesen schwachsinnigen Meditations-Kram? Wieso mitten auf der Treppe? Soll ich lieber den Mund halten? Ist schon okay. Du wirst nicht mal merken, dass ich da bin.«

Verity schlug die Augen auf und starrte ihre Schwester an. Wie immer war es, als blicke sie durch einen extrem schmeichelnden Instagram-Filter: Der Herr Pfarrer und seine Frau waren mit fünf Töchtern gesegnet – Con, die Älteste, dann kam Merry, dann Verity und schließlich Immy und Chatty, die beiden Nachzügler. Im Gegensatz zu ihren Schwestern, die den athletischen Körperbau der Familie väterlicherseits geerbt hatten, schlugen Verity und Merry eher ihrer Mutter nach; sie waren kleiner und nach Merrys Worten »schlank«, wohingegen es Verity eher als »klapprig« bezeichnen würde. Ihre Großtante Helen hatte bei jeder sich bietenden Gelegenheit daran erinnert, dass die Frauen der Familie mütterlicherseits in reiferen Jahren massiv an Gewicht zuzulegen pflegten.

Beide Schwestern hatten widerspenstiges Haar, das, je nach Witterungsverhältnissen, irgendwo zwischen glatt und lockig und – im Winter mehr, im Sommer etwas weniger – aschfarben war, weit auseinanderstehende braune Augen und fein geschwungene Brauen, allerdings wirkte Merry zarter und niedlicher, nicht zuletzt weil sich auf Veritys Stirn mittlerweile die ersten Falten eingruben. Tatsache war, dass Merry jedes Tröpfchen Selbstsicherheit und Vertrauen in ihre eigenen Fähigkeiten aus dem Genpool aufgesogen hatte, sodass für Verity nichts mehr übrig geblieben war, wenngleich sich der Pool rechtzeitig zu Immys und Chattys Geburt wieder gefüllt hatte. Trotzdem hieß das noch lange nicht, dass Verity sich kampflos geschlagen geben würde.

»Ich habe dir wider besseres Wissen einen Schlüssel gegeben... für den Notfall.«

Merry starrte finster zurück. »Dougie hat am Wochenende Spätschicht, und mir war langweilig.«

Und Langeweile war bei den Pfarrerstöchtern ein Ausnahmezustand. Verity schüttelte den Kopf und stieß einen Seufzer aus.

»Lass das gefälligst!« Merry wäre um ein Haar über Strumpet gestolpert, der Verity in die Küche folgte. »Ich kenne niemanden, der derart aggressiv seufzen kann wie du!«, fügte sie hinzu, während Verity ihr Essen auf einen Teller gab und Besteck, ein Glas und die Weinflasche schnappte. »Das ist eine Riesenportion. Gibst du mir etwas davon ab?«

»Nein. Ich gehe jetzt ins Wohnzimmer, mache die Tür zu und will dreißig Minuten lang nicht gestört werden, und zwar auf die Sekunde. Los, Uhrenvergleich!«

Merry sah auf ihre Uhr und nannte die Zeit, wenn auch mürrisch und mit einem Schmollen, das Verity jedoch geflis-

sentlich ignorierte. Sie war immun gegen Schmollmünder.
»Und was soll ich machen, während du dein Abendessen ver-
putzt und dich weigerst, mir etwas davon abzugeben, obwohl
ich noch nichts gegessen habe?«

»Du kannst von deinen Reserven an innerer Stärke zehren«,
gab Verity ohne einen Anflug von Mitgefühl zurück. »Davon
hast du ja mehr als genug.«

Mit einem letzten Blick in Merrys verdrossenes und Strumpets empörtes Gesicht schloss sie die Tür hinter sich, stellte
ihren Teller auf den Couchtisch und ließ sich aufs Sofa fallen –
ein behagliches Exemplar mit einem üppig geblümten Bezug.
Sie streckte sich lang aus, und obwohl der Fisch und die Pommes bald kalt sein würden, schloss sie die Augen und blendete
sämtliche Geräusche aus, selbst Strumpets verärgertes Miauen
auf der anderen Seite der Tür.

Der Tür, die plötzlich ohne Vorwarnung aufgerissen wurde.
Sekunden später sprang Strumpet auf Veritys Brust, sodass
die Luft abrupt aus ihrer Lunge gepresst wurde, und Merry
streckte den Kopf herein.

»Kann ich etwas von dem Käse im Kühlschrank haben?«,
winselte sie.

»Ja!«, stieß Verity zwischen zusammengebissenen Zähnen
hervor. »Und nimm den Kater mit.«

Nach gerade einmal zwanzig ruhigen, tiefen Atemzügen
kam die nächste Störung. »Entschuldige, aber du hast die
Weinflasche mitgenommen. Könnte ich vielleicht auch ein
Glas davon kriegen?«

Die Tür schloss sich hinter Merry und Veritys Weinflasche,
nur um Sekunden später erneut aufgerissen zu werden. »Bitte
entschuldige, aber ich habe ja bloß Käse und Wein und brauche auch noch ein paar Cracker. Hast du welche hier?«

»*Sie haben kein Mitleid mit meinen armen Nerven*«, zitierte Verity und schwang sich vom Sofa hoch. »Los, komm schon rein. Genau das wolltest du doch die ganze Zeit.«

»*Ich habe großen Respekt vor Ihren Nerven. Wir sind alte Bekannte*«, erwiderte Merry ebenfalls mit einem Zitat aus *Stolz und Vorurteil*. »Gibst du mir ein paar von deinen Pommes ab?«

»Bedien dich«, antwortete Verity resigniert. »Außerdem habe ich schlechte Nachrichten.«

»So?« Merry schob sich ein paar lauwarme Pommes in den Mund und wandte sich ihrer Schwester zu.

»Ich musste Peter Hardy eliminieren, sonst hätten Posy und Nina mich erwischt, wie ich ihn betrüge.«

Verity hätte lieber erst in Ruhe über ihre missliche Lage nachgedacht, aber das konnte sie jetzt vergessen, deshalb schilderte sie ihrer Schwester, was vorgefallen war.

»Es ist alles ihre Schuld«, brummte Verity schließlich.

»Aber eigentlich sollte er sowieso nur so lange bleiben, bis die ganzen Weihnachtsfeiern vorbei sind«, wandte Merry ein.

»Sollte ein Schein-Freund nicht fürs ganze Leben bleiben? Nicht nur über die Weihnachtszeit?«, gab Verity schmollend zurück.

»Wie soll das gehen? Hättest du irgendwann Schein-Kinder bekommen? Dir einen Schein-Hund zugelegt?«

»Einen Schein-Hund bestimmt nicht. Strumpet möchte lieber Einzelkind bleiben«, erwiderte Verity, als die Ladentür lautstark ins Schloss fiel. Wenig später ertönten Schritte auf der Treppe, dann stand Nina im Türrahmen.

»O. Mein. Gott!«, trompetete sie statt einer Begrüßung. »Hast du ihn gesehen, Merry? Hast du diesen verboten attraktiven Schnösel gesehen, mit dem deine Schwester sich getroffen hat, obwohl sie eigentlich mit Peter Hardy, dem Ozeanografen, verabredet war?«

»Nein!« Merry winkte ab. »Aber Peter Hardy ist doch seit einer Ewigkeit Geschichte. Dieser andere Typ – Very wollte nicht, dass ihn einer von euch sieht, sondern ihn ganz für sich behalten. Ist er cool?«

»Ja, und schlau noch dazu. Und diese Stimme … wie Benedict Cumberbatch oder Tom Hiddleston. Du weißt schon … eine Stimme, bei der du dir am liebsten sofort das Höschen runterreißt.« Nina zog ihr Handy heraus. »Ich hab sogar ein Foto gemacht, allerdings ist es leicht unscharf.«

»Lass mal sehen!« Merry kletterte über ihre Schwester hinweg, um einen Blick auf das Display zu werfen. »Wie blöd, dass dein Hinterkopf im Weg ist, Very. Du hättest ein Stück zur Seite gehen müssen.«

»Nächstes Mal gern«, murmelte Verity und kaute nachdenklich auf einer mittlerweile eiskalten Pommes herum.

»Los, raus damit, ich will alles wissen«, befahl Nina und ließ sich aufs Sofa fallen, sodass Verity zwischen ihrer Mitbewohnerin und ihrer Schwester eingequetscht war. »Wo hast du ihn kennengelernt? *Er* hat *dich* angesprochen, richtig? Du würdest doch nie einen Typen anquatschen. Was hast du getan, als er auf dich zugekommen ist? Ihn mit deinem berühmten ausdruckslosen Killer-Blick angestarrt?«

»Vielleicht sollte ich das auch mal probieren.« Merry stieß Verity an und grinste, als wäre das Ganze rasend komisch. »Zuerst umgarnst du Peter Hardy, den Ozeanografen, und jetzt diesen Kerl. Wie hieß er noch mal?«

»Johnny«, antwortete Nina. »Normalerweise stehe ich ja nicht auf solche Typen, aber bei ihm würde ich glatt eine Ausnahme machen.«

»Ich hab auch so einen«, warf Merry ein. »Eigentlich ist er ein richtiger Schnösel, auch wenn er so tut, als wäre er keiner. Er redet, als wäre er in einem Arbeiterviertel aufgewachsen, aber das täuscht nicht darüber hinweg, dass er auf die St. Paul's gegangen ist und dem Kadettenkorps angehört hat.«

»Ich war auch mal mit einem Soldaten zusammen«, sagte Nina, während Verity aufstand: Ihre Anwesenheit war nicht länger gefragt – Nina hob bereits zu einer übertriebenen Lobeshymne auf ihren superattraktiven Soldaten-Beau an und schilderte einen Trick mit seinem erigierten Penis und einem halb vollen Bierglas, mit dem er sie bei Laune gehalten hatte, während Merry vor Vergnügen kreischte.

Verity trat an den Kartons und Schachteln im Flur vorbei, die immer noch darauf warteten, endlich ausgepackt zu werden, und ging in ihr Zimmer. Es war früher einmal das von Posy gewesen, allerdings hatten zu ihrer Zeit überall Sachen herumgelegen. So gern Verity Posy mochte, aber Sebastian hatte mit seiner Einschätzung, dass seine inzwischen Angetraute das Chaos in Person war, durchaus ins Schwarze getroffen. Nachdem Posys Habseligkeiten weitgehend verschwunden waren (abgesehen von einem halben Dutzend einzelner Socken, mehreren eselsohrigen Liebesromanen und einem steinharten Bounty-Riegel unter dem Bett) und Veritys Sachen erst noch ausgepackt werden mussten, war das Zimmer zwar leer, aber trotzdem durchaus einladend.

Es hatte ein großes Fenster auf den Innenhof, einen wunderschönen Kamin mit Fliesen im Edwardianischen Stil und Bücherregalen links und rechts, die nur darauf warteten, mit Veritys Romanen und anderen Schätzen bestückt zu werden. Verity hatte ihren ausladenden Lehnsessel mitgebracht, den sie und Merry aus einem Baucontainer in der Essex Road gezerrt hatten und den Verity für ein Heidengeld mit blauem Samt hatte beziehen lassen. Er war ihr Lesesessel. Ihr Heiligtum. Ihre »Ich kuschle mich mit einer Decke ein und vergesse die Welt rings um mich her«-Insel.

Verity nahm die Patchworkdecke, die ihre Urgroßmutter gestrickt hatte, und machte es sich in ihrem Sessel gemütlich. Es war gerade einmal halb zehn und am Himmel immer noch das letzte Licht des Sommertags zu sehen. Wenn sie lauschte, konnte sie das Kichern und Quieken aus dem Wohnzimmer hören, vermischt mit zwei erhobenen Stimmen aus dem Hof unter ihr – offenbar waren irgendwelche Leute gerade in eine hitzige Diskussion verstrickt.

Verity beschloss, einfach nicht hinzuhören. Sie zog die Knie an die Brust und saß da. Es wurde still. Endlich gelang es ihr, Zugang zu ihren eigenen Gedanken zu finden, doch sie beschloss, lieber nicht zu viel nachzudenken, weil ihr sonst bloß dieser attraktive Mann mit den blaugrünen Augen wieder in den Sinn kam, der sie ansah und vielleicht sogar anlachte.

Und Männer wie er verhießen bloß Ärger. Ohne Ausnahme.

Kapitel 4

Und was soll ich da machen?
Die Sache scheint mir aussichtslos.

Die nächsten Tage vergingen wie im Flug, und Verity hatte kaum Zeit, um Atem zu schöpfen, auch ohne imaginären Freund.

In den drei kurzen Wochen, seit Bookends zu Happy Ends geworden war, hatte sich alles von Grund auf verändert: Wo einst gähnende Leere im Laden geherrscht hatte, drängten sich nun die Kunden auf der Suche nach Büchern; teilweise lag es daran, dass um die Jahreszeit das Geschäft grundsätzlich anzog, teilweise verdankten sie den Aufschwung der Tatsache, dass die Wiedereröffnung im *Guardian*, dem *Bookseller* und zahllosen Bücher-Blogs Erwähnung gefunden hatte; und Posy hatte sogar *BBC News South East* ein Interview gegeben.

Das triumphierende *Ping* der Registrierkasse war Musik in Veritys Ohren, und die einst qualvolle allabendliche Abrechnung erwies sich nun als Quell der Freude und des Staunens. Nur eine winzige Kleinigkeit störte Verity: das endlose Geplapper der Kundinnen, die stets auf der Suche nach neuem romantischem Futter waren, und ihre entzückten Schreie – »Arbeiten Sie etwa hier?« –, wann immer Verity sich in den

Verkaufsbereich verirrte … eine durchaus legitime Frage, schließlich trug sie das graue T-Shirt mit dem fuchsiafarbenen Happy-Ends-Logo, so wie Posy es von ihnen verlangte.

»Ich bin nur für die Verwaltung zuständig«, murmelte Verity jedes Mal und wurde stocksteif, aus Angst, jemand könnte sie anfassen. Einmal hatte eine alte Frau sie mit erstaunlicher Kraft am Arm gepackt, über den Tresen gezogen und verlangt, dass sie auf der Stelle E. L. James anrief und ihr Dampf machte, sie solle endlich ein neues Buch vorlegen.

Verity war tatsächlich für die Verwaltung zuständig, auch wenn Lavinia sie vor einem Jahr offiziell zur Leiterin der Buchhandlung befördert hatte, weil sie die Einzige gewesen war, der man das Geld anvertrauen konnte, auch wenn die Umsätze noch so dürftig gewesen waren. Normalerweise saß Verity im Hinterzimmer mit einem »Nur für Mitarbeiter«-Schild an der Tür, erledigte die Bestellungen, registrierte die eingehenden Lieferungen, fragte nach, wenn Sendungen nicht pünktlich eintrafen, und erledigte den Versand der Bestellungen, die über die neu gestaltete Homepage eingingen – die in den letzten Wochen spürbar angezogen hatten und täglich vor der Mittagszeit und vor fünf Uhr nachmittags verpackt werden mussten, um mit der Post verschickt zu werden.

Doch trotz der verschlossenen Tür und der Regale voller Bücher, die eigentlich die Geräusche schlucken sollten, konnte Verity das Bohren und Hämmern aus der Teestube hören, die bald wieder in ihrer einstigen Pracht erstrahlen sollte. Ab und zu tauchten Greg oder Dave, die beiden Bauarbeiter, bei ihr im Büro auf und baten sie um Bargeld für irgendwelchen Krempel aus dem Baumarkt oder beschwerten sich über Mattie, die die Teestube nach der Renovierung betreiben würde.

Normalerweise dauerte es einige Zeit, bis Verity mit Fremden warm wurde, aber Mattie mochte sie schon jetzt, obwohl sie sich erst seit Kurzem kannten; nicht zuletzt weil sie eifrig neue Rezepte ausprobierte und die Angestellten des Happy Ends als Versuchskaninchen für ihre leckeren und nicht enden wollenden Kreationen benutzte – Kuchen, Tarts, Kekse, Brote, Shortbreads, süße Brötchen, Gebäckteilchen und ihre Erfindung, den sogenannten Muffnut, eine Kreuzung aus Muffin und Donut, der, vom schwachsinnigen Namen einmal abgesehen, mit seinem fluffigen Teig und dem Karamellguss so unfassbar köstlich war, dass Verity beinahe in Tränen ausgebrochen wäre, als Nina sich bei der Kostprobe das letzte Exemplar unter den Nagel gerissen hatte.

Aber nicht ihre Fähigkeiten, aus einer Handvoll Zutaten derartige Köstlichkeiten zu erschaffen, hatten ihr Veritys Respekt eingebracht, sondern die Tatsache, dass Mattie keine Frau großer Worte war: Im Gegensatz zu gewissen Personen in Veritys Umfeld, für die Schweigen gleichbedeutend mit einer persönlichen Beleidigung war, ergriff Mattie nur das Wort, wenn sie auch etwas zu sagen hatte. Aus diesem Grund hatte Verity ihr einen Schreibtisch in ihrem Büro angeboten: ein Privileg, in dessen Genuss sonst keiner kam außer Posy, und das auch nur, weil ihr der Laden gehörte und sie Veritys Gehalt zahlte.

Aber nicht einmal Posy konnte Verity überreden, mit Bücher-Fans in Kontakt zu treten, weder persönlich noch telefonisch. »E-Mails schreiben, das kann ich echt gut«, erklärte Verity ihrer Chefin mehrmals am Tag. »In meiner Stellenbeschreibung steht nichts davon, dass ich ans Telefon gehen oder Leute selbst anrufen muss.«

Lavinia hatte ihren Mitarbeitern niemals so etwas wie eine Stellenbeschreibung ausgehändigt, weil sie stets der Überzeugung gewesen war, dass die Menschen instinktiv die Aufgaben übernahmen, die am besten zu ihnen passten. Doch Posys rebellische Miene, die sie aufsetzte, wann immer Verity vor dem läutenden Telefon oder Hilfe suchenden Kunden zurückschreckte, ließ ahnen, dass sie ernsthaft erwog, ihren Mitarbeitern zu sagen, was sie zu tun hatten.

Doch als Emma, die Schwester von Merrys Freund Dougie, unangekündigt im Laden auftauchte und Verity zwang, endlich für ihre Dreißiger-Geburtstags-/Einweihungsparty zu- oder abzusagen, zu der sie ihr bereits im Mai eine Einladung geschickt hatte, gab es kein Entrinnen mehr. Emma behauptete steif und fest, lediglich die Geschäfte ankurbeln zu wollen, aber in Wahrheit war sie wegen Verity gekommen.

»Also, ja oder nein, Very?«, rief Emma über den Tresen hinweg, als sie den neuesten Roman von Mhairi McFarlane und ein »Ich habe ihn geheiratet, lieber Leser!«-Shirt bezahlte – als kleine Inspiration, um ihren Freund Sean dazu zu bewegen, ihr einen Antrag zu machen, meinte sie. »Und du bringst doch deinen Freund mit, Peter Hardy, den Ozeanografen, richtig? Allerdings hat Merry erzählt, du hättest ihn abserviert, weil er ein bocklangweiliger Meeres-Heini sei.«

»Habe ich nicht!«, widersprach Verity empört, während ihr bewusst wurde, dass sie sich ab sofort keine Ausreden mehr würde einfallen lassen müssen, um Peter Hardys Abwesenheit zu erklären. »Wir haben uns getrennt, das ist wahr, aber freundschaftlich.«

»Also setze ich dich als Single auf die Gästeliste.« Emma strahlte. »Schau nicht so trübselig. Es kommen jede Menge Single-Männer zur Party, mit denen ich dich zusammenbringen kann, glaub's mir.«

»O Gott«, erwiderte Verity angewidert. »Eigentlich solltest

du mich inzwischen kennen. Versprich mir, dass du das nicht tun wirst.«

Mit einer triumphierenden Geste zog Emma den Reißverschluss ihrer Handtasche zu. »Hervorragend! Das heißt also, du kommst. Und solltest du dich wider Erwarten mit Peter versöhnen, kannst du ihn selbstverständlich gern mitbringen. Wirklich schade, das Ganze.«

»Tja, so läuft es nun mal im Leben«, erklärte Verity mit einem abgrundtiefen Seufzer und deutete auf ihre Bürotür. »Die Arbeit ruft. Ich muss wieder ran«, sagte sie. »Aber ich freue mich schon wahnsinnig auf die Party«, fügte sie eilig hinzu, als ihr wieder einfiel, dass ihre Eltern ihr Manieren beigebracht hatten.

»Wir wollen's nicht übertreiben, Very«, gab Emma zurück. »Ich kenne dich seit fünf Jahren und habe noch nie erlebt, dass du dich *wahnsinnig* auf etwas freust.«

»Na ja, ein bisschen«, sagte Verity.

»Das kannst du auch.« Emmas Augen begannen zu leuchten. »Wir haben eine Karaoke-Anlage gemietet. Und jeder muss mitmachen.«

Damit verschwand sie, und zurück blieb Verity, schockstarr vor Angst. »Wie schade, dass du Peter Hardy, den Ozeanografen, abgeschossen hast«, bemerkte Nina und packte die Bücher der nächsten Kundin ein. »Jetzt musst du ganz allein zu der Party gehen.«

»Peter Hardy, der Ozeanograf, war so oft auf den sieben Weltmeeren unterwegs, dass sie wahrscheinlich sowieso ohne ihn hätte hingehen müssen«, warf Tom mit einem leicht abfälligen Schnauben ein – Verity hatte ihn schon immer im Verdacht gehabt, dass er ihr die Story von ihrem Ozeanografen-Freund nicht abkaufte.

»Ich sehe sowieso nicht ein, wieso ich zu all den Verlobungsfeiern, Geburtstagen und Einweihungspartys gehen muss«, brummte Verity, kreuzte die Arme und starrte zu Boden.

»Wie schrecklich, dass deine Freunde dich gern bei den wichtigsten Ereignissen in ihrem Leben dabeihaben wollen«, sagte Posy, die mit einem Tablett voller Teebecher aus der kleinen Küche trat. »Und es tut mir wahnsinnig leid, weil ich darauf bestanden habe, dass du zu der kleinen, intimen Party für meine engsten Freunde und Familie am Abend vor der Trauung und am nächsten Tag zu meiner Hochzeit kommst.«

»So habe ich es nicht gemeint. Ich liebe meine Freunde und versuche, ihnen eine gute Freundin zu sein.« Stirnrunzelnd dachte sie darüber nach, wie sie sich als Freundin schlug: Überschwängliche Umarmungen, wortreiche Ratschläge oder ausgelassene Trinkgelage, bei denen alle Beteiligten kreischten, kicherten und wild durcheinanderschrien, waren nicht ihr Ding, aber in Ruhe zuzuhören und mit jemandem zu reden, gehörte eindeutig zu ihren Stärken. Das konnte sie. Verity war die geborene Zuhörerin, jederzeit mit Rat und Tat zur Stelle, wenn eine Freundin sich getrennt hatte, betrogen oder aus der Wohnung geworfen worden war, und auch wenn sie niemals an Matties Fähigkeiten heranreichen würde (sie war gerade mit einem Teller voll selbst gebackener Käsestangen mit Chili hereingekommen), war sie zumindest stolze Besitzerin eines Brotbackautomaten und hatte schon so manchen Kummer mit ihrem berühmten Bananen-Schoko-Brot gelindert. »Ich tue mich nur mit größeren Menschenmengen schwer, aber das macht mich noch lange nicht zu einem schlechten Menschen, oder?«

»Natürlich nicht«, antwortete Nina. »Aber kannst du Johnny nicht einfach mitbringen?«

»Nein! Dafür ist es noch viel zu früh«, wiegelte Verity eilig ab, als ihr aufging, dass sie es schon wieder tat – sie log, dass sie einen festen Freund hatte. Dabei hatte sie sich geschworen, so etwas nie wieder zu tun. »Außerdem ist er nicht mein neuer Freund. Er ist gar nichts.«

Tom lächelte … na ja, eigentlich war es eher ein Grinsen. »Johnny? Wer ist Johnny? Inzwischen verliere ich den Überblick über Verys zahllose Liebhaber. Ist er auch Ozeanograf?«

Es war einer jener seltenen Augenblicke, wenn kein Kunde an der Kasse stand, niemand an den Regalen entlangschlenderte und Fragen zu irgendwelchen Büchern stellte. Verdammt! Stattdessen standen Nina, Posy und Mattie mit ihren Käsestangen da und musterten Verity neugierig. »Ja, genau, Very, was macht er eigentlich beruflich?«

Die Anspannung wurde unerträglich. »Er arbeitet sehr hart«, antwortete sie ernst. »Genau das, was ihr auch tun solltet, statt herumzustehen und euch das Maul zu zerreißen. Und dasselbe gilt für mich … ich habe massenhaft Bestellungen, die ich verpacken und auf den Weg bringen muss.«

Und wie so oft in der Vergangenheit – normalerweise wenn Posy sie überreden wollte, für zehn Minuten die Kasse zu übernehmen – flüchtete Verity sich in die Sicherheit ihres Büros.

Verity hatte sich immer noch in ihrem Büro verschanzt, als Posy um sechs den Laden abschloss und das Schild an der Tür auf »Geschlossen« drehte. Nina hatte die Kasse gemacht, Tom räumte ein paar verirrte Bücher in die Regale, die Kundinnen auf dem Sofa hatten liegen lassen, und Verity wischte den Fußboden auf.

»Pub?«, schlug Nina vor. »Wer kommt mit?«

Posy und Tom waren sofort dabei, nur Verity schüttelte den Kopf, aber als die anderen schließlich verschwunden waren und sie allein in ihrem Sessel bei vorgezogenen Vorhängen in ihrem Zimmer saß, dämmerte ihr, dass dies auch nicht das Wahre war. Über dem Laden zu wohnen, war in vielerlei Hinsicht eine feine Sache. Miete: null. Öffentliche Verkehrsmittel: zehn Sekunden und eine Treppe hinunter. Lage: im Herzen der Stadt. Zwanzig Minuten vor Ladenschluss noch schnell zu Sainsbury's auf der Holborn gehen und ein Riesenschnäppchen mit leicht verderblichen Lebensmitteln machen: kein Problem! Gleichzeitig bedeutete es aber auch ein leichtes Ungleichgewicht zwischen Arbeit und Freizeit, weil man nur selten einen Fuß vor die Tür setzte.

Zum Glück war ein Spaziergang Veritys Entspannung ähnlich zuträglich, wie in einem abgedunkelten Raum zu sitzen. Also schlenderte sie durch die Straßen, enge Kopfsteingassen entlang, vorbei an hübsch bepflanzten Plätzen. Es war noch hell genug, um keine Angst haben zu müssen, trotzdem überquerte sie mehrmals die Hauptstraßen, um den Grüppchen auszuweichen, die sich vor den Pubs versammelt hatten – ausgelassene junge Leute in Feierabendstimmung, die Jacken achtlos über irgendwelche Geländer geworfen und mit Drinks und Chipstüten in den Händen.

Wenn man zu Fuß unterwegs war, zeigte sich die Stadt von einer völlig anderen Seite. Überall sah man Körbe und Balkonkästen voll herrlich blühender Blumen: Geranien, Lobelien, Petunien und Hängebegonien; Blue Plaques zeigten, wo berühmte und einflussreiche Leute gewohnt und gewirkt hatten. Das einstige Wohnhaus von Charles Dickens, das heute als Foundling Museum bekannt war, befand sich direkt um die Ecke, nur ein paar Häuser von dem Gebäude entfernt, wo E. M. Delafield eine Wohnung angemietet und den Folgeband ihres berühmten Romans *Tagebuch einer Lady auf dem Lande* verfasst hatte.

Ihr knurrender Magen erinnerte Verity daran, dass sie seit den Käse-Chili-Stangen nichts mehr gegessen hatte. Sie öffnete die Tür des Il Fornello, wo Luigi sie bereits erwartete.

»Miss Very! Ihr gewohnter Tisch?«, fragte er. »Heute Abend setzen Sie sich nicht zu fremden Männern, nehme ich an.«

Verity schüttelte den Kopf. »Nein, das werde ich nicht tun.« Sie folgte Luigi durch das voll besetzte Restaurant, wobei sie den Kellnern freundlich zulächelte, setzte sich an den Ecktisch, der nur für eine Person gedeckt war, und wartete, bis Luigi ihren Stuhl zurechtgerückt hatte.

Es hatte einige Wochen gedauert, bis der italienische Wirt begriffen hatte, dass Verity niemanden erwartete, sondern alleine zu Abend essen würde, und zwar ausnahmslos. Und dass sie auch keinen großen Wirbel und weder ununterbrochen nachgeschenkt bekommen noch gefragt werden wollte, ob mit ihrem Essen auch alles in Ordnung sei.

Verity wollte bloß eins: mit einem Buch am Tisch sitzen und lesen, dazu ein Glas Rotwein, maximal zwei, eine Portion Lasagne in der gusseisernen Form, mit knusprigem Käse überbacken und so heiß, dass sie erst einmal fünf Minuten warten musste, bis sie probieren konnte, und einen kleinen Salat dazu. Ganz einfach.

Nicht dass sie eine Einsiedlerin gewesen wäre – seltsamerweise schienen die Leute das einfach nicht begreifen zu wollen –, sie genoss es einfach, in einem gut besuchten Restaurant zu sitzen und den Stimmen ringsum zu lauschen, ohne den Wunsch zu verspüren, sich an den Unterhaltungen zu beteiligen.

Also schlug Verity ihr Buch auf – eine opulente Liebesgeschichte, die am Vorabend des Zweiten Weltkrieges spielte –, nippte an ihrem Wein und schob sich eine grüne Olive aus dem Schälchen, das Luigi ihr stets auf Kosten des Hauses hinstellte, in den Mund. Verity konnte sich keinen schöneren, entspannteren Ausklang einer langen, harten Arbeitswoche vorstellen.

Alles war perfekt – bis ein großer, schlanker Mann durch den Raum rauschte, sich einen leeren Stuhl schnappte und ihn schwungvoll neben sie stellte. Sie blickte mit einem empörten Laut auf, der jedoch auf ihren Lippen erstarb, während sich ihre Augen weiteten und ihr der Mund offen stehen blieb.

O Gott. Es war Johnny.

Kapitel 5

Sie musste lachen, wo sie viel lieber geweint hätte.

»Hallo, hallo«, sagte Johnny lässig.

Sieben Tage waren genug gewesen, um seiner Schönheit die Schärfe zu nehmen; wann immer Verity an ihre oberpeinliche Begegnung zurückgedacht hatte (was sie tunlichst zu vermeiden versuchte), waren seine Augen zu einem hundsgewöhnlichen Blau verblasst, seine Wangenknochen sahen ganz normal aus, ebenso wie sein Haar, das bei Weitem nicht mehr so dicht und glänzend wirkte, und sein Körper war nicht länger schlank und geschmeidig, sondern vielmehr hager und schlaksig. Doch nun stand er vor ihr, in Full-HD, auch wenn es keine Rolle spielte, da sein Auftauchen ähnlich willkommen war wie der Wasserableser, der um sieben Uhr morgens an der Tür läutete.

»Hallo«, sagte Verity höflich, aber knapp, während die Erinnerung an ihre abgrundtiefe Demütigung vor ihrem geistigen Auge aufflammte. Allerdings hatte die Erfahrung sie gelehrt, dass Männer manchmal (wenn auch längst nicht so oft, wie sie es sich wünschte) ganz schnell die Kurve kratzten, wenn man ihnen keinerlei Ermutigung zuteilwerden ließ. Deshalb wandte sie sich wieder ihrem Buch zu und suchte nach der

Stelle, an der er sie herausgerissen hatte. Ihre Vorstellung war oscarreif. Sie fuhr sogar mit der Fingerspitze den Satz nach, obwohl die schwarzen Buchstaben auf dem weißen Papier ebenso gut Marsianisch hätten sein können.

War das Il Fornello Johnnys neue Anlaufstelle für einsame Freitagabende? War er erst kürzlich in die Gegend gezogen, kannte noch niemanden und hatte beschlossen, dass Verity erst einmal als Platzhalter dienen könnte, bis er sich einen neuen Freundeskreis aufgebaut hatte? Würde er sie endlos belabern, obwohl sie eigentlich nur hier sitzen und nach einer langen, schweren Arbeitswoche relaxen wollte? Was hatte er hier zu suchen?

»Bitte. Ich flehe dich an. Bitte spiel einfach mit, bitte«, sagte Johnny und setzte sich. Sie hörte das Lächeln in seiner Stimme, als er ihre Worte wiederholte. Sie blickte auf und starrte ihn mit versteinerter Miene an. »Ich wusste nicht, wo ich dich finden kann. Ich habe versucht, ›Verity Love‹ zu googeln, doch außer einer Handvoll schlecht gemachter Websites irgendwelcher Eso-Göttinnen … aber ich schweife ab. Ich habe gehofft, dass du hier bist, damit wir etwas besprechen können, und mir ist es lieber, wenn wir uns dabei gegenübersitzen.«

Verity schlug ihr Buch zu und zwang sich, ihn noch ausdrucksloser anzusehen. »Was besprechen? Geht es darum, dass ich dachte, du wärst schwul? Denn, ja, mittlerweile habe ich begriffen, dass du es nicht bist.« Wobei er in ihren Augen für einen mutmaßlichen Hetero viel zu heftig protestiert hatte.

»Nein, nein, damit hat es gar nichts zu tun! Kaum legt man ein gewisses Mindestmaß an Körperpflege an den Tag, halten einen die Leute sofort für schwul.« Johnny winkte mit einer lässigen Handbewegung ab. »Nein, es geht um Peter Hardy, den Ozeanografen.«

Verity setzte sich auf ihrem Stuhl nach hinten. »Was soll mit ihm sein?«, fragte sie knapp.

»An sich ist ein imaginärer Schein-Freund doch eine geniale Idee, aber wieso muss er zwingend imaginär sein? Wieso sich keinen *richtigen* Schein-Freund zulegen? Damit könnte man doch gleich mehrere Fliegen mit einer Klappe schlagen.«

Verity warf ihm einen flüchtigen Blick zu, gerade lang genug, um zu sehen, dass er sie anlächelte. Dieser Typ sah so gut aus, und gleich noch viel besser, wenn er lächelte, und Verity spürte die unterschiedlichsten Regungen, wenn ein attraktiver Mann sie anlächelte … was jedoch noch lange nicht bedeutete, dass sie ihnen auch nachgab.

Zum Glück erschien in dieser Sekunde Luigi mit ihrem Essen: einer Lasagne, die noch in der feuerfesten Form blubberte, einem Beilagensalat und einem Becher Knoblauch-Grissini.

»Wenn Sie noch etwas brauchen, sagen Sie mir einfach Bescheid«, meinte Luigi mit einem vielsagenden Blick in Johnnys Richtung, ehe er mit großem Tamtam Veritys Serviette auseinanderschlug, sie auf ihrem Schoß ausbreitete und mit der Riesen-Pfeffermühle herumfuchtelte, wobei er nicht etwa auf Veritys Lasagne, sondern in einer Art und Weise auf Johnny zielte, die durchaus als drohend ausgelegt werden könnte. »Ganz egal, was es ist.«

Verity suchte in aller Seelenruhe ein Grissini aus. »Mir geht's gut«, sagte sie, denn so schockierend es auch sein mochte, dass Johnny sie ausfindig gemacht hatte und von imaginären und realen Schein-Freunden faselte, würde sie vor Scham tot umfallen, wenn Luigi und einer seiner Küchen-Kraftprotze sich neben dem Tisch aufbauen würden, um Johnny persönlich aus dem Lokal zu geleiten. »Uns geht's gut. Möchtest du vielleicht auch etwas bestellen?«, fragte sie Johnny, der sein hinreißendes Lächeln an Luigi richtete und ihn innerhalb von Sekunden in eine angeregte Plauderei über Luigis Holzofen (sein ganzer Stolz) sowie die genaue Herkunft des Mozzarellas verstrickt hatte, den er anbot.

Kaum war Luigi verschwunden, um Johnnys Pizza mit Pancetta und Pilzen eigenhändig zuzubereiten, wandte Johnny sich wieder Verity zu, die Mühe hatte, still zu sitzen. Doch trotz ihrer aufsteigenden Panik bemerkte sie, dass er Ruhe und Souveränität ausstrahlte wie der sprichwörtliche Fels in der Brandung, ein Ruhepol inmitten einer hektischen, chaotischen Welt. »Ich bin nicht schwul«, sagte er noch einmal. »Das ist nicht der Grund, weshalb ich Single bin. Wenn du es unbedingt wissen willst – ich liebe eine Frau, kann aber nicht mit ihr zusammen sein. Zumindest jetzt nicht, auch wenn wir es uns beide sehnlichst wünschen.«

»Wie romantisch. Fast wie in *Sturmhöhe*«, bemerkte Verity trocken. Sie hatte einen großen Teil ihrer Teenagerzeit, in der Mädchen ja bekanntermaßen besonders anfällig für unterschiedlichste Einflüsse sind, nur Schwarz getragen und so getan, als wäre Weelsby Woods in Grimbsy ein raues Moorgebiet und kein üppig blühender Park in Lincolnshire. Inzwischen ließ sie sich nicht mehr ganz so schnell beeindrucken. »Aber wenn ihr beide unbedingt zusammen sein wollt, wieso tut ihr es dann nicht einfach?« Sie hielt inne. »Oh, ich wollte dir nicht zu nahe treten«, fügte sie eilig hinzu, als sie sah, wie Johnnys Miene sich verdüsterte. »Hier, nimm doch ein Grissini. Die schmecken wirklich gut.«

Johnny nahm einen Stick aus dem Becher, allerdings schien das Brot bei Weitem nicht das Allheilmittel zu sein, das Verity sich erhofft hatte. Seine Aura hatte sichtlich an Strahlkraft eingebüßt. »Wir können nicht zusammen sein«, sagte er noch einmal. »Es ist echt kompliziert.«

Für Verity hörte es sich nach der einfachsten Sache der Welt an. Wenn zwei Menschen sich liebten, wahrhaftig und aufrichtig, überwanden sie jedes Hindernis, sogar Ozeane und Kontinente… mühelos und mit einem Lachen auf den Lippen. Auch wenn die Liebe in ihrem eigenen Leben keine Rolle spielte, war sie doch eine leidenschaftliche Verfechterin davon, wenn es um andere Leute ging. Aber gerade schien es nicht ratsam, ihm ihre Philosophie aufs Auge zu drücken.

»Das tut mir leid«, sagte sie stattdessen. Gerade als sie nachfragen wollte, was sein kompliziertes Liebesleben mit ihr zu tun hatte, wurde seine Pizza serviert, Besteck nachgedeckt und neuerlich die Pfeffermühle geschwenkt, gefolgt von der Frage, ob sie extra Parmesan wolle, dann waren sie allein.

Gemeinsam zu essen, genauer gesagt vor den Augen eines Fremden, war nicht ganz so qualvoll, wie Verity es sich ausgemalt hatte. Offen gestanden war es sogar fast nett und angenehm… bis Johnny nach der Hälfte seiner Pizza den Gesprächsfaden wieder aufnahm.

»Also, ich habe mir Folgendes überlegt: Dass wir beide alleine sind, jeder aus seinen ganz eigenen Gründen, bedeutet ja nicht, dass wir unsere Ressourcen nicht bündeln könnten.« Er schnitt die Kruste von einem Pizzastück ab. »Nur als Zwischenlösung, meine ich. Um uns unsere Freunde für eine Weile vom Hals zu schaffen.«

»Was meinst du damit? Ressourcen bündeln? Zwischenlösung?«, fragte Verity, obwohl sie mit all den Begriffen und ihrer Bedeutung durchaus vertraut war; es gelang ihr nur nicht, sie in Zusammenhang mit ihr und Johnny zu bringen.

»Na ja, meine Freunde machen nicht nur reichlich plumpe

Andeutungen, sondern müllen mich ständig mit Links zu irgendwelchen Datingseiten zu … ganz zu schweigen von all den Einladungen zu Hochzeiten …« Er hielt inne, als sein Telefon leise piepste. »Ah, wenn man vom Teufel spricht.« Er blickte auf das Display und lächelte. Mit einem Mal war das Lächeln, das sie bisher auf seinem Gesicht gesehen hatte, bloß noch ein Hauch, ein leises Flüstern, eine körnige Fotokopie jenes Strahlens, das seine Züge nun erhellte – anscheinend ausgelöst von der Nachricht dieser Unbekannten. Aufrichtige Freude und Glück lagen darin. Wie mochte es sich anfühlen, wenn Johnny – oder ein anderer Mann – wegen ihr so lächeln würde? Das konnte sie sich nicht einmal ansatzweise vorstellen.

Johnny beantwortete die Nachricht. Seine Daumen flogen förmlich über die Tastatur, ehe er aufsah. »Tut mir leid. Das war echt unhöflich. Wo war ich stehen geblieben?«

»Du hast vorgeschlagen, unsere Ressourcen in einem vorübergehenden Arrangement zu bündeln. Es ging um Einladungen zu Hochzeiten und passiv-aggressive Mails mit Links.«

»Genau.« Johnny nickte. »Also, Folgendes … Deine Geschichten über Peter Hardy, den Ozeanografen, haben mich inspiriert«, erklärte Johnny, als hätte sie ihn stundenlang mit fantastischen Abenteuern ihres imaginären Freunds bei Laune gehalten. »Sie haben mich zum Nachdenken gebracht. Wenn ich, das heißt, wir bei ein paar Gelegenheiten gemeinsam auftauchen würden, in Gesellschaft eines richtigen Menschen, eines Angehörigen des anderen Geschlechts, würden unsere Freunde vielleicht endlich aufhören, uns verkuppeln zu wollen.«

»Aber seit Peter Hardy da ist, haben meine Freunde damit aufgehört«, erklärte Verity hastig; es erschien ihr klüger, diese Idee gleich im Keim zu ersticken.

Johnny kniff die Augen zusammen. »Hmmm. Aber bestimmt drangsalieren sie dich seither mit allen möglichen Fragen über ihn …«

»Es ist doch völlig normal, dass sie neugierig sind.«

»… weil sie ihn bisher noch nicht kennenlernen durften. Und wie auch? Schließlich existiert er ja nicht, sondern ist bloß ein Produkt deiner Fantasie.« Johnny war gnadenlos. Und eiskalt. Kalt wie eine Hundeschnauze.

»Nicht nur der meinen. Dass er Ozeanograf von Beruf sein soll, ist auf dem Mist meiner Schwester gewachsen«, murmelte Verity und legte ihre Gabel beiseite – sie hatte sowieso nur in ihrer Lasagne herumgestochert. »Na gut, ich gebe ja zu, dass mein Plan in die Hose gegangen ist, aber immerhin habe ich es geschafft, sie mir für eine Weile vom Hals zu halten. O Gott, es war so toll.« Sie seufzte wehmütig. »Meine Freunde wollen nur, dass ich glücklich bin, denken aber, dass das nicht geht, wenn ich Single bin, deshalb schleppen sie alle möglichen Typen an, Arbeitskollegen, Großcousins, zwielichtige WG-Genossen … nach dem Motto: ›Das ist Verity. Ich bin sicher, ihr beide habt eine Menge Gemeinsamkeiten.‹« Erschrocken hielt sie inne und schlug sich die Hand vor den Mund. Sie hatte schon viel zu viel preisgegeben. Johnny grinste süffisant.

Erleichtert stellte Verity fest, dass das nichts von seinem Charme nahm. Absolut nicht. Stattdessen rückte es ihn lediglich ein Stück weiter in Richtung Wickham.

»Siehst du«, sagte er, als wäre das Ganze das reinste Kinderspiel. »Was ich vorhabe, ist ganz einfach. Du kommst mit und lernst meine Freunde kennen, ich lerne deine kennen. Dir drückt keiner mehr Großcousins und zwielichtige WG-Genossen aufs Auge, und ich werde nicht mehr von geschiedenen Frauen mit Silikonbrüsten angebaggert.«

»Ich könnte auch Silikonbrüste haben«, platzte Verity heraus, bereute es jedoch sofort. Es war nicht ihre Absicht gewesen, mit ihm zu flirten, und schon gar nicht, seine Aufmerksamkeit auf ihre Brüste zu lenken. Vermutlich war er tatsächlich nicht schwul, denn sowie das Wort »Brüste« über ihre Lippen gekommen war, hatte sich sein Blick auf ihre Oberweite geheftet.

»Ich denke nicht«, gab er zurück, scherzhaft, neckend, so als würden sie tatsächlich flirten. »Mit künstlichen Strukturen kenne ich mich aus. Ich bin Architekt.«

Johnny starrte noch immer nachdenklich auf ihre Brüste. Erst als sie die Arme kreuzte, löste er den Blick und sah ihr ins Gesicht, von dem sie nur hoffen konnte, dass es Missbilligung und Strenge verriet.

Sie trug ein schwarz-weiß gestreiftes Top, schwarze Jeans und ein Paar lila Salt-Water-Sandalen, die sie letztes Jahr im Schlussverkauf für den halben Preis erstanden hatte, weil offenbar nicht viele Frauen scharf auf lila Sandalen gewesen waren. Ihr Haar, das dank der Sommersonne nicht mehr ganz so aschbraun war wie sonst, hatte sie zu einem Pferdeschwanz zusammengenommen, aber keinem von der keck wippenden Sorte … nein, Verity kleidete sich genau so, wie man es von einer siebenundzwanzigjährigen Frau erwarten würde, die an der Uni Englische Literatur studiert hatte und nun als Leiterin einer Buchhandlung für Liebesromane arbeitete, die sich mit einem Leben als alleinstehende Frau arrangiert hatte und einen Kater besaß, für den Beine lediglich ein willkommenes Mittel waren, um möglichst schnell auf den Schoß seiner Besitzerin zu gelangen. Und Johnny saß direkt vor ihrer Nase, mit seinem perfekten Lächeln auf seinem perfekten Gesicht, seinem perfekten Haar, dem perfekten Anzug mit dem perfekt weißen Hemd, das sich um seinen perfekt geformten Oberkörper schmiegte.

Johnny und sie waren wie Tag und Nacht. Wie Wasser und Öl. Wie Himmel und Hölle. Kein Mensch würde ihnen jemals abkaufen, dass sie ein Paar waren.

Es mochte ja ganz nett gewesen sein, über das Single-Dasein zu jammern, aber jetzt war es an der Zeit, Klartext zu reden. Veritys Hosenbund begann zu kneifen, deshalb schob sie den zweiten Becher Grissini beiseite, den Luigi unbemerkt auf den Tisch gestellt hatte.

»Das Problem ist doch folgendes: Aus der anfangs noch kleinen Lüge, man wäre in einer festen Beziehung, entsteht innerhalb kürzester Zeit ein regelrechtes Netz aus Unwahrheiten, für das man eine Übersichtstafel bräuchte, um den Überblick zu behalten.« Verity schnappte sich doch eins der Grissini, wenn auch nur, um damit vor Johnnys Gesicht herumfuchteln zu können, während er in aller Seelenruhe wartete, bis sie fertig war. Was sie allerdings noch lange nicht war. »Außerdem ist es falsch, andere Leute anzulügen, aber Peter Hardy, der Ozeanograf, war zumindest nur eine kleine Lüge, wohingegen das, was du hier vorschlägst, eine sehr viel schwerwiegendere ist; wir müssten richtig schauspielern und eine Geschichte dazu erfinden.«

»Okay, das ist wahr.« Johnny hob die Hände – die genauso aussahen, wie man sich die Hände eines Architekten vorstellte. Verity konnte sich ohne Weiteres ausmalen, wie sie Pläne auseinanderrollten und Notizen machten … mithilfe von Staedtler-Bleistiften mit Monogramm. Oder sich zärtlich um das Gesicht der innig geliebten Frau legten, mit der er tragischerweise gerade nicht zusammen sein konnte. »Aber wir brauchen ja auch nicht so zu tun, als wären wir völlig verrückt nacheinander. Wenn wir uns gegenseitig ein- oder zweimal zu unseren Freunden begleiten, sagen wir einfach, dass wir uns gerade kennenlernen. Was wir ja auch tun, oder nicht?«

Ein fast verzweifelter Tonfall lag in seiner Stimme. Das Ganze war doch völlig verrückt. Und noch verrückter war, dass Verity seinen Vorschlag auch noch in Erwägung zog – nicht ernsthaft und auch nur eine Sekunde lang, trotzdem malte sie sich aus, wie es wäre, an der Seite des perfekten Johnny bei einer Party aufzukreuzen. Was würden ihre Freundinnen sagen? »Wer ist der Mann, der da mit Verity gekommen ist? Dieser Peter Hardy?«

Doch Verity gestattete sich diese Fantasie nur für einen kurzen Moment, ehe sich alles in ihr aufbäumte, wie bei einem abenteuerlustigen Jungpferd, das endlich auf den Becher's Brook zugaloppierte, nur um dann doch nicht zu springen, weil seine Fesselgelenke gesund und intakt waren und es am besten auch so bleiben sollte, herzlichen Dank. Mit einem Mann wie Johnny an ihrer Seite einen Raum zu betreten, nachdem all ihre Freundinnen sie seit Jahren mit keinem Kerl mehr gesehen hatten, würde sie automatisch in den Mittelpunkt der Aufmerksamkeit rücken. Und lieber würde sie sterben.

»Ich kann das nicht«, sagte sie mit einer, wie sie hoffte, Entschlossenheit, die ihm diese Schnapsidee ein für alle Mal austreiben würde. »Ich könnte so was einfach nicht. In hundert Jahren nicht. Tut mir leid.« Sie schob ihm die Grissini wie einen Trostpreis über den Tisch zu. »Hier, du kannst sie gerne haben. Luigi stellt mir immer eine Extraportion hin.«

»Das ist sehr nett, aber ich würde nur ungern meinen Schneider bitten müssen, meinen Anzug weiter zu machen«, erklärte Johnny ernst, obwohl sein dunkelgrauer Zweiteiler so schmal geschnitten war, dass er vermutlich kaum Stoff für zusätzliche Nähte bot. »War wohl doch keine gute Idee. Ich hoffe, du bist nicht gekränkt deswegen.«

»Nein! Überhaupt nicht«, beteuerte Verity hastig, denn Johnny saß niedergeschlagen am Tisch, den Kopf in eine Hand gestützt, so als hätte er gleich morgen früh eine wichtige gesellschaftliche Verpflichtung und fest damit gerechnet, dass Verity die Chance beim Schopf packen und ihn begleiten würde. »Aber ich bin sicher, dass die Frauen Schlange stehen, um deine Schein-Freundin werden zu dürfen.«

»Vielleicht sollte ich ja eine Anzeige aufgeben«, meinte er seufzend. »Oder diese verbitterte Geschiedene anrufen, mit der mich meine Freunde verkuppeln wollten, auch wenn sie bestimmt noch verbitterter sein wird, weil ich versprochen habe, mich zu melden, aber nie wieder etwas von mir habe hören lassen. Schätzungsweise stehe ich auf derselben Liste wie ihr Exmann und all die anderen Typen, die sie beschissen behandelt haben. Aber vielleicht verzeiht sie mir ja. Und kauft sich ein anderes Parfum. Das, was sie hatte, war ziemlich penetrant. So krass, dass ich fast würgen musste und mir die Tränen in die Augen gestiegen sind …«

»Aufhören, bitte nicht!« Verity schlug sich die Hände vors Gesicht. Sie konnte ihn nicht ansehen. Er war so bildschön in seinem Kummer und sie viel zu anfällig für so etwas. Sie hatte Strumpet für fünfzig Pfund einem Typen im Pub abgekauft, der ihr erzählt hatte, sie sei ein armes, halb verhungertes Katzenmädchen, gefunden im Müll, weil ihre Mutter sie nicht angenommen hatte. Später hatte der Tierarzt Verity aufgeklärt, dass Strumpet zweifelsfrei ein Kater und definitiv das fetteste Katzenfindelkind sei, das er in seinen dreißig Berufsjahren auf dem Behandlungstisch gehabt hätte.

»Natürlich würde sie nach dem zweiten Date automatisch denken, dass wir uns noch ein drittes Mal treffen«, fuhr Johnny fort. »Und es wäre beinahe grausam, Nein zu sagen. Weil es ihre Gefühle verletzen würden, die ihr Exmann schon schlimm genug mit Füßen getreten hat.«

»Na gut, ich überleg's mir«, jaulte Verity. »O Gott, ja, ich denke darüber nach. Ich will nichts versprechen, aber hör endlich auf, mich emotional zu erpressen.« Es war fast, als hätte Johnny bei einer ihrer Schwestern Nachhilfeunterricht genommen.

Johnny setzte sich auf und belohnte Verity mit einem Lächeln, das irgendwo zwischen dem Anflug eines Grinsens und dem für die Frau reservierten Strahlen lag, die er nicht haben konnte. »Ich hatte gehofft, dass du das sagst«, erklärte er, während Verity dämmerte, dass sie soeben nach allen Regeln der Kunst manipuliert worden war – eine Finte, wie sie nur ein Wickham durchführen konnte; von jetzt an würde sie stets auf der Hut sein müssen.

Sowie Verity das Restaurant verließ – Johnnys Nummer in ihrem Handy, seine Visitenkarte in der Tasche, das leise Prickeln, wo seine Lippen sie beim Abschied flüchtig gestreift hatten, auf der Wange und gut die Hälfte ihrer Riesenportion Lasagne in einem Mitnahmekarton –, schickte sie Merry eine Nachricht.

Ich bin gerade wieder diesem Johnny über den Weg gelaufen. Wo steckst du?

Die Antwort kam so schnell, dass Verity noch nicht einmal ihr Handy in die Tasche gesteckt hatte.

OMG! Bin bei dir zu Hause und verputze gerade deine Snacks. Beeil dich!

Merry erwartete Verity auf einer der Holzbänke vor dem Haus, die ausnahmsweise nicht von der Kapuzenshirt-Clique belagert wurde. »Ich hab ihnen ein Foto gezeigt, was Gras mit dem Gehirn anstellt, daraufhin haben sie sich verkrümelt«, erklärte Merry, als Verity wissen wollte, wo die Kids abgeblieben waren.

Merry arbeitete als Forschungsangestellte im University College Hospital und hortete alle möglichen widerlichen, aber seltsam faszinierenden Fotos, die Sektionen und von übelsten Krankheiten befallene Körperteile zeigten und die sie gern in den unpassendsten Momenten präsentierte.

»Also, Johnny ...«, sagte sie, als sie den Laden betraten. »Ich will alles hören. Bis ins letzte Detail.«

Verity erzählte ihr alles. Bis auf die Tatsache, dass sie am Ende des Abends – nachdem Johnny darauf bestanden hatte, die Rechnung komplett zu übernehmen, statt zu teilen – festgestellt hatte, dass sie über eine Stunde geredet hatten, ohne dass sie sich (okay, zumindest nachdem sie den anfänglichen Schock überwunden hatte) in irgendeiner Weise unwohl gefühlt hätte oder hibbelig geworden wäre ... Merry würde sich nur falsche Hoffnungen machen, dass Veritys Single-Dasein lediglich ein vorübergehender Zustand war, bis sie endlich dem Richtigen begegnete.

Abgesehen davon hatte Johnny keinen Zweifel daran gelassen, wo Verity in seiner Hierarchie stand, nur für den Fall, dass sie auf dumme Gedanken kam. »Damit keine Missverständnisse aufkommen«, hatte er gesagt und ihr die Restauranttür aufgehalten. »Wenn du bereit bist, in der Öffentlichkeit als meine Schein-Freundin aufzutauchen, kann ich nur hoffen, dass du nicht glaubst, es würde sich etwas Ernstes daraus entwickeln.«

Die Bemerkung war dermaßen arrogant, dass Verity sie einen Moment lang für einen Witz gehalten hatte. Johnny mochte ein attraktiver Typ sein, aber anzudeuten, dass sie ihm mir nichts, dir nichts zu Füßen liegen würde, ging ihr ganz gewaltig gegen den Strich.

»Ich glaube nicht, dass ich da in Gefahr bin«, hatte sie aufrichtig gekränkt erwidert, doch Johnny schien gar nicht mitbekommen zu haben, dass er ihr soeben eine schallende Ohrfeige verpasst hatte.

»Du bist eine wunderbare Frau, aber ich werde mich nicht in dich verlieben«, hatte er hinzugefügt, als würde Verity im Geiste bereits das Aufgebot bestellen. »Ich bin schon verliebt und kann nicht noch mehr Komplikationen gebrauchen.«

»In diese Unbekannte, mit der er nicht zusammen sein kann, obwohl er es sich wünscht«, sagte sie nun zu Merry. »Was ich, wenn ich genauer darüber nachdenke, ziemlich schräg finde, geradezu dubios. Was um alles in der Welt kann sie voneinander trennen, jetzt, hier, in diesem Zeitalter? Hat sie eine einstweilige Verfügung gegen ihn erwirkt? Ist er ein Stalker?«

»Das kann ich mir nicht vorstellen. Seine unbekannte Angebetete ist dem Tode geweiht, vermute ich eher«, bemerkte Merry sachlich. »Sie leidet an irgendeiner schrecklichen Krankheit im Endstadium und hat beschlossen, vernünftig zu sein und sich nicht auf Johnny einzulassen, damit er so etwas wie ein normales Leben führen kann, nachdem sie ins Gras gebissen hat. Das liegt doch wohl auf der Hand, oder?«

»Absolut«, bestätigte Verity mit von Sarkasmus triefender Stimme. Obwohl Merry stets vorgab, lediglich anständige Literatur zu lesen, wusste Verity, dass ihre Schwester eine Schwäche für blumige Schmonzetten hatte, die selbst Posy zu sülzig wären. »Aber was auch immer da los sein mag, eigentlich spielt es keine Rolle. Ich bin einfach nicht sein Typ. Und daran hat er keinen Zweifel gelassen, glaub mir.«

Sie hatten es sich auf Veritys Sofa bequem gemacht und tauchten abwechselnd ihre Löffel in einen Becher Erdnussbutter-Eiscreme, doch Verity war nicht bei der Sache, weder mit dem Herzen noch mit dem Magen. Sie fühlte sich, als würde sie jede Sekunde platzen. Merry fuhr zu ihr herum.

»Wieso solltest du nicht sein Typ sein? Hat er das genau so gesagt? Ganz schön brutal.«

»Nein, aber das musste er auch gar nicht.« Verity legte ihren Löffel weg. »Er ist der absolute Wahnsinn, Merry. Aber selbst wenn ich auf der Suche nach einem festen Freund wäre, was ich nicht bin, würde er trotzdem in einer völlig anderen Liga spielen und …«

Sie hielt inne, als Merry ihr die Hand auf den Mund presste. »Falsch!«, rief Merry. »Alle halten uns für Zwillinge, und normalerweise finden die Leute, dass ich eine Granate bin, was dich automatisch auch zu einer Granate macht. Kein Typ spielt in einer völlig anderen Liga als wir.«

»Vielleicht schaltest du mal einen Gang runter«, blaffte Verity und schob Merrys Hand beiseite. Trotzdem war die Ähnlichkeit zwischen den Schwestern tatsächlich bemerkenswert, und dass sie gerade einmal elf Monate auseinander und in dieselbe Klasse gegangen waren, hatte auch nicht gerade geholfen. Mrs. Love hatte offenbar bei einer Kirchenveranstaltung einen kleinen Schwips gehabt und ihren sichtlich entsetzten Töchtern sechzehn Jahren später gestanden: »Ich wusste nicht, dass man schwanger werden kann, solange man noch stillt.«

Aber in Wahrheit war es völlig unerheblich, an welcher Stelle einer willkürlich festgelegten Attraktivitätsskala Verity stand. »Wie gesagt, ich bin nicht verfügbar. Offiziell bin ich immer noch damit beschäftigt, das Ende meiner kurzen, aber innigen Beziehung mit Peter Hardy zu betrauern. Und ich habe nur versprochen, über Johnnys Idee nachzudenken, weil er mich unter Druck gesetzt hat. Aber ich werde da nicht mitspielen. Ich habe die Nase voll von Schein-Freunden. Die machen fast genauso viel Arbeit wie richtige. Es hat durchaus seine Gründe, dass Lügen in den Zehn Geboten erwähnt wird«, fügte sie in belehrendem Tonfall hinzu. »Weil es falsch ist.«

»*Du sollst nicht lügen* ist keines der Zehn Gebote, das weiß doch jeder Idiot«, gab Merry gelassen zurück.

»Na gut, es heißt vielleicht nicht *Du sollst nicht lügen*, aber *Du sollst kein falsch Zeugnis reden wider deinen Nächsten* ist im Grunde doch dasselbe, was du eigentlich wissen müsstest, wenn du keine Nullnummer als Pfarrerstochter wärst.« Verity legte den Kopf schief und bedachte ihre Schwester mit einem schmierigen Lächeln, von dem sie wusste, dass es Merry in den Wahnsinn trieb. So machten Schwestern einander das Leben schwer, überall auf der Welt.

Und vielleicht war auch das der Grund, weshalb Merry mit einem ähnlich schmierigen Lächeln und Veritys Handy auf dem Sofa saß, als ihre Schwester von der Toilette zurückkam, und verkündete: »Ich bin zu dem Entschluss gekommen, dass man sich einen anständigen Schein-Freund nicht entgehen lassen sollte, und habe deshalb Johnny eine Nachricht geschrieben und ihn zur Eröffnung der Teestube nächsten Samstag eingeladen. Und er hat sogar schon zugesagt. Er kann es offenbar kaum erwarten. Ist schon gut, Very, du brauchst dich nicht zu bedanken. Ich hab's gern getan.«

Kapitel 6

Sie war nicht in der Stimmung,
mit jemand anderem Konversation zu machen,
und ihn anzusprechen, dazu fehlte ihr der rechte Mut.

Verity hatte beschlossen, einfach zweiundsiebzig Stunden abzuwarten, ehe sie Johnny eine Nachricht schicken und ihm sagen würde, dass sie es sich anders überlegt hatte.

Jeder wusste, dass drei Tage die gängige Zeitspanne nach einem Date war, um ein bisschen herunterzukühlen und wieder klar zu sehen. Selbst Nina sah das so.

Aber gerade als das Ende des Zeitfensters näher rückte und Verity sich das Hirn zermarterte, mit welcher Ausrede sie Johnny abservieren könnte (»Ich habe mir leider eine seltene tropische Krankheit zugezogen und stehe bis auf Weiteres unter Quarantäne«), rief er an.

Welcher halbwegs normale Mensch rief schon jemanden an, mit dem er ein Date vereinbart hatte? Es hatte seine Gründe, weshalb ein kluger Kopf Textnachrichten erfunden hatte.

Außerdem wusste jeder, dass Verity lediglich ans Telefon ging, wenn eines ihrer engsten Familienmitglieder anrief. Das Problem war nur, dass Johnny sie nicht gut genug kannte, um das zu wissen. Aber vielleicht hatte er ja kalte Füße bekommen, deshalb beschloss sie, eine Ausnahme zu machen.

»Hallo?«

»Hi, Verity, wie geht's?«

»Äh, gut. Was w... Äh, ich meine, wie geht es dir?«

»Sehr gut. Ich wollte nur hören, ob es bei Samstag bleibt. Muss ich noch irgendetwas über diese Eröffnung wissen?«

Für den Bruchteil einer Sekunde überlegte Verity, ob ihr Vater zufällig ein Nonnenkloster kannte, wo noch Nachwuchs gesucht wurde. »Zum Beispiel?«

»Deine Nachricht war ja nicht allzu aufschlussreich. Diese Teestube – wird sie von jemandem betrieben, den du kennst?«

Verity schloss die Augen, als ihr bewusst wurde, welche Lawine Merry mit ihrer Voreiligkeit ausgelöst hatte. Johnny würde die Buchhandlung sehen, würde wissen, wo sie arbeitete. Und wo sie wohnte. Er würde ihre Kollegen kennenlernen, ihre Chefin, ihre Freunde. Falls Merry kam, was ziemlich wahrscheinlich war, weil es umsonst Kuchen gab, würde er sogar ein Mitglied ihrer Familie sehen, noch dazu das, welches ihr am meisten auf die Nerven ging.

Sie setzte zu einer ausführlichen Schilderung der Firmengeschichte des Happy Ends, ehemals Bookends, an, wobei auch Lady Agatha Drysdale, ehemalige Suffragette und Gründerin der Buchhandlung, Erwähnung fand.

Und währenddessen lag ihr die Frage »Wollen wir das Ganze nicht lieber abblasen?« zwar auf der Zunge, aber die Worte wollten einfach nicht über ihre Lippen kommen, denn wann immer sie sie aussprechen wollte, kam Johnny mit einer weiteren Frage daher ... ob er in Jeans kommen könne, ob er ein Geschenk mitbringen solle, gekrönt von »Ich finde, wir sollten das ganz locker angehen und ihnen einfach erzählen, wir wären Freunde, das ist doch nicht weiter schlimm, oder?«

Oh doch! Verity wusste nicht einmal, wo sie anfangen sollte! Wieder schloss sie die Augen... gefühlt hatte sie während des gesamten Telefonats die Augen fest zusammengekniffen. »Du könntest gegen sieben kommen, wenn die Reden gehalten werden. Du brauchst ja nicht lange zu bleiben.«

Dieser Satz hatte einen festen Platz in Veritys Leben. Ihre Schwester Chatty hatte ihn sogar mit Kreuzstich auf einem Kissen verewigt – ›Ich kann aber nicht lange bleiben‹ – und ihr zum Geburtstag geschenkt. Und Chattys Zwillingsschwester Immy hatte einen weiteren von Veritys Lieblingssätzen – ›Ich kann mich nicht denken hören‹ – in ein weiteres Kissen gestickt und ihr zum selben Geburtstag geschenkt.

Immerhin stimmte Johnny ihr zu, dass er nicht allzu lange würde bleiben müssen. »Also, dann bis Samstag. Ich freue mich.«

Ich mich nicht, dachte Verity, als sie auflegte. Und daran änderte sich auch bis Samstag nichts. Es war einer jener herrlichen englischen Sommertage, an denen man am liebsten auf dem Rasen picknickte und sich ein Cricketspiel ansah – die perfekte Witterung, um die Teestube mit Fanfaren und Trompeten zu eröffnen, obwohl Verity sich insgeheim gewünscht hatte, es würde regnen, damit sie die Angelegenheit so schnell wie möglich über die Bühne bringen konnten. Fehlanzeige. Abgesehen davon war es schlicht gemein und herzlos, auf einen Gewittersturm mit sintflutartigen Regenfällen zu hoffen, schließlich hatten alle Mitarbeiter, insbesondere Mattie, so sehr auf diesen Tag hingearbeitet.

Normalerweise erledigte Verity samstags lästigen Papierkram, der während der Woche liegen geblieben war, aber heute ging sie, gleich nachdem alle Bestellungen erledigt waren, zu Mattie, um ihre Anweisungen entgegenzunehmen.

Normalerweise wirkte Mattie stets etwas traurig (seit ihrer Rückkehr aus Paris schien eine dunkle Wolke über ihr zu hängen. »Und ich gehe jede Wette ein, da war ein Mann im Spiel«, hatte Nina gemutmaßt), wenngleich sie nichts aus der Ruhe zu bringen schien. Heute jedoch wirkte sie extrem aufgeregt.

»Ich habe eine Liste gemacht«, sagte sie zu Verity und hielt ihr ein mit Teigresten verklebtes Blatt Papier hin. Ihr glatter schwarzer Pony stand in sämtliche Richtungen ab. »Es ist noch viel zu viel zu erledigen. Das schaffen wir nie.«

»Doch, wir schaffen das«, versprach Verity. »In ein paar Stunden ist die Teestube bereit für die Eröffnung, das schwöre ich dir.«

Früher hatte Posys Mutter die Teestube betrieben, doch als Verity vor fünf Jahren im Bookends angefangen hatte, waren Posys Eltern bereits tot und die Teestube zum Lagerraum verkommen; nichts hatte an seine einstige Behaglichkeit erinnert.

Doch nun fiel die Sonne durch die Fenster, die düsteren Schatten waren verjagt, und die Teestube erstrahlte wieder in ihrer einstigen zusammengewürfelten Pracht. Der Holzboden und die halbhohen Wandvertäfelungen waren auf Hochglanz poliert, und die Arbeitsplatte aus primelfarbenem Resopal aus den Fünfzigern ächzte unter dem Gewicht einer nagelneuen glänzenden Kaffeemaschine, die lediglich von Paloma bedient werden durfte. Mattie hatte sie engagiert, weil sie ausgebildete Barista war und nicht gleich vor Angst schrie, wenn das Wunderding dampfte und zischte.

Es gab auch einen altmodischen Teekessel, und gleich würde Verity die leckeren Köstlichkeiten arrangieren, mit deren Zubereitung Mattie bereits seit Wochen beschäftigt gewesen war – prächtigste mehrschichtige Torten thronten auf Vintage-Kuchenplatten, die sie im Schrank gefunden hatten; es gab süße Brötchen, Scones, Kekse und Brownies, alle unterschiedlich, aber ohne Ausnahme bildschön, mit Punkten, Blümchen oder Vögeln als Dekor.

Verity begann, die ebenfalls bunt gemischten Tassen und Untertassen abzuwaschen, die Posy bei eBay erstanden hatte, wobei sie sich vornahm, Posy daran zu erinnern, sich ein wenig zu zügeln und nicht noch mehr von diesem Zeug zu kaufen.

Als Nächstes faltete sie Servietten, stellte Prosecco in den kleinen Kühlschrank in der Küche, versuchte in regelmäßigen Abständen Mattie zu beruhigen, dass alles gut werden würde, und erklärte Kunden, die, angezogen von den köstlichen Düften, die Köpfe hereinsteckten, dass sie noch geschlossen hatten.

Endlich war es sechs Uhr. Zeit, den Laden zu schließen. Verity, Nina und Mattie gingen nach oben, um sich umzuziehen. Mattie brauchte gerade einmal fünf Minuten. Sie schlüpfte aus ihren Jeans und in ein schlichtes schwarzes Kleid, dazu ein lässig aufgetragener Lidstrich, ein Hauch roter Lippenstift, fertig. »Ich muss nach meinen Rosinenbrötchen sehen«, sagte sie und flitzte wieder nach unten.

Nina hatte inzwischen das Badezimmer in Beschlag genommen – sie brauchte eine geschlagene Stunde, um ihr Tages-Make-up zu einem Abend-Make-up aufzuhübschen –, deshalb saß Verity im Schneidersitz in ihrem Sessel und wartete. Vielleicht könnte sie ja einfach hier oben bleiben, ohne dass jemand etwas davon mitbekam?

Aber natürlich würden sie es merken. Und sie wären ihr böse. Zu Recht. Und dann würde Johnny auftauchen und nach ihr fragen, was noch viel schlimmer wäre, vor allem wenn Mattie ihn als Erstes in die Finger bekäme. Allein der Gedanke war so schrecklich, dass Verity aufsprang und Nina anmaulte, sie wenigstens für fünf Minuten ins Badezimmer zu lassen, damit sie zumindest duschen konnte. Sie zog ein knielanges marineblaues Baumwollkleid mit kurzen Ärmeln an, das eigentlich genauso aussah wie die Hälfte der anderen Kleider in ihrem Schrank.

Zur Feier des Tages und weil Johnny mit seiner makellosen Perfektion erscheinen und sie beide so tun würden, als wären sie dickste Freunde, beschloss Verity, sich ein bisschen mehr Mühe zu geben, als ihr Haar zu einem lockeren, nicht wippenden Pferdeschwanz zusammenzubinden. Sie flocht den vorderen Teil und steckte ihn nach hinten fest, dann kramte sie eine Tube getönte Tagescreme aus ihrem Schminktäschchen und tupfte davon ungelenk etwas auf ihr Gesicht, als sie merkte, dass Nina im Türrahmen stand und sie mit offenem Mund anstarrte.

»Make-up?«, staunte Nina. »Verity Love schminkt sich? Dir muss es mit diesem Johnny wirklich ernst sein. Für Peter Hardy, den Ozeanografen, hast du dich nie so aufgetakelt.«

»Doch, bestimmt.« Verity beschloss, dass es reichte. Sie nahm die Wimperntusche heraus, die sie seit 2007 besaß, und schüttelte sie, weil sie zum Klumpen neigte.

»O Gott, ich kann das nicht mit ansehen.« Nina wandte sich ab, als verursachten ihr Veritys dilettantische Schminkversuche körperliche Schmerzen. Eine Minute später kehrte sie mit ihrem IKEA-Servierwägelchen zurück, auf dem sich ihre eindrucksvolle Sammlung an Kosmetika türmte. »Ich habe alle möglichen Pröbchen«, sagte sie und nahm ein paar prall gefüllte Make-up-Täschchen zur Hand. »Ich kann bei diesen

›Fünfzig Pfund, und du kriegst eines dieser niedlichen Täschchen voller Kram, den du sowieso nie im Leben brauchst‹-Angeboten einfach nicht Nein sagen. Ich habe hier ein paar Lippenstifte, die dir viel besser stehen würden, und Wimperntusche, bei der du keine Angst haben musst, dass du Bindehautentzündung davon bekommst.«

Beschämt sah Verity zu, wie Nina innerhalb von fünf Minuten mit sechs Produkten mehr zuwege brachte, als Verity in fünfzehn Jahren geschafft hätte. Sie sah immer noch wie sie selbst aus, dabei keineswegs zugekleistert, sondern einfach nur wie eine positivere, entspanntere Verity.

»Ich wäre nie auf die Idee gekommen, dunkelbraune Wimperntusche zu verwenden«, bemerkte Verity, blinzelte vorsichtig und schürzte die Lippen, die lediglich mit einem Hauch Gloss betont waren, weil normaler Lippenstift viel zu übertrieben für sie wäre. Sie sah gut aus. Wirklich gut. Definitiv so, dass sie neben Johnny eine passable Figur machen würde. Inzwischen verstand sie auch, weshalb Nina manchmal von »Kriegsbemalung« sprach. Sie kam sich tatsächlich ein klein wenig kühner vor. »Und weshalb man Rouge braucht, war mir bisher auch nie klar. Danke, Nina.«

»Noch ein halbes Jahr unter einem Dach, und du läufst auch mit Piercings und Tattoos herum«, erklärte die, während sie sich mit Parfum besprühte. Das klang beinahe wie eine Drohung.

»Oder aber ich nehme dich mit in die Bibelstunde und in den Gebetskreis. Da können wir immer schön ›Kumbaya‹ zum Abschluss singen«, gab Verity zurück. »Das wäre bestimmt ganz toll.«

Nina fiel die Kinnlade herunter. »Niemals! Nicht dass ich etwas gegen Religion oder deinen Gott hätte, aber, na ja …«

Sie kniff die Augen zusammen, als Verity das Gesicht zu einem heiteren Lächeln verzog. »Moment mal! Ich habe dich noch nie mit einer Bibel in der Hand gesehen oder beten gehört. Du willst mich auf den Arm nehmen! Ich hasse es, wenn du das tust, Very. Du musst einen doch warnen, bevor du einen Witz machst!«

»Ich? Witze machen? Ich scherze nie!«

Mit einem gespielten Schnauben machte Nina auf dem Absatz kehrt und stapfte davon.

»Los, mach schon. Eine Party wartet auf uns«, rief sie Verity über die Schulter zu. »Da sind zwei Gläser Prosecco mit unseren Namen drauf.«

Verity strich ihren Rock glatt. War ihr Kleid schön genug? War *sie* schön genug? »Geh schon mal runter«, rief sie. »Ich komme gleich nach.«

Es dauerte eine weitere halbe Stunde und jeweils eine Nachricht von Posy, Nina, Mattie und Tom, bis Verity den Mut aufbrachte, die Treppe hinunterzugehen und ihrem echten Schein-Freund entgegenzutreten. Na ja, ihm und Posy, die ihr mit sofortiger Kündigung gedroht hatte, auch wenn Verity klar war, dass sie das nicht ernst meinte – immerhin war Verity die Einzige, die sich wirklich mit der Lagerhaltung auskannte, auch wenn es in Wahrheit kein Hexenwerk war.

Strumpet hatte am unteren Treppenabsatz Posten bezogen und warf sich abwechselnd gegen die Tür, die in den Laden führte, und miaute zornig, weil es auf der anderen Seite leckerste Dinge zu essen gab, nach denen er sich verzehrte.

Nach einer erbitterten Schlacht – Frau gegen Kater – gelang

es Verity, durch die Tür zu schlüpfen. Überall an ihrem Kleid klebten Katzenhaare, und vermutlich würde sich Strumpets über den schmählichen Verrat empörte Miene für immer in ihr Gedächtnis brennen.

Die Türen, die den Laden von der Teestube trennten, waren abgeschlossen, deshalb musste sie auf den Hof hinaustreten, wo sich bereits eine beachtliche Anzahl von Gästen eingefunden hatte – Stammkunden, Buch- und Food-Blogger, Freunde, Freunde von Freunden. Trotzdem entdeckte Verity Johnny auf den ersten Blick, nicht nur weil er mehr als neunzig Prozent der Anwesenden überragte (nur Posys Ehemann Sebastian war noch größer), sondern weil er in ein Gespräch mit Nina versunken war.

Das konnte nur in die Hose gehen.

Verity vergaß ihr Vorhaben, den Abend in der Ecke zu verbringen, und eilte auf die beiden zu, gerade noch rechtzeitig, um Nina fragen zu hören: »Und wo habt ihr beide euch kennengelernt? Very lässt sich ja nicht gern in die Karten sehen. Aus der kriegt man kein Wort heraus.«

»Aber ich erzähle euch doch so vieles«, protestierte Verity, nur war jetzt weder der richtige Zeitpunkt noch der richtige Ort dafür. »Muss ich euch noch offiziell vorstellen, oder bist du gleich mitten ins Verhör eingestiegen, Nina?«

In gespielter Kränkung presste Nina sich eine Hand auf die Brust. »Ich habe Johnny etwas zu trinken und ein paar Käsestangen besorgt, und erst dann habe ich mit dem Verhör angefangen. Ich bin nicht unter Wölfen aufgewachsen, Very.«

»Die Käsestangen schmecken übrigens köstlich«, warf Johnny ein, was Verity wiederum zwang, ihre Aufmerksamkeit von Nina zu lösen und ihn stattdessen anzusehen. »Hallo.«

Er drückte Verity einen Kuss auf die Wange, wobei ihr der

Duft seines Aftershaves in die Nase stieg – eine angenehme Mischung aus exklusiver Seife und noch warmer zusammengefalteter Wäsche. Er roch herrlich sauber, frisch, mit einem Hauch von Zitrone, perfekt zu seinen klaren, eleganten Zügen. Er trug Jeans und ein T-Shirt, das irgendwann einmal schwarz gewesen sein musste, inzwischen jedoch zu einem Grauton verblasst war. Und seine Oberarme konnten sich eindeutig sehen lassen… nicht übertrieben muskulös, sondern lediglich ansehnlich definiert, so als würde er seine Mitgliedschaft im Fitness-Studio ausnutzen.

Sie musste aufhören, ihn anzustarren. »Soll ich dir noch ein paar Käsestangen holen?«, fragte sie und wandte sich halb ab, um die Röte zu verbergen, die ihr in die Wangen zu steigen drohte.

Nina packte sie und riss sie zurück. »Du bleibst schön hier und erzählst mir endlich, wie ihr euch kennengelernt habt.«

Stille breitete sich aus – Verity hätte schwören können, dass sich ihre Wangen mittlerweile dunkelrot verfärbt hatten –, eine gefühlte Ewigkeit lang, während Johnny Verity ansah und sie seinen Blick erwiderte, sorgsam darauf bedacht, keine Miene zu verziehen. »Äh, ja, das war wirklich lustig, was? Wie wir uns kennen gelernt haben.«

»Allerdings. Die Geschichte können wir noch unseren Enkeln erzählen«, bestätigte Johnny lässig. »Ich war im Restaurant und habe auf Freunde gewartet, die mich versetzt haben, und Verity hat auf den legendären Peter Hardy gewartet, der sie allerdings versetzt hat.«

»Aber doch nicht etwa Peter Hardy, der Ozeanograf!«, rief Nina empört. »Ich hätte gedacht, er wäre viel zu nett, um jemanden zu versetzen.«

»Und im Restaurant gab es ein Missverständnis, weil man

dort dachte, wir würden aufeinander warten … tja, und jetzt sind wir hier!« Johnny legte den Arm um Verity, die sich bemühte, nicht stocksteif zu werden.

»Ja, genau, jetzt sind wir hier«, bestätigte sie mit einem vielsagenden Blick in Ninas Richtung. »Nina, solltest du nicht Sam und Pants im Auge behalten? Die beiden veranstalten nämlich gerade einen Wettbewerb, wer sich mehr Macarons auf einmal in den Mund stopfen kann.«

»Oh Mann, Jungs! Könnt ihr euch nicht ein einziges Mal benehmen?« Nina stapfte davon, um sich Posys fünfzehnjährigen Bruder Sam und seinen besten Freund Pants vorzuknöpfen.

Verity blieb allein mit Johnny zurück … na ja, eigentlich waren sie nicht allein, schließlich hatten sich mehr als hundert Gäste im Hof eingefunden, doch sie standen ein wenig abseits, was sich seltsam intim anfühlte.

»Du siehst sehr hübsch aus«, bemerkte Johnny nach einem kurzen Augenblick.

»Danke«, gab Verity steif zurück. »Du auch. Dein … äh … T-Shirt gefällt mir.« Sie starrte zu Boden und unterdrückte einen Seufzer. »Äh, magst du noch ein paar Käsestangen? Und ein Glas Prosecco?« Solange sie mit Essen und Trinken beschäftigt waren, brauchten sie sich wenigstens nicht zu unterhalten.

»Klingt gut«, meinte er und folgte ihr durch die Menge zur Teestube.

Sie kamen nur sehr langsam voran, da Verity alle paar Meter aufgehalten wurde; die Leute starrten sie mit aufgerissenen Augen an, als könnten sie kaum glauben, dass sie sich in Begleitung eines Mannes befand. Dann beäugten sie Johnny, der zwar freundlich lächelte, aber unter Garantie längst bereute, dass er sich auf dieses schwachsinnige Arrangement eingelassen hatte. »Das ist also Peter Hardy, der Ozeanograf?«, fragten die Leute.

»Nein, ich bin Johnny und arbeite als Architekt«, antwortete Johnny jedes Mal, bis sie endlich ein Glas Prosecco und einen Teller voll köstlicher Backwaren ergattert hatten. In diesem Moment griff Posy zur Schöpfkelle und schlug damit gegen die neue Teekanne, um die Aufmerksamkeit der Anwesenden auf sich zu ziehen – wobei sie sicher das eine oder andere Trommelfell platzen ließ. Dann schob sie Mattie vor.

»Du musst etwas sagen«, zischte sie so laut, dass alle sie hören konnten. »Du musst die Leute willkommen heißen, das Motto der Teestube bekannt geben und unsere Ehrengäste vorstellen und so.«

»Keine Angst, wenn deine Rede nicht so brillant ist wie die von Morland vor ein paar Wochen«, fügte Sebastian zuckersüß hinzu. »Natürlich *kann* sie gar nicht so brillant sein, aber das ist nicht deine Schuld.«

Posy und Sebastian schwebten immer noch auf Wolke sieben – frisch verliebt und in der festen Überzeugung, dass lediglich die Existenz des anderen die Sonne scheinen, die Blumen blühen ließ und das Leben lebenswert machte. Doch aus irgendeinem Grund schaffte Sebastian es, all das zu vermitteln und gleichzeitig jeden außer Posy mit seiner Unverschämtheit vor den Kopf zu stoßen.

Mattie verdrehte nur die Augen und nahm ihre Schürze ab. »Danke, dass ihr alle gekommen seid. Seit ich denken kann, habe ich mir diesen Moment erträumt … in meiner eigenen Teestube zu stehen … und obwohl es jetzt endlich so weit ist, habe ich immer noch das Gefühl, als wäre es ein Traum.«

Weiter kam sie nicht, denn ihre Mutter – die ältere, aber nicht minder elegante und modische Ausgabe von Mattie –

brach in Tränen aus. »Ich bin bloß so stolz auf dich«, schluchzte sie, während Matties Bruder Jacques ihr ein Taschentuch reichte … er hatte eine ganze Schachtel bei sich, als hätte er bereits geahnt, was passieren würde. Verity warf einen Blick zu Johnny hinüber, der allerdings so gebannt eine Nachricht in sein Handy tippte, dass er von dem ganzen Drama nichts mitbekam.

Als Matties Mutter sich einigermaßen beruhigt hatte, fuhr Mattie fort: »Ich bin nach Paris abgehauen, um die Kunst der Patisserie zu erlernen, und habe mich verliebt – wobei mich die Patisserie deutlich glücklicher gemacht hat als die Liebe«, fügte sie betrübt hinzu, worauf die Anwesenden verlegen in ihre Gläser starrten. »Aber egal. Jetzt bin ich hier, genauso wie ihr alle, und gemeinsam wollen wir die Neueröffnung unserer Teestube im Happy Ends feiern. Ich möchte nun gern unsere Ehrengäste vorstellen und sie bitten, die Teestube für eröffnet zu erklären.«

»Wer ist denn der Ehrengast?«, flüsterte Johnny Verity ins Ohr. Sie musste zugeben, dass sein kitzelnder Atem alles andere als unangenehm war.

»Eigentlich sind es sogar zwei«, flüsterte Verity zurück und trat einen Schritt zur Seite, damit er sich nicht mehr ganz so weit vorzubeugen brauchte. »Eine Frau, die vor ein paar Jahren *The Great British Bake Off* gewonnen hat, und Matties Mutter, die Liebesromane schreibt … was ziemlich praktisch ist.«

»Wieso ist das praktisch?«, wollte Johnny wissen, doch Veritys Antwort ging im höflichen Applaus unter, als die beiden Ehrengäste das breite rote Band vor der Eingangstür durchschnitten, worauf sich die Tür öffnete und Little Sophie, ihre Samstagsaushilfe, heraustrat, dicht gefolgt von Sam mit einer gewaltigen Croquembouche, einer Pyramide aus Profiteroles, mit salzigem Karamell überzogen und mit brennenden Wunderkerzen bestückt, worauf der Applaus der Gäste noch weiter anschwoll.

Nur die Crew des Happy Ends ließ sich nicht von der allgemeinen Begeisterung anstecken – in den letzten Wochen hatten sie so viele verschiedene probieren müssen (am Ende hatte Mattie sich für eine Haselnuss-Praliné-Füllung entschieden), dass Verity und Tom einen heiligen Eid geleistet hatten, niemals in ihrem Leben wieder ein Profiterole zu essen.

»Möchtest du eins haben?«, fragte Verity Johnny, als die Teller herumgereicht wurden.

Er schüttelte den Kopf. »Ich bin nicht so der süße Typ. Wäre das eine Käse-Pyramide, würde ich eiskalt jeden niedermähen, der sich mir in den Weg stellt. Aber was wolltest du gerade über Liebesromane sagen?«

»Was? Ach ja. Ich habe von uns gesprochen. Wir haben uns auf romantische Literatur spezialisiert.«

Im Gegensatz zu Merrys Freund Dougie verzog Johnny nicht angewidert das Gesicht, als hätte er Angst, Romantik könne ansteckend sein. Stattdessen wies er mit dem Kinn in Richtung Glastüren, hinter denen die Bücherregale zu erkennen waren. »Ausschließlich?«

»Ich führe dich gern herum, wenn du willst.« Veritys Angebot war keine reine Höflichkeitsgeste – immer mehr Leute drängten in die Teestube, um ein Stück von der Profiterole-Pyramide zu ergattern, was Veritys Gefühl der Beklemmung mit jeder Minute größer werden ließ. Johnny im Schlepptau, schob sie sich Zentimeter um Zentimeter näher zu den Glastüren, um unbemerkt hindurchschlüpfen zu können.

Sie führte Johnny durch die verwaisten Räume und erläuterte ihm, welchen Wandel das Happy Ends während der vergangenen Wochen und Monate vollzogen hatte.

Schließlich saßen sie einander auf den Sofas im Hauptraum gegenüber. Johnny blickte sich interessiert um. »Irgendwie habe ich das Gefühl, als wäre ich hier schon mal gewesen«, sagte er, als sein Blick an der Rollleiter hängen blieb. »Wie hieß der Laden früher noch mal?«

»Bookends«, antwortete Verity und beobachtete, wie Johnnys Züge sich erhellten. Verity ertappte sich dabei, dass sie ebenfalls lächelte; Johnnys Strahlen schien einen förmlich in seinen Bann zu ziehen, einen regelrecht zu zwingen, es zu erwidern. Doch dann verblasste es unvermittelt, so wie die Sonne, die hinter den Dächern der Stadt verschwand.

»Ich war hier schon einmal«, sagte er. »Sogar schon oft.«

»Als der Laden noch Bookends hieß?«, fragte Verity vorsichtig, denn mit einem Mal war es, als sei das Thema mit einem Tabu belegt, und Verity versuchte den Grenzen anderer Leute stets mit demselben Respekt zu begegnen, wie sie ihn sich für sich selbst erhoffte.

»Jeden Freitag mussten wir in der Schule ein Diktat schreiben, und wenn ich alles richtig hatte, durfte ich mit meiner Mutter herkommen und mir ein Buch aussuchen, und danach gab es Kuchen drüben in der Teestube. Damals mochte ich süße Sachen lieber als heute«, gestand er, den Blick in die Ferne gerichtet, als hätte er nicht das Happy Ends, sondern das alte Bookends vor seinem geistigen Auge, das damals noch mit einer gut sortierten Kinderbuchabteilung aufwarten konnte.

»Ich habe immer einen goldenen Stern bekommen, wenn ich alles richtig geschrieben habe«, gestand Verity. »Und wenn ich zehn Sterne hatte, gab es fünfzig Pence, für die ich mir am Kiosk Süßigkeiten kaufen durfte.«

»Fünfzig Pence für Süßigkeiten war ein kleines Vermögen, als wir noch Kinder waren, oder?«, fragte Johnny grinsend, doch Verity schüttelte den Kopf.

»Nicht wenn man vier Schwestern hat«, erwiderte Verity betrübt. Ihre Schwestern, von denen keine Einzige jemals ein Sternchen kassiert hatte, waren Verity nicht von der Seite gewichen, wenn sie zum Kiosk gegangen war, um ihre Süßigkeitenration zu kaufen, und hatten alles Mögliche versucht, um ihr etwas davon abzuluchsen.

Johnny lachte, als Verity schilderte, dass der Kioskbesitzer ein Schild mit der Aufschrift »Zutritt nur für zwei Love-Schwestern auf einmal« an die Tür gehängt hatte, weil er die ewigen Zankereien leid gewesen war.

Eigentlich lief es doch ganz gut, dachte Verity. Mit einem Mann zu reden. Ein Date zu haben. Na ja, eigentlich war es ja kein richtiges Date; sie waren noch nicht einmal richtige Freunde. Trotzdem war es bei Weitem nicht so schlimm, wie sie es sich vorgestellt hatte.

»Was für Bücher hast du als Kind gern gelesen?«, fragte Verity, worauf Johnny ihr seine Schwäche für Biggles-Romane gestand. »Damals hat ein Mann hier gearbeitet, der all die nicht mehr lieferbaren Biggles-Ausgaben für mich aufgestöbert hat. Seine Frau hat die Teestube betrieben. Und sie hat die besten Pfannkuchen der Welt gebacken.«

»Das müssen wohl meine Eltern gewesen sein.« Ein scharfer Schmerz bohrte sich beim Klang von Posys Stimme in Veritys Herz, und einen Moment lang fürchtete sie, gleich in Tränen auszubrechen. »Meine Eltern haben damals sowohl die Buchhandlung als auch die Teestube betrieben.«

»Wirklich? Das ist fast dreißig Jahre her.« Johnny wandte sich zu Posy um und lächelte sie an.

»Meine Eltern haben den Laden vor fünfundzwanzig Jahren übernommen, und meine Mutter hat tatsächlich die besten Pfannkuchen der Welt gebacken, deshalb müssen sie es gewesen sein«, gab Posy zurück.

»Wow, sie müssen wirklich stolz darauf sein, was du geschaffen hast«, sagte Johnny – das Beste und Netteste, was er in dieser Situation überhaupt hätte sagen können. Verity war ein bisschen unwohl bei der Vorstellung gewesen, dass er hier war, wo sie lebte und arbeitete, dass er ihre Freunde kennenlernte, doch er schien sich nahtlos einzufügen, wie ein Freund, der sich alle Mühe gab, sich von seiner besten Seite zu präsentieren.

Das Problem war nur, dass er von Posys Eltern in der Gegenwartsform gesprochen hatte; Sebastian, der es nicht länger als eine Minute ohne seine frisch Angetraute aushielt, trat hinter Posy und strich ihr zärtlich über die Wange – eine kleine, flüchtige Geste und doch so voller Zärtlichkeit, dass sich der scharfe Schmerz erneut in Veritys Herz bohrte. Gleichzeitig hätte sie Sebastian Thorndyke so viel Feingefühl gar nicht zugetraut. »Alles klar, Morland?«, fragte er.

Posy nickte. »Ja, ja, kein Problem.« Sie lächelte Johnny tapfer zu. »Ich hoffe, sie wären stolz auf mich, aber, na ja, sie sind vor fast sieben Jahren gestorben.«

Johnny holte scharf Luft. »Das tut mir sehr leid …« Er hielt inne, setzte ein weiteres Mal an. »Meine Mutter ist vor zehn Jahren gestorben, als ich fünfundzwanzig war … ich hoffe, sie wäre auch stolz auf mich. Der Laden hier war einer ihrer Lieblingsorte, deshalb war sie immer so gern hier.«

»Vielen Dank«, sagte Posy. Einen Moment lang schien keiner zu wissen, was er sagen sollte; selbst Sebastian war sichtlich gerührt und hielt ausnahmsweise den Mund. Johnny sah zum Regal mit den Neuerscheinungen hinüber; lange genug, dass Posy Gelegenheit hatte, die Daumen zu recken und lautlos »Er ist echt süß!« mit den Lippen zu formen. In diesem Moment drehte Johnny sich wieder um, und Posy strahlte ihn an. »Los, Leute, genug Trübsal geblasen. Da draußen ist eine Party im Gange. Lasst uns rübergehen.«

Die Erste, die Verity erblickte, als sie auf den Hof hinaustraten, war Merry. Natürlich. Wie eine Wärmesuchrakete hatte sie in Windeseile Verity ausgemacht, die sich mit Johnny hinter einem Baum zu verschanzen versuchte, und lief, Dougie im Schlepptau, geradewegs auf sie zu.

»Da seid ihr ja!«, rief sie, hatte aber nur Augen für Johnny, oder besser gesagt *ein* Auge, weil sie ihm mit dem anderen so übertrieben zuzwinkerte, dass sich ihre gesamte linke Gesichtshälfte zu einer Fratze verzerrte.

»Das ist meine Schwester Merry«, sagte Verity. »Manchmal leidet sie unter akuter einseitiger Gesichtsentgleisung. Am besten, du beachtest es gar nicht. Und das ist Dougie, ihr Freund.« Verity winkte Dougie zu, der ebenfalls kurz die Hand hob. Er kannte Verity lange genug, um zu wissen, dass sie diese Art der Begrüßung einer Umarmung eindeutig vorzog. »Das ist Johnny.«

»Ich weiß, wer das ist!«, gab Merry zurück und zeigte auf ihr Auge. »Und ich leide auch nicht unter Gesichtsentgleisung, sondern habe Johnny zugezwinkert, damit er weiß, dass ich im Bilde bin, aber keine Sorge, euer Geheimnis ist bei mir in guten Händen. Very, ich habe einen fürchterlichen Kater und brauche sofort ein Stück Kuchen. Dougie, du besorgst den Alkohol, los. Und du, Johnny, kommst mit mir.«

Merry zerrte den sichtlich verwirrten Johnny zu einer soeben frei gewordenen Holzbank, während Verity nichts anderes übrig blieb, als in Rekordzeit ein Stück Kuchen zu organisieren und ihrer Schwester zu bringen, die den armen Johnny unterdessen mit lustigen Familiengeschichten der Loves bei Laune hielt.

»Wenn wir alle zu Hause waren, konnte man sich kaum umdrehen, deshalb haben der Herr Pfarrer und seine Frau einfach behauptet, Fernsehen sei schlecht für unseren Charakter, was die pure Ironie ist, weil sie beide inzwischen hoffnungslos süchtig nach *Cash in the Attic* sind. Egal. Jedenfalls mussten wir uns eben etwas einfallen lassen. Meistens haben wir so getan, als wären wir die Mitford-Schwestern, wobei es immer Streit gab, wer Unity sein durfte. Nicht etwa, weil wir Nazis gewesen wären, aber als Unity konnte man sich einen Kopfschuss verpassen lassen und sich wie eine Bekloppte aufführen, was am meisten Spaß gemacht hat. *Stolz und Vorurteil* haben wir auch immer gespielt. Wusstest du übrigens, dass Verity das Buch praktisch auswendig kennt? Sie hat immer ein passendes Zitat auf Lager. Und was ist mit dir? Hast du Geschwister? Wo wohnst du? Ich finde es echt schräg, dass du Single bist. Ich meine, du siehst echt hammermäßig aus. Da draußen müssen doch massenhaft Frauen herumlaufen, die dich nicht von der Bettkannte schubsen würden... nicht dass du glaubst, meine Schwester würde... hmmmpppffff...«

Es gab nur einzige wirklich effektive Methode, Merry zum Schweigen zu bringen: indem man ihr einen riesigen Bissen Kuchen in den Mund schob. Verity brachte keinen Ton heraus. Weil es schlicht nichts mehr zu sagen gab. Daher war es an Dougie, das Ruder zu übernehmen, denn manchmal – wenn auch nur sehr selten – hörte Merry sogar auf ihren Freund.

»Merry, hör auf, deine Nase in anderer Leute Angelegenheiten zu stecken.«

Merry schluckte den Bissen Himbeer-Baiser-Kuchen hinunter. »Very ist nicht irgendwer, sondern meine Schwester, also Familie.«

»Pfeif auf Familie.«

Dougie verdrehte die Augen. »Hör auf mit dem Unsinn, Merry.«

Verity sah nicht die geringste Notwendigkeit, dass Johnny Zeuge ihrer alten Familienkabbeleien wurde. Vorsichtig zupfte sie am Ärmel seines T-Shirts, wobei beide einen Moment lang erstarrten, als ihre Finger seine Muskeln unter dem weichen Baumwollstoff berührten, und zog ihn mit sich.

»Aber ist das nicht ziemlich unhöflich?«, fragte er. »Ich habe praktisch keine zwei Sätze mit deiner Schwester gewechselt.«

»Meine Familie hat eine genetische Prädisposition, nicht auf Andeutungen oder subtile Hinweise zu reagieren. Manchmal ist Unhöflichkeit das Einzige, was bei ihnen zieht.« Verity seufzte. »Ehrlich gesagt ist Merry diejenige, die noch am meisten Taktgefühl hat.« Sie ließen den Innenhof hinter sich und bogen auf die Rochester Street, wo Verity stehen blieb. »Das mit deiner Mutter tut mir sehr leid«, sagte sie. »Sie war bestimmt eine sehr nette Frau.«

Auch jetzt schien sich dieser Schleier über Johnnys Augen zu legen. »Wieder in dem Laden zu sein, in dem ich so viele glückliche Freitage verbracht habe, war seltsam, aber gleichzeitig auch wunderschön. Danke, dass du mir diesen Moment geschenkt hast.« Sein Lächeln gewann an Schärfe, an Präsenz. »Für ein erstes Date lief es eigentlich ganz gut, findest du nicht auch?«

Na ja, im Grunde war es ja kein richtiges erstes Date, oder? Sondern das dritte … genau genommen war es überhaupt kein Date. Und Verity wusste bereits jetzt, dass es keine weiteren Begegnungen mehr geben würde. Ihr Herz würde alldem nicht standhalten.

»Das heißt, wir sind quitt?«, fragte sie mit einem Anflug von Verzweiflung in der Stimme. »Das Ganze war als einmalige Angelegenheit gedacht, und ich habe nur zugestimmt, weil du mich unter Druck gesetzt hast.«

Johnny wich entsetzt zurück. »Oh nein, versuch bloß nicht, dich da rauszuwinden.« Er drohte ihr mit dem Finger. »Du warst dran, also bin ich es jetzt auch. So ist das nun mal. Meine Freunde veranstalten alle paar Wochen sonntags so eine Art Open-House-Brunch, und ich weiß, dass sie dich schrecklich gern kennenlernen würden. Also, wann soll ich dich morgen früh abholen?«

Verity widerstand dem Drang, mit dem Fuß aufzustampfen. »Ja, also gut. Ein Mal noch, dann war's das. Okay?«

Johnny lächelte nachsichtig. »Passt es dir um zehn?«

Kapitel 7

Es war kaum anzunehmen, dass sie die Bewunderung
eines so vornehmen Mannes erregte.

Der Sonntag brach an, strahlend und schnell. Zu strahlend. Zu schnell.

Verity hörte Nina in ihrem Zimmer schnarchen, während sie im Wohnzimmer ein paar Yoga-Übungen machte, um ihr inneres Chi zu besänftigen. In erster Linie jedoch, um über den bevorstehenden Brunch nachzudenken. Brunch war grundsätzlich eine reichlich vage Angelegenheit – weder Frühstück noch Mittagessen, sondern irgendetwas dazwischen und nie so, wie Verity es aus den Wiederholungen von alten *Sex and the City*-Folgen kannte, mit perfektem Rührei aus Eiweiß, Avocadospalten auf Sauerteigtoast und Sekt mit frisch gepresstem Orangensaft. Wenn Verity sich mit Merry und deren Freundinnen zum Brunch traf, endete es in aller Regel als deftige Mahlzeit, hinuntergespült mit ordentlich Alkohol.

Beim Gedanken an gebratenen Speck knurrte Verity zwar der Magen, trotzdem beschränkte sie sich auf ein paar Reiswaffeln, aus Angst, ihre künftigen Gastgeber zu beleidigen, wenn sie keinen Hunger hätte. Vermutlich hatten sie eine Art Büfett zusammengestellt, was ziemlich peinlich werden könnte – in einer Hand einen Drink, in der anderen einen Teller halten zu müssen und nicht zu wissen, was sie tun sollte, wenn sie einem von Johnnys Freunden vorgestellt wurde und ihnen die Hand schütteln musste. Es sei denn, sie gehörten zu den Leuten, die sich mit Luftküssen begrüßten. Oder, schlimmer noch, mit richtigen Küssen.

Andererseits könnte es sich auch um einen richtigen Brunch handeln, bei dem alle am Tisch saßen. Zwar wäre Johnny dann vermutlich neben ihr, aber auch ihn kannte sie ja so gut wie gar nicht, ganz zu schweigen von der Person an ihrer anderen Seite.

Jedes Szenario war der pure Albtraum. Als Verity in ein weites Top mit Vogelprint (ein echtes Designer-Teil aus dem Oxfam-Shop in der Drury Lane, wo es immer wieder bemerkenswerte Schnäppchen gab) und ihre Lieblings-Skinny-Jeans schlüpfte, stellte sie zu ihrer Überraschung und Erleichterung fest, dass sich nirgendwo an ihrem Körper ein Nesselausschlag bemerkbar machte. Dazu zog sie die silberfarbenen Ledersneakers mit Reißverschluss an, die Merry bei einem Internetsale erstanden, dann aber Verity geschenkt hatte, weil sie ihr zu klein gewesen waren.

Der Gesamteindruck sollte modisch, aber nicht affig wirken. Schließlich versuchte sie, dasselbe Make-up aufzulegen, das Nina am Vortag auf ihr Gesicht gezaubert hatte – mit mäßigem Erfolg.

Es war gerade einmal neun Uhr. Noch eine ganze Stunde, bis sie sich, wenn auch zähneknirschend, mit Johnny an der Ecke Rochester Street treffen würde, deshalb aß sie einen weiteren Reiscracker, diesmal mit einem Klecks Erdnussbutter zur Stärkung, während sie seinen Namen googelte.

Johnny zu googeln, war moralisch vertretbar, weil er bereits zugegeben hatte, dass er auch ihren Namen gecheckt hatte, außerdem war ihre Kennenlerngeschichte stocklangweilig, und sie wollte nicht völlig unvorbereitet bei dem Brunch auftauchen, und ja, okay, abgesehen davon war sie neugierig. Aber neugierig zu sein, war schließlich nichts Verwerfliches.

Als sie seinen Namen ins Suchfeld eingab, erschien als Erstes ein Link zu seinem Architekturbüro, WCJ Architects – offensichtlich gehörte ihm der Laden. Als Nächstes kam ein Artikel aus dem *Guardian* über das halb zerfallene Stadthaus in Canonbury, das er gekauft und in mühevoller Kleinarbeit renoviert hatte.

Schon während seines Architekturstudiums in Cambridge verbrachte Johnny die Semesterferien lieber auf Baustellen statt in der elterlichen Firma. Als sich sein Vater vor fünf Jahren in den Ruhestand zurückzog, übernahm er diese dann. »Eigentlich bin ich ja gelernter Stuckateur, habe aber im Lauf der Jahre überall ein bisschen dazugelernt, vom Maurern zum Zimmermannshandwerk, vom Klempnern bis zur Elektroinstallation«, so Johnny. Diese Fähigkeiten erwiesen sich als besonders nützlich, als er im Zuge eines Praktikums 2006 nach New Orleans ging, um für Habitat for Humanity jenen Familien beim Wiederaufbau ihrer Häuser zu helfen, die durch den Hurrikan Katrina zerstört worden waren. Zurück in London, entwickelte sich die Firma unter seiner Leitung stetig weiter. Inzwischen liegt der Schwerpunkt auf der detailgetreuen Restaurierung von Gebäuden aus dem neunzehnten und dem zwanzigsten Jahrhundert bis circa 1950, unter Berücksichtigung der Anforderungen an den modernen Lebensstil des einundzwanzigsten Jahrhunderts.

Nirgendwo trat dieses Ziel deutlicher zutage als auf den Fotos von Johnnys Heim in Canonbury – einem lichtdurchfluteten

Traum von einem Stadthaus mit einem Stilmix aus historischem Ambiente und modernem Minimalismus in Blau- und Weißschattierungen.

Viel zu groß für einen Mann allein, dachte Verity, gleichzeitig musste es herrlich sein, so viel Platz, so viele leere Zimmer zu haben. Selbst mit einer Handvoll Mitbewohner bliebe für jeden noch ausreichend Freiraum, um sein Leben in Ruhe und Frieden zu genießen.

Verity musterte das Foto von Johnny in seiner weitläufigen hellen Küche, mit der einfallenden Sonne, die sein Haar beinahe blond aussehen ließ. Er trug Jeans und ein weißes T-Shirt und stand lässig gegen die Arbeitsfläche aus gebürstetem Stahl gelehnt, in der Hand einen schwarz-weißen Kaffeebecher mit Grafikmuster, den Verity bei Liberty entdeckt, beim Anblick des Preisschilds jedoch sofort zurückgestellt hatte – das Ding kostete über vierzig Pfund. Natürlich war Johnny unfassbar fotogen, seine blauen Augen schienen geradezu überirdisch zu leuchten …

Verity riss sich aus ihrer Trance und stellte fest, dass ihr gerade noch zehn Minuten blieben; und sie musste dringend den Mund ausspülen, der ganz klebrig von der Mischung aus Reiscracker und Erdnussbutter war.

Obwohl Verity zwei Minuten zu früh dran war, wartete Johnny bereits am vereinbarten Treffpunkt auf sie. Auch heute trug er Jeans und ein ausgebleichtes T-Shirt, was bedeutete, dass Verity den Dresscode glücklicherweise nicht komplett falsch verstanden hatte. In der Hand hielt er einen großen, in braunes Papier eingeschlagenen Blumenstrauß – die tollsten, exklusivsten Sträuße waren grundsätzlich in bescheidenem braunem Papier verpackt.

»Oje«, sagte Verity und trat einen Schritt rückwärts, als Johnny sich herunterbeugte und sie zu küssen versuchte. »Hätte ich etwas mitbringen sollen? Ja, bestimmt, oder? Oh Mann, es ist echt unhöflich, mit leeren Händen bei Leuten aufzutauchen, die einen zum Essen einladen, oder?«

»Kein Problem. Die Blumen sind von uns beiden«, wiegelte Johnny ab. »Aber wir sollten allmählich los, sonst wird aus dem Brunch eher ein Mittagessen«, fügte er hinzu, als wisse er nur zu gut, dass Verity es auf den Tod nicht ausstehen konnte, zu spät zu kommen.

Der Brunch fand in Primrose Hill statt. Als sie auf die Theobald's Road traten, winkte Johnny ein Taxi heran. »Sollen wir auf der Great Portland Steet aussteigen und durch den Regent's Park zu Fuß gehen?«, schlug er vor. Verity nickte, obwohl dies bedeutete, dass sie sich würden unterhalten müssen.

Doch ihre Sorge erwies sich als unbegründet. Kaum saßen sie auf dem Rücksitz, piepte Johnnys Handy. Eine Nachricht. Und genauso wie am Vortag hing er von diesem Moment an wie gebannt an seinem Telefon; kaum hatte er eine Nachricht abgeschickt, traf bereits die Antwort ein.

Vielleicht gab es ja einen architektonischen Notfall; an einem Bauwerk hatte sich der Boden abgesenkt, oder jemand hatte Schimmel entdeckt. Verity starrte aus dem Fenster auf die vertrauten Londoner Straßen, die Touristen, Ausflügler mit ihren Rucksäcken und bequemen Laufschuhen.

Selbst als das Taxi am Park Square Gardens hielt, Johnny ihre Hand wegschob, weil sie ihm einen Fünfer reichen wollte, und sie den Weg in Richtung Zoo einschlugen, schaffte er es nicht, sich von seinem Telefon zu lösen.

Es war reichlich unhöflich, jemanden zu einem Brunch bei Freunden einzuladen und ihn dann auf dem ganzen Weg zu ignorieren. Peter Hardy, der Ozeanograf, hätte niemals ein solches Benehmen an den Tag gelegt.

»Tut mir leid«, murmelte Johnny in diesem Moment, als hätte Verity seine Gedanken gelesen, und steckte sein Telefon ein. »Aber jetzt hast du meine ungeteilte Aufmerksamkeit.«

Andererseits war Verity nicht sicher, ob seine ungeteilte Aufmerksamkeit tatsächlich das war, was sie wollte. »Ach, ist schon okay«, murmelte sie. Jeder Schritt fühlte sich an, als würde er sie dem Schafott näher bringen. Na gut, das klang ein wenig melodramatisch… vielleicht nicht Hinrichtung, sondern bloß mittelschwere Folter. »Äh… und wo genau findet dieser Brunch statt?«

»Ach ja… ich finde übrigens, wir sollten besser vorbereitet sein als gestern.« Johnny lachte leise. »Sollen wir einfach bei der Geschichte bleiben, dass wir beide versetzt wurden?«

»Ja, gute Idee.« Offen gestanden fiel Verity auch nichts Besseres ein. Merry war diejenige gewesen, die sich eine herzerwärmende Kennenlerngeschichte für Verity und Peter Hardy ausgedacht hatte: Er hatte auf der Rolltreppe des U-Bahnhofs Angel seine Tauchermaske fallen lassen, und Verity hatte sie aufgefangen, bevor sie jemanden verletzen konnte.

»Also, was diesen Brunch angeht… die Gastgeber sind meine Freunde Wallis und Graham. Wallis ist Amerikanerin und arbeitet als Anwältin. Sie ist auf einer Art Gästeranch aufgewachsen. Und Graham ist ein ehemaliger Klassenkamerad von mir. Eigentlich kenne ich die meisten Leute dort aus der Schule. Sie sind echt nett, und du brauchst keine Angst vor ihnen zu haben, versprochen.«

Johnny erklärte ihr, dass sich seine ehemalige Clique immer

am dritten Sonntag jeden Monats bei einem von ihnen zum Brunch traf. »Ich engagiere allerdings einen Caterer, und die Eier kriege ich auch nie so hin, wie die Leute sie haben wollen. Ich blamiere mich jedes Mal bis auf die Knochen, wenn ich es versuche.«

»Ich bin sicher, das bildest du dir nur ein«, wiegelte Verity ab. »Ich kriege die Eier auch nie auf den Punkt genau hin. Schon gar nicht, wenn ich so unter Druck stehe.«

»Wie viele Schwestern hast du nochmal? Das wollte ich dich schon die ganze Zeit fragen«, erkundigte sich Johnny, bevor sie sich eine Methode überlegen konnte, möglichst unauffällig in Erfahrung zu bringen, wie lange sie würden bleiben müssen.

»Vier. Obwohl es sich anfühlt, als wären es viel mehr.«

»Vier?« Johnny stieß einen Pfiff aus. »Älter oder jünger?«

»Beides. Ich bin das Sandwich-Kind.« Verity war die Stille, die Friedensstifterin und diejenige, die aus der Reihe tanzte – das typische mittlere Kind. »Deshalb musste ich auch meistens Mary Bennet sein, wenn wir *Stolz und Vorurteil* gespielt haben.«

»Merry hat so etwas erwähnt.« Johnny warf Verity einen Blick zu, als sie an der hohen Voliere des Zoos vorbeikamen. »Wieso? Was stimmt denn nicht mit Mary Bennet?«

»Hast du etwa nie *Stolz und Vorurteil* gelesen?«, fragte Verity schockiert. *Stolz und Vorurteil* nicht zu kennen, war ein echtes K.-o.-Kriterium für einen ernsthaften Beziehungskandidaten.

»Nein. Ist nicht so mein Ding. Zu viele Häubchen und so.« Er hob die Hände, als er ihren Blick sah. »Sieh mich nicht so an. Ich habe schließlich nicht zugegeben, dass ich Katzenkinder ertränkt und Hundebabys geschlagen habe.«

»Das schenkt sich nicht viel«, gab Verity zurück, ehe sie versuchte, ihm in kurzen Worten den Inhalt des Romans und

Marys Rolle darin zu schildern, was nicht ganz einfach war, weil es sich um ihr Lieblingsbuch handelte. »Als Rache, weil sie mich all die Jahre gezwungen haben, Mary zu sein, ziehe ich ein ganz besonderes Zitat aus dem Hut, wenn sie sich streiten, was so gut wie ständig der Fall ist. *Das ist eine unselige Geschichte; wahrscheinlich gibt es viel Gerede. Aber wir müssen der Flut von Arglist Einhalt gebieten und einander den Balsam schwesterlichen Trostes ins wunde Herz gießen.* Das treibt sie komplett in den Wahnsinn«, erklärte Verity. »Und was ist mit dir? Hast du keine Geschwister?«

»Nein, ich war ein einsames Einzelkind«, antwortete Johnny. Sie verließen den Regent's Park durch das Gloucester Gate, überquerten die Straße und gingen die Gloucester Avenue entlang. »Aber eigentlich war es nicht so schlimm. Ich hatte viele Freunde, und meine Eltern waren wirklich toll. Sie waren beide Architekten und haben mir zum sechsten Geburtstag im Garten ein Baumhaus gebaut, das wie ein Piratenschiff aussah, was mir gleich noch mehr Pluspunkte in der Schule eingebracht hat.«

»Das mit deiner Mutter tut mir sehr leid. Ich weiß, dass sie schon eine ganze Weile tot ist, aber es hört sich an, als wäre sie ein wunderbarer, sehr warmherziger Mensch gewesen.« Johnny nickte knapp, und obwohl Verity nur sein Profil sehen konnte, entging ihr nicht, wie niedergeschlagen er wirkte; und auch sie überkam eine tiefe Traurigkeit, sozusagen stellvertretend für ihn. »Bitte entschuldige. Ich halte auch schon den Mund, wenn du nicht darüber reden willst.«

»Ehrlich gesagt macht es mir überhaupt nichts aus, über sie zu reden, weil ich niemals vergessen will, wie wunderschön und nett sie war. Als ich gestern Abend von ihr erzählt habe, über die Zeit, die wir im Bookends verbracht haben, ist mir wieder eingefallen, dass sie jedes Mal einen Liebesroman gekauft hat, wenn wir dort waren.« Johnny runzelte die Stirn. »Das sei die Belohnung, weil sie alles richtig gemacht hätte, hat sie immer gesagt. Mein Vater hat sie immer damit aufgezogen und gemeint, dass sie eigentlich schon genug Romantik in ihrem Leben haben müsse. Das alles hatte ich völlig vergessen. Bis gestern.«

Wäre Johnnys Mutter noch am Leben, hätte Verity sie schrecklich gern kennengelernt. Außerdem hätte sie unbedingt wissen wollen, ob sie die Verwandlung ihrer Lieblingsbuchhandlung gutheißen würde. »Ich bin ziemlich sicher, dass deine Mutter *Stolz und Vorurteil* auch gelesen hat, Häubchen hin oder her«, sagte sie, worauf Johnny sie anlächelte, als wäre er ihr für jedes Quäntchen Trost dankbar, das sie ihm schenkte – Erinnerungen an verstorbene Menschen, die man geliebt hat, sind ausnahmslos schmerzlich, selbst wenn sie noch so schön sein mögen.

»Ziemlich sicher«, meinte er. »Ich muss meinen Vater fragen.« Johnny seufzte. »Aber sosehr ich sie auch vermisse, meinem Vater fehlt sie noch viel mehr. Sie waren echte Seelenverwandte.« Johnny erzählte ihr, wie seine Eltern, William und Lucinda, sich während des Studiums in Cambridge kennengelernt hatten und bis zu Lucindas Tod keinen einzigen Tag voneinander getrennt gewesen waren. William war noch immer am Boden zerstört und wohnte mittlerweile in der eigens für ihn hergerichteten Einliegerwohnung im Souterrain von Johnnys Haus. »Er hat sich ein Stück weit gefangen, aber meine Mutter war seine einzige und große Liebe, deshalb wird der Schmerz in seinem Herz vermutlich niemals ganz verklingen.«

Er kümmert sich sogar um seinen verwitweten Vater. Könnte er noch perfekter sein?, meldete sich eine Stimme in Veritys Kopf, die sich wie ein Zusammenspiel aus denen ihrer Schwestern, ihrer Mutter, Mrs. Bennet und Chandler Bing aus *Friends* anhörte, so laut, dass sie kaum mitbekam, dass Johnny sich bei ihr bedankte.

»Wie? Danke? Wofür?«

»Dafür, dass du nach meiner Mutter gefragt hast. Dass du nicht einfach ausgewichen bist, weil es ein bisschen peinlich sein könnte. Das war wirklich nett von dir«, sagte er sanft.

»Nur weil ein Thema schwierig sein könnte, muss es ja nicht unter den Teppich gekehrt werden. In meiner Familie gibt es so etwas nicht. Ich meine, du hast Merry ja kennengelernt…«

»Ist sie die Schwester, die die Hosen anhat?«

Verity konnte sich ein Lächeln nicht verkneifen. »Nein, auf einer Skala von eins bis zehn ist sie eine sieben… fünfeinhalb, wenn ich es rechtzeitig schaffe, ihr eine Gabel voll Kuchen in den Mund zu schieben.« Johnny sah sie ungläubig an. »Con, die Älteste, ist die Rechthaberischste von allen, ganz klar, und dann kommen Chatty und Immy, die Jüngsten. Sie sind Zwillinge und teilen sich den zweiten Platz.«

»Vier Schwestern, die einen pausenlos herumkommandieren. Ich kann mir nicht mal ansatzweise vorstellen, wie das ist.«

»Vor allem ziemlich laut«, erklärte Verity.

Verity hatte sich oft gewünscht, ein Einzelkind zu sein. In einem Fertighaus mit drei Schlafzimmern groß werden zu müssen (das ursprüngliche Pfarrhaus war im Zweiten Weltkrieg zerbombt worden, und die Diözese hatte es seitdem nicht wieder aufgebaut), ohne die Möglichkeit, vier Schwestern mit all ihrem ohrenbetäubenden Geschrei und Gekreische zu entfliehen, war zeitweilig die reinste Tortur gewesen. Und

Veritys Vater war nicht viel besser: Er war daran gewöhnt, mit lauter, donnernder Stimme von der Kanzel zu predigen, und so tönte sein Organ, auch wenn er zu Hause war, durch das ganze Haus, vor allem wenn er, begleitet von Veritys Mutter, Songs aus seinen Lieblingsmusicals schmetterte. Man konnte noch nicht einmal in Ruhe auf die Toilette gehen, ohne dass jemand an die Tür hämmerte und wissen wollte, wie lange man noch brauchen würde.

»Aber ihr seid nicht alle so laut«, bemerkte Johnny.

»Ich schwafle auch manchmal«, gestand Verity. »Aber nur, wenn ich nervös bin.«

»Es gibt keinerlei Grund, nervös zu sein.« Johnny war stehen geblieben. Sie befanden sich vor einem großen Haus mit Stuckverzierungen und Glyzinienranken, die perfekt zur lavendelfarben gestrichenen Haustür passten. »Hier sind wir.« Er öffnete das Gartentor. »Bitte. Nach dir.«

Kapitel 8

Gerade bei diesem Vorhaben, bei welchem sie am meisten
gefürchtet hatte zu versagen, hatte sie den größten
Erfolg, denn das Publikum, dem sie gefallen wollte, war
zu ihren Gunsten voreingenommen.

Obwohl Verity sich am liebsten umgedreht hätte und davon-
gestürmt wäre, drückte sie die Schultern durch und folgte
Johnny den Weg entlang bis zur Eingangstür.

Johnny läutete. Es gelang ihr sogar, sein ermutigendes Lächeln zu erwidern, wenn auch allenfalls mit der Frische und
Spritzigkeit eines eine Woche alten Salatkopfs.

Gelächter, Stimmengewirr, das Kreischen von Kindern und
lauter werdende Schritte drangen aus dem Haus, dann ging die
Tür auf, und eine große, schlanke, elegante Blondine stand vor
ihnen. Bei ihrem Anblick erhellten sich ihre Züge. »Johnny! Du
bist spät dran!«, rief sie mit einem weichen, lässig amerikani-
schen Akzent. Dann fiel ihr Blick auf Verity. Sie blinzelte kurz
verblüfft, fing sich jedoch sofort wieder und lächelte. »Und du
hast jemanden mitgebracht?«

Das war eindeutig eine Frage. Keine Aussage. Als hätte
Johnny sich nicht die Mühe gemacht, seinen Freunden – den-
jenigen, die versuchten, ihn mit geschiedenen Frauen mit fal-

schen Brüsten zu verkuppeln – zu erzählen, dass er nicht allein kommen würde.

»Das ist Verity«, gab Johnny leichthin zurück. »Du sagst doch immer, ich darf jederzeit einen Gast mitbringen.«

»Darfst du auch. Freut mich, dich kennenzulernen, Verity. Ich bin Wallis. Kommt doch rein.«

Kaum war Verity über die Schwelle getreten, schloss Wallis sie in eine überschwängliche Umarmung.

Keiner hatte etwas von Umarmungen gesagt. Verity gab sich Mühe, nicht stocksteif zu werden … was ihr ganz gut gelang. Aber strich ihr Wallis etwa gerade übers Haar?

Ja, ganz offensichtlich. Dann nahm sie Veritys Hand und führte sie den Flur entlang. Verity warf Johnny einen gequälten Blick über die Schulter zu, doch der lächelte ihr nur ermutigend zu. Sie folgte Wallis in eine riesige Landhausküche voller Leute, die sich an dem geschnittenen Obst, Säften und Gebäckstücken bedienten. Daneben standen Warmhalteplatten mit allen möglichen Leckereien. Verity lief das Wasser im Mund zusammen, als ihr der Duft von frisch gebratenem Speck in die Nase stieg. Am Herd stand ein großer schlanker Mann, rührte in einer Pfanne und rief in die Runde, ob jemand Schnittlauch auf sein Rührei wolle. Andere Gäste schenkten sich Kaffee ein, ehe sie durch die Glastüren in den großen Garten traten.

Das Ganze wirkte wie ein Szenario aus einer Werbeanzeige. Nicht wie ein gewöhnlicher Brunch, sondern wie der neue Fernsehspot für Marks & Spencer.

Zumindest schien ihnen niemand besondere Beachtung zu schenken, dachte Verity. In diesem Moment zog Wallis sie an ihre Seite. »Leute! Leute!«, trompetete sie mit der Lautstärke eines Nebelhorns. »Leute! Johnny ist da. Und er hat EINE FREUNDIN MITGEBRACHT! Das ist Verity.«

Verity sah an sich hinunter, nur um sicherzugehen, dass sie nicht splitternackt war – sie erinnerte sich, einen ganz ähnlichen Albtraum gehabt zu haben, in dem sie unter anderem gezwungen worden war, auf eine Bühne zu treten und »Agadoo« zu singen und die dazu passenden Handbewegungen zu machen. Aber, nein, das war eindeutig kein Traum, und nichts und niemand würde sie aus dieser Hölle retten, auch wenn sie sich noch so heftig kniff.

Sie hatte gehofft, dass Johnnys Freunde nicht allzu einschüchternd wären, und war eigentlich auch davon ausgegangen, dass sie sich ihr gegenüber höflich, aber etwas reserviert zeigen würden. Doch nicht einmal in ihren kühnsten Träumen hätte sie erwartet, dass sie ihr einen derart herzlichen und begeisterten Empfang bereiteten.

»Na, so was!«, rief eine Frau und drückte Verity beherzt an ihre Brust. »Was für ein hinreißendes Mädchen!«

»Ist das nicht wunderbar für Johnny? Wir freuen uns ja so, dass er endlich jemand Nettes gefunden hat. Ist es denn etwas Ernstes?«

»Na ja, muss es wohl, wenn er sie zum Brunch mitbringt.«

Unvermittelt war Verity von einem Grüppchen Frauen zwischen Mitte und Ende dreißig umringt, alle lässig in Jeans und Ringelshirt gekleidet, mit glänzendem, zu einem Pferdeschwanz frisiertem Haar und freundlichen Gesichtern.

»Es ist nichts Ernstes«, platzte Verity heraus. »Wir sind nur Freunde, richtig? Das sind wir doch, oder?«

In der Hoffnung auf Unterstützung drehte sie sich zu Johnny um, der jedoch zu einer Handvoll Männer getreten war, die alle aussahen, als hätten sie ein Abo bei Boden Fashion; sie schlugen ihm auf den Rücken und sagten Dinge wie »Du gerissener Fuchs!« und »Wurde auch allmählich Zeit!«, bis Johnnys

Handy läutete, er sich erneut entschuldigte, um den Anruf entgegenzunehmen, und Verity bei seinen überschwänglichen Freunden zurückließ.

Die wiederum machten keine Anstalten, Verity allein zu lassen. Stattdessen bekam sie ein Glas Prosecco mit Orangensaft in die Hand gedrückt, einen Bagel mit Rührei nach ihren Wünschen (»Nicht zu flüssig, bitte!«) und einer Scheibe Speck, ehe man sie in den Garten führte und ihr den Ehrenplatz auf der Terrasse überließ, während die anderen Frauen sie umringten.

»Erzähl, Verity, wo hast du Johnny kennengelernt?«

Sie gab ihre vorgefertigte Erklärung zum Besten und hatte sich kaum die erste Gabel Rührei in den Mund geschoben, als die nächste Frage kam.

»Und wohnst du in der Nähe?«

»In Bloomsbury.«

»In Bloomsbury? Du Glückspilz.«

Bewundernde Zustimmung erhob sich. Verity ließ den Blick über die wohlhabenden Nord-Londoner Frauen schweifen – nicht nur waren sie ein gutes Stück älter als Verity, sondern stammten auch aus völlig anderen Elternhäusern, bewegten sich mit einer souveränen Selbstsicherheit, die ihnen die Ausbildung an Privatschulen und Elite-Unis beschert hatte. Verity wäre überrascht, wenn auch nur eine von ihnen eine heruntergekommene Gesamtschule besucht oder in einem windigen Fertighaus am Rand eines Problembezirks groß geworden wäre, nur weil der alte Erzbischof Mr. Love auf dem Kieker gehabt hatte, nachdem dieser sich geweigert hatte, alleinerziehende Mütter und Homosexuelle aus seiner Kirchengemeinde zu verbannen.

Aber als Pfarrerstochter hatte auch Verity einiges gelernt.

Trotz ihrer Schüchternheit und ihrer Unbeholfenheit im Umgang mit anderen war sie daran gewöhnt, mit Menschen aus allen Gesellschaftsschichten zurechtzukommen. Wann immer jemand Hilfe suchend das Pfarrhaus betreten hatte, war von den Love-Töchtern erwartet worden, dass sie den Besucher mit Respekt und Rücksicht empfingen, ob es nun eine trauernde Witwe oder ein stolzer frischgebackener Vater war, oder selbst Billy, der Gemüsehändler, der felsenfest davon überzeugt war, dass sich der Leibhaftige in seinem Gewächshaus eingenistet hatte, und wöchentlich bei Pfarrer Love wegen eines Exorzismus vorstellig wurde.

Daher wusste Verity, dass sie sämtliche Klippen umschiffen würde, solange sie nur ihre Nerven im Griff behielt und das Atmen nicht vergaß.

»Ich arbeite in einer Buchhandlung und wohne im Apartment über dem Laden.« Sie verzog das Gesicht zu einer Art Lächeln. »Ansonsten könnte ich es mir niemals leisten, in Bloomsbury zu leben.«

»Eine Buchhandlung! Ich liebe Buchhandlungen!«, erklärte Wallis.

Brav beantwortete Verity all ihre Fragen: An welcher Uni sie studiert hatte, wo sie aufgewachsen war (seit der Pensionierung des alten Bischofs und erklärten Gegners von Pfarrer Love lebten Veritys Eltern in einem typisch altmodischen Pfarrhaus in einem reizenden Dorf in East Lincolnshire Wolds), welche Pläne sie für den Sommer hatte (noch keine). Jede Antwort wurde von den Frauen mit einem strahlenden Lächeln und entzückten Ausrufen quittiert, als würde Verity wie bei einer Seehund-Show einen Teller auf der Nase balancieren oder hätte eine perfekte Interpretation von »My Heart Will Go On« zum Besten gegeben. Fehlanzeige. Sie war bloß ein Mädchen, das vor einer Gruppe völlig fremder Menschen vorgab, nichts als eine gute Freundin von Johnny zu sein.

Und wo war Johnny, während Verity dem behutsamen Verhör unterzogen wurde? Er marschierte mit dem Telefon am Ohr am hinteren Ende des üppig grünen Gartens auf und ab.

»Johnny ist so ein wunderbarer Mann«, sagte eine der Frauen, Lisa, die Veritys Blick gefolgt war. »Wir hoffen alle die ganze Zeit, dass er endlich eine ähnlich wunderbare Frau findet. Er ist schon seit Jahren Single.«

»Ehrlich gesagt hatten wir die Hoffnung schon aufgegeben«, bestätigte eine andere. »Wir haben so oft versucht, Johnny mit einer tollen Frau zusammenzubringen, aber mit keiner hat es geklappt. Und jetzt bist du auf einmal hier.«

»Wir sind noch am Anfang, ganz am Anfang«, erklärte Verity mit einem gequälten Lächeln. »Wir gehen es langsam an. Sehr langsam. Ich würde sogar sagen, wir sind eher Freunde als sonst etwas.«

»Natürlich, trotzdem ist er ein großartiger Kerl«, beharrte Lisa, worauf sich die anderen Frauen in Lobhudeleien über den wunderbaren Johnny ergingen, während dieser Verity einen Blick zuwarf. Sie winkte ihm flüchtig zu und wünschte, er wäre nicht ganz so weit weg, um ihren finsteren Blick und die darin enthaltene Message lesen zu können, dass es nicht besonders cool war, die vermeintliche Freundin nicht einmal dreißig Sekunden nach Betreten des Hauses einfach allein zu lassen – sogar alles andere als cool. »Er verdient es, glücklich zu sein.«

»Oh, ich glaube, er ist schon ziemlich glücklich«, murmelte Verity und registrierte, dass Johnny sein Telefongespräch beendet hatte, sein Handy einsteckte und herübergeschlendert kam.

»Entschuldigung, Entschuldigung«, rief er mit einem reumütigen Lächeln. »Ich wollte dich nicht im Stich lassen.« Er trat zu ihnen, stellte sich hinter Veritys Stuhl und legte ihr die Hand auf die Schulter. Verity widerstand dem Impuls, sich ihm zu entziehen. »Ich hoffe nur, ihr habt Verity keine Angst mit peinlichen Geschichten über mich eingejagt.«

»Nein, sie haben mir nur erzählt, was für ein wunderbarer Mensch du bist«, sagte Verity – wäre sie Nina, würde sie jetzt mit den Wimpern klimpern, und als Posy wäre sie auf der Stelle hinreißend errötet, während Verity bloß mit einem gequälten Lächeln auf ihrem Stuhl saß und sich fragte, wie zum Teufel sie sich in diesen Schlamassel hatte manövrieren können.

»Und noch viel wunderbarer wäre ich, wenn ich dich nicht der spanischen Inquisition ausgesetzt hätte.« Johnny lächelte den Frauen zu, die ihn und Verity mit unverhohlenem Interesse beäugten. »Soll ich dich erlösen?«

»Ja, bitte«, antwortete sie erleichtert und stand auf, als sie sich ihrer Manieren entsann. »Es hat mich wirklich gefreut, euch alle kennenzulernen.«

Verity hatte geglaubt, dass sie gehen würden, schließlich waren sie gefühlt bereits seit Stunden hier, doch auf dem Weg durch die Küche stellte Johnny sie jedem Einzelnen vor, bis sie schließlich vor ihrem Gastgeber standen, Johnnys Freund Graham, der Verity das perfekte nicht flüssige Rührei kredenzt hatte.

Er war so groß wie Johnny, hatte hellbraunes, von grauen Strähnen durchsetztes Haar, ein freundliches, offenes Gesicht und trug eine Brille mit schwarzem Gestell. »Johnny«, sagte er, »jemand hat mir gerade eine völlig verrückte Geschichte erzählt ... du wärst einfach losgezogen und hättest dir eine tolle neue Freundin geschnappt. Das kann doch unmöglich stimmen, oder?«

Johnny stieß einen gutmütigen Seufzer aus und schob Verity nach vorn. »Das ist Verity. Wir sind nur Freunde, und bitte, vergraule sie nicht.«

»Hallo, wir haben uns ja gewissermaßen schon kennengelernt. Dein Rührei war wirklich sehr lecker«, erklärte Verity so enthusiastisch, wie sie nur konnte, aber sollte sie gleich noch einmal umarmt oder einem weiteren Verhör unterzogen werden, würde sie wahrscheinlich schreien. Zum Glück schien Graham weder das eine noch das andere zu beabsichtigen, sondern schüttelte ihr bloß die Hand und erklärte, wie sehr er sich freue, dass sie einander endlich offiziell vorgestellt würden.

Vielleicht war Johnny ja doch ein so toller Mensch, wie alle seine Freunde behaupteten, denn er schien den flehenden Ausdruck auf Veritys Gesicht zu bemerken und sagte: »Ich fürchte, wir sollten allmählich aufbrechen. Wir haben noch eine andere Verpflichtung.«

»Stimmt, unsere andere Verpflichtung«, wiederholte Verity vage, als sie den Flur entlang in Richtung Haustür gingen.

»Willst du dich denn nicht verabschieden?«, fragte Graham mit einem verschmitzten Grinsen. »Wallis hat bestimmt noch fünfzig Fragen an Verity.«

»Du kannst uns bestimmt bei ihr entschuldigen«, gab Johnny mit fester Stimme zurück.

Drei weitere Schritte, dann waren sie an der Tür, die Graham ihnen aufhielt. Weitere Abschiedsfloskeln folgten – »Hat mich auch sehr gefreut, dich kennenzulernen. Und es macht dir auch nichts aus, den anderen zu sagen, dass wir schon gehen mussten? Ja, wir sehen uns bestimmt mal wieder« –, dann: Freiheit. Verity hüpfte förmlich die Treppe hinunter, lief den Weg entlang bis auf die Straße und sog tief den Atem ein, als wäre sie tagelang in einem Kohleschacht eingeschlossen gewesen.

»Siehst du? War doch gar nicht so schlimm, oder?«, fragte Johnny, als er sie eingeholt hatte.

Verity war drauf und dran, ihm zu sagen, *wie* schlimm es tatsächlich gewesen war. Die reinste Tortur. Eine unbeschreibliche Tortur. Aber – war es das tatsächlich gewesen? Es zu behaupten, würde bedeuten, dass sie seine Freunde in einem schlechten Licht dastehen ließ, dabei waren sie ausnahmslos nett zu ihr gewesen, Fragen hin oder her.

Ihr kam ein Gedanke. »Wann hast du deinen Freunden das letzte Mal eine Frau vorgestellt?«

Sie hatten den Weg in Richtung Chalk Farm eingeschlagen, doch nun blieb Johnny abrupt stehen. Seine Lippen bewegten sich, als würde er im Geiste nachrechnen. »Das muss etwa fünf Jahre her sein, mehr oder weniger. O Gott. So lange.«

Verity warf ihm einen verstohlenen Blick zu. Ja, er war immer noch so attraktiv wie das letzte Mal, als sie ihn angesehen hatte. Und wie all die Male davor. Er war so gut aussehend, dass sie ihn am liebsten die ganze Zeit betrachtet hätte; er hatte gute Manieren, war ein angenehmer Gesprächspartner, konnte mit seinen Händen Häuser bauen, und trotzdem war er allein.

Das ergab doch keinerlei Sinn. Andererseits hatte er es sich ja auch nicht ausgesucht, Single zu sein.

Normalerweise mied Verity persönliche Fragen tunlichst – weder stellte sie welche, noch wollte sie welche beantworten. Andererseits könnte sie der erste Mensch auf der Welt sein, der vor Neugier umkam. »Diese Frau … die, in die du verliebt bist, mit der du aber nicht zusammen sein …?«

»Bitte, Verity, könnten wir das einfach lassen?«, unterbrach Johnny und lächelte verlegen, um seinen Worten die Schärfe zu nehmen.

Aber sie konnte es nicht lassen. »Hat sie auch deine Freunde kennengelernt?« Ein weiterer Gedanke kam ihr. »Ist sie diejenige, mit der du ständig… Oh! Was um alles in der Welt tust du da?«

Johnny war auf die Knie gesunken und hatte Veritys Hände genommen. Einen absurden Moment lang glaubte sie, er würde gleich um ihre Hand anhalten. »Verity. Verity. Wir sind schon so weit, haben uns gegenseitig unseren Freunden vorgestellt…«

Mit einem Mal wusste sie, was gleich kommen würde, doch sie würde keine Sekunde länger bei diesem Quatsch mitspielen. »Das stimmt, und es war auch in Ordnung. Aber wir hatten vereinbart, dass es nur vorübergehend sein soll, um uns unsere Freunde vom Hals zu schaffen. Ein zeitlich begrenzter…«

»Aber wieso sollten wir nach nur einem Wochenende schon aufhören, wo es doch so gut funktioniert hat? Ich mag dich, und ich hoffe, du magst mich auch…« Seine Stimme drohte zu brechen, und seine Augen schimmerten so blaugrün wie jeder Ozean, den Peter Hardy je kartografiert haben mochte.

Was würde Elizabeth Bennet jetzt tun?, fragte sich Verity wie bei so vielen Gelegenheiten. Sie würde stark bleiben. Resolut. Und sie hätte vermutlich irgendeine schlagfertige Erwiderung auf der Zunge. »Ich mag dich tatsächlich gern«, gab Verity eilig zurück, obwohl es eigentlich gar nicht darum ging. »Aber das Ganze kann nur böse enden.«

»Du irrst dich. Es kann nur etwas Gutes dabei herauskommen. Den ganzen Sommer lang«, beharrte er. »Ich habe die Zusage zu sämtlichen Hochzeiten und vierzigsten Geburtstagen bis zur letzten Sekunde hinausgezögert, weil ich solche Angst hatte, alleine dort auftauchen zu müssen. Wieder mal. Aber wenn du eine Saison lang bereit wärst, als meine Begleiterin mitzukommen, wäre es nicht so schlimm. Es wäre sogar die perfekte Lösung.«

Das Ganze war lächerlich. Aber … »Na ja, ich habe sieben unbeantwortete Einladungen in einem Karton unter meinem Bett. Bisher habe ich noch nicht mal die zur Hochzeit meiner ältesten Schwester beantwortet, ganz zu schweigen von Verlobungen, Einweihungspartys und Geburtstagsfeiern zum Dreißigsten.« Verity seufzte.

»Los, wir machen einfach den ganzen Sommer über weiter. Wir werfen uns in Schale, gehen auf ein paar Partys, tanzen zu den Songs aus den Achtzigern.« Die meisten Leute hätte Johnnys Argumentation bestimmt überzeugt, aber Verity war nicht wie die meisten.

»Das sind schon mal drei Dinge, die ich nicht gern tue«, gab Verity nachdrücklich zurück, um ihm zu demonstrieren, was für ein Partymuffel sie war. »Das Ganze war … keine Ahnung, ich kann noch nicht einmal sagen, was es war … wie ich gestern schon gesagt habe, sollten wir am besten damit aufhören, solange wir es noch im Griff haben.«

Obwohl sie Lügen auf den Tod nicht ausstehen konnte, überlegte Verity bereits, wie sie Nina und Posy beibringen sollte, dass es zwischen ihr und Johnny aus war; dass es nach ihrer Trennung von Peter Hardy einfach zu früh gewesen sei, sich mit jemand anderem einzulassen. Inzwischen zog sie erfundene Partnerschaften wie Kaninchen aus dem Hut.

»Aber das haben wir doch.« Johnny stand auf und klopfte sich den Straßenstaub von der Hose, wobei sich seine Oberarmmuskeln überaus ansehnlich strafften und wieder entspannten. Verity war dankbar für die Ablenkung. »Wir haben uns ... wie oft getroffen? Vier Mal? Das heißt doch, wir sind auf dem besten Weg, Freunde zu werden. Freunde, die sich regelmäßig sehen. Die sich gegenseitig in einer Notsituation helfen. Bitte, Verity! Wir sind wie geschaffen füreinander. Wir sind beide gern Single, und du arbeitest in der früheren Lieblingsbuchhandlung meiner Mutter, die heute auf ihr Lieblingsgenre spezialisiert ist. Das ist doch ein Zeichen.«

Er glaubte ganz offensichtlich, Veritys Schwachstelle gefunden zu haben, dabei war sie aus völlig anderem Holz geschnitzt. Sie kreuzte die Arme vor der Brust und starrte Johnny vernichtend an. »Ziehst du ernsthaft die Tote-Mutter-Karte? Ernsthaft?«

Zumindest hatte er genug Anstand im Leib, den Blick zu senken und mit betretener Miene wieder aufzusehen. »Tja, dann bleibt mir wohl nichts anderes übrig, als mich wieder mal mit Leuten am Single-Tisch platzieren zu lassen, mit denen ich absolut nichts gemeinsam habe, und meinen Frust im Alkohol zu ertränken. Andererseits wäre ein Büfett noch viel schlimmer, weil man sich dort auch noch unters Volk mischen muss.« Er erschauderte, ebenso wie Verity.

»Das hasse ich wie die Pest«, sagte sie.

»Aber ich finde Small Talk noch viel schlimmer, als sich unters Volk mischen zu müssen«, meinte er nachdenklich. »Ich hasse Small Talk sogar noch mehr als Chutney.«

Verity aß Chutney für ihr Leben gern, für Small Talk hingegen hatte sie nicht allzu viel übrig. »Noch mehr hasse ich den Kreisverkehr in der Hangar Lane oder Leute, die ›anderst‹ statt ›anders‹ sagen.«

»Obwohl diese Leute eigentlich arme Teufel sind«, bemerkte Johnny und streckte die Hand nach Verity aus, als eine Art Anti-Small-Talk-Solidaritätsgeste, zog sie jedoch beim Anblick ihrer stählernen Miene augenblicklich zurück. »Aber wir könnten uns gegenseitig davor bewahren«, fuhr er fort. »Genauso wie vor diesen lästigen ›Und? Gibt es jemanden in deinem Leben?‹-Fragen. Vor Verabredungen mit verbitterten Geschiedenen und zwielichtigen WG-Genossen. Vor den mitleidigen Blicken und den ›Ich verstehe gar nicht, wieso ausgerechnet du immer noch Single bist‹-Weisheiten.«

Verity wusste nur zu genau, was Johnny damit meinte. Sie wusste und hasste all das ebenso sehr wie er. Peter Hardy war eine Zeit lang recht praktisch gewesen, wenn auch nur in virtueller Hinsicht, obwohl Merry Verity bekniet hatte, zumindest für eine Gelegenheit einen Schauspieler zu engagieren, der den bis über beide Ohren verliebten Ozeanografen spielte. Sie hatte sogar angeboten, eine Hälfte seines Honorars zu übernehmen.

Aber hätte Verity einen richtigen Schein-Freund, einen aus Fleisch und Blut, mit hübschen Anzügen, blaugrünen Augen und einem Hammer-Lächeln, bräuchte sie nicht bei jeder Party alleine aufzutauchen. Und sie würde nicht immer wieder Single-Männern vorgestellt werden und müsste mit ihnen ein steifes Gespräch führen, während sie sich insgeheim wünschte, jede Sekunde tot umzufallen.

»Ich vergesse immer wieder, wie grauenvoll Single-Tische bei Hochzeiten sind«, bemerkte sie, worauf Johnny, der zu spüren schien, dass ihre Entschlossenheit ins Wanken geriet, ihre Hand nahm – Killer-Blick hin oder her.

»Nächstes Wochenende bin ich zu einem vierzigsten Geburtstag eingeladen«, sagte er und machte ein Gesicht, als hätte er gerade erfahren, dass er nur noch sechs Monate zu leben hatte. »Los, Verity, komm schon, hab ein Herz!«

Verity hatte nicht nur ein Herz, sondern auch eine Schwester, die ihr angedroht hatte, sie bei ihrer Hochzeit neben den Hilfspfarrer ihres Vaters zu setzen. Jane Austens Mr. Collins war der reinste Chorknabe im Vergleich zu George, einem besserwisserischen Rüpel, der bereits lautstark angekündigt hatte, über kurz oder lang eine der Love-Schwestern zu einer ehrbaren Frau zu machen. Würde Verity jedoch mit Johnny auftauchen …

Aus ihr und Johnny würde niemals ein Paar werden, aber sie könnten zumindest Freunde sein. Mit Freunden hatte Verity nicht das geringste Problem, und hatte man einen Mann erst einmal offiziell zum platonischen Freund erklärt, blieb er es laut Nina auch.

»Na ja … ein vierzigster Geburtstag ist eine große Sache«, bemerkte Verity zweifelnd.

»Ja.« Johnny nickte. »Absolut. Eine Riesensause auf dem Land. Mit einem Zelt. Und Übernachtung. Aber natürlich würde ich zwei Einzelzimmer für uns buchen. Versprochen. Bitte sag Ja. Ich revanchiere mich auch dafür. Noch habe ich ja nicht alle deine Freunde kennengelernt, richtig?«

Hatte er nicht. Nur die erweiterte Happy-Ends-Clique, darunter auch den reizenden Stefan, der gemeinsam mit seiner reizenden Freundin Annika das schwedische Deli in der Rochester Street betrieb. Verity hatte noch viel mehr Freunde, die allesamt in einer festen Partnerschaft leben wollten und nicht verstehen konnten, weshalb Verity nicht dasselbe Ziel ansteuerte.

»Nein, bisher hast du nur einen kleinen Teil von ihnen kennengelernt«, sagte sie langsam. »Aber … über Nacht?« Das war definitiv nicht Teil ihrer Abmachung.

»Wenn es hilft, kann ich auch noch mal vor dir auf die Knie

fallen«, sagte Johnny und machte bereits tatsächlich Anstalten, sich vor Verity hinzuknien, doch sie packte ihn am Arm. Ihre Finger berührten seine warme Haut, und sie musste einen leisen, unerwarteten Schauder unterdrücken.

»Nein, tu das nicht«, sagte sie; es lag nicht an der flüchtigen Berührung und auch nicht an der Vorstellung, am Single-Tisch sitzen zu müssen, doch mit einem Mal war die Idee, mehr Zeit mit Johnny zu verbringen, keineswegs schrecklich, sondern ganz im Gegenteil sogar durchaus verlockend. »Wir schauen einfach, wie es nach einem weiteren Date so ist, okay?«

»Okay«, stimmte Johnny zu. »Abgemacht.«

Er streckte ihr die Hand entgegen, und Verity blieb nichts anderes übrig, als sie zu ergreifen. Und wieder überlief sie ein winziger Schauder, als wünschte sie sich sehnlichst die Berührung eines Mannes.

Was nicht der Fall war. Absolut nicht.

Kapitel 9

Oft täuscht uns nur die eigene Eitelkeit.

Die Crew des Happy Ends war rundweg sprachlos, als Verity verkündete, dass sie gemeinsam mit einem Mann übers Wochenende wegfahren würde. Doch nachdem sie sich von ihrem ersten Schock erholt hatten, bemühten sich alle, sie in ihrem Entschluss zu bestärken. Vielleicht ein klein wenig zu sehr, denn Posy bestand darauf, dass Verity den Samstag freibekam, während Verity insgeheim darauf gehofft hatte, doch arbeiten zu müssen. Fehlanzeige.

»Du kannst jederzeit samstags freihaben«, erklärte Posy freimütig, sah sich jedoch sofort hektisch um, ob Nina oder Tom etwas von ihrem großzügigen Angebot mitbekommen hatten. »Und mach dir keine Gedanken wegen der Online-Bestellungen. Little Sophie und ich wurschteln uns schon irgendwie durch.«

»Das klingt nicht gerade beruhigend für mich«, erklärte Verity. »Ich sollte euch zumindest eine Anleitung schreiben, wie die Bestellungen abgewickelt werden müssen.«

»Das ist nicht nötig«, wiegelte Posy ab. »So schwierig kann es wohl nicht sein, oder?«

Am Montag ein absolutes Chaos vorzufinden, wäre die gerechte Strafe für all die Lügen, dachte Verity. Sie sehnte sich danach, Posy und Nina die schreckliche Wahrheit zu gestehen, aber wenn sie das täte, müsste sie auch den Schwindel um Peter Hardy aufdecken. Deshalb blieb ihr keine andere Wahl, als das Spiel weiterzutreiben, trotz ihres schlechten Gewissens, vor allem da beide sich so für sie und ihre beginnende »Romanze« freuten … wenn auch nicht so sehr wie ihre Schwestern.

»Very fährt mit *einem Mann* weg. Übers Wochenende«, hatte Merry Con, Immy und Chatty erklärt, als alle fünf Love-Schwestern sich zu einem Live-Chat zusammengefunden hatten, um die Details für Cons bevorstehende Hochzeit zu besprechen.

Verity stieß Merry an, die mit Verys Laptop neben ihr auf dem Sofa saß. »Es ist kein Wochenendtrip, und ich fahre auch nicht mit *einem Mann* weg. Außerdem wollten wir andere Dinge besprechen.«

»Doch, tut sie«, widersprach Merry und schubste zurück, sodass Verity nicht länger auf den Bildschirm sehen konnte.

»Aha, also doch!«, rief Con und beugte sich so weit über das Display ihres Handys, dass die anderen ihren aus Küchenrolle improvisierten Kopfschmuck inklusive Schleier sehen konnten.

»Unsere Kleine wird endlich zur Frau!«, ätzte Immy herablassend, obwohl sie zwei Jahre jünger war als ihre Schwester. »Sehr gut, Very!«

»Das wäre dann das dritte offizielle Date mit ihm? Glaubst du, ihr landet im Bett? Eigentlich macht man das doch beim dritten Mal, oder?«, bohrte Chatty, während Verity stöhnend die Hände vors Gesicht schlug.

»Lieber Gott, könnten wir bitte lieber über die Tischdeko reden?«

Ninas Beitrag hatte wenigstens praktischen Nutzen.

»Ich leihe dir mein Wochenendköfferchen«, sagte sie, als sie von Veritys Plänen erfuhr. »Ein Vintage-Teil, das edler aussieht, als es in Wahrheit ist. Außerdem muss ich dir unbedingt vorher noch zeigen, wie man Smokey Eyes schminkt.«

Veritys schlechtes Gewissen hielt nicht sonderlich lange an. Irgendwann begann Nina damit, den kurzen Trip aufs Land als »dein versautes Wochenende« zu bezeichnen.

»Das ist kein versautes Wochenende«, widersprach Verity erschöpft. Unendlich erschöpft. »Ich verbringe nur eine einzige Nacht außerhalb von London.«

»Aber es ist das dritte Date, richtig? Wenn ja, musst du mit ihm schlafen. Das ist Standard«, rief Nina von der Kasse im Laden Verity zu, die in ihrem Büro saß, sodass nun praktischerweise sämtliche Kunden über Veritys Privatleben informiert waren.

»Unter gewissen Umständen geht's auch beim fünften Date, hast du gesagt«, warf Posy ein. »Verity ist Pfarrerstochter, das gilt doch als mildernder Umstand, oder?«

»Nach wie vielen Dates bist du zum ersten Mal mit Peter Hardy, dem Ozeanografen, im Bett gelandet?«, rief Tom vom anderen Ende des Raums herüber, wo er gerade die Neuerscheinungen einsortierte. »Obwohl ich ja zugeben muss, dass ich nie so richtig das Gefühl hatte, als hätten du und Peter Hardy, der Ozeanograf, eine besonders innige Beziehung.«

»Ihr haltet jetzt mal den Mund und macht eure Arbeit«, sagte Verity bloß, trotzdem erging sich Nina weiter in Spekulationen darüber, wie sich Veritys drittes Date gestalten sollte, (»Du brauchst ja nicht gleich aufs Ganze zu gehen. Oralsex ist doch ein super Kompromiss, oder?«), während Tom immer noch über die Existenz des stets abwesenden Peter Hardy, des Ozeanografen, sinnierte (»Echt praktisch, dass er von der Bildfläche verschwunden ist, aber das ist vermutlich das Gute daran, wenn man erst mit einem Ozeanografen zusammen ist und ihn anschließend abserviert«).

Das war auch der Tag, an dem Wallis hereinschneite.

Es kam höchst selten vor, dass Verity die Kasse bediente – lediglich, wenn absolute Not am Mann war, und ausschließlich während Ninas Mittagspause und dann auch nur, weil sie ein schlechtes Gewissen hatte, dass sie Posys Gutmütigkeit dermaßen ausnutzte.

»Hab ich dich gefunden!«, rief Wallis triumphierend und trat auf Verity zu, die die Hand zu einem laschen Winken hob. Außer Tom war niemand im Laden, und Verity hätte schwören können, dass er angestrengt lauschte, als Wallis sich über den Tresen beugte und Veritys Hand nahm. »Ich bin ja so froh, dass du und Johnny zusammen seid. Er ist so ein toller Mann, nicht? Wir finden ihn alle ganz großartig.«

»Er scheint sehr nett zu sein«, bestätigte Verity lahm.

»Und ich freue mich auch so, dass du am Wochenende mit zu Lawrence' Vierzigstem kommst, dann kannst du alle kennenlernen«, fuhr Wallis fort und ließ den Blick durch die Buchhandlung schweifen. Allem Anschein nach hatte sie gerade Mittagspause, denn sie trug einen gut geschnittenen grauen Hosenanzug und ihr gesträhntes Haar war zu einem Knoten im Nacken frisiert. Wallis war Anwältin, hatte Johnny erzählt. »Meine Kanzlei ist direkt um die Ecke, auf der anderen Seite der High Holborn, aber ich hatte keine Ahnung, dass es diesen Laden hier gibt. Wie schön es hier ist.«

Verity hatte jetzt keine Zeit, über den Charme des Ladens zu philosophieren. »Das waren am Sonntag gar nicht alle?«, krächzte sie.

»Nicht mal die Hälfte. Den Sommer über sind viele nicht in London.« Wallis lächelte. »Die wissen gar nicht, wie gut sie es haben, während wir hier für unser Geld schuften müssen. Aber wo ich schon mal hier bin, könnte ich mich ja auch ein bisschen umsehen. Ich brauche noch ein Geschenk für die Hochzeit von Rich und Carlotta. Dorthin kommst du ja sicher auch mit, oder?«

»Oh, ich weiß noch nicht genau. Ich kann nicht immer freinehmen, wie ich gern möchte. Sommer … Hochbetrieb … Touristen … und so.« Verity konnte noch nicht einmal mehr in ganzen Sätzen sprechen vor Angst, *alle* kennenlernen zu müssen. Zumindest brauchte sie sich jetzt noch keine Gedanken über Rich und Carlotta zu machen, die sie beide nicht kannte. Immer nur ein Date nach dem anderen, so lautete die Abmachung, und auf etwas anderes würde sie sich bei Gott auch nicht einlassen.

»Aber hat Posy nicht gesagt, dass du jederzeit samstags freinehmen kannst?«, warf Tom – wenig hilfreich – ein. Natürlich hatten er und Nina Wind von Posys Angebot bekommen und waren stocksauer deswegen. »Posy gehört der Laden hier, und sie unterstützt Verity in ihrem Privatleben sehr … genauso wie wir anderen. Ich bin übrigens Tom. Hier drüben finden Sie unsere Vitrinen mit sehr hübschen Sachen, die sich perfekt als Geschenk eignen. Kommen Sie, ich zeige sie Ihnen.«

Ein Lächeln lag auf seinem sonst meist ernsten Gesicht, als er zu ihnen trat, Wallis beim Ellbogen nahm und sie in den anderen Teil des Verkaufsraums führte. Wallis drehte sich noch einmal zu ihr um und klimperte heftig mit den Wimpern – im Gegensatz zu Verity erlagen alle Frauen über dreißig unweigerlich Toms Buchhändler-Charme, sowie sie den Laden betraten.

Das war am Donnerstag gewesen. Jetzt war es Samstagmorgen, und Verity saß neben Johnny, der durch die Vororte von Nord-London fuhr. Keiner von Veritys Freunden besaß einen eigenen Wagen oder sah auch nur die Notwendigkeit dafür.

»Keine Angst, wir fahren nur ein Stück aus der Stadt raus. Die Sonne scheint. Der Champagner wird in Strömen fließen. Es ist alles bestens«, sagte Johnny mit einem vielsagenden Blick auf Veritys Hände, mit denen sie den Sicherheitsgurt umklammert hielt.

Ganz ähnlich hatte Merry sie aufzumuntern versucht, als sie am Vorabend mit dem schicken Kleid vorbeigekommen war, dessen Kosten sie sich geteilt hatten. Und sie hatte einen Post-it-Zettel mit einem Diagramm gezeichnet und an den Kühlschrank geheftet: Ein einzelner winziger Kreis mit den Worten »Veritys Komfortzone« und ein riesiger Kreis darum herum, den sie mit »Die Welt der Magie« betitelt hatte.

Und es hatte tatsächlich etwas Magisches – der strahlend blaue Himmel über ihnen, als sie zuerst an den von Geschäften gesäumten Straßen und dann an den offenen grünen Wiesen vorbeifuhren, auf denen Schafe und Kühe grasten. Mit einem Mal wehte ein durchdringender Gestank nach Dung durch die Fenster, sodass sie sie eilig hochfuhren. Johnny hatte Radio 4 eingeschaltet, wo zuerst eine Diskussionsrunde lief, dann eine Quizshow, sodass sie nicht zu reden brauchten, sondern lachend die Fragen beantworteten.

Verity hatte immer wieder das Gefühl, auf dem Land viel besser durchatmen zu können; als Johnny von der Autobahn abfuhr und meinte, er kenne ein nettes Restaurant fürs Mittagessen – das sich als Pub entpuppte, der aussah, als diene er regelmäßig als Location für historische Filme –, schlug Verity sogar vor, zunächst noch einen kleinen Spaziergang zu machen, um sich die Beine zu vertreten.

Vielleicht versuchte sie ja bloß, Zeit zu schinden, bis sie *alle* kennenlernen musste, aber das Zwitschern der Vögel und der Duft nach Wildblumen war wie Balsam für ihre Seele, als sie die schmale Landstraße entlangschlenderten. Es machte ihr noch nicht einmal etwas aus, Gesellschaft zu haben, vor allem da Johnny wieder einmal mit seinem Telefon beschäftigt war, dessen ständiges Piepsen ankündigte, dass eine neue Nachricht eingegangen war. Verity musste die Zähne zusammenbeißen.

Doch als sie bei einer Portion Cheddar und höllenscharfem eingelegtem Gemüse saßen, war ihre Unterhaltung plötzlich wieder spürbar steifer.

»Wie geht es deinen vier Schwestern?«, erkundigte sich Johnny, doch Verity war sicher, dass Johnny nichts von Brautschleiern aus Küchenrolle und Chattys und Immys Theorien über Sex beim dritten Date wissen wollte, deshalb antwortete sie lediglich, dass alles in Ordnung sei.

Dann fragte sie ihn nach seiner Arbeit und nach seinem Vater, worauf Johnny antwortete, es laufe alles bestens und seinem Vater ginge es sehr gut. Veritys Mund war staubtrocken, und ihr Herz hämmerte, als sie verzweifelt überlegte, was sie als Nächstes sagen könnte. Ihr wollte beim besten Willen nichts einfallen.

»Ach ja, ich habe dir ja noch gar nichts von Lawrence erzählt, oder?«, meinte Johnny schließlich leichthin, als wäre die letzte Viertelstunde nicht die reinste Quälerei gewesen. »Er ist das Geburtstagskind. Na ja, Kind. Er wird vierzig, aber für mich ist er immer noch der siebzehnjährige Junge.«

Johnny erklärte, dass Lawrence ein paar Klassen über ihm auf einer schicken Londoner Tagesschule und der Kapitän der

Cricketmannschaft gewesen war, während Johnny im Mittelfeld gespielt hatte. Auf der Party zu Lawrence' Achtzehntem war Johnny dazu überredet worden, aufs Dach zu klettern, wo er sich prompt zwischen zwei Kaminen eingeklemmt hatte und von der Feuerwehr gerettet werden musste.

»Sollte also jemand heute Abend ›Wahrheit oder Pflicht‹ spielen wollen, lass lieber nicht zu, dass ich ›Pflicht‹ nehme, okay?«, sagte er.

»Obwohl das vielleicht die sicherere Variante wäre, wenn man bedenkt, dass wir bis zum Hals in einer Lügengeschichte stecken.«

»Wie Agenten in geheimer Mission.« Johnny runzelte die Stirn. »Andererseits sind wohl alle Missionen geheim, schätze ich, oder?«

Während der restlichen Fahrt unterhielt Johnny Verity mit weiteren Geschichten aus seiner Jugend, erzählte von Saufgelagen, Schwärmereien für Mädchen aus der angrenzenden Schule, von Partys in Camden Town und Picknicks in Primrose Hill – all das klang sehr exotisch und abenteuerlich für Verity, deren Jugend alles andere als wild gewesen war. Einmal hatte Con einen Jungen namens Tim bequatscht, Verity ins Kino einzuladen, allerdings hatte der Herr Pfarrer einen Riegel vorgeschoben.

»Dad hat die Tür aufgemacht, nur einen Blick auf Tim geworfen, der nicht gerade eine Augenweide war, und den Korinther-Brief, Kapitel eins, zitiert: *Wenn ich in den Sprachen der Menschen und der Engel redete, hätte aber die Liebe nicht, wäre ich dröhnendes Erz oder eine lärmende Pauke.* Tim hat auf dem Absatz kehrtgemacht und ist abgehauen. Das war das letzte Mal, dass ein Junge zu uns nach Hause gekommen ist, es sei denn, ihre Eltern hatten sie geschickt, um Sachen für den Kirchenbasar vorbeizubringen«, sagte Verity, worauf Johnny einen leisen Pfiff ausstieß.

Sie fuhren schmale Landstraßen entlang, über denen sich dicke Äste voller Blattwerk wie ein Baldachin spannten, vorbei an hohen Hecken und sattgrünen Feldern, durch winzige Dörfer, jedes noch malerischer als das vorherige, bis sie endlich ihr Ziel erreichten. Oakham Mount war der Inbegriff des idyllischen Dorfes: viel Grün, ein kleiner Gemischtwarenladen und eine Kirche, von der Verity vermutete, dass sie noch aus dem Mittelalter stammte. Allerdings war sie Mitte des neunzehnten Jahrhunderts einer Renovierung unterzogen und hier und da erweitert worden, was für das Gebäude nicht gerade von Vorteil gewesen war. Verity und ihre Schwestern hatten den Großteil ihrer Schulferien damit verbracht, sich vom Herrn Pfarrer und seiner Frau in irgendwelche Kirchen schleppen zu lassen, und sie besaß deshalb fundierte Kenntnisse über den Aufbau von Kirchenschiffen, über Taufbecken und überdachte Friedhofstore, auf die sie in allen Lebenslagen zurückgreifen konnte.

Außerdem gab es einen bildhübsch mit bunten Blumen geschmückten Pub namens The Kimpton Arms, der laut einer Schiefertafel vor der Eingangstür zum dritten Mal in Folge Drittplatzierter bei der Wahl zu Großbritanniens schönster Gaststätte geworden war. Johnny fuhr auf den Parkplatz.

»Da wären wir«, sagte er beiläufig. »Ich habe mir gedacht, du willst lieber hier übernachten als bei Lawrence zu Hause oder auf dem Grundstück, wo sie offenbar ein paar Jurten aufgestellt haben.«

»Hier ist es wunderbar«, sagte Verity, denn Jurten… das klang verdächtig nach Camping, und jene zahlreichen Sommerferien, in denen ihr Vater sie in sämtliche Kirchen des Landes geschleppt hatte, waren stets auch mit Camping verbunden gewesen. »Ich bin nicht sonderlich versessen darauf, morgens mit Nacktschnecken im Haar aufzuwachen.«

»Sehr gut.« Johnny stieg aus und hielt ihr die Beifahrertür auf, noch bevor sie auch nur den Gurt lösen konnte. »Ich hole das Gepäck aus dem Kofferraum.«

Gegen seine Manieren gab es jedenfalls nichts zu sagen, dachte Verity, als sie ihm in den Pub folgte. Genauso wenig wie gegen seine Schultern. Im Gegenteil.

Ein Mann trat hinter der Bar hervor, um sie zu begrüßen. »Ich bin Kenneth«, sagte er, als Johnny seinen Namen nannte. »Moment, ich hole schnell meine wunderbare Frau.«

Linda, Kenneths wunderbare Frau, hatte eine Dauerwelle und eine Resolutheit, die Verity verriet, dass sie aller Wahrscheinlichkeit nach in jedem Komitee und Verein im Dorf an vorderster Front mitmischte. Von ihr wurden sie durch eine Seitentür eine Treppe hinaufgeführt.

»Normalerweise sehen wir es nicht so gern, wenn die Gäste kommen und gehen, wie es ihnen gerade passt, aber da Sie ja zu Mr. Lawrence' Party hier sind, machen wir eine Ausnahme. Allerdings wäre es uns lieb, wenn Sie spätestens um halb zwölf zurück wären«, erklärte sie in einem Tonfall, der keinen Zweifel daran ließ, dass sie sie eiskalt vor der Tür stehen lassen würde, wenn sie später nach Hause kämen. »Ich brauche schließlich meinen Schönheitsschlaf.«

»Oh, ich bin sicher, Sie würden auch ohne ihn bildschön aussehen«, bemerkte Johnny mit leicht gedehntem Tonfall, worauf Verity ihm einen nervösen Blick zuwarf und Linda einfältig lächelte.

»Unser schönstes Zimmer«, erklärte sie und öffnete eine Tür. »Es hat ein eigenes Badezimmer, wobei die Dusche ein bisschen eigenwillig sein kann. Ich wünsche Ihnen einen angenehmen Aufenthalt.« Damit verschwand sie, eingehüllt in eine Wolke Rive Gauche.

Verity wandte sich mit in die Hüften gestemmten Händen Johnny zu. »Ihr schönstes Zimmer. Einzahl. Aber du hast doch gesagt, dass du zwei Einzelzimmer für uns buchen wolltest.«

»Das habe ich auch, aber sie hatten nur noch eines frei. Ein Zweibettzimmer.« Johnny deutete auf die beiden Einzelbetten, die mit allerlei geblümtem Schnickschnack wie volantbesetzten Tagesdecken und einer beängstigenden Zahl an Zierkissen bestückt waren. »Ich hatte einfach Angst, du kommst nicht mit, wenn ich es dir vorher sage.«

In den Liebesromanen, die Verity in Massen verschlungen hatte, kam es ziemlich häufig vor – es war sogar beinahe an der Tagesordnung –, dass der Held und die Heldin sich ein Zimmer in einem ansonsten ausgebuchten Hotel teilen mussten, ganz egal ob in einer Regency-Herberge oder einem modernen Fünf-Sterne-Tempel. Und dann ging es los: Ein mordlustiger Eindringling sorgte für Angst und Schrecken, oder es tobte ein schrecklicher Sturm mit lautem Donner und grellen Blitzen, der die Protagonistin zwang, in den Armen des Helden Schutz zu suchen, statt sich gegen ihn aufzulehnen. Zudem war ausnahmslos Alkohol im Spiel, dazu ein Negligé oder ein Handtuch, die ein paar Zentimeter nach unten rutschten und Blick auf einen knackigen Hintern oder ein hübsches Dekolleté boten.

Kurz gesagt – sobald ein Mann und eine Frau in einem Hotelzimmer eingesperrt waren, war ein leidenschaftliches Liebesspiel unweigerlich vorprogrammiert.

Aber nicht hier. Und nicht heute. Nein, vielen Dank.

»Allerdings«, gab Verity verdrossen zurück. »Wir können uns kein Zimmer teilen. Ich kenne dich kaum, und selbst wenn, würde ich trotzdem nicht im selben Zimmer schlafen wie du.«

»Du kannst ganz unbesorgt sein, ehrlich, Verity«, erklärte Johnny kühl genug, um sämtliche fiebrigen Fantasien, die Verity gehegt oder auch nicht gehegt haben mochte, erlöschen zu lassen. »Ich habe nicht die geringste Absicht, dich anzumachen, und ich hoffe, du auch nicht.«

Verity blieb eine entsprechende Erwiderung – »Im Leben nicht« – erspart, weil Johnnys Telefon in diesem Moment piepste. Es hatte während des letzten Teils der Fahrt keinen Laut von sich gegeben, was ein kleiner Rekord zu sein schien. Doch nun blickte Johnny aufs Display, und seine Züge verdüsterten sich.

»Ich muss rangehen«, sagte er und öffnete die Badezimmertür. »Schatz, heißt das, du bist nicht mehr sauer …«, hörte Verity ihn sagen, ehe sich die Tür hinter ihm schloss.

Das war diese Frau. Diejenige, in die er so verliebt war, dass keine andere jemals eine Chance bei ihm hatte. Die Frau, mit der er aus irgendeinem geheimnisvollen Grund, den er ums Verrecken nicht preisgeben wollte, nicht zusammen sein konnte. Die Frau, deren Existenz bedeutete, dass er eine Nacht in einem Zweibettzimmer verbrachte, das aussah, als hätte jemand beim Laura-Ashley-Ausverkauf gnadenlos zugeschlagen, mit einer Frau, die ihn nicht weiter interessierte, sodass keinerlei Gefahr bestand, dass irgendetwas passierte. Nicht einmal, wenn Verity in ihren hübschesten Dessous durchs Zimmer tänzeln würde – nicht dass sie so etwas besaß … nein, sie trug im besten Fall ein Set aus BH und Höschen, das aufeinander abgestimmt war.

Aber Verity wollte genauso wenig, dass irgendetwas passierte, deshalb war es gut, dass sie nicht Johnnys Typ war, wie er bei jeder sich bietenden Gelegenheit betonte. Was konnte also schon passieren, wenn sie im selben Zimmer übernachteten? Gar nichts. Absolut nichts.

Mit diesem Gedanken und nur einem winzigen Hauch von Bedauern, dass das wahre Leben nicht ein ganz klein wenig wie in einem Liebesroman war – auch wenn es ziemlich nervig und zeitintensiv wäre, eine Frau zu sein, die Männer schlicht um den Verstand brachte –, begann Verity ihren Koffer auszupacken.

Als Johnny aus dem Badezimmer trat, war sie bereits umgezogen und trug ein schickes schwarz-weiß gepunktetes Etuikleid im Sixties-Stil.

»Tut mir leid«, murmelte Johnny mit seinem Hundeblick, den sie inzwischen nur allzu gut kannte, und begegnete ihrem Blick im Spiegel, während sie versuchte, nach Ninas Anweisungen ihr Make-up aufzutragen. »Ich musste rangehen. Noch mal wegen des Zimmers …«

»Ich habe kein Problem damit«, sagte sie angespannt – zu reden und sich dabei Smokey Eyes zu zaubern, war schwieriger als gedacht. »Du hast mir mehr als einmal unmissverständlich klargemacht, dass du keine Absichten hast, etwas mit mir anzufangen.«

»Ich will damit nicht sagen, dass du unattraktiv wärst, denn das bist du nicht«, erklärte Johnny eilig. »Du bist sogar sehr attraktiv, trotzdem würde ich nicht …«

»Das spielt keine Rolle, weil du eine andere Frau liebst«, unterbrach Verity, um dieses grauenvolle Gespräch so schnell wie möglich zu beenden. »Und ich habe mir geschworen, nie wieder eine intime Beziehung mit jemandem einzugehen.«

Johnnys Brauen schossen in die Höhe. »Echt? Ich hatte mich schon gefragt, warum du ein so eiserner Single bist.«

»Das ist kein großes Geheimnis. Manche Leute sind einfach glücklicher, wenn sie alleine sind, und ich gehöre nun mal dazu.« Verity hatte Mühe, sich in ihrer Hektik nicht das Wimpernbürstchen ins Auge zu rammen. »Bist du fertig? Wann sollen wir dort sein?«

Kapitel 10

Je mehr ich von der Welt sehe, desto unzufriedener bin ich damit, und jeder Tag bestätigt mich in meiner Überzeugung, dass der Mensch wankelmütig ist.

Der Weg vom The Kimpton Arms zur Feier war kurz – durch das Dorf und dann links einen Kiesweg entlang.

Verity hatte befürchtet, Lawrence und seine Frau Catriona würden ein prachtvolles Anwesen wie in *Downton Abbey* bewohnen, doch das Haus entpuppte sich zwar als sehr groß, und vermutlich hatte es einst einer angesehenen Persönlichkeit gehört, einem Arzt oder einem Anwalt, aber es war eindeutig kein Adelssitz.

Dennoch gelangten sie, als sie den Klängen der Musik und einer Kette aus Luftballons seitlich um das Haus herum folgten, zu einem Gartentor, hinter dem sich ein parkähnliches Grundstück erstreckte.

»Da drüben ist es wohl.« Johnny deutete auf das riesige weiße Partyzelt mitten auf dem Rasen, vor dem sich allerlei Gäste eingefunden hatten, inklusive Kindern im Sonntagsstaat und einer Handvoll genervter Teenager im Kellner-Outfit, die Tabletts voller Gläser herumtrugen.

Sehnsüchtig blickte Verity auf den Champagner, aber ihr

war klar, dass sie sich am Riemen reißen musste. Es war gerade einmal fünf Uhr nachmittags, und bis um halb zwölf, wenn sie wieder im Pub sein mussten, waren es noch über sechs Stunden. Sie wollte nicht schon vor Einbruch der Dunkelheit stockbetrunken sein – nicht dass sie jemals stockbetrunken wäre, aber dies war definitiv keine Gelegenheit, damit anzufangen.

Als sie näher kamen, stellte Verity fest, dass alle Blicke auf sie gerichtet waren, und all jene, die nicht hersahen, wurden angestoßen und bekamen etwas ins Ohr geflüstert, worauf sie sich ebenfalls umdrehten. Das Ganze erinnerte an die Szenen, wie Verity sie aus Western-Filmen kannte, wenn der Sheriff den Saloon eines gottverlassenen Kaffs betrat und sich tödliche Stille ausbreitete.

Nur dass im Zelt eine Band gerade »Music To Watch Girls By« spielte und ein kleiner, bestens gelaunter Mann sich aus der Menge löste und winkte. »Johnny! Wer hat dich denn reingelassen?«

»Das ist Lawrence«, murmelte Johnny und versuchte, ihre Hand zu nehmen, doch sie zog sie sofort weg.

»Ich bin nicht so der Typ, der Händchen hält«, sagte sie leise.

»Oh, ich schon. Ich habe gern Körperkontakt. Entschuldigung«, flüsterte er zurück und breitete die Arme aus, um Lawrence an sich zu drücken. Die beiden schlugen einander auf den Rücken, so wie Männer es üblicherweise taten, weil sie Umarmungen ebenso verlegen machten wie Verity, wenn sie jemandem um den Hals fallen musste.

»Ich hab deine hässliche Visage echt vermisst!«, erklärte Lawrence, als sie sich voneinander lösten. »Ehrlich gesagt bist du noch hässlicher als beim letzten Mal, glaube ich.«

»Und du hast noch weniger Haare auf dem Kopf.« Johnny

grinste und zerzauste seinem Freund den dichten dunklen Schopf. »Du bist ja praktisch kahl.«

»Und ich kapiere nicht, wie jemand mit einem Gesicht wie deinem so eine hübsche junge Lady dazu überreden konnte, mit ihm auszugehen. Musstest du sie dafür bezahlen?« Lawrence hatte ein gutmütiges Gesicht, deshalb bezweifelte Verity, dass seine Worte boshaft gemeint waren, auch wenn Johnny scharf den Atem einsog.

»Ich bin kein bezahltes Escort-Girl, sondern halte mich nur gern in Johnnys Gegenwart auf, auch wenn er optisch nicht allzu viel hermacht.« Es war eines von vielleicht drei Malen in ihrem Leben, dass Verity zum richtigen Zeitpunkt eine halbwegs geistreich-witzige Bemerkung machte. »Ich heiße übrigens Verity.«

»Ich bin Lawrence, und ich weiß jetzt schon, dass du viel zu toll für diesen Kerl hier bist.« Lawrence ergriff Veritys Hand und küsste sie – und dies war definitiv nicht der richtige Zeitpunkt, um damit herauszurücken, dass sie kein großer Fan von Körperkontakt war.

Im Verlauf der nächsten Stunde packte gefühlt jeder Gast ihre Hand, drückte sie an sich, küsste sie. Ihr Gesicht schmerzte vom vielen Lächeln, als sie ein weiteres Mal den Leuten vorgestellt wurde, die sie beim Brunch bereits gesehen hatte, und all jenen, die sie noch nicht kannte.

Wenn ihr etwas Unbehagen bereitete, war es die Gewissheit, wie schwer sie sich im Umgang mit anderen Leuten tat, aber ganz gewiss nicht die Warmherzigkeit, mit der Johnnys Freunde sie in ihrer Mitte aufnahmen. Sie waren ausnahmslos höflich und offen, aber auch gnadenlos neugierig. Verity konnte sich später nicht erinnern, wie oft sie die Geschichte erzählt hatte, wie Johnny und sie am selben Abend im selben

Restaurant versetzt worden waren. Und jedes Mal erntete sie dieselben Reaktionen. »Wird auch langsam Zeit!« oder »Wenn ein Mann verdient hat, dass eine tolle Frau ihn liebt, dann ist es Johnny«.

Verity und Johnny waren nicht ineinander verliebt, und sie war alles andere als eine tolle Frau, sonst würde sie wohl kaum seine Freunde hinters Licht führen, deshalb war es eine Wohltat, als er endlich auftauchte und sie rettete.

»Komm, wir suchen uns ein ruhiges Plätzchen«, schlug er vor, nachdem sie sich am Büfett bedient hatten. Verity war sicher, dass man ihr ansah, wie sehr es sie angestrengt hatte, so lange im Zentrum der Aufmerksamkeit zu stehen. »Ganz schön heftig«, meinte er.

»Ziemlich viele neue Leute auf einmal«, räumte sie ein. »Ich konnte mir nicht mal die Hälfte der Namen merken.«

»Zum Glück kenne ich einen geheimen Weg durchs Gebüsch«, sagte Johnny und schlüpfte durch eine Lücke in der Hecke. »Los, komm!«

Verity folgte ihm einen schmalen gewundenen Weg hinunter, der an den sorgfältig gestutzten Sträuchern zu einem Teich voll dicker exotisch bunter Fische führte. Dahinter befand sich ein hübsches mintgrün gestrichenes Sommerhäuschen mit Veranda und einer Holzbank.

Mit einem erleichterten Seufzer ließ Verity sich auf die Bank sinken, um ihre Füße hochzulegen, die von dem stundenlangen Stehen in hohen Wedge-Sandalen schmerzten, und auch ihrem Mund eine kleine Pause zu gönnen. Nur ein paar Minuten der Stille. Nichts sagen und auch nichts hören müssen …

»Das war …«, setzte Johnny an, doch Verity hob die Hand.

»Kein Wort mehr!«, flehte sie. »Bitte … nur für ein paar Minuten.«

Johnny warf ihr einen leicht beleidigten Blick zu, schwieg jedoch, während sie in der frühabendlichen Sonne ihren Champagner tranken und den Klängen der Band lauschten, die vom anderen Ende des Gartens herüberwehten und sich mit dem Gezwitscher der Vögel mischten.

Verity hatte das Gefühl, endlich richtig durchatmen zu können, doch nach ein paar Minuten stieß Johnny mit seinem leeren Glas gegen ihres. »Sprecherlaubnis?«, fragte er mit einem Anflug von Belustigung.

»Erlaubnis erteilt«, sagte Verity widerstrebend.

»Wir sollten uns wieder ins Getümmel stürzen. Nach dem Aufruhr, den wir verursacht haben, merken die anderen es sofort, wenn wir verschwunden sind. Bestimmt zerreißen sie sich schon das Maul darüber, was sich in den Rosensträuchern gerade so alles abspielt.«

Auf dem Weg zum Zelt war es ausnahmsweise Veritys Telefon, das piepste. *Wie läuft's?*, wollte Merry wissen.

Eigentlich lief es nicht übel, absolut nicht, doch kaum waren sie durch die Terrassentüren in einen weitläufigen Wintergarten getreten, drehten sich erneut alle Anwesenden zu ihnen um – ein sicheres Zeichen, dass ihr der zweite Teil der Inquisition bevorstand.

In Ermangelung von Worten beschloss Verity, auf Emojis zurückzugreifen.

»Ich glaube, jetzt kommen die Reden«, sagte Johnny zu Veritys Erleichterung – so lange konnte ihr zumindest keiner ein Gespräch aufs Auge drücken.

Sie standen im hinteren Teil des Raums, während Lawrence'

Bruder im Rugby-Jargon (und unter mehrfacher Erwähnung des Wortes »Skrotum«) einen Toast auf das Geburtstagskind aussprach. Merrys nächste Nachricht ersparte Verity die Peinlichkeit, der Rede ihre volle Aufmerksamkeit schenken zu müssen.

> Die ungewöhnlich vielen Emojis machen mir Sorgen. Ist es
> so schlimm? Hast du zu viel getrunken? Oder vielleicht zu
> wenig? Ich könnte den Wagen von Dougies Mum ausleihen
> und dich retten, wenn es so schrecklich ist.

Die Versuchung war groß, aber in Wahrheit war es nicht einmal halb so schrecklich, dachte Verity. Normalerweise nahm sie sich Merrys Ratschläge nicht zwingend zu Herzen, doch als ein Kellner mit einem Tablett in ihre Reichweite kam, schnappte Verity sich ein zweites Glas Champagner für sich und eines für Johnny.

»Für die Toasts«, sagte sie – immerhin war sie offiziell seine Freundin; sie würde all das hier hinkriegen, ohne sich wie das letzte Weichei zu benehmen.

Die Reden zogen sich lange genug hin, dass Verity noch zwei weitere Gläser Champagner trank; nicht genug, um wirklich betrunken zu sein, aber ausreichend, um der Welt ringsum ein wenig von ihrer Schärfe zu nehmen. Als Johnnys Telefon erneut läutete und er sich ein weiteres Mal mit »Ich muss da unbedingt rangehen« entschuldigte, war Verity keineswegs unglücklich, alleine mit seinen Nord-Londoner Freunden zurückbleiben zu müssen. Wallis hatte bereits allen von ihrem Besuch im Happy Ends erzählt, und Verity beantwortete brav die Fragen über ihre Arbeit, was zu einer witzigen Debatte darüber führte, welche Verfilmung von *Stolz und Vorurteil* die beste war – logischerweise die BBC-Version und nicht die unterirdische Variante mit der albern grinsenden Keira Knightly und Matthew Macfadyen mit der grauenvollen Perücke.

»Ich sage nur – Colin Firth, wie er aus dem Teich steigt und ihm das nasse weiße Hemd an der Brust klebt«, erklärte Verity – genauso wie die unzähligen Male, als sie diese Unterhaltung mit ihren Schwestern und Posy und Nina geführt hatte, und sie konnte nur staunen, wie eine Frau beim Anblick des jungen Colin Firth in einem nassen Hemd *nicht* in die Knie gehen konnte.

Verity hatte weitaus schlimmere Samstagabende verlebt. Ehrlich gesagt amüsierte sie sich sogar richtig gut. Wer hätte das gedacht? Doch als die Rede auf die Serien kam, die sich gerade jeder ansah, nutzte sie die Gelegenheit, sich zu entschuldigen und sich auf die Suche nach der Toilette zu machen.

Eigentlich hatte sie vorgehabt, sich für ein paar Minuten zurückzuziehen und zu sammeln, doch es hatte sich eine beachtliche Schlange gebildet, deshalb checkte sie lediglich, ob der Akku ihres Handys noch voll genug war; es war bereits neun Uhr, deshalb musste sie bloß noch zwei Stunden überstehen, ehe sie in den Pub zurückkehren konnten.

Inzwischen waren die meisten Gäste mindestens ein wenig angeheitert und auf dem besten Weg, sich vollends abzuschießen. Im Zelt hatten einige bereits begonnen zu tanzen, und als Verity auf der Suche nach Johnny umherstreifte, verspürte sie mit einem Mal einen Anflug von Verlorenheit.

Sie kehrte in den Garten zurück, wo die Sonne gerade hinter den mit Lampions geschmückten Bäumen verschwand. Von Johnny war weit und breit keine Spur. Sie beschloss, noch einmal durch die Hecke zu schlüpfen und zu dem Sommerhaus zurückzugehen, als sie hörte, wie jemand von hinten auf unsicheren Beinen über den Rasen stöckelte.

»Oho, oho«, ertönte eine leicht nuschelnde Frauenstimme. »Wenn das nicht Johnnys Freundin ist! Halt! Ich muss mit dir reden!«

Verity schickte einen verzweifelten Blick Richtung Himmel, dann drehte sie sich um. Sie war der Frau bereits begegnet, wobei sie da noch in deutlich besserem Zustand gewesen war – ihr blondes Haar nicht so zerzaust, das mintgrüne Spitzenkleid nicht so knittrig und ihr geschmackvoller rosa Lippenstift nicht so verschmiert. »Tut mir leid«, sagte Verity, »aber ich kann mich nicht an deinen Namen erinnern. Die vielen neuen Gesichter ...«

»Ach, pfeif drauf!« Verity wurde so abrupt gepackt, dass sie beinahe im Dekolleté der Frau landete, als diese sie in eine warme, klebrige Umarmung zog. »Ich wollte mich nur bedanken. Johnny ist so ein wunderbarer Mann. Ich hab mein Glück auch mal bei ihm versucht, als wir noch jünger waren, aber da war er schon Hals über Kopf in sie verliebt. Ist es zu fassen, dass er all die Jahre bloß wegen ihr vergeudet hat?«

»Wegen ihr?« Verity war sehr wohl bewusst, dass es gemein war, den alkoholisierten Zustand der Frau auszunutzen, um etwas über Johnnys geheimnisvolle Geliebte in Erfahrung zu bringen – aber es war eben auch leider unwiderstehlich.

»Ja, wegen ihr!«, bestätigte die Frau. »Na ja, eigentlich sollte ich wohl nicht ausgerechnet mit dir darüber reden, was? Johnny und du, ihr habt das doch besprochen, oder? Immerhin muss es ja etwas ziemlich Ernstes sein, wenn er will, dass du alle kennenlernst. Die beiden dachten tatsächlich, dass niemand etwas mitbekommen hat, aber ich wusste die ganze Zeit Bescheid. Das war echt übel. Die reinste Tortur. Diese Dreiecksgeschichte war schon vor Jahren ein alter Hut, und mittlerweile ist sie so alt wie Methusalem.«

Das waren eine Menge Informationen auf einmal. Verity spürte, wie die Drähte in ihrem Hirn zu glühen begannen. »Was für eine Dreiecksgeschichte meinst du?«

Die Frau stieß ein hohles Lachen aus. »Eine Frau, die sich zwischen zwei beste Freunde drängt ... ein Klischee, wie es im Buche steht, was? Als Johnny nach dem Tod seiner Mutter in die Staaten gegangen ist, dachten wir alle, es sei vorbei. Und das war es ja auch, immerhin hat sie Harry geheiratet, verdammt noch mal. Dann kam Johnny zurück, und das Drama nahm seinen Lauf. Das weiß ich nur, weil ich sie mit eigenen Augen gesehen habe ... mit diesen hier ...« Sie deutete auf ihre blutunterlaufenen Augen, nur für den Fall, dass Verity nicht wusste, was sie meinte. »Johnny war dann mit einer wirklich tollen Frau zusammen. Sie war auch Architektin, aber es hat nicht funktioniert, was mich nicht gewundert hat, als ich ihn und Madame Händchen haltend in der Bar des Stafford Hotels in Mayfair gesehen habe. Und was ist seitdem passiert? Er hat keine andere mehr angeschaut, und jetzt taucht er auf einmal mit dir hier auf. Ich muss dich einfach noch mal drücken. Alle finden, dass du der blanke Wahnsinn bist.«

Verity wusste immer noch nicht, was sie denken sollte. »Wirklich? Finden sie das wirklich?«

»Natürlich. Weil es stimmt«, sagte Johnny hinter ihr, und Verity erstarrte, als wären ihre Eingeweide mit einem Schlag zu Eis gefroren.

Kapitel 11

Sie können mir zwar Fragen stellen,
aber ich muss sie nicht beantworten.

Schließlich hatte Verity den Mut, sich umzudrehen. Johnny hatte die Brauen hochgezogen, und auf seinem Gesicht lag ein verbindliches Lächeln, das es unmöglich machte, einzuschätzen, was er dachte – oder wie viel er von der Unterhaltung mitbekommen hatte.

Er trat neben Verity. »Julia, ich glaube, Matthew sucht schon nach dir«, sagte er mit sanfter Stimme, die perfekt zu seinem Lächeln passte.

Julia nickte. »Ja, das habe ich mir fast gedacht. Er fährt heute.« Einen Moment lang drohte sie das Gleichgewicht zu verlieren. »Das ist das erste Mal seit sieben Jahren, dass ich nicht gerade schwanger bin oder stille, wenn irgendwo eine Party steigt. Wahrscheinlich habe ich es ein bisschen übertrieben.«

Sie nahmen Julia in die Mitte und führten sie durch den Garten ins Haus, wo ein blonder Mann bereits mit den Wagenschlüsseln in der Hand wartete.

»Oh, Julia, ich habe mir fast gedacht, dass genau das passiert«, sagte er bekümmert, als er Verity und Johnny mit ihrer

Lebendfracht sah. »Morgen wirst du einen fürchterlichen Kater haben, und meine Mutter kommt doch zum Mittagessen.«

»Verdammt!«, stieß Julia hervor und taumelte auf ihren Ehemann zu. »Soll ich sie gleich anrufen und ihr sagen, sie soll zu Hause bleiben?«

»Lieber nicht. Sie hat dir noch nicht mal verziehen, was du an Weihnachten gesagt hast.«

»Sie hat mich provoziert, und die Füllung war tatsächlich staubtrocken ...«

Julia und ihr allem Anschein nach leidgeplagter Ehemann traten hinaus in die Einfahrt.

Johnny sah auf die Uhr. »Es ist schon nach zehn. Sollen wir zurückgehen? Wenn wir jetzt anfangen, uns zu verabschieden, sind wir wahrscheinlich gerade rechtzeitig zu Hause.«

Verity nickte, rührte sich aber nicht vom Fleck. »Könnten wir nicht einfach ... du weißt schon?«

Johnny sah sie stirnrunzelnd an.

»Du weißt schon ... ein polnischer Abgang. Wir machen uns einfach aus dem Staub, ohne stundenlange Verabschiedung.« Verity war völlig geschafft. Fertig. Keinerlei Reserven mehr. Eine weitere Stunde lächelnd an Johnnys Seite ausharren und sich anhören zu müssen, wie seine inzwischen hoffnungslos betrunkenen Freunde darüber Witze rissen, was sie wohl treiben würden, sobald sie alleine wären, war schlicht und einfach zu viel.

Wenn sie sich einfach davonmachten, würden sich sowieso alle ihren Teil denken und davon ausgehen, dass sie wilden Sex hätten – was unter den gegebenen Umständen der Witz des Jahrhunderts war.

»Aber ist das nicht ziemlich unhöflich?«, fragte Johnny; vielleicht war es das auch, aber immer noch höflicher, als Verity zu überreden, sich auf eine vorgeheuchelte Beziehung einzulassen, ohne sie zu warnen, was sie erwartete.

»Ich habe Kopfschmerzen«, sagte Verity, und das war noch nicht einmal eine Lüge. Sie spürte bereits das verräterische Pochen hinter den Schläfen, das sie immer dann heimsuchte, wenn Leute sie zwingen wollten, sich zu amüsieren, obwohl sie keine Lust dazu hatte. »Ich brauche ein bisschen Ruhe.«

»Oh. Tja, die will ich dir natürlich nicht vorenthalten ...«

Glücklicherweise begegneten sie auf dem Weg zur Einfahrt Lawrence und konnten ihm erklären, dass sie aufbrechen würden, während Verity sich noch einmal für die tolle Party bedankte. So kam es, dass sie noch vor der letzten Runde ins The Kimpton Arms zurückkehrten. Verity ließ Johnny an der Bar zurück, während sie nach oben ging.

Jemand hatte die Tagesdecken zurückgeschlagen und ein Ferrero Rocher auf die Kopfkissen gelegt.

Verity sehnte sich nach einem Bad, doch die Vorstellung, nackt in der Wanne zu liegen, wenn Johnny zurückkam, behagte ihr gar nicht. Also beschloss sie zu duschen – die kürzeste Dusche, seit sie von zu Hause ausgezogen war und keine ihrer vier Schwestern gegen die Tür hämmerte und motzte oder nach unten in die Küche lief und den Hahn aufdrehte, damit das Wasser oben eiskalt wurde.

Als Johnny nach oben kam, lag Verity bereits in ihrem gestreiften Schlafanzug im Bett und hatte sich die Decke bis zum Hals hochgezogen – sie erfüllte so ziemlich jedes Liebesroman-Klischee. Tatsache war, dass sie mindestens so nervös war wie die jungfräuliche Debütantin, die sich mit dem fremden Teufelskerl in einer abgelegenen Herberge mitten auf dem Land zwangsweise ein Zimmer teilen musste.

Mit krächzender Stimme brachte sie ein »Ja« hervor, als Johnny fragte, ob er hereinkommen dürfe. Er lächelte ihr vorsichtig zu und verschwand sofort im Badezimmer.

Sie hörte ihn die Zähne putzen und gurgeln, dann rauschte Wasser, und er kramte in seinem Waschbeutel – alltägliche Geräusche, die sich plötzlich viel zu privat anfühlten, weil ein Fremder sie verursachte. Ein Mann, den sie erst seit zwei Wochen kannte, eine Handvoll Male gesehen hatte und über den sie allenfalls ein, zwei Dinge wusste (Cambridge, Architekt). Aber in Wahrheit war er ein Fremder für sie. Und nun gab es auf einmal so viele Dinge, die sie wissen wollte, wissen *musste*.

»Was hat diese Julia vorhin gemeint? Oder besser gesagt, von wem genau hat sie gesprochen?«, fragte Verity, als Johnny aus dem Badezimmer trat. Er trug Boxershorts und ein T-Shirt, und Verity musste sich zwingen, den Blick von seinen langen schlanken Beinen zu lösen, während sie sich wünschte, ganz lässig und souverän mit dieser Situation umzugehen, als wäre das hier bloß eine nette Anekdote, die sie später ihren Schwestern erzählen konnte.

Johnny faltete seine Kleider zusammen, legte sie auf einen Stuhl und kletterte ins Bett. Hatte er ihre Frage nicht gehört oder nur beschlossen, sie zu ignorieren?

»Licht aus?«, fragte er, worauf sie ein zustimmendes Murmeln von sich gab. Sekunden später war der Raum in tiefe Dunkelheit getaucht.

Verity war sicher, dass sie keinen Schlaf finden würde. Nie im Leben. Ihre Muskeln waren viel zu angespannt, und der Schmerz pochte immer noch hinter ihren Schläfen. Sie beschloss, noch einmal aufzustehen, um sich eine Tablette zu holen und …

»Julia hat von der Liebe meines Lebens gesprochen«, sagte

er. Vielleicht würde sie lieber liegen bleiben und sich Johnnys leises Geständnis anhören. »Zu schade, dass sie meinen besten Freund geheiratet hat.«

»Deinen besten Freund?«, krächzte sie leise.

»Yep«, bestätigte er knapp. »Wir haben uns gestritten, ich bin in die USA gegangen, und sie hat ihn geheiratet, um über die Enttäuschung hinwegzukommen. Deshalb können wir nicht zusammen sein.«

»Aber kann sie sich nicht scheiden lassen?« Verity war durchaus eine Verfechterin des heiligen Stands der Ehe – immerhin war sie Pfarrerstochter –, gleichzeitig war sie der Ansicht, dass es für Menschen, die unglücklich verheiratet waren, eine Ausstiegsklausel geben musste.

Johnny seufzte so laut, dass Verity fürchtete, Linda könnte jeden Moment gegen die Tür hämmern. »Nein. Das Ganze ist sehr kompliziert.«

»Wieso? Sind sie katholisch?«

»Nein«, antwortete er gedehnt.

»Also haben sie Kinder? Stimmt, das würde es tatsächlich verkomplizieren.«

»Nein, keine Kinder.«

Aber wo lag dann das Problem? Es sei denn, Merry hatte mit ihrer verrückten Idee doch recht gehabt. »Du liebe Güte, sie leidet an einer schweren Krankheit im End…«

»Nein!«, unterbrach Johnny sie barsch.

Das leise Pochen in Veritys Schläfen schwoll zu einem heftigen Hämmern an. »Hast du dir nie überlegt, es einfach gut sein zu lassen und dir jemand anderen zu suchen? Jemanden, der nicht verheiratet ist?«

»Wieso sollte ich? Mein Herz gehört allein ihr.« Er klang nicht gerade begeistert über die Besitzverhältnisse seines

Herzens. Vielleicht ging ihm auch bloß Veritys Weigerung, das Thema endlich fallen zu lassen, auf die Nerven, aber sie musste zugeben, dass ihr die Logik des Ganzen nicht recht einleuchten wollte.

»Also habt ihr Sex, ja?« Verity hielt es für das Beste, das Kind beim Namen zu nennen. Johnny redete zwar um den heißen Brei herum, trotzdem stand fest, dass er eine Affäre mit einer verheirateten Frau hatte. Punkt.

Einen Moment lang glaubte sie seinen finsteren Blick in der Dunkelheit sehen zu können.

»Nein.« Er dehnte das Wort bis zur Endlosigkeit. Und legte einen Anflug von Gereiztheit hinein. »Wir haben… es geht nicht um Sex. Wäre ich so scharf auf Sex, würde ich mir einfach eine Frau suchen, die genau dasselbe will, ohne Versprechungen, ohne Verpflichtungen. Wir würden in der Kiste landen und eine Nacht lang bedeutungslosen Sex haben, der zwar vorübergehend Befriedigung verschafft und das Bedürfnis lindert, einen dann aber mit genau demselben Gefühl der Leere zurücklässt.«

Seine Stimme. Eine Stimme wie die von Tom Hiddleston, die all diese Dinge über Sex sagte – über Sex ohne Verpflichtungen, der stets wilder, haltloser und aufregender als gewöhnlicher Sex zu sein schien – und alle möglichen Gefühle in Verity heraufbeschwor. Sie spürte, wie sie sich zu winden begann, ihr Körper sich plötzlich schwerer, fast lasziv anfühlte, während sie sich ausmalte, wie Johnny einer Frau in irgendeiner Bar einen seiner mürrisch-provokanten Blicke zuwarf, ihr ein verführerisches Lächeln schenkte, ehe er sie mit zu sich nach Hause nahm, wo sie sich wild zu küssen begannen, voller Leidenschaft übereinander herfielen, kaum dass sich die Tür hinter ihnen geschlossen hatte, sich gegenseitig die Kleider vom Leib rissen, um nackt und frei zu sein. Johnnys Körper ... oben ...

Genug! Verity knipste das Licht an und kniff die Augen zusammen; nicht nur gegen die plötzliche Helligkeit, sondern auch, um Johnny nicht ins Gesicht sehen zu müssen. »Kopfschmerzen«, presste sie hervor. »Ich brauche eine Tablette.«

Es war eine ziemliche Herausforderung, mit geschlossenen Augen ins Bad zu tappen, wobei sie prompt unterwegs gegen den Hosenbügelautomaten knallte. Sie schluckte zwei Ibuprofen und blieb noch eine Weile im Badezimmer, in der Hoffnung, dass Johnny eingeschlafen wäre, doch als sie endlich den Mut aufbrachte, ins Zimmer zurückzukehren, war er immer noch wach. Mehr als wach – er saß mit vor der Brust gekreuzten Armen im Bett, den Blick fest auf Verity gerichtet, als sie zu ihrem Bett zurückschlurfte.

»Mir war nicht klar, dass dieses Wochenend-Arrangement auch bedeutet, dass wir voreinander Seelenstriptease betreiben. Deshalb ist es nur fair, wenn du jetzt mal an der Reihe bist«, erklärte er rundheraus. »Also, was ist deine Geschichte? Wieso hast du der Partnersuche abgeschworen?«

Verity drehte ihm den Rücken zu, als sie ins Bett stieg, damit er nicht sah, wie sie das Gesicht verzog, weil mit einem Mal ihr – nicht vorhandenes – Liebesleben zur Debatte stand.

»Ich habe doch gesagt, dass ich zu beschäftigt bin.«

»Ich glaube dir kein Wort«, sagte Johnny. Verity knipste die Nachttischlampe aus, weil sie sich nicht in der Lage sah, derartige Dinge im Hellen zu besprechen.

Es war schwierig, all das in Worte zu fassen, es jemandem zu erklären, der nicht Teil ihrer Familie war, der sie nicht lange und gut genug kannte, um ihre kleinen Spinnereien und Eigenheiten zu verstehen.

»Na ja, die Sache ist die … es klingt so melodramatisch, wenn ich es laut ausspreche, aber … ich bin nun mal sehr introvertiert. Ich glaube, das trifft es am besten.«

Stille. »Was genau meinst du damit?« Verity hörte die Skepsis in Johnnys Stimme; sie kannte die Reaktion nur zu gut und wusste, was als Nächstes kommen würde: »Für jemanden, der introvertiert ist, quasselst du aber ganz schön viel.«

»Nicht dass ich schüchtern wäre oder Menschen hassen würde, das tue ich nicht … es geht mehr darum, dass ich die Welt ringsum als laut und anstrengend empfinde. Ich spüre regelrecht, wie ich nach einer Weile sozusagen herunterfahre, wenn man mich ohne Vorwarnung einer völlig neuen Situation aussetzt oder ich zu viele Leute auf einmal kennenlernen muss. Wie ein Computer, bei dem zu viele Browserfenster gleichzeitig offen sind.«

Sie seufzte. Es war ein schweres Los, in einem Zeitalter maximaler Technisierung leben zu müssen. »Die ganze Welt ist so unfassbar laut … Alarmanlagen in Autos und Geschäften, Sirengeheul, sogar die Selbstbedienungskassen im Supermarkt flippen aus und behaupten steif und fest, dass ein nicht registrierter Artikel in der Einpackstation liegt.«

Johnny lachte leise. »Das ist wahr.«

»Und dann all diese Leute. So viele Leute, und alle reden laut durcheinander, nie auf Zimmerlautstärke.« Inzwischen hatte Verity sich förmlich in Rage geredet. »Jeder Gedanke muss unbedingt kommuniziert werden. Ich kann noch nicht mal zur Entspannung im Park spazieren gehen, weil irgendwelche Leute ungeniert am Telefon quasseln oder Musik auf ihrem Handy abspielen und einfach davon ausgehen, dass der Rest der Welt sie hören will. Meine Geduld hat einfach ihre Grenzen.« Sie hielt inne.

»Ich muss arbeiten, weil ich leider kein Treuhandvermögen habe, auf das ich zurückgreifen kann«, fuhr sie fort, während sie sich allmählich dem Ende ihrer Rede näherte. »Ich habe eine große und sehr laute Familie, die ich heiß und innig liebe, und eine Menge Freunde – aber dazu noch einen festen Freund zu haben, wäre mir einfach zu viel.«

Eine Zeit lang sagte Johnny nichts, so als fiele es ihm schwer, all die Informationen zu verarbeiten. »Aber wieso?«, fragte er schließlich.

»Weil ich dann nie wieder genug Zeit für mich hätte«, antwortete Verity mit einem Anflug von Verzweiflung. »Außerdem vermisse ich nichts. Händchenhalten und Knuddeln ist nicht so mein Ding. Es geht auch gar nicht um das ständige Berühren, sondern die emotionale Intimität mit einem anderen Menschen. Ich kann das einfach nicht. Es strengt mich an. Ich schätze, ich bin sozusagen eine einsame Insel.«

»Und deine vier Schwestern glauben auch, dass du eine Insel bist?«

»Nein, sie glauben, dass sich alles von ganz alleine regelt, wenn der Richtige erst mal auftaucht.«

»Na ja, könnte doch sein«, meinte Johnny, als wäre er die letzten Minuten anderswo gewesen und hätte nichts von dem mitbekommen, was sie gesagt hatte. »Du musst doch irgendwann mal einen Freund gehabt haben, oder?«

»Natürlich!«, stieß Verity empört hervor. Single zu sein, war ihre eigene Entscheidung und lag nicht daran, dass Männer sie schlicht nicht anziehend gefunden hätten. Trotzdem hatte sie potenzielle Verehrer keineswegs in die Flucht geschlagen. Während ihrer Teenagerjahre war sie immer nur eine der fünf schrägen Pfarrerstöchter gewesen, vielleicht sogar die schrägste von allen. Dann, als sie von zu Hause ausgezogen war, weg von ihren Schwestern, war es ziemlich schwer gewesen, neue Freunde zu finden, ganz zu schweigen von einem Mann, bis … »Adam. Wir haben uns an der Uni kennengelernt und waren drei Jahre zusammen, deshalb kann man nicht behaupten, ich hätte etwas gegen Beziehungen, ohne zu wissen, was ich aufgebe.«

»Also hast du ihn geliebt?«, hakte Johnny vorsichtig nach.

»Ja, ich habe ihn geliebt«, antwortete Verity hitzig – an Adam zu denken, ohne dass dabei ihre Gefühle hochkochten, war ein Ding der Unmöglichkeit. »Sonst wäre ich wohl keine drei Jahre mit ihm zusammen gewesen, oder?«

Drei Jahre, in denen sie verzweifelt versucht hatte, diese Beziehung zu führen, sich zu öffnen und Adam an sich heranzulassen, doch am Ende hatte sie ihn nur unglücklich gemacht, hatte ein ums andere Mal die Begeisterung in seinen Augen erlöschen sehen, wenn sie ihn von sich geschoben hatte.

Für das Glück eines anderen Menschen verantwortlich zu sein, war eine enorme Belastung; noch viel schlimmer war jedoch die Erkenntnis, dass man die Schuld am Unglück seines Partners trug.

»Wenn du schon mal verliebt warst, bist du wohl doch keine Misanthropin, oder?« Verity glaubte, einen Anflug von Belustigung in seiner Stimme zu hören, als würde er ihr Outing als introvertierte Person nicht ganz ernst nehmen.

»Nein, bin ich auch nicht. Darum geht es nicht. Ich will nicht wie ein Eremit in einer Höhle leben, ohne jeden Kontakt zu anderen Menschen. Ich mag Menschen, manche liebe ich sogar von ganzem Herzen … aber ich ertrage sie eben nur in geringen Dosen«, endete Verity. Weil dies das Ende war. Das Ende ihrer Unterhaltung. »So wie jetzt zum Beispiel. Ich kann einfach nicht länger reden.«

»Ich auch nicht.« Sie hörte, wie Johnny das Gewicht im Bett verlagerte und das Kissen zurechtklopfte. »Wir sollten wohl lieber schlafen.«

Nur wenige Augenblicke nach einem gemurmelten »Gute Nacht« hörte Verity das Piepsen von Johnnys Telefon und seinen Seufzer, als er es vom Nachttisch nahm.

»Ist sie es eigentlich, mit der du die ganze Zeit telefonierst?«, fragte Verity.

»Ja«, antwortete Johnny abwesend. Verity lugte unter der Bettdecke hervor und sah sein vom Display erhelltes Gesicht. »Bestimmt bist du sauer auf mich, weil ich dir nicht gesagt habe, dass sie verheiratet ist, aber… ich meine es echt nicht böse, aber das Ganze geht dich wirklich nichts an.«

Eigentlich hätte Verity ihm böse sein müssen, vor allem wegen der letzten Bemerkung, aber sie war viel zu erschöpft dafür. Trotzdem konnte sie nicht leugnen, dass sie etwas verärgert war. »Und du findest nicht, dass du mich da hineingezogen hast und es mich dadurch eben doch etwas angeht?«

»Eigentlich nicht«, wiegelte er ab, ohne den Blick von seinem Handy zu lösen. »Hätte dich Julia nicht im Suff vollgequasselt, wüsstest du es gar nicht.« Er hob den Kopf. »Ich werde jetzt mein Telefon ausschalten. Könnten wir bitte versuchen, ein bisschen zu schlafen?«

Genau das hatte Verity versucht, bis sein verdammtes Telefon zum tausendsten Mal gepiepst hatte, weil wieder einmal eine Nachricht von seiner großen Liebe eingetroffen war, die rein zufällig mit einem anderen Mann – noch dazu seinem besten Freund – verheiratet war. Das bedeutete, dass das, was er da mit der Frau seines besten Freundes tat, ganz eindeutig nicht richtig war, selbst wenn die beiden nicht miteinander schliefen. Ja, das war alles andere als eine Bagatelle, und, ja, Johnny hätte ihr von Anfang an reinen Wein darüber einschenken müssen, wieso er so dringend eine Schein-Freundin brauchte.

Es war völlig unerheblich, wieso und unter welchen Umständen es dazu gekommen war – verheiratete Leute waren tabu. Dies war eine der fundamentalsten Regeln für das Liebesleben erwachsener Menschen.

Kapitel 12

Nach vierzehn Tagen kann man nicht wissen,
wie ein Mensch wirklich ist.

Am nächsten Morgen machten sie sich, beide verquollen und hundemüde, auf den Rückweg nach London. Die Fahrt verlief schweigend – Stille, ein Zustand, nach dem Verity sich sonst normalerweise sehnte, doch heute war sie so dominant, dass sie das Wageninnere förmlich erdrückte.

Endlich hielt Johnny an der Ecke Rochester Street an.

Verity löste ihren Gurt. »Du brauchst nicht auszusteigen«, sagte sie eilig. »Ich kann meinen Koffer schon allein herausnehmen.«

Sie grinste lahm, was Johnny mit einem vagen Lächeln quittierte. Verity erinnerte sich dunkel, dass sie sich als Insel bezeichnet hatte. Wer um alles in der Welt tat so etwas? Sie, wie es aussah. Wie peinlich!

»Verity …«, sagte Johnny, als sie halb ausgestiegen war. Dies war das erste Mal, dass er das Wort ergriff, seit er in Brent Cross von der Autobahn abgefahren war und sich erkundigt hatte, ob er die Klimaanlage weiter eingeschaltet lassen sollte. »Ich hätte dir gegenüber von Anfang an ehrlich sein müssen. Ich verstehe es, wenn du jetzt nicht weitermachen möchtest, aber ich hoffe trotzdem, dass du's tust. Ich schulde dir noch ein Schein-Date.«

»Ist schon in Ordnung. Kein Problem. Ehrlich, es ist alles bestens«, beteuerte Verity, während es ihr endlich gelang, wenn auch wenig elegant, aus dem Wagen zu klettern. »Ich melde mich, versprochen.«

Sie kreuzte die Finger hinter dem Rücken, damit es keine Lüge war. In letzter Zeit hatte sie mehr als genug gelogen, angefangen mit Peter Hardy. Der Ozeanograf hatte ihr eine Menge Probleme beschert, aber im Vergleich zu Johnny und seiner Dreiecksbeziehung waren sie die reinste Bagatelle.

»Ich habe beschlossen, Johnny nicht wiederzusehen«, erzählte Verity Posy am nächsten Tag während der Kaffeepause. »Wir sind gerade beide nicht in der richtigen Lebensphase für eine neue Beziehung.«

Seit der Eröffnung der Teestube gab es jeden Vormittag ein süßes Brötchen zum Kaffee und am Nachmittag ein Stück Kuchen, weshalb Veritys Hosenbund bereits ein wenig spannte.

»Wie schade«, seufzte Posy. Sie saßen im Büro und wollten eigentlich die aktuellen Verkaufszahlen durchgehen. »Aber da ist doch noch nicht das letzte Wort gesprochen, oder?«

»Ich denke schon.« Verity schlug einen nachdenklichen Tonfall an, doch in Wahrheit hatte ihr Entschluss, Johnny nicht wiederzusehen, bereits in dem Moment festgestanden, als sie die Kofferraumtür zugeschlagen hatte. Wenn sie diese Schein-Beziehung aufrechterhielt, würde sie automatisch seine sexlose, aber umso nachrichtenlastigere Affäre mit der Frau seines besten Freundes unterstützen; ganz zu schweigen davon, dass sie sich in Grund und Boden schämte, wenn sie nur daran dachte, was sie ihm im Hotel erzählt hatte. Nein, sie und Johnny, das musste aufhören. Und zwar schleunigst. Sie durfte ihn weder wiedersehen noch jemals wieder ein Wort mit ihm wechseln, auch wenn sie noch so oft daran denken musste, wie toll seine Oberarme in einem kurzärmeligen Hemd aus einem Laden in der Jermyn Street aussahen. »Wir passen einfach nicht zusammen«, sagte sie fest.

Auf Posys Gesicht erschien jener romantisch-verträumte Ausdruck, den man in letzter Zeit auffallend häufig bei ihr sah. »Vielleicht solltest du nichts überstürzen. Ich meine, rein theoretisch passen Sebastian und ich auch überhaupt nicht zusammen, und was ist passiert?« Zur Sicherheit wedelte Posy mit ihrer linken Hand, an der sowohl der Ehering aus Platin als auch der bildschöne Verlobungsring mit dem Saphir steckten, vor Veritys Gesicht herum.

»Ehrlich gesagt, und bitte versteh mich nicht falsch, habe ich deine Hochzeit mit Sebastian immer noch nicht ganz verdaut.«

»O Gott, ich auch nicht.« Posy zupfte ein Stück von ihrem Orangen-Kardamom-Brötchen ab. »Ich denke nur, du solltest Johnny noch eine Chance geben. Männer wie ihn findet man nicht an jeder Straßenecke.«

»Ich weiß, dass er echt gut aussieht und charmant sein kann und …«

»… dass er einen tollen Humor hat. Bei der Eröffnung der Teestube hat er einen wahnsinnig komischen Witz über P. G. Wodehouse gemacht«, sagte Posy. »Verglichen mit Ninas neuester Horrorshow von einem Freund spielt Johnny in einer komplett anderen Liga.«

»Ich höre jedes Wort«, rief Nina vom Verkaufstresen. Sie mussten künftig dringend die Tür zu machen. »Gervaise ist keine Horrorshow. Sondern hat nur gerade einiges am Hals.«

Gervaise war Performance-Künstler, der sich selbst als sexuell flexibel bezeichnete, was Veritys Empfinden nach ein Euphemismus dafür war, Nina sowohl mit Männern als auch mit Frauen zu betrügen. Nina hatte ihn am Wochenende endlich abserviert, doch am späten Sonntagabend war Gervaise prompt aufgetaucht und hatte herumgebrüllt, dass er sich selbst verbrennen würde, wenn Nina ihn nicht zurücknahm.

»Könnte er das vielleicht ein bisschen leiser machen?«, hatte Verity gefragt.

»Ach, Very, du verstehst das alles nicht«, hatte Nina nur traurig erwidert. »Ein Leben ohne Leidenschaft ist kein richtiges Leben.« Dann hatte sie das Fenster aufgerissen und Gervaise zum Teufel gejagt.

Posy hatte völlig recht. Im Vergleich zu Gervaise war Johnny der reinste Hauptgewinn. Trotzdem hatte er viel zu viele Altlasten.

»Ich frage mich die ganze Zeit: *Was würde Elizabeth Bennet jetzt tun?*«, meinte Verity. »Und sie wäre eindeutig zu clever für …«

»Sag das noch mal!«

»Ich kann den Satz ja noch nicht mal zu Ende bringen, ohne dass du mich unterbrichst.«

»Egal. Sag das noch mal. Das über Elizabeth Bennet, meine ich.«

»Ich weiß, was ich sagen wollte«, gab Verity mit einem Anflug von Verärgerung zurück; manchmal hatte sie das Gefühl, als würde ihr keiner richtig zuhören. »Immer wenn ich ein größeres Problem habe, denke ich: *Was würde Elizabeth Bennet jetzt tun?*, und das hilft mir erstaunlicherweise sehr oft weiter.«

»Na logisch.« Verity sah ein Glitzern in Posys Augen, das ihr in den letzten Wochen nur allzu häufig begegnet war. *»Was würde Elizabeth Bennet jetzt tun? Das ist genial, Verity. Das würde sich unglaublich gut auf einer Tragetasche machen.«*

»Ich lasse dich erst wieder Tragetaschen bestellen, wenn mindestens fünfzig Prozent unseres Lagerbestands verkauft sind«, sagte sie. »Aber, ja, wenn du neue bestellst, könnten wir darüber nachdenken, es als Aufdruck zu verwenden.«

Später an diesem Tag erhielt Verity eine E-Mail von Dougies Schwester Emma wegen der Einweihungsparty am kommenden Samstag. Bislang hatte Verity immer noch nicht zu- oder abgesagt, aber Emma blieb hartnäckig. »Das mit der Karaoke-Maschine war ein Scherz. So was wird es nicht geben, deshalb *musst* du kommen. Und wenn du kommst, kannst du nicht gleich wieder gehen. Außerdem musst du diesen Johnny mitbringen, von dem Merry mir erzählt hat. Ich will ihn unbedingt kennenlernen.«

Reflexartig durchforstete Verity ihr Gehirn nach einer Ausrede, doch dann riss sie sich zusammen und zwang sich, in sich hineinzuhorchen, ja sogar Elizabeth Bennet zurate zu ziehen. Sie war eine erwachsene Frau und sollte eigentlich keinen Schein-Freund brauchen, um sich im Leben zurechtzufinden – sie konnte all das auch sehr gut allein schaffen. Außerdem wurde bei der Party kein gewöhnliches Haus oder Apartment eingeweiht, sondern Emmas Freund Sean hatte ein heruntergekommenes Hausboot inklusive Liegeplatz geerbt, und Verity war neugierig, was sie daraus gemacht hatten.

Daher war sie für ihre Begriffe sogar fast glücklich, als sie sich mit Merry und Dougie, der einen seiner seltenen freien

Samstagabende in seinem Job als Küchenchef genoss, auf den Weg zur Party machte.

Es war ein schwülheißer Juliabend. Sie fuhren mit dem Bus bis zur Great Portland Street und beschlossen dann, zu Fuß durch den Park zum Regent's Canal zu gehen – praktisch denselben Weg, den Verity mit Johnny zum Brunch in Primrose Hill eingeschlagen hatte.

Verity hatte nichts mehr von ihm gehört, seit sie am Sonntagnachmittag vor fast einer Woche aus seinem Wagen gestiegen war. Zwar hatte sie versprochen, sich zu melden, aber wäre Johnny so versessen darauf gewesen, etwas von ihr zu hören und ihr Arrangement weiterzuverfolgen, hätte er ja anrufen können. Hatte er aber nicht.

Und Verity hatte kein Problem damit. Gar keines … auch kein passiv-aggressives »Ich habe kein Problem damit«-Problem.

Dafür hatte Merry inzwischen mit Con ein Problem, weil ihre älteste Schwester sich auf einmal nicht mehr sicher war, ob sie bei der Hochzeit tatsächlich ein Spanferkel grillen sollten. »Wenn der Wind in die falsche Richtung weht, stinken alle nach gebratenem Schwein«, hatte sie sich bei ihrer Skype-Konferenz am Vorabend beschwert – das war der einzige Punkt, zu dem sie eine Entscheidung getroffen hatte, ungefähr zweihundert weitere standen noch aus.

Dougie schlug vor, einfach Duschhauben in Constances Hochzeitsfarben (»Ja, gern, wenn Madam sich endlich mal für ein oder zwei Farben entschieden hat«) an die Gäste zu verteilen, damit sie ihr Haar gegen den Geruch schützen konnten.

»Wir müssen bei der Arbeit auch Haarnetze tragen«, meinte er. »Wenn auch aus Sicherheits- und Hygienegründen.«

»Es wundert mich, dass du nicht auch ein Bartnetz tragen

musst. Bei der Arbeit mit Lebensmitteln kann doch so ein Wildwuchs nicht hygienisch sein, oder?«, warf Verity ein.

Dougie hatte sich in den letzten Monaten einen üppigen Hipster-Bart wachsen lassen, der allerdings deutlich rötlicher ausgefallen war, als man hätte erwarten können, und obwohl er eigentlich nicht lang genug war, zupfte Dougie gern daran herum, wenn er tief in Gedanken versunken war. Außerdem hatte Merry erzählt, dass er beim Küssen ziemlich fies kratzte.

»Very, findest du, dass Dougie seinen Bart abrasieren sollte?«, fragte Merry.

»Ja. Auf der Stelle«, antwortete Verity wie aus der Pistole geschossen.

»Du findest also nicht, dass ich intellektuell damit aussehe?«, fragte Dougie.

»Nein«, warf Merry resigniert ein, als hätten sie diese Diskussion bereits x-mal geführt. »Es sieht aus, als wolltest du ein fliehendes Kinn verstecken. Das du gar nicht hast. Sondern ein markantes, männliches Kinn, soweit ich mich erinnern kann.«

»Und hast du keine Angst, dass Krümel darin hängen bleiben? Was passiert, wenn du Spaghetti isst?« Verity beugte sich vor, um Dougies Gesichtsbehaarung auf irgendwelche Essensreste zu untersuchen. Prompt hob er die Hand und legte sie schützend um sein Kinn.

»Hört auf, mich zu nerven!«, rief er. »Ich hätte ein bisschen mehr von dir erwartet, Very, ganz ehrlich. Eigentlich solltest du doch die Einfühlsame von denen sein.«

»Sie ist einfühlsam, nicht blind«, platzte Merry heraus. »Und jeder Idiot kann sehen, dass dir der Bart nicht steht.«

Merry und Dougie kabbelten sich den ganzen Weg bis zum Regent's Canal. Als sie zu der Stelle gelangten, wo die Scarlett

O'Hara (Emma war ein ebenso leidenschaftlicher Fan von Liebesromanen wie Verity) angelegt war, stellte sich heraus, dass Emma ein Besichtigungssystem ausgeklügelt hatte, um zu verhindern, dass sich zu viele Gäste auf einmal auf dem Hausboot aufhielten – eine Entscheidung, die nicht gerade für die Seetauglichkeit der Scarlett sprach, deshalb beschlossen Verity und Merry, lieber an Land zu bleiben, bis sich die gesamte Gesellschaft im Biergarten eines nahe gelegenen Pubs niedergelassen hatte.

Verity ergatterte einen freien Platz an einem Ecktisch bei Merry und Dougie, die endlich ihre Streitereien wegen Dougies Bart beendet hatten und sich nun darüber in die Wolle gerieten, wer zur Bar gehen und die Getränke besorgen sollte.

»Verity könnte doch gehen«, schlug Dougie vor.

Merry und Verity bedachten ihn mit einem mitleidigen Blick. »Ich gehe nie an die Bar. Viel zu viele Leute, viel zu nahe.«

»Dafür gibt Verity gerne mal eine Runde aus«, erklärte Merry. Verity hatte gerade einen Zwanziger gezückt, als Sean und Emma eintrudelten.

»Alles klar?«, fragte Verity, als sie die roten Flecke auf Emmas Hals und Wangenknochen sah. »Du brütest doch nichts aus, oder?«

»Nein, alles bestens«, antwortete Emma, worauf sie und Sean einen Blick und ein Lächeln tauschten, das eindeutig nur für sie beide gedacht war.

»Ich dachte, die Scarlett hätte ein Leck geschlagen, aber es hat sich herausgestellt, dass jemand sein Bier verschüttet hat.«

»Aber wir hatten schon schlimmere Samstage«, warf Emma ein und streckte ihre Hand vor. »Seht mal.«

An ihrem linken Ringfinger steckte ein bildschöner antiker

Ring, der Emmas Lächeln erklärte. Sie strahlte förmlich von innen heraus – obwohl der Grund dafür ziemlich offensichtlich war, erklärte Sean: »Ich habe Emma gefragt, ob sie mich heiraten will.«

»Und ich habe ›O Gott, ja‹ gesagt.«

Danach brach das reinste Chaos los. Rund dreißig Leute gratulierten und umarmten das glückliche Paar. Merry brach vor Rührung in Tränen aus, weil sie Emma Sean vorgestellt hatte, dem süßen Forschungsassistenten, der im Labor neben ihr arbeitete, und Verys Kehle wurde ganz eng, weil Merry weinte, während die anderen beschlossen, zur Feier des Tages ein paar Flaschen Champagner zu kaufen, um auf die Neuigkeiten anzustoßen.

Danach beruhigte sich alles ein wenig, doch die Mädchen hatten sich um Emma geschart. Merry probierte ihren Verlobungsring an, hielt ihn ins Licht und fragte ungeniert: »Habt ihr vor, eine Verlobungsparty zu schmeißen? Müssen wir Geschenke mitbringen? O Gott, ich bin pleite, noch bevor der Sommer vorbei ist.«

Verity nahm sich vor, bald ein Gespräch mit ihrer Schwester zu führen – darüber, wann man seine Gedanken laut aussprechen konnte und wann man sie lieber für sich behalten sollte, als sie den Blick bemerkte, mit dem Dougie Merry ansah, nachdenklich und zugleich ein klein wenig vorsichtig; so als hätte er vielleicht nicht unmittelbar vor, Merry die Frage aller Fragen zu stellen, würde aber durchaus darüber nachdenken. Und zwar häufig.

Mit einem Mal verspürte sie einen Anflug von Sehnsucht nach dem, was sie selbst niemals empfunden hatte, nun jedoch auf den Gesichtern ihrer Freunde sehen konnte. Vor drei Jahren, nach einem katastrophalen Kurztrip mit Adam nach Amsterdam, hatte Verity verzweifelt nach Antworten gesucht und war zu dem Entschluss gelangt, dass sie einfach nicht der Typ für vollmundige Liebeserklärungen war. Damals war es ihr so klar und logisch erschienen. So einfach. Aber in diesen drei Jahren war eine Menge passiert. Verity ließ den Blick über die fünf Tische schweifen und registrierte, dass sich ihre schlimmsten Befürchtungen bestätigt hatten. Während sie damit beschäftigt gewesen war, Zeit für sich zu schaffen und imaginäre Freunde zu erfinden, hatten die anderen längst ihre Partner fürs Leben getroffen. Sie waren Paare geworden, Zweiergemeinschaften. Und Verity war die Einzige, die niemanden hatte. Doch damit nicht genug. Sie war der einzige Single, den sie kannte. Selbst Posy, die nie sonderlich interessiert an Beziehungen gewesen war, hatte das ganze Dating-Getöse übersprungen und gleich geheiratet. Nina hatte immer einen festen Freund, auch wenn der Typ noch so schräg sein mochte. Und Tom? Wer konnte schon sagen, was Tom im Schilde führte? Er ließ sich so wenig in die Karten blicken, dass er ebenso gut eine Frau und vier Kinder haben könnte.

Verity selbst war glücklicher Single. Allein zu sein, bedeutete noch lange nicht, dass man einsam war, trotzdem gab es Zeiten, so wie jetzt, an einem Samstagabend inmitten ihres aus Pärchen bestehenden Freundeskreises, in denen man sich wie der einsamste Mensch auf dem Planeten fühlte.

Ihr Handy lag direkt vor ihr. Es war das Einfachste auf der Welt, es zu schnappen und eine Nachricht zu schreiben.

Bin gerade auf einer Hausboot-Einweihungsparty. Sitzen inzwischen im Rutland Arms in Primrose Hill. Hast du zufällig Lust vorbeizukommen? Very

Verity durchlebte fünfundsechzig Sekunden der puren Qual, ehe die Antwort kam.

Klar. Bin in einer halben Stunde da. Johnny

Wie einsam musste Johnny sein, wenn er an einem Samstagabend um halb neun sofort Zeit hatte, sich mit einer Frau zu treffen, die sich eine geschlagene Woche lang in Schweigen gehüllt hatte, nachdem er ihr unter Zwang seine tiefsten inneren Geheimnisse anvertraut hatte?

Verdammt einsam.

Verity gab sich alle Mühe, lässig und entspannt zu wirken. Sie erzählte nicht einmal Merry, dass Johnny kommen würde, weil sie nur zu gut wusste, was passieren würde: Merry würde ihr keine Ruhe lassen, bevor sie nicht wusste, was Sache war. Stattdessen lauschte sie strahlend Emmas Schwärmereien von einer möglichen Winterhochzeit. Schließlich stieß Merry einen leisen Pfiff aus.

»Ist das da drüben nicht dein Schein-Freund?«, zischte sie halblaut. Verity blickte auf und sah Johnny in Jeans und einem hellblauen T-Shirt am Eingang des Biergartens stehen. Als er sie erblickte, erschien ein Lächeln auf seinem Gesicht. »Wieso hast du nicht gesagt, dass er kommt? Schwestern haben keine Geheimnisse voreinander.«

»Aber bist du auch wirklich meine Schwester? Con und ich glauben nach wie vor, dass dich jemand auf der Treppe des Pfarrhauses abgelegt hat und Farv und Muv bis heute nicht den Mut aufgebracht haben, es dir zu sagen«, zischte Verity zurück – Con und sie drangsalierten Merry schon ihr halbes Leben mit ihrer Theorie, weil es häufig der einzige Weg war, sie halbwegs unter Kontrolle zu halten.

»Das war schon die ersten tausend Male nicht lustig«,

brummte Merry, während Johnny zu ihrem Tisch in der Ecke trat und sich neben Verity quetschte. Er beugte sich vor, als wolle er ihr einen Kuss auf die Wange drücken, besann sich jedoch eines Besseren und entschied sich stattdessen für das bewährte Verity-Love-Winken, ein flüchtiges Wackeln mit den Fingern.

»Hallo«, sagte er. »Ich hatte schon jede Hoffnung aufgegeben, jemals wieder etwas von dir zu hören.«

»Tut mir leid, aber ich war sehr beschäftigt«, murmelte Verity, während Merry abfällig schnaubte. »Und ich war nicht sicher, ob du so kurzfristig kommen kannst.«

»Das Hausboot hat mich überzeugt.« Lächelnd fuhr Johnny sich mit der Hand durch sein dichtes Haar, das sofort wieder in seine gewohnte kunstvoll zerzauste Form zurückfiel. Einige Mädchen am Tisch hielten inne und starrten ihn hingerissen an. »Ich finde Hausboote einfach sensationell.«

»Das Hausboot ist auch eine echte Sensation«, sagte Verity, während Merry »Oh Mann, nehmt euch bitte ein Zimmer« raunte und Emma lächelte.

»Es ist wirklich süß von dir, so etwas zu sagen, Verity, obwohl es in Wahrheit überhaupt nichts Besonderes ist. Aber normalerweise dringt zumindest kein Wasser ein, und das ist doch schon mal etwas, oder?« Emmas Lächeln wurde noch etwas breiter, als sie sich Johnny zuwandte. »Du musst Veritys neuer Freund sein. Hallo. Ich habe bisher noch gar nichts von dir gehört.«

Verity stellte Johnny den anderen vor, und obwohl er etwas älter als Veritys Freunde und selbst in Jeans und T-Shirt besser gekleidet war als sie, schien er sich mühelos in die Clique einzufügen. Er bestand auch darauf, ein paar Flaschen Champagner zu kaufen, als er von der Verlobung erfuhr, und er brachte sogar Sean und Dougie einen Toast aus dem neunzehnten Jahrhundert bei – »Champagne for my real friends, real pain for my sham friends« –, den sie wieder und wieder ausriefen, bis Emma Sean die Schlüssel für das Hausboot abknöpfte und Verity reichte.

»Wieso zeigst du Johnny nicht das Boot?«, schlug sie vor und zog dabei plump die Brauen hoch, was Verity geflissentlich ignorierte.

Die Hände tief in den Taschen ihres Hängekleids vergraben, führte sie Johnny den Steg hinunter. Wieso war es bloß immer so schwierig, die richtigen Worte zu finden?

Wie meistens war Johnny derjenige, der das Schweigen brach. »Ich hätte geschworen, dass du mich jetzt hasst«, sagte er, als sie die Steinstufen zum Wasser hinuntergingen. »Ich bin unser Gespräch im Hotel wieder und wieder durchgegangen und zu dem Schluss gekommen, dass ich entweder wie ein rücksichtsloser Mistkerl, der eine Ehe zerstört, oder aber wie ein wahnhafter, liebeskranker Esel dastehe.«

»Nun ja, und ich bin sicher wie eine verbitterte Einsiedlerin rübergekommen, was ich nicht bin. Na ja, irgendwie schon, aber nur eine Stunde lang, wenn ich mich nach der Arbeit entspannen muss«, erwiderte Verity. Sie hatte nicht die geringste Lust, die Ereignisse des vergangenen Wochenendes noch einmal zu diskutieren, gleichzeitig fand sie es tatsächlich ein wenig rücksichtslos und durchgeknallt, sich so lange an jemanden zu klammern, obwohl keinerlei Hoffnung auf ein glückliches Ende bestand. Andererseits war sie wohl kaum in der Position, ihn deswegen zu verurteilen. »Wir haben beide unsere Gründe, weshalb wir Single bleiben und einen imaginären Partner brauchen.«

»Das ist wohl wahr«, gab Johnny hörbar erleichtert zurück.

Verity gestattete Johnny, ihre Hand zu nehmen, als sie an Bord der Scarlett O'Hara gingen – denn sie trug ihre uralten Birkenstock-Sandalen, die nicht gerade für Kletterpartien geeignet waren. Dann schloss Verity die Tür auf und trat hinein.

»Ich habe dir doch von meinem Piratenbaumhaus erzählt, oder?«, meinte er und sah sich in der Kabine um. »Seitdem wollte ich immer mal auf einem Boot leben.«

»Ich tuckere gern mal eine Weile herum, aber auf dem Wasser zu leben, wäre nicht mein Ding.«

Die Kabine bestand eigentlich nur aus einer Küche mit Ess- und Wohnbereich sowie einem kleinen abgeteilten Schlafzimmer und einer Dusche; durchaus groß genug, aber ziemlich alt und im typischen Siebzigerjahre-Chic gehalten, mit viel Messing und Mahagoni.

»Sean hat das Boot von seinem Onkel geerbt, der hier vierzig Jahre oder so gelebt hat. Anscheinend haben im Maschinenraum schon die Tauben genistet«, sagte Verity, während Johnny sein Handy herauszog; ausnahmsweise nicht, um eine wichtige Nachricht zu beantworten oder einen Anruf entgegenzunehmen, sondern um Fotos vom Interieur zu schießen.

»Aus dem Ding könnte man eine Menge machen«, sagte er und schilderte, wie man mit ein paar durchdachten und platzsparenden Mitteln ohne großen Aufwand eine gemütliche Atmosphäre schaffen könnte. »Ich stelle jedes Jahr zwei Studenten direkt nach dem Abschluss ein, die ein eigenes Projekt betreuen müssen. Das hier wäre das perfekte Objekt. Außerdem wäre ihre Arbeit gratis. Wären Emma und Sean beleidigt, wenn ich die Scarlett O'Hara vorschlagen würde, was glaubst du?«

»Beleidigt? Die beiden wären wahrscheinlich begeistert. Emma würde einen Vertrag auf einem Bierdeckel niederschreiben, den du dann unterschreiben musst.« Seit Emma ihren Abschluss als Anwältin in der Tasche hatte, war mit ihr nicht mehr zu spaßen.

»Alles in Ordnung?« Johnny hatte sich vor ein eingebautes Schränkchen unter der Eckbank gekniet und sah Verity an, die ein wenig schwankte und das Gesicht verzog. »Du siehst aus, als würdest du gleich umkippen.«

Es war völlig windstill, trotzdem hatte Verity das Gefühl, als würde das Boot wie in einem tosenden Sturm hin und her geworfen. Kein Wunder, dass sich ihr Magen so flau anfühlte. »Ich bin... nicht sonderlich seefest. Ich dachte, solange das Boot vor Anker liegt, macht es mir nichts aus, aber offenbar habe ich mich geirrt«, sagte sie. »Ich brauche festen Boden unter den Füßen... und zwar jetzt gleich!«

Verity sandte ein stummes Gebet gen Himmel – *Bitte, lieber Gott, mach, dass ich nicht in den Regent's Canal oder sonst wohin kotze* –, während Johnny sie packte und von Bord trug.

Sie ließ sich auf die Steinstufen sinken und nahm einige tiefe, zittrige Atemzüge, während sie darauf wartete, dass sich ihr Magen allmählich beruhigte. »Geht's dir besser?«, erkundigte sich Johnny, während er abschloss.

»Ich denke, ja. Reisen gehört nicht zu den Stärken der Loves.« Veritys Zwillingsschwestern Chatty und Immy wurde schon übel, wenn sie zu weit hinten im Bus saßen.

Sie kehrten in den Biergarten zurück und unterbreiteten Emma und Sean Johnnys Vorschlag, den die beiden erfreut annahmen. Ein Drink noch, dachte Verity, obwohl ihr allmählich die Puste ausging – ein Übermaß an gesellschaftlicher Stimulation und eine mühsam umschiffte Kotz-Orgie konnten durchaus solche Gedanken heraufbeschwören –, doch Johnny deutete bereits auf den Eingang.

»Wenn du nicht mehr bleiben willst, können wir gern gehen«, sagte er.

Verity hatte genug. Genug von Merry mit ihrem blöden Gegrinse. Sie würde sie später deswegen zur Rede stellen; für den Augenblick begnügte sie sich damit, sie kräftig zu kneifen. »Tut nichts, was ich nicht auch tun würde«, rief Merry ihnen hinterher, als sie sich verabschiedeten.

»Und? Was ist dir lieber?«, fragte Johnny, als sie vor dem Rutland Arms standen. »Taxi, Bus oder lieber ein Stück zu Fuß gehen?«

»Gehen ist immer gut«, antwortete Verity. Da es bereits kurz vor zehn, der Regent's Park geschlossen und die Camden High Street an einem Samstagabend nicht unbedingt die beste Option war, hielten sie sich an die kleinen Nebenstraßen.

Obwohl es einiges zu besprechen gab, wusste Verity nicht recht, wo sie anfangen sollte, und auch Johnny schien nicht in Redelaune zu sein. Die Straßen waren nicht ganz so nobel wie der Rest des Viertels – Kebab-Buden und kleine, rund um die Uhr geöffnete Geschäfte, dazwischen eine Handvoll betrunkener Kids, die ihnen blöde Kommentare hinterherriefen.

Trotz aller Scheu vor Körperkontakt war Verity froh, als Johnny ihr seinen Arm anbot – eine überaus galante Geste und beinahe wie eine Szene aus einem von Posys Regency-Romanen.

»Ich bin gern spätabends in London unterwegs. Man sieht so viele Details, die einem tagsüber nicht auffallen«, bemerkte Johnny und zeigte auf das Gebäude mit einer Handvoll Geschäfte und Wohnungen darüber, an dem sie gerade vorbeigingen. »Siehst du den Gedenkstein da oben? Dort steht das Jahr, in dem das Gebäude errichtet wurde, und der Name des Baumeisters.«

Johnny ließ das London längst vergangener Tage wiederauferstehen. Er zeigte Verity eine Gedenkplatte an einem anonymen Sozialwohnungsblock, die darauf hinwies, dass hier einst Mary Wollstonecraft, eine Autorin aus dem achtzehnten Jahrhundert und Mutter von Mary Shelley, der Autorin von *Frankenstein*, gelebt hatte. Als sie die Euston Road überquerten, erzählte er ihr vom Euston Arch, der einst am Eingang des Bahnhofs Euston Station gestanden hatte. Inzwischen war er längst verschwunden, doch Johnnys Eltern waren, damals beide frisch von der Uni, mit einer Handvoll Kommilitonen in den Sechzigern auf das Gerüst um den Bogen geklettert und hatten ein »Rettet den Euston Arch«-Banner angebracht.

»Im Augenblick gibt es sogar eine Kampagne zum Wiederaufbau des Bogens. Offenbar hat man einen beträchtlichen Teil der Originalsteine gefunden«, erklärte Johnny. »Mein Vater ist außer sich vor Freude.«

»Sollten der Herr Pfarrer und seine Frau jemals zu Besuch kommen, musst du sie unbedingt herumführen. Sie wären begeistert«, erklärte Verity, während ihr aufging, dass sie soeben Johnny eingeladen hatte, ihre Eltern kennenzulernen. So als wären sie tatsächlich ein Paar. Doch selbst wenn es so wäre, war es noch viel zu früh dafür. Wie beim Sex gab es vermutlich auch in dieser Hinsicht einen allgemein gültigen Standard: drei Monate exklusiven Datings, plus ein Kurzurlaub. »Bevor du irgendetwas in meine unschuldige Bemerkung hineininterpretierst, solltest du wissen, dass ich mir keinerlei Hoffnungen mache.«

»Gut zu wissen«, erwiderte Johnny amüsiert, als sein Telefon, das wie durch ein Wunder während der letzten zwei Stunden geschwiegen hatte, eindringlich piepste. Er zog es aus seiner Gesäßtasche und warf einen Blick auf das Display, worauf seine lebhafte, amüsierte Miene – selbst dann noch, als Verity vorgeschlagen hatte, irgendwann ihre Eltern kennenzulernen – schlagartig ernst und ausdruckslos wurde, als wollte er sich keinerlei Gefühlsregung anmerken lassen.

»Ist das deine, äh, Freundin?« Sie bemühte sich um einen beiläufigen Tonfall, doch ihre Stimme brach bei der letzten Silbe.

»Was?« Johnny blinzelte, und der Bann schien gebrochen. »Ja.«

»Und wie denkt sie darüber, dass du eine Schein-Freundin hast? Macht es ihr nichts aus?«

»Sie hat wohl kaum das Recht dazu, oder? Schließlich ist sie verheiratet«, erwiderte Johnny ein wenig betrübt. »Außerdem haben wir zu Beginn des Sommers entschieden, ein bisschen auf Abstand zu gehen und uns gegenseitig Freiraum zu geben.«

Ununterbrochen zu telefonieren und sich Nachrichten zu schreiben, vor allem auf Partys, war nicht unbedingt das, was Verity als »auf Abstand gehen« bezeichnen würde, doch sie verkniff sich einen Kommentar. Schließlich lautete ihr Lebensmotto *Was würde Elizabeth Bennet jetzt tun?* und nicht *Was würde eine meiner unfassbar taktlosen Schwestern jetzt sagen?* Deshalb beschränkte sie sich auf ein knappes »Ach ja?«.

»Genau. Wir haben uns seit Wochen nicht mehr gesehen. Eigentlich waren wir an dem Abend verabredet, als du dich beim Italiener einfach an meinem Tisch gesetzt hast, aber sie hat mich versetzt. Nein, das ist nicht fair. Sie hat gesagt, wir bräuchten beide etwas Zeit und Abstand voneinander, um herauszufinden, was wir beide wirklich wollen. Aber das hätte sie mir natürlich auch schon vorher sagen können, bevor ich einen Tisch reserviert und über eine Stunde auf sie gewartet habe.«

Der Eindruck, den Verity von dieser Frau gewann, war nicht unbedingt der allerbeste.

»Tja, und ich habe auch noch davon profitiert.« Verity warf ihm einen Blick zu. »Allerdings hättest du auch mitspielen und so tun können, als wärst du Peter Hardy. Das hätte uns eine Menge Ärger erspart.«

»Stimmt«, meinte er. »Aber dann wären wir ja keine Freunde geworden.«

Veritys Freundschaften entstanden nur sehr selten aus ihrer eigenen Initiative heraus. Posy, Nina und Tom waren zwar ihre Freunde, ihr allerdings gewissermaßen als angenehme Nebenerscheinung ihres Jobs in den Schoß gefallen. Und sie hatten von Anfang an über Veritys Eigenheiten Bescheid gewusst. Abgesehen von ihnen gab es noch die Freunde ihrer Schwester, die zufällig auch Veritys Freunde wurden (nach dem Motto »Wenn du eine Love-Schwester kennenlernst, kriegst du eine zweite gleich mit dazu«, wie eine Gratisdraufgabe beim Einkaufen). Und auch hier wussten die Leute längst, worauf sie sich einließen, wenn Verity Freundschaftsstatus erlangt hatte.

Inzwischen standen sie am Russell Square, und bis zum Happy Ends waren es gerade einmal fünf Minuten. »Sind wir trotzdem Freunde?«, fragte Verity. »Ich bin nicht sicher, was wir sind, aber heute Abend hat mich zum ersten Mal seit einer Ewigkeit keiner meiner Freunde beiseitegenommen und mir von einem Typen vorgeschwärmt, den sie mir dringend vorstellen wollten. Diese Schein-Beziehung hat also eindeutig Vorteile.«

»Und da du es ja geschafft hast, nicht auf dumme Gedanken zu kommen, können wir das Ganze wohl offiziell als Erfolg verbuchen«, bestätigte Johnny – wobei Verity beim besten

Willen nicht sagen konnte, ob seine Worte scherzhaft gemeint waren oder nicht. »Es sei denn, du bist heimlich in mich verliebt.«

»Nein, immer noch nicht«, sagte Verity. »Entschuldige, wenn ich dich enttäuschen muss.«

»Ich werd's überleben«, gab er mit dem Anflug eines Lächelns zurück. »Also … wäre es tatsächlich so eine Qual, wenn wir den restlichen Sommer alle möglichen Dinge als Freunde unternehmen? Denn ich betrachte dich inzwischen tatsächlich als Freundin, während unsere Freunde glauben, wir wären zusammen.«

Verity dachte einen Moment nach. Sie hatte ihn zu einem Brunch und einer Geburtstagsfeier inklusive Übernachtung begleitet. Sie hatte alle kennengelernt. Sie hatte sich ihren Ängsten gestellt, hatte ihren Dämonen ins Auge geblickt, und die Welt drehte sich trotzdem noch weiter. »Es ist ja nicht deine Schuld, wenn sie falsche Schlüsse ziehen«, sagte sie schließlich. »Deshalb gilt es wohl auch nicht als Schwindeln.«

»Gut«, sagte Johnny lässig. »Nächstes Wochenende steht nämlich eine Hochzeit an, und als Carlotta gehört hat, dass ich eine Freundin habe, hat sie Himmel und Hölle in Bewegung gesetzt, um die Tischordnung noch einmal zu ändern«, erklärte er mit einem Lächeln, als würde er nur darauf warten, dass sie einen Rückzieher machte. »Ich habe versucht, sie davon abzubringen, aber sie hat darauf bestanden.«

In Wahrheit schmerzten seine Worte ein klein wenig. War das der Grund, weshalb er so schnell bereit gewesen war, sich mit ihr zu treffen? Weil er sie als Begleitung für die Hochzeit brauchte? Andererseits hatte sie ihn die ganze Woche nicht angerufen und war dann überglücklich gewesen, dass er Zeit hatte und sie sich nicht als einsamer Single fühlen musste.

Aber egal. Menschen taten ihren Freunden nun einmal gern einen Gefallen.

»Eine Hochzeit?«, wiederholte Verity, sorgsam darauf bedacht, nicht allzu sehr wie Violet Crawley aus *Downton Abbey* zu klingen. »Wieder mit einer Übernachtung?«

»Die Hochzeit findet in Kensington statt, und ich hatte eigentlich vor, mit dem Taxi nach Hause zu fahren, aber wir finden bestimmt auch ein hübsches Hotel in der Nähe, wenn du gerne wieder ein Zimmer mit mir teilen willst«, gab Johnny trocken zurück. »Also, bist du dabei?«

Und weder Verity noch Elizabeth Bennet fiel ein plausibler Grund ein, Nein zu sagen, beim besten Willen nicht.

Kapitel 13

Sie ist eine eigennützige, heuchlerische Frau,
und ich halte nicht viel von ihr.

Die Hochzeit auf Ende September zu legen, war kein wirklich schlauer Schachzug von Con gewesen – schließlich konnte das Wetter alles Mögliche veranstalten, von spätsommerlichem Sonnenschein bis hin zu wüsten Unwettern mit Platzregen und Hagel. Con hatte den Herrn Pfarrer gebeten, ein gutes Wort beim lieben Gott für sie einzulegen, doch Verity hatte ihre Zweifel, ob es funktionieren würde. Nicht nach den vielen Malen, die Con sich von ihm abgewandt oder vergeblich um seinen Beistand gebeten hatte, wie Verity Johnny gerade erklärte, als sie in die Central Line stiegen – in der Innenstadt fand ein Fahrradrennen statt, weshalb kein Durchkommen war. Also standen sie im Gedränge der U-Bahn, inmitten von Touristen und der üblichen Flut an samstäglichen Shopping-wütigen, die sie neugierig beäugten – Johnny trug einen Frack mit superschicker Weste und einer gelben Rose im Knopfloch.

Verity rechnete ihm hoch an, dass er auf die Frage nach dem Dresscode nicht mit einem lahmen »Ach, zieh einfach irgend-etwas Nettes an« abgewiegelt, sondern versprochen hatte, sich zu erkundigen. Eine Stunde später hatte er Verity informiert:

»Schickes Nachmittagskleid mit Kopfschmuck, aber nicht zwingend Hut.«

Verity hatte sich Hilfe suchend an Con gewandt, die während der letzten sechs Monate nichts als Brautmagazine gelesen hatte, und Posy hatte Verity all die schicken Kleider gezeigt, die ihre heiß geliebte ehemalige Chefin Lavinia im Lauf der vergangenen siebzig Jahre gesammelt hatte.

Verity trug Lavinias Lieblingskleid – Fifties-Stil mit U-Boot-Ausschnitt, knapp überschnittenen Ärmeln, schmaler Taille und ausgestelltem Rock mit roten, orangefarbenen und rosa Blüten auf schwarzem Grund. Es hatte etwas Tröstliches, ein Kleid von Lavinia anzuhaben ... es gab ihr das Gefühl, als wäre sie ganz dicht bei ihr und würde ihr beschwichtigend »Nur Mut, Kind« ins Ohr flüstern, so wie sie es stets getan hatte, wenn Verity wieder einmal einem Nervenzusammenbruch nahe gewesen war.

In den Tiefen von Lavinias Kleiderschrank hatte sich auch ein Fascinator gefunden – ein breites schwarzes Samtband mit einem kecken schwarzen Netz –, und ihre Füße steckten in einem Paar schwarzer Wildleder-Peeptoes, von denen jetzt schon feststand, dass sie Verity im Lauf des Tages ganz langsam und schmerzvoll an den Rand des Wahnsinns treiben würden.

Nina hatte einen langen Pfiff ausgestoßen, als Verity am Morgen durch den Laden stolziert war, und selbst Tom hatte innegehalten, sein Panino auf halbem Weg zum Mund, was für seine Begriffe fast an eine Liebeserklärung grenzte. Auf dem Weg die Rochester Street entlang war sie Sebastian Thorndyke in die Arme gelaufen, der keinen Hehl aus seiner Verblüffung gemacht hatte: »Heiliger Strohsack, wer hätte gedacht, dass eine Pfarrerstocher derart auf den Pudding hauen kann?« Verity beschloss, seine Bemerkung als Kompliment aufzufassen, und eigentlich war es … na ja, sogar ganz nett, sich in Schale zu werfen und zur Abwechslung einmal festzustellen, dass sie wie eine Version ihrer selbst aussah, die sie sich höchstens in ihren wildesten Träumen ausgemalt hatte.

Als sie die St. Mary Abbots Church in Kensington erreichten, fühlte sie sich keineswegs wie ein deplatziertes, schlecht angezogenes Aschenputtel, sondern vielmehr schien keiner, der Johnny und sie untergehakt nebeneinander stehen sah, auf die Idee zu kommen, dass sie etwas anderes als das Paar sein könnten, das sie zu sein vorgaben.

Heute würde ein guter Tag werden, beschloss Verity in einem für sie untypischen Anfall von Optimismus, als sie Wallis herüberwinken sah. Sie wandte sich Johnny zu. »Denk dran, mir wurden Todesqualen angedroht, wenn ich nicht ein Exemplar von allem mitbringe – Kirchenheft, Menüfolge, Platzkärtchen.«

Johnny blieb vor der Bankreihe auf halber Höhe auf der Bräutigamseite stehen und ließ Verity den Vortritt. »Ich bin ja kein Experte, was das betrifft, aber hätte deine Schwester nicht längst die Karten und das alles bestellen müssen, wenn sie im September heiratet?«

»Na ja, eigentlich schon, hat sie aber nicht.«

Johnny schnappte nach Luft, als hätte ihn die Ankündigung zutiefst schockiert. »Willst du damit sagen, sie hat noch nicht mal die Einladungen verschickt?«

Oje. Verity verdrehte die Augen. Wo sollte sie bloß anfangen? »Das Datum hat sie allen schon mitgeteilt, und eigentlich sollte Chatty, die einen Abschluss in Kunst hat, die Einladungskarten gestalten, aber Con legt gerade eine üble Mischung aus Herrschsucht und unfassbarer Unentschlossenheit an den Tag.«

»Und wie denkt ihr Verlobter darüber?«

Alex hatte bereits mehrfach bemerkt, dass es ihm vollauf genügen würde, in einer anständigen Hose und einem schönen Hemd in der Kirche aufzutauchen und anschließend im Pub um die Ecke zu feiern. »Er glaubt, das Geheimnis für ein schönes, langes Leben als Paar sei, sich aus allem rauszuhalten.«

»Ich bin nicht sicher, ob das ein guter oder ein schlechter Ratschlag ist«, bemerkte Johnny, dann lächelte er und rief einer Frau, die hektisch von der anderen Seite des Flügels herüberwinkte, ein »Hallo« zu. »Ich habe keine Ahnung, wer das ist. Oh, schau mal … der Hut auf vier Uhr. Das Ding sieht aus, als hätte sie eine lila Qualle auf dem Kopf.«

Die nächsten zehn Minuten verbrachten sie damit, sich über die Hutkreationen lustig zu machen und sich zu fragen, ob der rotgesichtige, verschwitzte Trauzeuge wohl jede Sekunde umkippen würde, als triumphierende Orgelklänge das Kirchenschiff erbeben ließen, sodass Verity beinahe einen Herzanfall bekam. Dann erhoben sich die Gäste und drehten sich um, als die Klänge des als Hochzeitsmarsch bekannten Stücks ertönten (bei dem es sich in Wahrheit um »Treulich geführt« aus Wagners *Lohengrin* handelte, wie Verity wusste) und die Braut an der Seite ihres vor Stolz strahlenden Vaters den Gang entlangschritt.

Die Braut (»Carlotta, Vater Spanier, Mutter Engländerin, arbeitet für den Arts Council«) trug einen Traum von einer trägerlosen, spitzenbesetzten Fit-and-Flare-Robe und einen ebenfalls spitzenbesetzten, an einem schmalen Diadem befestigten Schleier. Der Bräutigam Rich (er war Weinhändler und ein ehemaliger Cambridge-Kommilitone von Johnny) musste beim Anblick seiner Braut eine Träne verdrücken.

Verity sollte sich auch Notizen machen, welche Musik gespielt und was rezitiert wurde (ein Gedicht von Pablo Neruda und »We've Only Just Begun« von den Carpenters – vorgetragen von einem mit dem Brautpaar befreundeten Schauspieler –, das für reichlich Schluchzen und Tränen sorgte).

Obwohl Verity als Pfarrerstochter mehr Hochzeiten beigewohnt hatte als Elizabeth Taylor und Cheryl Cole zusammen, rührte sie die Intimität dieses Moments unerwartet heftig – der Anblick, wie Carlotta und Rich, zwei wildfremde Menschen, sich ganz fest bei den Händen hielten und mit den Tränen kämpften. Ebenso berührend war die Feierlichkeit der Trauung selbst, das Eheversprechen, das sie schon so oft gehört hatte.

> Ich nehme dich an als meinen Partner,
> verspreche dir die Treue in guten und in
> schlechten Tagen,
> in Gesundheit und Krankheit, bis der Tod
> uns scheidet.
> Ich will dich lieben, achten und ehren,
> alle Tage meines Lebens.
> Nimm diesen Ring als Zeichen meiner Liebe.

Sie sprachen von etwas Wunderschönem; von etwas, das weit über Hochzeitsfarben oder farblich passende Kleider der Brautjungfern hinausging.

Den Bund der Ehe einzugehen, zeigte den Wunsch, den Rest seines Lebens mit einem anderen Menschen zu verbringen und nach Kräften zu versuchen, für diesen Menschen da zu sein, seiner würdig zu sein.

»Hier, ich habe mich vorbereitet«, flüsterte Johnny und reichte Verity ein Taschentuch. »Es müsste sauber sein. Mein

Vater hat gesagt, ich soll bei Hochzeiten immer ein zusätzliches Taschentuch dabeihaben, falls es Tränen gibt.«

»Ich weine nicht«, flüsterte Verity zurück und blinzelte, wobei sich eine Träne von ihrem unteren linken Wimpernrand löste, die sie jedoch zum Glück mit Johnnys Taschentuch abfangen konnte, bevor sie ihr Make-up ruinierte. »O Gott, ich fasse es nicht. Ich heule auf einer Hochzeit von fremden Leuten.«

»Sollte dir das ein Trost sein … ich habe für mich auch ein Taschentuch mitgebracht.« Johnny beugte sich noch etwas näher, sodass Verity ein Hauch seines köstlich duftenden Aftershaves in die Nase stieg. »Ich bin ziemlich nahe am Wasser gebaut, aber verrate es bitte niemandem.«

Verity warf ihm einen Blick zu – nicht jenen, den Posy als ihren »patentierten Killer-Blick« bezeichnete, aber so etwas in der Richtung. Johnny zwinkerte ihr zu, und Verity entspannte sich.

»Dein Geheimnis ist bei mir sicher«, raunte sie, ohne auch nur zu versuchen, ihr Lächeln zu verhehlen.

Auch er lächelte, und ihre Blicke begegneten sich – ein weiterer Moment der Intimität, den sie mit diesem Mann erlebte, der sich gerade zu einer Art Freund entwickelte.

»Hiermit erkläre ich Sie zu Mann und Frau«, verkündete der Pfarrer voller Inbrunst. »Was Gott zusammengefügt hat, soll der Mensch nicht scheiden!«

Nach der Trauung sollten vor der Kirche offizielle Fotos der Hochzeitsgesellschaft geschossen werden. Johnny bekam die Aufgabe zugewiesen, die Gäste zusammenzutreiben, während Verity belustigt zusah, wie er, meist mit einem Lächeln und einem Scherz auf den Lippen, der Aufgabe nachkam. Er drückte sogar die beiden Kleinsten, die Ringträger, an sich, die während der Unterzeichnung der Heiratsurkunde und des Abschlusslieds »You Were Meant For Me« aus *Du sollst mein Glücksstern sein* heftig miteinander gerangelt hatten, bis Carlottas Trauzeugin dazwischengegangen war.

Immer wieder drehte Johnny sich um und sah nach Verity, die sich gegen eine Wand gelehnt hatte, um ihre schmerzenden Füße zu entlasten, während sie Con schrieb, die ihr sieben zunehmend hektische Nachrichten geschickt hatte, weil Veritys Handy während der Zeremonie ausgeschaltet gewesen war und sie sie nicht erreicht hatte.

Die Hochzeitsfarben sind mintgrün und silber. Der Blumenschmuck besteht aus hellgrünen Sukkulenten und weißen Rosen, zusammengebunden mit silberfarbenem Band. Ich schicke dir gleich die Fotos. Und jetzt hör auf zu nerven. V. xxx

Gerade als sie die Fotos der an jeder Bankreihe angebrachten Bouquets, der Kleider der Brautjungfern und des Kirchenhefts verschickt hatte, kehrte Johnny mit einem Paar im Schlepptau zurück.

»Very! Entschuldige, dass ich dich so lange allein gelassen habe«, sagte er. Die Leute zusammenzubekommen, schien schwieriger gewesen zu sein als vermutet, denn er klang ein wenig atemlos und hatte hektische rote Flecken auf den Wangen. »Ich wollte dir zwei uralte Freunde von mir vorstellen. Harry und Marissa.«

Verity stellte sich eilig gerade hin, als wäre sie zur Rektorin beordert worden.

»Nicht gerade uralt«, bemerkte der Mann und trat vor. Er war blond, ein Stück kleiner als Johnny und eher schmächtig, dennoch hatte er eine gewisse Ausstrahlung, die augenblicklich Veritys Aufmerksamkeit erregte. Vielleicht lag es auch an der seltsamen Anspannung zwischen den beiden Männern, die die Luft förmlich aufzuladen schien. »Freut mich, dich kennenzulernen, Verity. Was um alles in der Welt willst du von einem alten Mistkerl wie Johnny?«

»Ich habe noch nie einen Mann kennengelernt, auf den das Wort ›Mistkerl‹ weniger passt«, erklärte Verity im Brustton der Überzeugung, denn mit Mistkerlen kannte sie sich aus – einige von Ninas Verflossenen und ihr aktueller Freund würden diesen Titel durchaus verdienen, Johnny hingegen nicht mal ansatzweise, auch wenn er die Frau eines anderen liebte. »Außerdem sind wir nur Freunde, richtig?«

»Richtig«, bestätigte Johnny. »Und das ist Marissa.« Er deutete auf die Frau, die hinter Harry stand. »Sie kann es kaum erwarten, dich kennenzulernen.«

Plötzlich schien die elektrische Spannung in der Luft zu verfliegen, einem Vakuum zu weichen, wie bei einem schweren Gewitter unmittelbar vor dem Ausbruch, wenn die gesamte Atmosphäre zu brodeln beginnt.

Vor Verity stand eine zierliche Blondine von geradezu ätherischer Schönheit. Verity konnte sich nicht erinnern, jemals eine so schöne Frau gesehen zu haben, geradezu engelsgleich, mit großen blauen Augen, einer winzigen Stupsnase und einem perfekten rosenförmigen Mund wie eine Disney-Prinzessin – man sah förmlich die reizenden Waldtiere, die ihr morgens fröhlich beim Anziehen halfen.

Geblendet von Marissas Schönheit, lächelte Verity ihr schüchtern zu. Doch statt das Lächeln zu erwidern, ließ Marissa abschätzig den Blick über Verity schweifen, bis hinunter zu ihren nackten Zehen, die sich vor Verlegenheit krümmten. »Ach, hör nicht auf Johnny. Er übertreibt manchmal ein bisschen«, erklärte Marissa kühl, während Verity feststellte, dass sie ihr nicht in die Augen sehen konnte. Sie warf Johnny einen Hilfe suchenden Blick zu, doch er und Harry unterhielten sich angeregt und schenkten den beiden Frauen keine Beachtung. »Ich habe nur zufällig bemerkt, dass ich überall dein Kleid sehen konnte, ganz egal wo ich auch hinsehe. Die Blumen sind ziemlich … bunt, nicht? Von wem ist es denn?«

Verity besaß keine Kleider namhafter Designer, sondern kaufte ausnahmslos bei irgendwelchen großen Ketten oder in Charity-Shops ein und nicht in minimalistisch eingerichteten Boutiquen in Mayfair. Mit Ausnahme dieses Exemplars. Wieder einmal erwies sich Lavinia als Retterin in der Not.

»Es ist ein Vintage-Kleid«, antwortete Verity lässig, als würde sie zu den Frauen gehören, die regelmäßig ausgefallene Designer-Stücke aus zweiter Hand erstanden. »Es hat einer sehr lieben Freundin von mir gehört, die …«

»Oh! Es ist secondhand. Na ja, dafür ist es ja trotzdem ganz nett«, erklärte Marissa in ihrer wohlmodulierten Stimme, während Verity, die gerade noch hochzufrieden mit ihrem Outfit und ihrem Aussehen gewesen war, sich plötzlich vorkam, als trage sie ein lautes, aufdringliches Clownskostüm, das noch dazu nach Mottenkugeln stank. »Jedenfalls freue ich mich, dich kennenzulernen, Veronica.«

»Verity«, korrigierte Verity, wohl wissend, dass ihr Handschlag etwa die Energie eines Marathon-Novizen aufwies, der sich über die Ziellinie schleppte. Aber genauso fühlte sie sich gerade. Mit dem Anflug eines Stirnrunzelns zog Marissa ihre Hand zurück und beugte verstohlen die Finger, als wäre Veritys Handfläche schwitzig gewesen, was sie definitiv nicht war. »Ich mich auch.«

»Ja, ja.« Marissas Blick war auf einen Punkt in der Ferne gerichtet, als suche sie verzweifelt nach jemandem, mit dem sie anstelle von Verity reden konnte. »Oh! Da sind ja James und Emily. Komm, Harry, wir müssen sie unbedingt begrüßen.«

Und fort war sie in ihrem makellos weißen Kleid, obwohl jeder, der auch nur über einen Hauch guter Manieren verfügte, wusste, dass Weiß bei einer Hochzeit der Braut vorbehalten war.

»Ich schätze, ich sollte mit meiner besseren Hälfte gehen«, murmelte Harry und folgte Marissa, während Johnny sich mit einem entschuldigenden Lächeln Verity zuwandte.

»Tut mir leid«, sagte er, obwohl es nicht seine Schuld war, dass seine alte Freundin Marissa so ein unangenehmes Miststück war.

»Ist sie immer …«

»Ich wusste nicht, dass es eine Ewigkeit dauern würde, die Brautmutter aufzustöbern«, fuhr Johnny fort – seine Entschuldigung bezog sich gar nicht auf Marissa. »Hast du lange allein hier herumgestanden?«

»Nein, nein, kein Problem. Con hat mir massenhaft Nachrichten geschickt, die ich beantworten musste. Es ist alles in bester Ordnung, wirklich«, beteuerte Verity, obwohl sie in Wahrheit vom erschöpften Marathonläufer zum erschlafften Ballon geschrumpft war – sie war mies behandelt worden, noch dazu ohne einen plausiblen Grund, was im Grunde gleichbedeutend mit einer Auseinandersetzung war … etwas, womit Verity gar nicht gut umgehen konnte. Außerdem brachten ihre Füße sie um, und ihr Outfit hasste sie mittlerweile aus tiefster Seele.

»Gut. Aber ich habe dir noch gar nicht gesagt, dass du toll

aussiehst. Dein Kleid erinnert mich an diese holländischen Blumengemälde«, bemerkte Johnny, der wieder einmal genau das Richtige im passenden Moment sagte.

Verity lächelte und spürte, wie sich ihre Stimmung schlagartig aufhellte. »Das fand ich auch.«

Ihre gute Laune hielt auch während des fünfzehnminütigen Spaziergangs die Kensington High Street entlang zu dem Restaurant im Holland Park an, wo der Hochzeitsempfang stattfand. Es war eine etwas schräge, aber durchaus eindrucksvolle Prozession – die gesamte Hochzeitsgesellschaft, inklusive Brautpaar, Brautjungfern und Trauzeugen, zwischen Samstagsshoppern und Autofahrern, die begeistert hupten.

Verity wurde hochoffiziell den beiden duellierenden Ringträgern vorgestellt, Johnnys Patenkind Rufus und seinem jüngeren Bruder Otto, und obwohl sie eigentlich nicht sonderlich mit Kindern umgehen konnte, entpuppte es sich als ziemlich einfach; sie musste die beiden lediglich beim Überqueren der Straße an der Hand halten, lauschen, wenn sie ihr alle kleinsten Details aus *Doctor Who* erklärten, und nur ab und zu Bemerkungen wie »Ach, tatsächlich?« und »Ich wusste ja gar nicht, dass man so etwas mit einem Schallschraubenzieher machen kann« einfließen lassen.

»Du warst großartig«, bemerkte Johnny, als sie endlich im Garten des Restaurants standen, wo noch weitere Fotos geschossen wurden, während glücklicherweise Kellner mit voll beladenen Tabletts herumgingen. »Die beiden sind nicht so leicht zu beeindrucken.«

»Ich habe schon Schlimmeres erlebt«, bemerkte Verity und suchte reflexartig die Menge nach einer elfengleichen Blondine in einem weißen Kleid ab, um möglichst viel Abstand zwischen ihr und sich zu schaffen.

Selbst auf dem Weg zur Toilette spähte sie vorsichtshalber vorher um die Ecken, ehe sie eintrat, aus ihren Peeptoes schlüpfte und ihre schmerzenden Füße in ein Paar Ballerinas schob. Als sie aus der Kabine in den Vorraum trat, sah sie Marissa, die inmitten eines Grüppchens junger Frauen Hof hielt.

»Am Ende sind wir früher zurückgeflogen. Die Leute waren die reinste Katastrophe. Jetzt ist es offiziell: Die ganzen Billigtouristen haben Dubai komplett ruiniert«, erklärte Marissa gerade. »Brentwood mit einer Wüste, hat Harry es genannt.«

Verity versuchte, sich möglichst unsichtbar zu machen und sich diskret an den Frauen vorbeizumogeln, als sich eine Hand auf ihren Arm legte – Elsa, die sie bei Lawrence' vierzigstem Geburtstag kennengelernt hatte.

»Hallo, Süße«, sagte diese freundlich und zog sie neben sich in den Kreis. »Schönes Kleid. Du kennst ja alle, oder?«

Verity kannte keine einzige der Frauen … bis auf Marissa, die sie mit ausdrucksloser Miene anstarrte, als wäre sie ihr noch nie in ihrem Leben begegnet.

Nicht jeder konnte sich gut Namen merken. Oder Gesichter, dachte Verity. »Wir haben uns vorhin vor der Kirche gesehen«, erinnerte Verity Marissa, deren bildschönes Gesicht immer noch keinerlei Regung verriet. »Ich bin Verity.«

»Oh, tatsächlich? Ich erinnere mich gar nicht. Aber egal. Freut mich, dich kennenzulernen, Vera.« Mit einem routinierten eleganten Schulterzucken, mit dem es ihr wundersamerweise noch dazu gelang, Verity aus dem Kreis auszuschließen, wandte sie sich wieder ihren Freundinnen zu. »Also, wo war ich stehen geblieben?«

Als Verity den Waschraum verließ, beschwor sie im Geiste

ausnahmsweise nicht Elizabeth, sondern ihre Mutter, Mrs. Bennet, herauf. *Sie ist eine eigennützige, heuchlerische Frau, und ich halte nicht viel von ihr.*

Was den Nagel ziemlich auf den Kopf traf.

Johnny erwartete sie mit einem weiteren Glas Champagner und der Nachricht, dass sie nun ihre Plätze einnehmen dürften.

»Und wir sitzen nicht am Singles-Tisch«, erklärte er. »Sondern am lustigen Tisch mit den kinderlosen Paaren.«

Verity war zwar nicht unbedingt der lustige Typ, doch an ihrem Tisch saßen bislang lediglich zwei weitere Gäste, was die Sache etwas entspannte. Jeremy und Martin waren zwei bildschöne Männer, die in wenigen Wochen ebenfalls heiraten würden. Nach all den Skype-Sessions mit ihren Schwestern war Verity mittlerweile so etwas wie eine Expertin in Sachen Blumenschmuck, Gastgeschenke und allen anderen Hochzeitsdetails.

»Muss dieser ganze Kram mit Wimpeln und Fähnchen wirklich sein?«, fragte Johnny, der der Unterhaltung zu folgen versuchte.

»Für eine rustikale Hochzeit auf dem Lande sogar unbedingt«, antwortete Jeremy. »Will deine Schwester mit diesen Gläsern im Einmachstil arbeiten?«

»Das steht noch nicht fest.« Verity seufzte. »Wir haben sämtliche Charity-Shops abgeklappert und nach alten Teetassen gesucht, für den Fall, dass sie die stattdessen benutzen will.«

Weitere Paare setzten sich an den Tisch. Alle stellten sich einander vor und erklärten, ob sie zur Seite der Braut oder des Bräutigams gehörten. Erst als die Kellner die Vorspeise aus gebratenen Jakobsmuscheln im Pancetta-Mantel auf Erbsenmousse servierten, nahmen die beiden letzten Gäste ihre Plätze neben Verity ein. Harry und Marissa.

»Tja, endlich hast du ja den Sprung weg vom Single-Tisch geschafft«, bemerkte Harry grinsend. »Glückwunsch.«

»Das habe ich einzig und allein meiner wunderbaren Verity zu verdanken.« Johnny legte den Arm um Verity und drückte ihr einen Kuss auf die Wange – ein unerwartetes und höchst unwillkommenes Gefühl, seine Wärme, seine Muskeln zu spüren, den frischen Duft seines Aftershaves zu riechen, doch es wäre unhöflich gewesen, sich aus seiner Umarmung zu befreien, deshalb verharrte sie reglos, bis er von ihr abließ. »Ich habe gar nicht gefragt, wie es in Dubai war.«

»Heiß. Viel Sand. Marissa war heilfroh, dass wir wenigstens einen guten Telefonempfang hatten, wie du ja weißt.« Ein herausfordernder Unterton hatte sich in Harrys Stimme geschlichen, und Verity konnte sich nur fragen, wieso erneut diese eigentümliche Spannung zwischen den beiden Männern spürbar war. Alle Anwesenden blickten konzentriert auf die Muscheln auf ihrem Teller.

»Ach, Harry, hör auf zu nerven«, sagte Marissa nach einer gefühlten Ewigkeit, in der Verity mit den Nägeln beinahe blutige Löcher in ihre Handflächen gegraben hatte. »Ich bin übrigens wirklich sauer auf dich, Johnny. Du hast vorhin nicht mal Hallo gesagt, sondern bist schnurgerade an uns vorbei zu deiner kleinen Freundin gestürmt.«

»Bitte entschuldige meine schlechten Manieren. Hallo, Marissa«, sagte Johnny tonlos und blickte Marissa über den Tisch hinweg an. Auf ihrem Gesicht lag ein sanftes Lächeln, das sie anziehend und verletzlich zugleich wirken ließ. »Geht es dir gut?«

»Den Umständen entsprechend«, gab Marissa zurück. Verity saß da, noch immer wie gelähmt wegen der seltsamen Atmosphäre, die sich am Tisch ausgebreitet hatte.

Mit Marissas und Harrys Auftauchen war jegliche Ausgelassenheit und Partystimmung am Tisch schlagartig verflogen. Stattdessen betrieben die Leute angestrengten Small Talk, wie süß die kleinen Blumenmädchen aussahen und wer Lachs und wer das Hühnchen als Hauptgang gewählt hatte.

Am liebsten wäre Verity aufgesprungen und hätte etwas von *Nase pudern* gemurmelt, um hinaus in den warmen Juliabend zu flüchten und nicht wieder zurückzukommen. Sie überlegte sogar kurz, unter dem Tisch Merry eine Nachricht zu schicken und sie zu bitten, sie anzurufen, damit sie irgendetwas von einem dringenden Notfall erzählen konnte.

Stattdessen saß sie stocksteif da und stocherte in ihrem Essen herum, bis sie eine Hand auf ihrem Schenkel spürte – Johnnys Hand, um genau zu sein; doch keineswegs auf anzügliche Weise, sondern eher beschwichtigend, während er ihr zuflüsterte: »Tut mir leid. Du scheinst dich nicht besonders zu amüsieren. Ist es so schlimm?«

»Ein bisschen. Es ist alles irgendwie ein wenig angestrengt, und ich weiß nicht, warum.« Sie lehnte sich ein Stück weiter zu Johnny hinüber, sodass der Kellner ihren Teller abräumen konnte. Unwillkürlich verspürte sie den Wunsch, er möge sie ein wenig näher zu sich ziehen, sodass sie den Kopf an seine Schulter legen konnte – eine unerwartete, aber durchaus verführerische Vorstellung.

»Aber es ist doch alles bestens. Ich amüsiere mich prächtig und finde es schade, dass du es nicht auch tust«, wiegelte Johnny leichthin ab.

Erst jetzt dämmerte Verity, wie weinerlich und schlecht gelaunt sie sich anhörte. Sie drehte sich so um, dass sie Harry und Marissa den Rücken zukehrte. Für den Bruchteil einer Sekunde sah sie ihn auf etwas oder jemanden hinter ihr starren, ehe er zusammenzuckte und seine Aufmerksamkeit wieder auf Verity richtete. Er runzelte die Stirn. Höchste Zeit, sich zusammenzureißen.

»Bestimmt überwinde ich meinen toten Punkt gleich, schließlich wird hier ja einiges geboten«, erklärte sie und griff nach ihrem Glas. »Champagner in Strömen, Nachtisch, Hochzeitsspiele ... da fällt mir ein, ich muss dringend noch ein paar Fotos vom Brauttisch machen.«

Johnny lächelte – ein Lächeln von der aufrichtigen Sorte, bei dem Verity unwillkürlich zurücklächeln musste. »Wie ist die Kamera an deinem Handy? Könntest du den Tisch heranzoomen? Oder können wir einfach aufstehen und unauffällig rüberschlendern?«

Am Ende entschieden sie sich für den Zoom von Johnnys Handykamera, die noch dazu mehr Pixel hatte; Verity wusste zwar nicht genau, was das bedeutete, stimmte aber zu. Und die ganze Zeit spürte sie Marissas finstere Miene und Harrys argwöhnischen Blick im Rücken.

Schließlich tippte der Vater der Braut mit dem Messer gegen ein Glas, räusperte sich und setzte zur ersten Rede an.

Alle am Tisch seufzten erleichtert auf und grinsten beim ersten vorhersehbaren Witz darüber, dass »wir eine Tochter verlieren, dafür aber einen Sohn gewinnen, dessen Eltern ein Ferienhaus auf Saint Lucia haben«.

Johnny rutschte mit seinem Stuhl ein wenig näher an Verity heran, um zum Brauttisch hinübersehen zu können, wobei er immer wieder einen wissenden Blick mit Verity wechselte und sich einmal zu ihrer Belustigung sogar in gespielter Verzweiflung das Haar raufte, als sich die Rede des Trauzeugen qualvolle zwanzig Minuten hinzog. Trotzdem registrierte sie, dass er mit den Gedanken ganz woanders zu sein schien. Sein Blick ruhte weder auf der Braut noch auf dem Bräutigam, sondern schweifte wieder zu diesem Punkt hinter ihrer Schulter. Überall an den Tischen saßen Freunde von ihm aus seinen Cambridge-Zeiten; vielleicht suchte er ja den Raum nach bekannten Gesichtern ab … vielleicht hoffte er auch das der anderen Frau, der Liebe seines Lebens, zu entdecken. Verity spürte, wie sich ihr Herzschlag beschleunigte.

»Alles in Ordnung?«, erkundigte er sich in diesem Moment. Offensichtlich war sie unwillkürlich zusammengezuckt. »Oh, sieh nur, das Dessert!«

Eine Auswahl an Minitörtchen wurde serviert: Zitrone, Erdbeere und gesalzenes Karamell. Dann erhob sich das Brautpaar zum ersten Tanz, »Someone To Watch Over Me« von Cole Porter. Verity nutzte die Gelegenheit, um eine Nachricht an Con zu schreiben, die ein Update eingefordert hatte:

Alles superstylish, dezent und wahnsinnig edel. Entschuldige, wenn ich mich einmische, aber Understatement ist definitiv nicht unser Ding. Und kannst du dir Großtante Helens Gesicht vorstellen, wenn sie Jakobsmuscheln im Pancetta-Mantel auf Erbsenmousse vor sich hat? 🙈

Verity hatte die Nachricht gerade abgeschickt und versuchte, die Aufmerksamkeit des Kellners auf sich zu ziehen, der mit einer Kaffeekanne herumging, als Harry sagte: »Und, Johnny, willst du die reizende Verity den ganzen Abend für dich alleine haben?«

Johnnys Kiefer spannte sich an. »Jetzt wo du's sagst … und ich habe euch vorhin nicht einmal richtig vorgestellt. Very, Harry und ich waren gemeinsam auf der Schule.«

»Tatsächlich? Gibt es hier jemanden, mit dem du *nicht* zur Schule gegangen bist?«, fragte Verity. Der Champagner hatte ihre Zunge ein wenig gelöst, außerdem schien Johnny tatsächlich mit so ziemlich jedem Mitdreißiger in London zur Schule gegangen zu sein.

»Ich war der Stipendiat aus dem falschen Viertel«, erklärte Harry grinsend. »Johnny hat mich gleich am ersten Tag unter seine Fittiche genommen, bevor jemand von den anderen Jungs meinen Kopf in die Toilette stecken und die Spülung drücken konnte, weil ich ein dahergelaufener Prolet war. Und aus irgendeinem Grund sind wir seither Freunde.«

»Sie waren sogar gemeinsam in Cambridge, wo ich sie kennengelernt und ihrer kleinen Jungsromanze einen Riegel vorgeschoben habe.« Marissas blaue Augen leuchteten. »Ich habe deswegen immer noch ein schlechtes Gewissen.«

Johnny lächelte dünn. »Du weißt doch, dass wir dir längst verziehen haben, Rissa. Niemand kann dir lange böse sein.«

Verity konnte ihm nicht aus vollem Herzen zustimmen, aber vielleicht war Marissa ja umgänglicher, wenn man sie erst ein bisschen besser kannte. Oder vielleicht gehörte sie auch einfach zu den Frauen, die die Gesellschaft von Männern bevorzugten. Sie schien zumindest die ihres Ehemanns zu genießen, denn sie klimperte mit den Wimpern und schmiegte sich wie eine Katze an ihn. Harry drückte ihr einen Kuss aufs Haar, ehe er sein Glas hob und Verity zuprostete. »Und? Wie lautet deine Geschichte, Verity?«

Verity musste zugeben, dass ihr Harry zunehmend sympathischer wurde, je mehr sie von ihm erfuhr. Er war in einer Sozialsiedlung in Islington in einer Familie mit fünf Kindern groß geworden und der Erste, der nicht nur einen höheren Schulabschluss, sondern auch ein Studium schaffte. Er hatte als Broker in der Innenstadt angefangen und besaß inzwischen eine eigene Venture-Capital-Investmentfirma. Verity war immer besonders beeindruckt von Menschen, die aus eigenem Antrieb Karriere machten und erfolgreich wurden; und ebenso wie sie passte auch er eigentlich nicht in diese Gesellschaft in dem schicken Restaurant am Holland Park, mit dem Unterschied, dass er diesen Umstand wie eine positive Eigenschaft erscheinen ließ. Wenn Marissa eine Caroline Bingley wie aus dem Bilderbuch war, dann war Harry mit seiner aufmerksamen Art, mit der er Veritys Antworten auf seine Fragen lauschte, der freundliche Mr. Gardiner, der Onkel der Bennet-Schwestern.

Marissa hingegen schien fest entschlossen zu sein, kein gutes Haar an Verity und ihrem Leben zu lassen – ob es ihre Herkunft als eine von fünf Pfarrerstöchtern in einem Kaff, ihre Arbeit in der Buchhandlung oder ihre fette Katze war … jedes neue Detail, das Harry aus Verity herauskitzelte, quittierte sie mit einer hochgezogenen Braue oder einem höhnischen Lächeln, das um ihre perfekt geformten Lippen spielte.

Johnny hatte den Arm auf Veritys Stuhllehne gelegt und strich ihr über die Schulter, als wolle er die Besitzverhältnisse klären. Er wies Harry sogar scharf in seine Schranken, als er sich mit einem gespielten Augenzwinkern nach ihrer Meinung zu außerehelichem Sex erkundigte, weil sie als Pfarrerstochter doch gewiss eine besondere Haltung dazu haben müsste. Nach einer Weile nahm Johnny die Hand von ihrer Schulter. Als das Paar neben Marissa aufstand, erhob er sich und setzte sich auf den freien Platz neben sie.

Die Band spielte einen Motown-Hit nach dem anderen, deshalb konnte sie nicht hören, worüber die beiden sprachen, doch Marissas Reaktion auf Johnnys Worte sprach Bände.

Schlagartig hatte sich das übellaunige Geschöpf mit der ausdruckslosen Miene und dem allenfalls höhnischen Grinsen in eine Frau verwandelt, die unablässig auf ihrer Lippe herumkaute und Johnny anstarrte, als könnte sie sich nicht an seinem Gesicht sattsehen.

Und Johnny? Der starrte zurück. Schluckte, als hätte er einen Kloß in der Kehle. Wandte den Blick ab. Sah wieder hin. Die beiden lächelten einander an, ein verstohlenes, trauriges Lächeln.

In diesem Moment kam die Erkenntnis mit der Wucht eines Zehntonners, und Verity konnte nur staunen, dass sie nicht quer durch den Raum flog – doch stattdessen saß sie da, die Hände um die Sitzfläche ihres Stuhls gekrallt, unfähig, sich zu bewegen.

Kapitel 14

Es gibt nur wenige Menschen, die ich wirklich liebe,
und noch weniger, von denen ich viel halte.

Marissa. Sie war die andere Frau. Die Frau, die Johnny liebte, mit der er aber aus einem ganz einfachen, aber doch höchst komplizierten Grund nicht zusammen sein konnte: weil sie mit seinem besten Freund aus Schultagen verheiratet war.

Trotzdem hatte es den Anschein, als wäre auch Marissa hoffnungslos verliebt – nur eben nicht in ihren Ehemann. Kein Wunder dass Johnny es nicht schaffte, sich von ihr zu lösen, wenn sie ihn anhimmelte, als wäre er ein Fleisch gewordener Gott.

»Und meine Oma, möge der liebe Gott sie segnen, liest jeden Tag einen Liebesroman und findet trotzdem noch die Zeit, ihr Haus vom Dachstuhl bis zum Keller zu putzen«, sagte Harry gerade und zwang Verity, sich ihm wieder zuzuwenden. »Vor allem Romantik-Sagas liebt sie heiß und innig.«

»Ach, tun wir das nicht alle? Du solltest mal mit ihr bei uns vorbeikommen«, gab Verity vage zurück. »Zu unserem Laden gehört auch eine Teestube, in der es sehr leckeren Kuchen gibt. Übrigens muss ich dringend für meine Schwester ein Foto von der Hochzeitstorte machen. Entschuldige mich bitte, ja?«

Es mochte nicht die fantasievollste Ausrede sein, aber das war Verity egal. Sie machte ein paar Aufnahmen von der Torte – einer blütenweißen, dreistöckigen, mit kunstvoll geschwungenen Ranken verzierten Kreation –, dann ging sie nach draußen auf die Terrasse.

Abgesehen von ein paar unerschütterlichen Rauchern war der Garten leer. Verity setzte sich auf eine Bank und nahm ein paar tiefe Atemzüge. *Was würde Elizabeth Bennet jetzt tun?* Sie würde sich an ihre Schwester Jane wenden, ganz klar.

Und was würde Verity jetzt für einen Ratschlag der ruhigen, überlegten Jane geben, aber in ihrem Fall würde Merry genügen müssen.

Ihre Schwester schien den Ernst der Lage zu begreifen, denn ausnahmsweise lauschte sie Veritys Schilderungen, ohne sie ständig zu unterbrechen.

»Kann ich einfach abhauen, was denkst du?«, fragte Verity, nachdem sie ihr von ihrer schlagartigen Erkenntnis berichtet hatte. »Ich habe meine Handtasche bei mir und könnte einfach durch den Park gehen. Ich würde schon in der U-Bahn sitzen, noch bevor irgendeiner merkt, dass ich weg bin.«

»Very, das kannst du echt nicht machen. Du bist bei einer schicken Londoner Hochzeit. Dein Hintern auf dem Stuhl kostet das Brautpaar wahrscheinlich ein paar Hunderter.«

»Ich könnte ihnen das Geld ja per PayPal zurücküberweisen«, schlug Verity leicht verzweifelt vor. »Das ist alles einfach so schrecklich. Ich bin mit einem Mann hier, der in Wahrheit mit einer ganz anderen Frau zusammen sein will ...«

»Das stimmt, aber das wusstest du doch schon vorher«, gab Merry zurück. Sie war sehr ruhig und vernünftig, was nicht den Trost spendete, den Verity sich erhofft hatte. »Hört sich allerdings an, als wäre die Frau ein echtes Miststück.«

»Ja, das ist sie«, murmelte Verity. »Und wenn ich noch länger hierbleibe, kann ich wahrscheinlich auch Johnny nicht mehr leiden. Wie soll ich jemanden mögen, der einen derart schlechten Frauengeschmack hat?«

»Endlich sagst du auch mal etwas Gemeines, so wie wir anderen auch«, erklärte Merry hämisch, ehe sie wieder ernst wurde. »Also, wenn ich dir einen Rat geben darf …«

»Ja, bitte!«

»Du musst dich anständig betrinken, Very!«, erklärte Merry bestimmt. Das war eigentlich ihr Rat für alle Lebenslagen. »Keiner kann von dir erwarten, dass du so etwas nüchtern überstehst.«

Also betrank Verity sich. Nicht so, dass sie die Kontrolle verlor, weil es vermutlich nicht genug Alkohol auf der Welt gab, um es so weit kommen zu lassen, aber immerhin war sie betrunken genug, um sich zu einem Grüppchen von Frauen zu gesellen, die zu »Islands in the Stream« tanzten.

Sie versuchte, ihrem Tisch konsequent den Rücken zuzuwenden, um Marissa und Johnny, die immer noch tief in ihr Gespräch versunken waren, nicht sehen zu müssen. Die beiden waren die Einzigen, die noch da saßen; alle anderen tummelten sich längst auf der Tanzfläche oder kreisten um die Käseplatten herum, die gerade hereingebracht wurden. Inzwischen waren sie näher zusammengerückt, so dicht, dass sich ihre Knie beinahe berührten.

Nicht dass Verity sie bewusst beobachtet hätte, aber Wallis packte sie pausenlos bei den Händen und wirbelte sie herum, sodass sie zwangsläufig Zeugin von Johnnys und Marissas kleinem Tête-à-Tête wurde.

Daher war es beinahe eine Wohltat, als ein etwas langsameres Stück erklang und Harry Veritys Schulter antippte.

»Glaubst du, Johnny hat etwas dagegen, wenn ich mit dir tanze?«, fragte er.

»Ich glaube, ich brauche mal eine kleine Pause.« Inmitten einer Gruppe von Frauen zu tanzen, war eine Sache; von einem Mann aufgefordert zu werden, den sie kaum kannte, war fast, als würde sie jemand fragen, ob sie gerne barfuß über heiße Kohlen laufen würde. Verity versuchte zu lächeln, was ihr jedoch nicht recht gelang. »Eigentlich wollte ich mir gerade etwas zu trinken holen. Beyoncé macht durstig.«

»Kommt mir bekannt vor«, sagte er. »Ich brauche nach der Performance auf ›Single Ladies‹ auch immer unbedingt etwas zum Abkühlen.« Er grinste, und Verity grinste ebenfalls, während sie Harry in Richtung Bar folgte.

Vermutlich war es keine allzu schlaue Idee, weiterhin den Champagner wie Limonade hinunterzukippen, deshalb bestellte Verity ein großes Glas Ginger Ale mit viel Eis. Sie setzten sich auf die Barhocker, von denen aus sich ihnen ein Blick über den Raum und die Hochzeitsgesellschaft bot: Daddys, die ungelenk auf der Tanzfläche herumzappelten, Kinder, aufgepeitscht vom vielen Zucker und weil sie längst ins Bett gehörten, rannten kreischend hin und her, hübsch gekleidete Frauen, die inzwischen aus ihren High Heels geschlüpft waren, während sie sich mit alten Freundinnen unterhielten. Und Johnny und Marissa.

Sie waren die Letzten an ihrem inzwischen abgeräumten Tisch, saßen da, nur Augen füreinander, als wären sie ganz allein im Raum.

Was für ein Chaos! Verity seufzte, worauf Harry ebenfalls einen Seufzer ausstieß. Erstaunt sah sie ihn an. Wusste er Bescheid? O Gott, sollte sie es ihm sagen? Andererseits war das vermutlich nicht nötig – selbst ein Blinder mit Krückstock sah, was zwischen den beiden lief.

»Ich würde mir deswegen keine Sorgen machen«, sagte Harry unvermittelt mit einer Geste in Richtung seiner Frau und seines besten Freundes. »Das ist immer so.«

»Immer?«, wiederholte Verity hilflos.

»Ja, ich fürchte schon. Sie haben beide ein bisschen zu viel getrunken, und jetzt spielen sie wieder mal Romeo und Julia. Aber da ist nichts. Ehrlich. Absolut nichts.«

Allerdings schien er zu vergessen, dass Romeo und Julia am Ende in den Tod gegangen waren. Wieder fragte Verity sich, wie viel Harry wissen mochte – von den Telefonaten, den endlosen Nachrichten? »Du glaubst also, da läuft nichts?«

»Meistens nichts außer einer Flut an Nachrichten und viel heißer Luft«, erklärte Harry, was Veritys Frage zumindest teilweise beantwortete. »Aber das sollte dich nicht davon abhalten, mit Johnny zusammen zu sein. Wenn er nicht gerade wegen meiner Frau den Mond anheult, ist er ein netter Kerl. Einer der besten sogar. Also, falls es zwischen euch beiden etwas Ernsteres sein sollte … ist es das?«

Verity hasste es, der Überbringer schlechter Nachrichten zu sein. »Wir sind nur Freunde. Freunde, die sich ab und zu sehen.« Sie spreizte Zeige- und Mittelfinger und deutete zuerst auf ihre Augen, dann auf Johnny. Inzwischen hatte sie zugegebenermaßen einiges intus. »Nur sehen, sonst nichts.«

»Wie schade«, sagte Harry betrübt, als hätte er halb darauf gehofft, Verity könnte die Lösung all seiner Eheprobleme sein. »Er verdient eine Frau, die ihn glücklich macht.« Wieder sahen sie zu dem Tisch hinüber, wo Johnny inzwischen eindringlich auf Marissa einzureden schien. Er hatte die Hände ausgebreitet und sich vorgebeugt, während sie den Kopf schüttelte. »Wohingegen sich diese beiden niemals wirklich gegenseitig glücklich machen können. Keinen einzigen Tag lang. Das haben sie noch nie getan, nicht mal als sie noch zusammen waren.«

Harry wandte sich ab, um sich das Übel nicht länger ansehen zu müssen. Verity war heilfroh, es ihm nachtun zu können. Der Anblick von Johnnys und Marissas rührendem Beisammensein war schlicht zu viel.

»Wieso lässt du dir das alles gefallen?«, fragte Verity. Eigentlich wirkte Harry nicht wie der Typ Mann, der mit ansehen würde, wie seine Frau pausenlos Nachrichten schickte, in einer Blase der Verliebtheit schwebte und sich in der Zuneigung eines anderen Mannes sonnte.

»Weil ich sie liebe«, antwortete Harry wie aus der Pistole geschossen, als müsste er nicht eine Sekunde darüber nachdenken. »Und ob du es glaubst oder nicht, aber sie liebt mich auch. Bist du ganz sicher, dass aus dir und Johnny nicht doch ein Paar werden kann?«

Verity schüttelte den Kopf. »Ich habe es dir doch gerade erklärt … es ist nichts zwischen uns.«

»Wie könnte es auch, wenn er so sehr davon überzeugt ist, Marissa immer noch zu lieben.« Verzweiflung lag in Harrys Blick, als er wieder zu ihrem Tisch hinübersah. »Außerdem ermutigt sie ihn auch noch. Der arme Kerl. Sie braucht die Aufmerksamkeit, das ganze Drama drum herum, und ich bin nun mal nicht der Typ dafür, deshalb muss Rissa sich das woanders holen. Gleichzeitig hat sie ein schrecklich schlechtes Gewissen. Und ich genauso. Ich hasse mich für das, was wir Johnny angetan haben. Das ist der einzige Grund, warum ich der ganzen Geschichte nicht längst einen Riegel vorgeschoben habe. *Ihm* einen Riegel vorgeschoben habe.«

Verity presste sich die Hände auf die Ohren. »Ich muss mir das alles nicht anhören«, krächzte sie. »Das geht mich nichts an.« Was nicht ganz stimmte. »Du hast gesagt, du hättest ein schlechtes Gewissen …« Mit all dem Champagner im Blut und dem Gefühlstumult in ihrem Innern war es nicht ganz einfach, einen klaren Gedanken zu fassen. Was hatte Johnny noch mal über den Ehemann seiner großen Liebe gesagt? Dass sie ihn geheiratet hatte, um über Johnny hinwegzukommen? »Weil du reingegrätscht bist … als sie …«

»Ich bin der Mistkerl, der seinem besten Kumpel die Freundin ausgespannt hat, und zwar direkt nachdem seine Mutter gestorben war, damit es so richtig schön wehtut.« Harry verzog die Lippen zu einem ironischen Grinsen. »Es klingt immer so schlimm, wenn ich es laut aussprechen muss, aber zu meiner Verteidigung kann ich sagen, dass es nicht ganz so abgelaufen ist.«

»Aber so ziemlich!«, sagte Johnny hinter ihnen.

Verity zuckte zusammen. Und noch mehr, als Johnny den Arm um ihre Taille schlang, obwohl keinerlei Notwendigkeit dafür bestand. Sie hatte Harry schließlich bereits erklärt, dass sie und Johnny bloß Freunde waren. Und im Moment noch nicht einmal besonders gute.

»Ihr hattet euch getrennt! Und diesmal war es nicht wie die vielen anderen Male. Du hast das Land verlassen«, sagte Harry ruhig und mit einem gewissen Maß an Resignation, als hätten sie diesen Punkt bereits x-mal diskutiert.

»Ja, das stimmt, weil, wie du soeben erklärt hast, meine Mutter gerade gestorben war«, gab Johnny barsch zurück, als wäre er im Gegensatz zu Harry noch lange nicht darüber hinweg, dass sein bester Freund und seine Freundin hinter seinem Rücken geheiratet hatten, auch wenn es bereits zehn Jahre zurücklag. »Ich werde mich nicht dafür entschuldigen, dass ich es gewagt habe, zwanzig Minuten mit Rissa zu plaudern. Wir sind befreundet, wir haben eine Beziehung zueinander, die viele Jahre weit zurückreicht und nichts mit dir zu tun hat, Harry. Sie ist nicht dein Eigentum.«

»Das ist wahr«, bestätigte Harry, doch seine Resignation schien einem Anflug von Verärgerung gewichen zu sein, wie das Funkeln in seinen Augen und sein angespannter Kiefer verrieten. »Sie ist eine Frau, die selbst entscheiden kann. Sie kann tun, was immer sie will, und trotzdem scheint sie dich immer noch nicht zu wollen, Kumpel. Schon komisch, oder?«

Verity kam sich wie ein blasses Stück Schinken zwischen zwei ausgetrockneten Brotscheiben vor.

»Du musst es natürlich wieder mal auf den kleinsten gemeinsamen Nenner runterbrechen«, schoss Johnny schnippisch zurück – dies war das erste Mal, dass sie diesen Tonfall von ihm hörte, und er gefiel ihr ganz und gar nicht. »Es geht nicht immer nur um ...«

»Das reicht jetzt«, fuhr sie scharf dazwischen. »Alle beide. Du ...«, sagte sie und zeigte mit dem Finger auf Harry, »gehst jetzt und kümmerst dich um deine Frau, und du« – sie schüttelte Johnnys Arm ab und drehte sich so um, dass sie ihm ins Gesicht sehen konnte – »bleibst hier.«

Mit einem gespielten Salut zog Harry von dannen, während Johnny zumindest das Rückgrat besaß, einigermaßen unbehaglich dreinzusehen.

»Du hast nicht die leiseste Ahnung, wie komplex das alles ist«, sagte er niedergeschlagen. »Deshalb besteht kein Grund, mir Vorträge darüber zu halten, wie sehr ich mich danebenbenommen habe. Es gibt nichts, was du mir sagen könntest, das ich nicht längst gehört habe, üblicherweise mit der Stimme meines eigenen Gewissens.«

»Keine Vorträge«, versprach Verity, denn ... wo um alles in

der Welt sollte sie da anfangen? »Aber verstehen würde ich es trotzdem gern.«

Johnny musterte sie eindringlich. Offenbar hatte sie der Prüfung standgehalten, denn er nickte.

»Also gut«, sagte er, setzte sich auf eine gepolsterte Bank und tätschelte einladend den freien Platz neben sich. »Mach's dir gemütlich.«

Johnny hatte Marissa gleich an seinem ersten Tag in Cambridge vor etwa siebzehn Jahren kennengelernt. Er war mit mehreren Kartons beladen eine enge, gewundene Treppe hinuntergerannt und dabei mit Marissa zusammengestoßen. Johnnys Kartons waren samt Inhalt auf dem Boden gelandet. Beide hatten sich gleichzeitig gebückt, um ihn aufzuheben, und waren dabei mit den Köpfen gegeneinandergestoßen, und zwar so heftig, dass sie Sterne gesehen hatten.

Es sei Liebe auf den ersten Blick gewesen, sagte Johnny. Genauso wie bei seinen Eltern an deren erstem Studientag in Cambridge, obwohl es sich für Verity eher nach einer leichten Gehirnerschütterung anhörte.

Die folgenden drei Jahre lebten sie wie in einem Traum. Sie waren verliebt bis über beide Ohren, unternahmen Ausflüge mit dem Stechkahn auf dem Cam, machten Radtouren in die Umgebung. Während der Woche lebten sie in einer kleinen Wohnung mit Blick auf den Fluss, die Wochenenden verbrachten sie in London bei seinen Eltern, die ebenfalls restlos begeistert von Marissa waren. Allerdings kam es immer wieder zu erbitterten Streitereien zwischen ihnen, die in eine Trennung mündeten, gefolgt von der Erkenntnis, dass sie ohneeinander nicht leben konnten, und leidenschaftlichen Versöhnungen.

»Die Liebe ist nun mal kein netter, angenehmer Sonntagsspaziergang, sondern hässlich, schmutzig und real«, sagte Johnny. Allem Anschein nach hatten er und Nina doch mehr gemeinsam, als Verity vermutet hatte, denn auch Nina war ein großer Fan von wilden Streitereien mit fliegenden Tellern, nur um sich danach mit heißen Liebesschwüren wieder zu versöhnen.

Nach ihrem Abschluss in Cambridge folgten vier weitere Jahre Aufbaustudium für Johnny. Er und Marissa zogen in eine andere kleine Wohnung, diesmal in Ladbroke Grove, wo sie weiterhin abwechselnd die Welt vor Glück umarmten und sich erbitterte Kämpfe lieferten, inklusive Trennung und anschließender Wiedervereinigung.

Und die ganzen Jahre war Harry in ihrer Nähe, manchmal in der Rolle des fünften Rads am Wagen, manchmal, wenn er selbst gerade liiert war, als Partner für ein Vierer-Date. Keine seiner Beziehungen hielt sonderlich lange, und wann immer Johnny und Marissa wieder einmal getrennt waren, redete er Johnny ins Gewissen, dass er ein verdammter Idiot sei und bestimmt bald ein anderer daherkäme und sie ihm vor der Nase wegschnappen würde, wenn er sich nicht endlich am Riemen riss.

Und dann, im letzten Jahr seines Aufbaustudiums, wurde bei Johnnys Mutter Lucinda Brustkrebs, Stadium drei, diagnostiziert, der schneller in Stadium vier überging, als irgendwer hätte erwarten können. Johnny war drauf und dran, alles hinzuschmeißen, sein Studium, die Prüfungen, um bei ihr zu sein, aber seine Mutter ließ es nicht zu. »Marissa war der reinste Engel«, sagte er mit rauer Stimme, als hätte er selbst jetzt noch, nach all den Jahren, Mühe, darüber zu sprechen. »Sie hat meine Mutter oft zur Chemo begleitet, und später, als sie nicht mehr behandelt werden wollte und zu Hause war, ist sie abends vorbeigekommen, um nach ihr zu sehen. Meine Mutter und mein Vater haben sich so gefreut, dass Marissa und ich uns auf den ersten Blick ineinander verliebt hatten, noch dazu genau am selben Ort wie sie damals.«

»Das ist auch sehr romantisch, all die ähnlichen Begebenheiten ...«, murmelte Verity.

»Ich habe sie gebeten, meine Frau zu werden«, fuhr Johnny fort und blickte mit vor der Brust gekreuzten Armen nach oben, als vertraue er den Glasfaser-Sternen auf dem schwarzen Samtstoff an der Decke ein Geheimnis an. »Und sie hat Ja gesagt. So konnte zumindest meine Mutter vor ihrem Tod noch sicher sein, dass auch ich jemanden gefunden habe, den ich liebe und der mich liebt. Wenigstens diese Gewissheit hatte sie.«

»Es tut mir so leid«, flüsterte Verity und legte die Finger um Johnnys angespannten Unterarm – ein erbärmlicher Versuch des Trostes, doch sie wusste nicht, was sie sonst tun sollte.

»Du kannst ja nichts dafür.« Johnny sah sie mit einem traurigen Lächeln an. »Was dann passiert ist, geht komplett auf meine Kappe. Marissa wollte am liebsten sofort heiraten. So hätte es sich meine Mutter gewünscht, hat sie gesagt, aber es war einfach zu früh. Mein Vater war am Boden zerstört und halb verrückt vor Kummer und Schmerz, deshalb kam es mir einfach nicht richtig vor, das glückliche Paar zu spielen und die Trauer wegzuschieben.« Er hielt inne.

»Wir haben uns gestritten. Wie so oft. Streiten. Dann wieder versöhnen. Aber sie wieder einmal zu verlieren, neben all den anderen Dingen, die gerade passierten, und die Tatsache, dass ich in London war …« Er schüttelte den Kopf. »Wo mich alles an meine Mutter erinnert hat. Dad und ich haben einfach eine kleine Auszeit gebraucht. Damals hatte gerade der Hurrikan Katrina in New Orleans gewütet, deshalb beschlossen wir, den Leuten dort, die alles verloren hatten, zu helfen. Wir wollten Häuser wiederaufbauen und Gutes tun, und während ich weg war …« Wieder schüttelte er den Kopf. »Na ja, den Rest kannst du dir ja denken.«

Verity konnte es nicht. Weil Harry ihr erklärt hatte, dass er und Marissa sich einfach rettungslos ineinander verliebt hatten, wohingegen Johnny immer noch glaubte, Marissa hätte seinen besten Freund aus purem Trotz geheiratet und ihre Liebe zu ihm wäre ungebrochen. Vermutlich lag die Wahrheit irgendwo in der Mitte und konnte nur von der Person ans Licht gebracht werden, die sich im Zentrum dieses hoffnungslosen Chaos befand: Marissa. Doch das würde vermutlich niemals passieren.

Aber vielleicht hatte sie sich ja tatsächlich in Marissa geirrt; vielleicht war sie eigentlich ein ganz wunderbarer Mensch und zeigte sich nur so kratzbürstig, weil sie keine Ahnung hatte, dass Verity nur zum Schein als Johnnys Freundin auftrat. Und wenn der Mann, in den man seit siebzehn Jahren verliebt war, ohne Vorwarnung mit einer anderen um die Ecke kam, war das logischerweise ein Riesenschock. Bestimmt hatte Johnny gute Gründe, weshalb er seit all den Jahren in Marissa verliebt war, deshalb konnte sie wohl kaum die arrogante Ziege sein, als die sie sich präsentierte.

»Es tut mir aufrichtig leid«, sagte Verity noch einmal.

»Ich habe wirklich versucht, Marissa nicht zu lieben«, fuhr Johnny fort. »Vor ein paar Jahren war ich mit einer anderen Frau zusammen. Sie war auch Architektin, und ich dachte eine

Weile sogar, dass es etwas mit uns werden könnte, aber das war ein Trugschluss. Als mein Vater sich in meine Mutter verliebt hat, war's das. Sein Herz hat für immer ihr gehört. In den zehn Jahren seit ihrem Tod hat er keine andere auch nur angesehen. Weil es keine jemals mit ihr aufnehmen könnte. Und ich komme ganz nach meinem Vater. Ich habe mich damals in Marissa verliebt, und deshalb kann keine Frau jemals ihren Platz einnehmen. Für mich gibt es nur noch Schein-Freundinnen.«

Es gab so vieles, was Verity ihm sagen wollte, aber als Schein-Freundin und jemand, der die Geschehnisse lediglich von außen betrachtete, stand es ihr nicht zu. »Sieht so aus, als würden sie die Torte anschneiden«, sagte sie also nur. »Sicher wollen sie, dass die Gäste zusehen. Lass uns rübergehen.«

Sie folgte ihm durch den Raum. Beim Anblick von Johnnys herabhängenden Schultern und seinem gesenkten Kopf hatte sie nur einen Gedanken: So ein wunderbarer Mann, was für eine Verschwendung!

Kapitel 15

Nur wenige haben den Mut, sich ohne Ermutigung
wirklich zu verlieben.

Es war die letzte Juliwoche, und die Sommerferien hatten gerade begonnen. Verity hatte prophezeit, dass es sowohl im Laden als auch in der Teestube von Müttern, Großmüttern und Patentanten nur so wimmeln würde, die sich eine kleine Auszeit von einem Besuch im British Museum mit ihren Schützlingen gönnten, doch sie hatte sich geirrt.

Stattdessen hatte der Himmel die Schleusen geöffnet, und es regnete und regnete wie aus Eimern, sodass sich lediglich ein paar Stammkunden in den Laden verirrten.

»Solange es nicht wochenlang regnet, ist es sogar ganz nett«, gestand Posy und streckte sich auf einem der Sofas im Hauptraum aus, wo Verity, Nina und Tom es sich gerade für die Vormittagspause gemütlich gemacht hatten. »Fast wie in alten Zeiten, was?«

»Ja, in den alten Zeiten, als wir keine Kunden hatten«, bemerkte Tom, verschränkte die Hände hinter dem Kopf und streckte die Beine aus. »Und jetzt muss ich den ganzen Tag schuften.« Er hielt kurz inne. »Nicht dass es mir etwas ausmachen würde«, fügte er eilig hinzu.

»Ich mag es, wenn viel Betrieb herrscht. Dann vergeht der Tag viel schneller«, sagte Nina und nahm noch ein Stück Shortbread von dem Teller, den Mattie ihnen mit ihrem Tee und dem Kaffee hingestellt hatte – sie hatte ihnen strengstens untersagt, in ihrer Gegenwart jemals wieder ein Glas Instant-Kaffee aufzumachen oder Teebeutel zu benutzen. »Allerdings hat in letzter Zeit so gut wie kein Mann mehr einen Fuß hier hereingesetzt.«

»Außer Sebastian«, bemerkte Posy – weil mindestens fünf Minuten vergangen waren, seit sie ihn zuletzt erwähnt hatte. »Aber du erinnerst dich bestimmt an unsere Vorschrift, dass du dich nicht mit Kunden einlassen darfst. Stichwort Depri-Dan.«

Depri-Dan war zu Bookends-Zeiten ein Stammkunde gewesen. Nina war zweimal mit ihm ausgegangen, hatte dann jedoch festgestellt, dass er zu normal für ihren Geschmack war, und ihn abserviert. Daraufhin war Depri-Dan jeden Tag in der Buchhandlung aufgetaucht, hatte auf dem Sofa gesessen, ohne etwas zu kaufen, stattdessen Nina angehimmelt und gedroht, jeden Mann in die Flucht zu schlagen, der es wagte, sich der Kasse zu nähern, um seine Einkäufe zu bezahlen. Lavinia hatte ihm lebenslanges Hausverbot erteilen müssen.

Verity nippte an ihrem Tee und blickte gedankenverloren aus dem Fenster, an dem die Regentropfen hinabperlten.

»Das war ein ziemlich tiefer Seufzer, Very«, bemerkte Posy. »Du warst die letzten Tage besonders still, selbst für deine Verhältnisse. Bis ich gehört habe, wie du Merry am Telefon angeschnauzt hast, dass sie die Klappe halten soll, dachte ich schon, du hättest ein Schweigegelübde abgelegt.«

»Mir geht's gut«, sagte Verity nur, bis Tom demonstrativ hüstelte. Sie löste den Blick von ihren Knien und stellte fest, dass die anderen sie ansahen. »Wirklich. Ich musste auf der

Hochzeit am Samstag nur fürchterlich viel reden und habe mein Kontingent für diesen Monat schon aufgebraucht.«

Ebenso wie ihre Energie, schien es; nicht nur wegen allem, was sie gesehen und gehört hatte, der unerfreulichen Dialoge mit Marissa, Harrys Schilderung und Johnnys abgrundtief traurigem Geständnis, sondern weil sie seitdem damit beschäftigt war, all das zu verarbeiten.

»Du machst aber nicht den Eindruck, als wäre es so, Very. Sondern eher, als würdest du gleich in Tränen ausbrechen«, sagte Nina sanft. »Und gestern Abend bist du praktisch gleich ins Bett gegangen, kaum dass wir den Laden abgeschlossen haben.«

»Allerdings muss man der Fairness halber sagen, dass du oft aussiehst, als würdest du gleich in Tränen ausbrechen«, warf Tom ein, beugte sich vor und beäugte Verity, die auf dem Sofa ihm gegenüber saß. »Manche Frauen haben ein Zickengesicht, und du hast ein Trauerkloßgesicht.«

»He, keiner hat dir erlaubt, Frauen als Zicken zu bezeichnen!« Nina verpasste ihm einen Schlag auf den Arm.

»Hab ich doch gar nicht. Ich habe nur gesagt, dass es so was wie ein typisches Zickengesicht gibt, mehr nicht.«

Sie kabbelten sich noch eine Weile, wobei Posy sich logischerweise auf Ninas Seite stellte, weil Tom der einzige Mann im Team war und ihm deshalb sein Platz in der Hierarchie unmissverständlich klargemacht werden musste.

Erst nach einer Weile bemerkten sie, dass das Glöckchen über der Tür gebimmelt und ein Kunde den Laden betreten hatte. Nicht Veritys Problem – im Grunde wäre es die perfekte Gelegenheit, sich ins Büro im hinteren Teil des Ladens zurückzuziehen, wo es keinen kümmerte, wenn sie ein Gesicht machte wie drei Tage Regenwetter.

Nina schwang sich aus dem Sofa hoch. »Willkommen bei Happy Ends. Suchen Sie etwas Bestimmtes?«

Verity saß mit dem Rücken zur Tür und konnte den Kunden nicht sehen, doch dann sagte eine kultivierte, angenehme Männerstimme, die sie noch nie vorher gehört hatte: »Ich suche nach einer jungen Dame namens Verity.«

Posy und Tom rissen die Augen auf, während Verity herumwirbelte und den Mann in dem cremefarbenen Anzug musterte. Er war in den Sechzigern und gut in Form; noch bevor Nina eine Geste in Veritys Richtung machen konnte, erblickte er sie, und seine Miene hellte sich auf.

Mit einer Mischung aus Neugier und Anspannung stand Verity vom Sofa auf. Schuldete sie jemandem Geld? Wollte jemand sie verklagen? Sie hatte sich doch nichts zuschulden kommen lassen. »Hallo?«, sagte sie nervös.

»Hallo!« Der Mann trat auf sie zu und umschloss Veritys Hand mit festem, aber nicht unangenehmem Griff. »Ich bin William. Was für eine Freude, Sie kennenzulernen!«

»Ich bin Verity, und, äh, ich freue mich auch, Ihre Bekanntschaft zu machen«, erwiderte Verity. »Entschuldigen Sie, aber sind wir uns schon einmal begegnet?« Es wäre nicht das erste Mal, dass ihr Gedächtnis sie im Stich ließ. »Gehören Sie zur Kirchengemeinde meines Vaters? Oder haben Sie gemeinsam mit ihm Theologie studiert?«

»Ich fürchte, diese Berufung hatte ich nie«, gab William zurück, nahm Veritys Arm und führte sie in den ersten der angrenzenden Räume, während ihre Kollegen die Hälse reckten und angestrengt lauschten. »Bitte entschuldigen Sie, dass ich so einfach hier auftauche. Ich bin Johnnys Vater. Nein! Er weiß nicht, dass ich hier bin«, fügte er eilig hinzu, als er sah, wie Veritys Züge sich vor Schreck verzerrten.

»Äh, und was führt Sie hierher?«, fragte sie.

»Ich dachte, ich schlage gleich zwei Fliegen mit einer Klappe, wo ich schon mal in der Stadt bin. Letzte Woche bin ich Wallis begegnet ... Sie kennen sie, oder? Ein reizendes Mädchen, das in den höchsten Tönen von Ihnen schwärmt, und gestern habe ich mit Harry gesprochen ...«

Very musste sich an einem der Regale festhalten. »Sie sprechen mit Harry? Regelmäßig?«

William nickte. Inzwischen konnte Verity die Ähnlichkeit zwischen ihm und Johnny erkennen – nicht nur im Hinblick auf Größe und Statur, sie hatten auch dieselben markanten Wangenknochen und die ozeanblau-grünliche Augenfarbe. »Aber ja. Harry berät mich, wie ich meine Rente am besten anlege. Und davon abgesehen kenne ich ihn, seit er elf Jahre alt war. Er und Johnny waren dicke Freunde und haben allerlei Unsinn angestellt. Aber Sie können sich bestimmt vorstellen, dass ich aus allen Wolken gefallen bin, als er mir gestern erzählt hat, dass mein Johnny neuerdings mit ... ich zitiere ... ›einer absoluten Hammerbraut‹ zusammen ist, ohne seinem lieben alten Dad auch nur ein Sterbenswörtchen zu verraten.«

Verity war noch nie in ihrem Leben als »absolute Hammerbraut« bezeichnet worden – diese Art Kompliment bekam eigentlich sonst nur Nina von ihren Verehrern zu hören. »Sind Sie sehr aus den Wolken gefallen?«

»Extrem«, antwortete er. »In den letzten fünf Jahren habe ich das Wort ›Freundin‹ nicht mehr aus seinem Mund gehört. Seit Katie nicht mehr. Sie war sehr nett, aber offensichtlich sollte sie nicht diejenige sein, die sein Herz erobert.« Er schüttelte betrübt den Kopf, ehe er Verity ansah und lächelte. »Und jetzt sind Sie auf einmal aufgetaucht!«

»Na ja, ich würde mich nicht unbedingt als seine Freundin bezeichnen«, murmelte Verity und spürte, wie ihre Wangen dieselbe tiefrote Farbe annahmen wie die Geschenkausgabe von *Madame Bovary* im Regal neben ihr. »Johnny und ich sind nur Freude.«

»Freunde plus?«, fragte William hoffnungsvoll, während Verity fürchtete, ihr könnten die Sinne schwinden. »Ich meine, wer weiß, wohin das führt? Ich werde schließlich nicht jünger und wäre überglücklich über jede noch so winzige Chance, dass ich Großvater werde, bevor ich vollkommen hinüber bin.«

Riechsalz?, dachte Verity. »Nein, nur Freunde«, antwortete sie mechanisch. »Es ist alles noch frisch. Sehr, sehr frisch.« Die Enttäuschung auf Williams Miene war unerträglich, und es war höchste Zeit, das Thema zu wechseln. »Und was ist der andere Grund, weshalb Sie hergekommen sind? Sie sagten vorhin etwas davon, Sie wollten zwei Fliegen mit einer Klappe schlagen.«

»Oh, ach ja. Ich wollte mich nach einem Geschenk für eine ›Freundin‹ umsehen.« William malte mit den Fingern Anführungszeichen in die Luft, während ein überaus anziehendes Funkeln in seinen Augen aufglomm.

»Was für eine Art Geschenk soll es denn sein?«, wollte Verity wissen, in der Hoffnung, William zurück in den Hauptraum mit den Vitrinen führen zu können, wo Nina dann das Ruder übernehmen würde. Allerdings war Nina nicht gerade die Diskretion in Person und würde garantiert versuchen, William über Johnny auszuquetschen.

»Ein Geschenk für eine reizende Dame. Nun ja, ein Buch wäre wohl das Richtige. Ich weiß nicht recht, was sie schon gelesen hat und was nicht. Sie hat einen eher klassischen Geschmack, andererseits aber auch sehr breit gefächert.« William kratzte sich am Kopf. Er hatte eine prächtige graue Mähne und lediglich den Anflug von Geheimratsecken – beste Voraussetzungen für Johnny, der aller Wahrscheinlichkeit nach auch noch mit sechzig von einer Zukunft mit Marissa träumen würde.

Bücher. Eindeutig sichereres Terrain. Und ein Werk würde der Beschenkten nahezu ausnahmslos große Freude bereiten. »*Stolz und Vorurteil*«, erklärte Verity mit fester Stimme.

»Das kennt sie bestimmt. Gibt es irgendjemanden, der es nicht gelesen hat?«

»Johnny«, antwortete Verity, die ihre Chance gekommen sah. »Deshalb sind wir bloß Freunde. Ich könnte niemals mit einem Mann zusammen sein, der *Stolz und Vorurteil* nicht mag.«

Das Funkeln in Williams Augen wurde ein wenig heller. »Ich werde dafür sorgen, dass er sofort damit anfängt.«

Verity musste sich abwenden, damit er ihr Lächeln nicht sehen konnte, weil sie wusste, dass es ihn nur weiter anstacheln würde. »Wir haben sehr hübsche Geschenkausgaben hier«, sagte sie und zog eine heraus. »Diese hier hat einen Leineneinband in einem Textildessin im Stil der Erstausgabe und ein wunderschönes Vorsatzpapier.«

»Oh, das sieht ja bezaubernd aus.« William nahm Verity das Buch aus der Hand. »Und Sie glauben, es spielt keine Rolle, dass sie es schon einmal gelesen hat?«

»Ich besitze aktuell sieben Ausgaben von *Stolz und Vorurteil*«, gestand Verity – etwas an Williams vergnügt blitzenden Augen und seinem breiten Lächeln brachte sie dazu, ihm ihr Herz auszuschütten. Aus ihm wäre ein wunderbarer Pfarrer geworden, falls er jemals die Berufung verspürt hätte. »Eine, die mich schon seit meinem zwölften Lebensjahr begleitet, eine zweite als Reserve, falls die erste auseinanderfällt, eine Sammlerausgabe und vier, die ich an Leute verschenke, die ich neu kennenlerne und die es noch nicht gelesen haben. Bestimmt kennt Ihre Freundin *Stolz und Vorurteil* bereits und hat es wunderbar gefunden, und wenn das der Fall ist, wird sie sich über eine zusätzliche Ausgabe sicherlich noch mehr freuen.«

William lauschte nachdenklich, als Posys Stimme aus dem Hauptraum drang: »Ich fasse es nicht! Verity verkauft Bücher! Es geschehen noch Zeichen und Wunder!«

»Ich nehme es«, erklärte William.

»Wunderbar.« Damit waren sie fertig hier. Verity trat in den Durchgang zum Hauptraum, doch William hielt sie zurück.

»Das ist mir wirklich unangenehm«, sagte er – Worte, die niemals Gutes verhießen.

Verity sandte ein stummes Stoßgebet gen Himmel. »Was ist Ihnen unangenehm?«, fragte sie, obwohl sie sich bei der Aussicht auf Williams Antwort bereits vor Verlegenheit wand.

»Meine Freundin, Elspeth … In Wahrheit ist sie viel mehr als nur eine gute Freundin. Wahrscheinlich eher so eine Freundin, wie Sie für Johnny sind.«

»Johnny und ich sind wirklich nur Freunde«, warf Verity leicht verzweifelt ein, während William ihren Arm tätschelte, als würde er kein Wort davon glauben.

»Ihr Geheimnis ist bei mir in guten Händen«, sagte er mit verschwörerischer Stimme. »Und ich hoffe, meines bei Ihnen genauso, denn … du liebe Güte, ich weiß gar nicht, wo ich anfangen soll.«

»Sie sind mir keine Erklärung schuldig«, sagte Verity, doch in Wahrheit war sie reichlich verwirrt. Diese Elspeth, Williams gute Freundin, passte so gar nicht in das Bild, das Johnny von seinem Vater gezeichnet hatte – er sei seiner Frau treu ergeben und nach ihrem Tod so am Boden zerstört gewesen, dass er geschworen hatte, nie wieder eine andere Frau auch nur anzusehen. Nicht dass Verity William einen Vorwurf daraus machen würde, dass er seinen Schwur gebrochen hatte, aber das bedeutete auch … »Sie haben es Johnny nicht gesagt.« Das war keine Frage, sondern eine, wenn auch freundlich gemeinte, Feststellung. »Er weiß nichts von Elspeth.«

»Ich fürchte, nein.« Das Funkeln in Williams Augen war erloschen, und mit einem Mal wirkte er so niedergeschlagen, dass Verity den innigen Wunsch verspürte, irgendetwas zu tun, damit er sich wieder besser fühlte. »Ich war so traurig, nachdem Lucinda, Johnnys Mutter, gestorben war. Traurig trifft es nicht einmal ansatzweise. Mein Herz war gebrochen. *Ich* war gebrochen. Und lange Zeit war ich felsenfest davon überzeugt, dass ich niemals mehr würde lieben können. Dass ich es auch gar nicht wollen würde. Und selbst heute noch glaube ich, dass ich nie wieder einen Menschen so lieben werde, wie ich Lucinda geliebt habe, aber … es gibt schließlich unterschiedliche Formen der Liebe, richtig?«

»Ich denke schon«, antwortete Verity. »Es wäre doch unfair, wenn jeder Mensch nur einmal die Chance bekäme, die Liebe zu finden. ›Nichts macht einen stärker als ein gebrochenes Herz‹, sagt meine Mutter immer.« Sie runzelte die Stirn. »Meistens wenn eine meiner Schwestern sich von ihrem Freund getrennt hat. Man darf die Liebe für sich wiederfinden. Sonst wäre das Leben doch sehr einsam und traurig, oder?«

Veritys Worte hatten William allem Anschein nach tief berührt, denn er nahm ihre Hand und drückte sie behutsam. Und auch Verity selbst war von ihren Worten ergriffen, obwohl sie allem widersprachen, woran sie glaubte: dass man auch ein sehr schönes und zufriedenes Leben führen konnte, ohne romantische Gefühle für jemanden zu haben.

»Ich hoffe, Johnny ändert seine Meinung über die Liebe, jetzt, wo Sie in sein Leben getreten sind«, hörte sie William zu ihrem Entsetzen sagen. »Wahrscheinlich ist es meine Schuld, dass er sich so an die Idee der einen wahren Liebe klammert, daran, dass man nur ein einziges Mal im Leben seinen Seelenverwandten findet, wie die Schwäne.«

»Schwäne?«, fragte Verity, um Zeit zu schinden. »Ich dachte immer, es seien Pinguine.«

»Und Hummer möglicherweise auch. Lucinda und ich haben Johnny immer erklärt, was für ein Glück wir hatten, dass wir einander gefunden haben. Dass wir füreinander bestimmt seien.« William wollte sich einfach nicht davon abbringen lassen, die Philosophie seines Sohnes über die Liebe auseinanderzuklamüsern. »Deshalb hat er sich so auf Marissa fixiert. Sie haben sie bei der Hochzeit kennengelernt, nehme ich an?«

»Ja.« Unwillkürlich musste Verity an Marissas abfällig gekräuselte Oberlippe denken, doch noch bemerkenswerter war, wie Williams Nasenflügel sich bei der Erwähnung ihres Namens blähten.

»Sie ist ein nettes Mädchen, ein bisschen launisch für meinen Geschmack, aber Johnny hat immer darauf beharrt, dass sie die einzige Frau für ihn sei, was offensichtlich nicht der Fall war. Zum Glück war sie vernünftig genug, stattdessen Harry zu heiraten. Sie passen viel besser zusammen, trotzdem habe ich mich gefragt, wieso Johnny immer noch so von ihr schwärmt.« William erschauderte. Die Tatsache, dass er kein vollwertiges Mitglied des Marissa-Fanclubs zu sein schien, machte ihn Verity nur noch sympathischer. »Sie war nie die Richtige für meinen Jungen und wird es auch nie sein.«

»Johnny wäre stinksauer, wenn er wüsste, dass wir so über ihn reden«, erklärte Verity sanft, denn dieses Gespräch musste aufhören, und zwar auf der Stelle. Fehlte nur noch, dass sie anfingen, sich über Sex zu unterhalten (Oh Gott, bloß das nicht!). »Sie kennen mich kaum. Und ich kenne ihn kaum. Ganz ehrlich, wir sind nur Freunde, und auch das erst seit ein paar Wochen.«

»Aber Sie haben doch all seine Freunde kennengelernt und sind ein ganz tolles Mädchen«, protestierte William.

Und Verity hatte das dringende Bedürfnis, ihn weiter zu löchern – sie wollte wissen, was Lucinda wirklich über Marissa gedacht hatte, denn laut Johnny war sie in den Augen seiner Mutter die perfekte Schwiegertochter gewesen. Aber damit … nun ja, damit würde sie nicht nur Johnnys Privatsphäre missachten, sondern gewissermaßen auch Lucindas Andenken entehren, indem sie die Verschwiegenheitspflicht zwischen zwei Ehepartnern aushebelte. Sie hielt die leinengebundene Ausgabe von *Stolz und Vorurteil* vor ihre Brust, als wäre sie ein Schutzschild, was der Roman im übertragenen Sinne schon oft für sie gewesen war. »Sollen wir es als Geschenk verpacken? Wir haben auch ein paar wunderschöne handgemalte Karten. Vielleicht ist ja etwas für Sie dabei.«

Sie legte William die Hand auf den Rücken und dirigierte ihn behutsam in den Hauptraum zurück, wo Posy, Nina und Tom plötzlich ganz hektisch wurden, Bücher aus den Regalen zogen und an anderen Stellen wieder hineinschoben, was Verity verriet, dass sie während der letzten zehn Minuten schamlos ihre Unterhaltung mit William belauscht hatten.

Kapitel 16

Vor zwei Tagen hat mich ein höchst alarmierendes
Gerücht erreicht.

Williams Besuch, gefolgt von der Sonne, die sich am nächsten Tag endlich wieder zeigte, half Verity aus ihrer Trübsal.

Doch so ganz aufheitern ließ sich ihre Stimmung nicht, vor allem wenn sie an Johnny dachte – er war todunglücklich, dabei lag so vielen Menschen sein Glück am Herzen: William, den meisten seiner Freunde, selbst Harry, wenn auch aus etwas anderen Gründen. Er wünschte Johnny alles Glück auf Erden, solange es nur nicht mit seiner Ehefrau zusammenhing.

Als Signal, dass sie trotz allem, was auf der Hochzeit vorgefallen war, keinen Groll gegen ihn hegte, schickte sie ihm eine Textnachricht und ließ ihn wissen, dass sie übers Wochenende nicht in London war, auch wenn sie offiziell keine gemeinsamen Pläne hatten. »Hochzeitsvorbereitungs-Bootcamp bei meinen Eltern. Mit allen vier Schwestern! Bete für mich! Ich melde mich nächste Woche.«

Und nach ihrer Rückkehr wäre ein ernsthaftes Gespräch darüber fällig, wo dieses Arrangement hinführen sollte und welche Erwartungen andere Menschen an sie beide hatten. Inzwischen war Verity ziemlich sicher, dass Johnny längst bereute, seine innersten Geheimnisse einer nahezu Wildfremden anvertraut zu haben. Es würde sie nicht wundern, wenn er sich nie wieder bei ihr melden würde. Was ihr armes Herz noch mehr bluten lassen würde und…

»Hey, Pfarrerstochter!« Verity schreckte aus ihren Gedanken hoch, als jemand aufdringlich mit den Fingern vor ihrem Gesicht schnippte. Sebastian. Der Veritys Namen nur allzu gut kannte, und auch wusste, dass es unhöflich war, anderen Leuten ins Gesicht zu schnippen, weil Posy es ihm in regelmäßigen Abständen sagte. »Du wirst nicht fürs Träumen bezahlt!«

»Ich habe nicht geträumt, sondern nachgedacht«, zischte Verity und blickte demonstrativ auf ihren Bildschirm, auf dem glücklicherweise eine Bestelltabelle zu sehen war und nicht Cons Hochzeits-Pinterestboard. Sie hämmerte sogar irgendeinen Buchstabensalat auf ihre Tastatur ein, den sie später würde löschen müssen.

»… und ich musste einen Schlosser kommen lassen, weil Morland recht hatte. Keiner konnte die Schlüssel finden, aber selbst damit hat sie sich nicht zufriedengegeben …«

Sebastian faselte wieder mal. Wie ertrug Posy dieses ewige Gelaber bloß? Posy redete ja ebenfalls gern und viel, aber sie hatte wenigstens interessante Neuigkeiten über Bücher oder witzige Anekdoten darüber, was Sam angestellt hatte und…

»Du hast kein Wort von dem mitbekommen, was ich dir gerade erzählt habe, oder?«, blaffte Sebastian. »Manchmal frage ich mich, wieso ich mir überhaupt die Mühe mache.«

»Ich bin sehr beschäftigt«, erwiderte Verity und hämmerte wieder auf ihre Tastatur ein. »Wolltest du etwas Bestimmtes von mir?« Sebastian brummte genervt. Vielleicht sollte sie sich ja ein bisschen mehr Mühe geben, schließlich war Sebastian mit Posy verheiratet, die ihn irgendwie zu mögen schien und darüber hinaus Veritys Gehalt zahlte. »Tut mir leid, aber diese Tabellen sind wichtig.«

Sie blickte auf und sah Sebastian seine Nasenwurzel massieren. »Wie gesagt, dein Typ ist da draußen. Du musst rausgehen und ihn ablenken. Geh mit ihm einen Tee trinken oder so was. Er setzt Morland gerade Flöhe ins Ohr, und das macht mir echt Angst ... wo willst du hin?«

Verity stand bereits an der Tür. »Johnny ist draußen? Aber er ist nicht mein Typ. Und wieso sagst du das erst jetzt?«

Sie wartete nicht auf seine Antwort, trotzdem hörte sie die kleine Explosion, als wäre Sebastian plötzlich hochgegangen ...

Draußen wimmelte es vor Menschen; kaum vorstellbar, dass die kleine Gasse früher selbst an den schönsten Sommertagen leer und verwaist gewesen war. Die Leute hatten es sich auf den Bänken bequem gemacht, und vor der Teestube hatte sich eine Schlange gebildet. Verity konnte es kaum erwarten, bis die Stadtverwaltung ihnen endlich die Genehmigung erteilte, dort Tische und Stühle aufzustellen.

Doch von Johnny war nichts zu sehen. Einen Moment lang stand sie reglos da, als sie zwei Gestalten aus einem der Läden auf der anderen Seite des Platzes kommen sah. Sie traute ihren Augen nicht. Denn die standen seit Jahren leer, zumindest seit Verity hier vor fünf Jahren angefangen hatte.

Früher hatten die inzwischen baufälligen Gebäude ein Blumengeschäft, einen Tee- und Kaffeehandel, einen Kurzwarenladen und einen Briefmarkenhändler beherbergt, und in dem Haus, aus dem Johnny und Posy gerade traten, hatte sich eine Apotheke befunden, an die sich nicht einmal mehr Posy erinnern konnte, obwohl sie praktisch ihr ganzes Leben hier verbracht hatte. Allerdings war es kein Wunder, dass die Apotheke dichtgemacht hatte; die Besitzer hatten den Sprung ins zwanzigste Jahrhundert – vom einundzwanzigsten ganz zu schweigen – nicht gewagt und das Sortiment auch nicht erweitert.

»Very!«, rief Posy, worauf Verity zu ihnen hinüberschlenderte. Johnny wischte sich lächelnd den Staub vom Anzug, während Posy ihr Haar glatt strich. Ein eigentümliches Gefühl ergriff Besitz von Verity – eine Regung, die sich verdächtig nach Eifersucht anfühlte, bei der Vorstellung, dass Posy und Johnny irgendwelche Dinge in dieser halb zerfallenen Apotheke getrieben haben könnten, nach denen sie sich erst einmal die Kleider glatt streichen mussten.

Als Verity näher kam, bemerkte sie Schmutzspuren auf Posys hübschem Gesicht. »Igitt. Es ist so staubig und eklig da drinnen. Außerdem hat sich eine Fledermaus in meinen Haaren verfangen, glaube ich.«

»Das waren bestimmt bloß Spinnweben«, sagte Johnny und pflückte sich einen gräulichen Fetzen aus dem Haar. »Allerdings will ich nicht ganz ausschließen, dass es Ratten gibt«, meinte er, an Verity gewandt, die sich ein freundliches, wenngleich leicht verwirrtes Lächeln abrang.

»Hallo. Eigentlich sollte ich dich davon abhalten, dass du Posy auf blöde Ideen bringst. Nicht dass ich das wirklich tun würde.« In puncto Loyalität war Verity ausnahmslos auf Posys Seite. »Um was für Ideen geht es eigentlich?«

»Oh, Very! Du solltest mal sehen, wie es da drinnen aussieht. Na ja, eigentlich geht das schlecht, weil es keinen Strom gibt und die Fenster vernagelt sind, außerdem glauben wir, dass einer der Trägerbalken vom Holzwurm zerfressen ist«, rief Posy aufgeregt. »Aber… aber… in dem Laden sind teilweise noch die Original-Armaturen und Lichtschalter und solche Dinge erhalten.«

»Wunderschöne Einbauten«, fügte Johnny mit einem wehmütigen Ausdruck in den Augen hinzu. »Und all die Flaschen und Glasgefäße … es gibt sogar noch altmodische Waagen und Mörser und Stößel in unterschiedlichen Größen.«

»Wie langweilig! Wenn es nach euch ginge, würdet ihr eine Art Museum daraus machen, mit verstaubtem altem Krempel und ohne die Aussicht darauf, jemals Gewinn zu erzielen«, bemerkte Sebastian, der es nie länger als ein paar Minuten ohne Posy aushielt, auch wenn sie ihn mit einem vernichtenden Blick strafte.

»Das will ich doch gar nicht«, widersprach Posy. »Ich habe nur gesagt, dass wir uns vielleicht Gedanken machen sollten, was man damit anfangen könnte, statt es einfach niederzureißen. Du könntest die Läden renovieren lassen und anschließend vermieten. Und die Wohnungen darüber …«

»Da drüber sind Wohnungen?«, unterbrach Verity verblüfft. »Wieso stehen die schon so lange leer?«

»Lavinia hat ihre mittellosen Künstlerfreunde dort wohnen lassen, aber die sind alle alt geworden und irgendwann gestorben«, antwortete Sebastian. Wann immer er über seine Großmutter redete, die ihm die gesamte Straße mit Ausnahme der Buchhandlung hinterlassen hatte, wurde seine Stimme ganz sanft, und auf seine Miene trat ein wehmütiger Ausdruck. »Ich schätze, Morland will, dass auch ich sie umsonst hergebe.«

Verity wand sich ein wenig unbehaglich, weil Posy jede Diskussion darüber, dass Nina und sie mietfrei über dem Happy Ends wohnten, rigoros ablehnte. »Lavinia hat mich und Sam auch umsonst dort wohnen lassen, und diese Tradition will ich gern weiterführen«, erklärte sie jedes Mal, wenn die Sprache darauf kam.

»Aber du könntest die Wohnung auch gegen ein geringes

Entgelt, gewissermaßen eine symbolische Summe, vermieten«, schlug Posy nun vor. »Als Wohn- und Arbeitsraum für junge Künstler zum Beispiel.«

Sebastian deutete ein müdes Gähnen an.

»Ich fände es jedenfalls jammerschade, die Substanz einfach verfallen zu lassen«, schaltete sich Johnny ein, bevor Verity ihn warnen konnte, sich lieber gar nicht erst die Mühe zu machen, sich zwischen Sebastian und Posy zu drängen, wenn die beiden aneinandergerieten. Stattdessen war es eher ratsam, einen Schritt zurückzutreten und gegebenenfalls sogar einen Schutzanzug überzuziehen. »Ich bin mir gar nicht so sicher, ob es sich bei den Gebäuden tatsächlich um Ställe gehandelt hat. Außerdem sehen sie für mich nach Anfang des achtzehnten Jahrhunderts aus. Das könnte man auf dem Grundbuchamt überprüfen.«

»Ich wette, die Gebäude sollten eigentlich unter Denkmalschutz gestellt werden«, rief Posy triumphierend.

»Nur über meine Leiche!«, maulte Sebastian.

»Aber das ließe sich doch machen!«

Nicht zum ersten Mal keimte der dumpfe Verdacht in Verity auf, dass Posy und Sebastian ihre Reibereien und Meinungsverschiedenheit sogar genossen – ganz im Gegensatz zu ihr, die absolut alles daransetzen würde, Konfrontationen zu vermeiden. Nina unterstützte sie in ihrer Theorie.

»Ich glaube nicht, dass die sich wirklich streiten«, hatte Nina vor einigen Wochen gesagt, als Posy und Sebastian hitzig auf der Treppe über die beiden Bücherkartons debattiert hatten, die Posy mit in ihr neues Zuhause nehmen wollte. »Ich glaube eher, das ist so was wie ein Vorspiel.«

Während die beiden frisch Verheirateten sich also wieder mal ein Wortgeflecht lieferten, zog Verity Johnny am Ärmel mit sich. »Am besten, man hält sich da raus«, sagte sie und steuerte auf eine der Bänke zu, die gerade frei geworden war.

»Was führt dich hierher?«, fragte sie.

»Ich dachte mir, ich sollte ein paar unangenehme Dinge mit dir besprechen, auch wenn es einfacher wäre, sie unter den Teppich zu kehren.« Johnny sah Verity fest in die Augen, und auch wenn sie nicht das Gefühl hatte, dass die Schuld an besagten unangenehmen Dingen bei ihr lag, fiel es ihr doch schwer, seinem Blick standzuhalten. Er hatte in der letzten Woche Farbe bekommen. Sein Gesicht war hübsch gebräunt, was das Blau seiner Augen noch strahlender hervortreten ließ. »Wie zum Beispiel letzten Samstag. Das Ganze ist ein bisschen aus dem Ruder gelaufen, deshalb könnte ich es dir nicht verdenken, wenn du stocksauer auf mich wärst.«

»Na ja, sauer nicht gerade«, sagte Verity, obwohl sie zugegebenermaßen auf dem Rückweg von der Feier ziemlich angefressen gewesen war. »Ich hatte nur nicht damit gerechnet, Marissa ...«

»Ich wusste nicht, dass sie und Harry auch kommen würden. Zumindest nicht mit Sicherheit.«

»Und ich hatte nicht gedacht, dass du mich einfach sitzen lassen würdest«, fuhr Verity gekränkt fort, während sich das Bild von Johnny und Marissa wieder vor ihr geistiges Auge schob – am Tisch, die Köpfe eng beisammen, als würde rings um sie herum nichts mehr existieren, vor allem aber Verity nicht.

»Ich habe dich nicht sitzen lassen. Du bist aufgestanden und nicht mehr zurückgekommen«, protestierte er. »Und? Wie findest du Marissa?«

Merrys knappes und präzises Urteil – »hinterhältige Zicke« – nach Veritys kurzem sonntäglichen Bericht würde sie vor

Johnny natürlich niemals wiederholen. Sie war eine eiserne Verfechterin der Solidarität unter Frauen. Verity wollte nicht zu denen gehören, die andere niedermachten. So etwas ließ einen nie gut dastehen. »Ich hatte keine richtige Gelegenheit, mich in Ruhe mit ihr zu unterhalten«, sagte sie deshalb vage.

»Tja, aber ich. Gleich am nächsten Tag. Und sie hat gesagt, sie fände dich faszinierend«, erklärte Johnny, was Verity sich beim besten Willen nicht vorstellen konnte, aber ein weiterer Beweis dafür war, dass in Johnnys Augen pures Gold aus Marissas Mund floss.

»Du hast am nächsten Tag mit Marissa geredet?« Über mich? Trotz des Streits mit Harry? Im Gegensatz zu Johnny hatte Verity nichts dagegen, die unangenehmen Dinge unausgesprochen zu lassen, trotzdem hoffte sie, dass ihr ungläubiger Tonfall verriet, wie sie darüber dachte.

»Ich rede an den meisten Tagen mit Marissa«, sagte er tonlos. »Ist das so schwer nachvollziehbar… jetzt, wo du weißt, wie viel sie mir bedeutet?«

»Na ja, nein«, räumte Verity ein. Genauer gesagt war es keine Überraschung, aber trotzdem seltsam. Diese ganze Johnny-Marissa-Harry-Geschichte war sogar dermaßen schräg, dass sie gar nicht wüsste, wo sie anfangen sollte, wenn sie es beschreiben müsste.

»Und mein Vater findet, dass du… ich zitiere, ›der absolute Oberhammer‹ bist. Er hat auch mehrmals das Wort ›wunderbar‹ verwendet, und ›intelligent, belesen und nett‹ und… was war es noch? Ah ja. Dass er sich, wäre er dreißig Jahre jünger, rettungslos in dich verliebt hätte.« Johnny verlagerte sein Gewicht und legte seine Hand so hin, dass sie beinahe Veritys berührte. »Es tut mir wirklich leid. Ich hatte keine Ahnung, dass er von dir wusste. Ganz zu schweigen davon, dass er einfach herkommen und dich bei der Arbeit belästigen würde. Offenbar haben wir das Harry und Wallis zu verdanken.«

Allein beim Gedanken an William musste Verity lächeln. »Er hat mich nicht belästigt.«

»Außerdem ist er sauer auf mich, weil ich *Stolz und Vorurteil* nicht gelesen habe«, fuhr Johnny mit einem widerstrebenden Lächeln fort. »Und er verlangt, dass ich das umgehend nachhole.«

»Ach, das ist doch nicht nötig«, wandte Verity ein.

»Er scheint zu glauben, dass das zwischen mir und dir gebongt ist, sobald ich es gelesen habe, und schon bald Horden pausbäckiger Enkelkinder durchs Haus laufen werden.« Johnny schüttelte den Kopf, als läge das jenseits jeder Vorstellbarkeit. Was okay war. Das war Verity ja bewusst. »Er meint es nur gut ...«

»Genau. Und er wünscht sich nur, dass du glücklich bist. Was eigentlich nicht weiter ungewöhnlich für einen Vater ist, oder?«, meinte Verity. »Uneinigkeit besteht bloß in der Frage, wer und was dich glücklich macht.«

Johnny war felsenfest davon überzeugt, dass Marissa die Antwort auf all seine Gebete war, wohingegen William offenbar die Ansicht vertrat, dass Verity die perfekte Partnerin für ihn war – ein klarer Fall von unterschiedlicher Auffassung. Und dann war da noch Williams eigene *affaire de cœur*. »Und hat er noch etwas gesagt?«, fragte Verity daher beiläufig, wobei ihr die Worte beinahe im Halse stecken blieben. »Hat er noch andere Gründe genannt, weshalb er eine Buchhandlung für romantische Literatur aufgesucht hat?«

»Er hat mir von Elspeth erzählt, falls es das ist, worauf du anspielst«, sagte Johnny. Er beugte sich vor, die Ellbogen auf die Knie gestützt, das Kinn auf den Händen, und blickte zu

Posy und Sebastian hinüber, die immer noch hitzig debattierten. Verity konnte lediglich sein Profil sehen, was keinerlei Aufschluss darüber gab, wie er über die neue Freundin seines Vaters dachte. Dabei hatte es geklungen, als sei sie nicht erst gestern in Williams Leben getreten. »Was okay für mich ist. Ich war ein bisschen überrascht, das stimmt, und vielleicht auch ein klein wenig gekränkt, weil er offenbar dachte, ich könnte ein Problem damit haben.«

»Er hatte nur Angst, du könntest daraus schließen, dass seine Liebe zu deiner Mutter deshalb nicht so groß war, wie du immer dachtest«, sagte Verity sanft. »Weil du diese romantische Vorstellung hast, dass jeder Mensch nur eine einzige große Liebe haben kann, wie Pinguine oder Schwäne.«

»Aber er ist nicht in diese Frau verliebt. Wir wollen es mal nicht übertreiben. Sie sind nur Freunde«, erklärte er in einem Tonfall, als warte er nur darauf, dass Verity widersprach. Sie beschloss, es lieber nicht zu tun. »Allerdings hat William mir von deiner Theorie erzählt, dass Menschen, die die Liebe einmal verloren haben, durchaus noch einmal die Möglichkeit bekommen können, jemanden zu finden, der ihr Herz berührt. Ich wusste ja gar nicht, dass du so eine hoffnungslose Romantikerin bist.«

»Na ja, vielleicht nicht jeder, der seine Liebe einmal verloren hat«, murmelte Verity. Schließlich hatte Johnny Marissa bereits seit Jahren an Harry verloren und trauerte ihr immer noch hinterher. Wenn es also einen hoffnungslosen Romantiker gab, dann war es wohl Johnny. Sie zermarterte sich das Hirn, wie sie es schaffen konnte, die Unterhaltung auf sichereres Terrain zu lenken.

»Jedenfalls hat William einen echten Narren an dir gefressen. Er wollte dir eine Mail schicken und dich zum Abendessen einladen, damit wir beide diese Elspeth kennenlernen. Er hat es sogar als Vierer-Date bezeichnet.« Johnny lachte, auch wenn es ein wenig hohl klang. »Kannst du dir das vorstellen?«

»Nicht so richtig«, meinte Verity, obwohl sie durchaus gern Zeit mit William verbracht hätte, unter anderen Voraussetzungen. Jedenfalls nicht, solange William davon ausging, dass Johnny »diese Elspeth« mit offenen Armen aufnehmen und anschließend auf die Knie fallen würde, um Verity zu fragen, ob sie seine Frau werden wolle. »Normalerweise ist es ja immer meine Familie, die sich in alles einmischen muss. Nicht dass ich das, was dein Vater da tut, als Einmischung bezeichnen würde.«

»Das ist der zweite Grund, weshalb ich hier bin«, sagte Johnny sichtlich belustigt. In seinen Augen lag das gleiche amüsierte Funkeln, wie sie es auch bei William gesehen hatte. »Deine Mutter hat mir eine Mail geschickt. Zumindest gehe ich davon aus, dass sie von ihr stammt. Sie hat mit *Die Frau des Herrn Pfarrer* unterschrieben.«

Verity schnappte nach Luft. »Wie bitte?«

»Halt dich fest«, sagte Johnny.

»O Gott, was um alles in der Welt ist los?«, stöhnte Verity. »Wieso sollte meine Mutter dir eine E-Mail schreiben? Wo hat sie überhaupt deine Mailadresse her?«

»Von Merry, die sie vermutlich von der Firmen-Website hat«, antwortete Johnny ruhig, trotzdem hämmerte Veritys Herz wie ein Specht auf Steroiden.

»Ich bringe meine Schwester um«, prophezeite Verity mit Killer-Stimme. »Ganz langsam und qualvoll.«

Johnny schüttelte den Kopf, als wolle er auf keinen Fall Zeuge des Mordes werden. »Jedenfalls hat mich deine Mutter übers Wochenende eingeladen. Offenbar will mir der Herr Pfarrer unbedingt seine Bienenstöcke zeigen, während die

Ladies mit der Hochzeitsplanung beschäftigt sind. Ist ›Bienenstöcke zeigen‹ irgendein religiöser Euphemismus?«

»Nein. Er ist leidenschaftlicher Imker. Er hat zwei Stöcke im Garten und einen in der Grundschule bei uns am Ort. Wenn er erst mal angefangen hat, von seinen Bienen zu erzählen …« Verity seufzte. »Keine Ahnung, was schlimmer ist – die Hochzeitsplanung mit allen vier Schwestern und der Frau des Herrn Pfarrer oder sich von Herrn Pfarrer persönlich erklären lassen zu müssen, wie er einem seiner Völker eine neue Königin spendieren will. Du kannst dich gern drücken. Ich rufe meine Mutter an und sage, dass es dir schrecklich leidtut.«

»Oh. Willst du nicht, dass ich deine Eltern kennenlerne?«, fragte Johnny und hob die Brauen, sodass Veritys Herz sich zusammenzog, ehe sie sich eilig am Riemen riss.

»Du brauchst sie nicht kennenzulernen. Wir sind ja nur Freunde, wie Merry nur allzu genau weiß. Deshalb verstehe ich nicht ganz, wieso sie da auf einmal mitmischen muss.«

»Aber du hast doch meine Familie schon kennengelernt, deshalb sehe ich nicht ein, wieso ich deine nicht auch kennenlernen sollte«, argumentierte Johnny, als würde hier eine Art Quidproquo-Ding laufen, was definitiv nicht der Fall war.

»Ich habe nur mit deinem Vater geredet. Hier geht es aber um die ganze Bande.« Wieder seufzte Verity. »Muv, Farv, alle vier Schwestern und vielleicht sogar noch ein paar Cousinen.« Sie zählte sie an den Fingern ab. »Wahrscheinlich ein paar Gemeindemitglieder, die eigentlich bloß über den Blumenschmuck in der Kirche reden wollen und dann eine ganze Woche bleiben, weil der Boiler bei ihnen zu Hause nicht funktioniert.«

»William ist meine einzige Familie«, erinnerte Johnny sie.

»Er und meine Mutter waren beide Einzelkinder mit Eltern, die spät geheiratet haben. Sonst gibt es keine Verwandten.«

Er schlug wieder diesen verletzten Tonfall an und runzelte die Stirn, was Verity eine ungefähre Vorstellung davon gab, wie es als kleiner Junge für ihn gewesen sein musste – mit ziemlich alten Großeltern und ohne Geschwister, Cousins oder Cousinen, mit denen er ausgelassen spielen und die er in sein Piratenbaumhaus einladen konnte …

»Irgendwie fühlt es sich für mich wie eine Lüge an, wenn ich dich meiner Familie vorstelle«, erklärte Verity. »Du hast keine Ahnung, wie sie sind. Wenn ich dich mitbringe, werden sie eine Menge hineininterpretieren. Das machen sie immer.«

»Aber es ist doch keine Lüge. Deine Schwestern kennen die Wahrheit längst, und wir haben nie jemandem erzählt, dass mehr zwischen uns ist, sondern dass wir Freunde sind«, beharrte Johnny, obwohl Verity keine Ahnung hatte, wieso es ihm so wichtig zu sein schien. Wenn er glaubte, dass er zu einem netten Wochenende in einem idyllischen, wenngleich etwas heruntergekommenen Pfarrhaus bei einer hinreißend exzentrischen Familie in East Lincolnshire Wold eingeladen war, sollte er es sich vielleicht lieber noch einmal überlegen. Denn in Wahrheit stand ihm die Apokalypse bevor.

»Wir lassen die Leute in dem Glauben, dass mehr zwischen uns ist. Wir lügen, indem wir Informationen unter den Tisch fallen lassen. Und es gibt einen Grund, weshalb es in den Zehn Geboten heißt, dass man nicht lügen soll«, erklärte Verity in einem Tonfall, der viel zu sehr dem von Mary Bennet, ihrer fiktionalen Nemesis, glich.

»Falsch«, erklärte Johnny mit einer Blasiertheit, die Veritys Mitgefühl dafür, dass er bis auf seinen Vater keine Familie mehr hatte, schlagartig verfliegen ließ. »*Du sollst nicht lügen* ist keines der Zehn Gebote.«

»Ach ja? Du willst dich also allen Ernstes mit mir anlegen, ja? Mit der Tochter eines Pfarrers?«, fragte Verity. »Das Gebot *Du sollst kein falsch Zeugnis reden wider deinen*…«

»O Gott, nehmt euch bloß ein Zimmer, ihr beiden«, blaffte Sebastian dazwischen. »Nur eine kleine Warnung, Kumpel. Leg dich lieber nicht mit diesen Bücherschrullen an, sonst bist du schneller mit einer verheiratet, als du Piep sagen kannst. Aua!«

Posy schien nicht einmal ansatzweise zu bedauern, dass sie die unverschämte Bemerkung ihres Mannes mit einer kräftigen Kopfnuss quittiert hatte. »Du hast mich angebettelt, dich zu heiraten«, fauchte sie. »Und dafür gibt's sogar Zeugen.«

Verity hasste Auseinandersetzungen, egal mit wem – es sei denn mit einer ihrer Schwestern; und die Zankereien mochten zwar notwendig sein, hatten aber in etwa denselben Effekt, als würde man den Mond anheulen. Mit Johnny dagegen wollte sie sich nicht streiten, schon gar nicht, wenn der Disput in einer Ehe enden würde.

»Okay, wenn du unbedingt mitkommen willst, dann tu's eben«, sagte sie. Doch kaum hatte sie die Worte ausgesprochen, hätte sie sie am liebsten zurückgenommen.

Johnny saß da, in seinem Anzug, die Krawatte gelockert, der oberste Knopf geöffnet, und strahlte übers ganze Gesicht. Als wäre er geradewegs einer Modeanzeige in der *GQ* entstiegen, verdammt.

»Ich freue mich drauf«, sagte er. »Du bist mir immer noch ein Rätsel, Verity, und ich kann es kaum erwarten, noch ein paar Dinge über dich herauszufinden.«

Verity wünschte, sie wäre noch geheimnisvoller. Und dass

sie gar nicht erst mit diesen Schein-Freunden angefangen hätte. Dadurch wäre ihr eine Menge Ärger erspart geblieben. »Aber sag später nicht, ich hätte dich nicht gewarnt. Und du solltest unbedingt Ohrstöpsel und einen Elektroschocker einpacken. Du wirst beides brauchen.«

Kapitel 17

*Es sähe seltsam aus, wenn man eine halbe Stunde lang
zusammen wäre und dauernd schwiege.*

Am darauffolgenden Samstag holte Johnny zuerst Verity ab,
dann ging es weiter zu Merry, die ihre Schwester kurzerhand
auf den Rücksitz verfrachtete (»Du weißt doch, dass mir hinten immer schlecht wird«) und die nächste Stunde ohne Punkt
und Komma quasselte. Erst erläuterte sie Johnny die Vorlieben
und Abneigungen des Herrn Pfarrer und seiner Frau, dann
folgten ihre Schwestern. Irgendwann erkundigte Johnny sich,
ob Immy die Kurzform von Imogen sei und Chatty in Wahrheit Charlotte hieß.

»Gott, nein! Hat Verity dir denn überhaupt nichts erzählt?
Wie unhöflich, wo wir doch alle so faszinierende Persönlich-
keiten sind. Nein, wir wurden nach Tugenden benannt, obwohl sich unsere Eltern inzwischen einig sind, dass sie sich die
Mühe hätten sparen können, weil keine von uns besonders
tugendhaft ist. Abgesehen von Very natürlich.«

»Also heißt du in Wahrheit gar nicht Merry?«, hakte Johnny
nach, als Merrys Wortschwall versiegte (wenn auch nur kurz,
weil sie sich noch einen Weingummi in den Mund schob). »Ich
habe mich schon gefragt, was es damit auf sich hat.«

»Nein, ich heiße eigentlich Mercy, also Gnade«, erklärte sie herablassend, als wäre Johnny ein kompletter Vollidiot, weil er nicht von selbst darauf gekommen war. »Con heißt eigentlich Constance, Immy heißt Patience, aber wir haben den Spitznamen für sie, weil sie schrecklich ungeduldig ist, und für Charity haben wir uns Chatty ausgedacht, weil sie eine unverbesserliche Plaudertasche ist.«

Johnny fing Veritys gequälten Blick im Rückspiegel auf. »Zu ›Plaudertasche‹ fällt mir ein – wenn du nicht mindestens eine Viertelstunde lang den Mund hältst, setze ich dich an der Raststätte Birchanger Green aus«, warnte er, aber Merry grinste bloß und setzte zu einer ausschweifenden Story über ihren Psychokrieg mit einer Arbeitskollegin an, die passiv-aggressive Rundmails wegen des ständig geplünderten Laborkühlschranks herumschickte.

Fünf Stunden im Wagen mit Merry eingesperrt zu sein, war eine hervorragende Methode, um Johnny mental auf die Höllenqualen einzustimmen, die ihm bevorstanden, dachte Verity.

Wie üblich piepste sein Telefon ununterbrochen, im Wettstreit mit Merrys verbaler Diarrhö, und kaum hatten sie bei der Raststätte Birchanger Green angehalten, zog er es heraus, drückte Verity einen Zehner in die Hand und bat sie, ihm einen Kaffee und einen Muffin mitzubringen. »Liebling«, hörte sie ihn sagen, als er ein Stück abseitstrat. »Ich komme erst jetzt dazu, dich anzurufen.«

Verity wünschte, Costa Coffee hätte neben Karamell und Schoko auch einen Sirup mit Anti-Liebes-Geschmack, den sie in Johnnys Becher geben konnte. Und Flüssig-Valium für Merrys Cappuccino hätte das Ganze abgerundet. Denn die plapperte ununterbrochen weiter, bis sie bei Louth von der A16 abfuhren, worauf das Navi vorübergehend in völlige

Panik geriet und versuchte, sie auf die Autobahn zurückzudirigieren. Endlich reagierte Johnny. »Gnade, Merry, okay? Könntest du bitte eine Weile die Klappe halten, bevor ich komplett den Verstand verliere?«

Aber nicht einmal jetzt gelang es Merry, still zu sein; stattdessen schnaubte und seufzte sie in einer Tour, während sie über die Hügel und durch die Täler der Lincolnshire Wolds und durch winzige Dörfer fuhren, eines malerischer als das andere. Schließlich kamen sie nach Lambton, wo es einen kleinen Park mit Ententeich, einen Gemischtwarenladen mit angeschlossenem Postamt, einen Pub, The Lambton Inn, und eine Kirche gab. Das Gotteshaus war Mitte des achtzehnten Jahrhunderts aus solidem, pragmatischem Backstein und ohne großen Schnickschnack wieder aufgebaut worden, wobei es keine Hinweise darauf gab, wie das ursprüngliche Gebäude ausgesehen hatte. Auf der anderen Straßenseite befand sich das Alte Pfarrhaus, das rund hundert Jahre später errichtet worden war – ein dreistöckiges Backsteingebäude im gotischen Stil, mit zahllosen Fenstern, einem sechseckigen Turm, der auf den Park hinausging, und im Gegensatz zur Kirche üppigen Verzierungen.

Es waren gerade einmal sechsundzwanzig Meilen bis zu dem Fertighaus mit drei Schlafzimmern am Rand einer weitläufigen Sozialsiedlung in Grimsby, wo die Love-Schwestern aufgewachsen waren – und doch eine ganze Welt. Verity lauschte dem knirschenden Kies, als sie die Einfahrt entlangfuhren, und fragte sich nicht zum ersten Mal, ob ihr Leben wohl anders verlaufen wäre, hätten sie ein wenig mehr Platz gehabt, um sich entfalten und wachsen zu können, statt so eng aufeinanderzuhocken, dass es zwangsläufig zu Streitereien und Intrigen hatte kommen müssen. Vielleicht wäre sie dann nicht so introvertiert geworden, wie sie heute war.

»O Gott. Darf ich jetzt endlich wieder etwas sagen?« Merry schnappte melodramatisch nach Luft, als hätte Johnny ihr auch verboten zu atmen, worauf Verity ihr Urteil revidierte: Hätten alle ihre Schwestern ein eigenes Zimmer und einen riesigen Garten zum Spielen gehabt, wären ihre Schwestern vermutlich noch lauter, als sie es heute waren, auch wenn es noch so unvorstellbar sein mochte; vermutlich hätte die Entfernung ihr Bedürfnis, sich verständlich zu machen, sogar noch verstärkt.

»Es geht doch nichts über einen anständigen Turm«, bemerkte Johnny, machte den Motor aus und ließ den Blick über das Pfarrhaus schweifen. »Sieht aus, als hätte ihn sogar S. S. Teulon entworfen, ein berühmter Architekt des Viktorianischen Zeitalters.«

Merry war bereits ausgestiegen.

»Noch ist es nicht zu spät umzukehren«, sagte Verity, und das war keineswegs als Witz gemeint. »Wir könnten um zehn wieder in London sein.«

»Wir kehren nicht um«, erklärte Johnny mit einem beruhigenden Lächeln. »Allein schon deshalb nicht, weil ich es kaum erwarten kann, das Haus von innen zu sehen.«

Verity gab ihm eine letzte Chance, einen Rückzieher zu machen. »Bist du ganz sicher, dass du das wirklich willst?«, fragte sie, als sie ausgestiegen waren und sie die Tür aufschloss, weil Merry wieder mal ihre Schlüssel nicht finden konnte.

»Vierundzwanzig Stunden in den Lincolnshire Wolds. Was könnte es Schöneres geben?«, fragte er, obwohl durch die offenen Fenster bereits drei unterschiedliche Songs, Hundegebell, kreischende Kinderstimmen und ein Gepolter drangen, als würde eine Rugbymannschaft in genagelten Schuhen eine Treppe rauf- und runterlaufen.

Sobald die Tür aufschwang, schlug ihnen der Lärm wie eine Welle entgegen, die selbst Phil Spector nur mit Kopfhörern ertragen hätte. Im Wohnzimmer zu ihrer Rechten lief der Fernseher, und drei kleine Kinder, die Verity noch nie gesehen hatte, hüpften unter hysterischem Gekreische zwischen Sofas und Sesseln hin und her.

»Passt auf die Schachteln auf«, warnte Merry, als Johnny sich langsam durch die Diele arbeitete, vorbei an einem Stapel Pappkartons und aufgetürmten Wäschesäcken, aus denen alte Kleider, ramponierte Spielsachen, eselsohrige Taschenbücher und sonstiger Krimskrams quollen. »Das alles ist für den Kirchenbasar.«

Im angrenzenden Esszimmer saß ein etwa neun oder zehn Jahre altes Mädchen und hämmerte auf das Klavier ein.

»Hallo! Hallo! Wer bist du denn?«, fragte Merry, worauf das Mädchen herumwirbelte und sie grimmig ansah.

»Ich bin Madison«, antwortete sie mit trotzig gerecktem Kinn. »Und wer bist du?«

»Aha. Weiter.« Verity ging voran in die riesige Küche im hinteren Teil des Hauses, wo der Herr Pfarrer und seine Frau mit dem Rücken zu ihnen an der Spüle standen, Gemüse putzten und mit voller Inbrunst »I Like To Be In America« aus der *West Side Story* sangen.

Mit dem riesigen Herd, der Anrichte voll bunt gemischtem Geschirr, dem geschrubbten Kiefernholztisch und dem durchgesessenen, mit fadenscheinigen Überwürfen versehenen Sofa, auf dem die beiden Pfarrersglückskatzen Picasso und Dalí dösten, bildete die Küche das Herzstück des Pfarrhauses.

Auf dem Herd köchelte immer irgendetwas in einem Topf, aus dem Ofen duftete ein Kuchen, der Wasserkessel pfiff, während ein Gemeindemitglied nach Rat suchte oder eine Schulter zum Anlehnen und Weinen und/oder ein Stück Kuchen zur Beruhigung brauchte.

»Farv! Muv!«, rief Merry, worauf sich ihre Eltern umdrehten.

»Oh, hallo«, sagte Dora Love vage, als wäre sie nicht ganz sicher, wer die drei waren und was sie in ihrer Küche zu suchen hatten. Sie gehörte zu der Sorte Frau, die wenig Wert auf ihr Äußeres legte; ihre Kleidung wirkte stets etwas zerknautscht, auch wenn sie frisch gebügelt war, und aus ihrem nachlässig frisierten Knoten lösten sich einzelne aschblonde Strähnen, doch sie hatte die warmherzigsten braunen Augen, die man sich nur vorstellen konnte.

»Was für wunderschöne Menschen haben den Weg in unser Haus gefunden!«, dröhnte Ken Love mit lauter Stimme – dem perfekten Organ, um von der Kanzel zu predigen und Kirchenlieder anzustimmen. Er war einen Kopf größer als seine Frau, ähnlich nachlässig gekleidet und hatte einen wilden Haarschopf, der ihn ein bisschen wie einen verrückten Professor wirken ließ. Auf Fremde mochte Pfarrer Love reichlich imposant wirken, aber für ihn bestand die Welt nicht aus Fremden, sondern lediglich aus Menschen, deren Freundschaft er noch nicht erlangt hatte, deshalb war es an der Tagesordnung, dass er Leute, denen er noch nie vorher begegnet war, nach der Predigt spontan zum Essen ins Pfarrhaus einlud. »Zweite Tochter! Mittlere Tochter! Kommt her und gebt eurem Vater einen Kuss. Und wer ist dieser gut aussehende junge Mann? Ist er hier, weil er um die Hand von einer von euch anhalten will?«

»Um meine jedenfalls nicht«, antwortete Merry und schob Verity zur Seite, um die Erste zu sein, die in den Genuss einer stürmischen Umarmung ihres Vaters gelangte. »Aber vielleicht um Verys.«

»Beachte sie einfach nicht«, sagte Verity und bot ihrem Vater die linke Wange zum Kuss und die rechte ihrer Mutter. »Das ist mein Freund Johnny. Er ist Architekt und weiß, wer das Pfarrhaus entworfen hat.«

»Oh. Dein Freund! Johnny! Wie schön, dass Sie kommen konnten!« Dora Love ergriff Johnnys Hand. »Es freut mich sehr, dass Sie und Verity ein wenig Zeit zusammen verbringen.«

Der Herr Pfarrer musterte Johnny von oben bis unten, was Johnny mit einem geduldigen Lächeln über sich ergehen ließ. Schließlich nickte Ken. »*Und will große Rache an ihnen üben und mit Grimm sie strafen, dass sie erfahren sollen, ich sei der Herr, wenn ich meine Rache an ihnen geübt habe.* Hesekiel 25:17. Seien Sie nett zu unserer Verity. Sie liegt uns sehr am Herzen.«

Dies war das erste Mal, dass einer von Veritys Freunden mit einem Bibelvers bedacht wurde, andererseits hatte sie erst *einen* richtigen Freund gehabt – Adam – und ihren Vater damals bereits im Vorfeld gewarnt, dass er wohl kaum die innere Stärke für ein derartiges Zitat haben würde, deshalb war es ihm erspart geblieben.

Ehrlich gesagt hatte Verity bereits befürchtet, dass die geballte Macht der Love-Familie Adam schlicht umhauen würde, noch bevor er seinen Mantel ausgezogen hatte. So schlimm war es zwar nicht ganz gewesen, aber sie hatten ihm mächtig zugesetzt. Während des gesamten qualvollen Wochenendes hatte er kaum zwei Sätze gesprochen.

Johnny hingegen schien aus einem anderen Holz geschnitzt zu sein, denn er senkte lediglich den Kopf angesichts der kaum verhohlenen Drohung. »Mir auch«, sagte er, und obwohl es eine rein freundschaftliche Bemerkung war, machte Veritys Herz seltsamerweise einen kleinen Satz. Johnny schwenkte eine Tüte von Ottolenghi, dem Nobel-Deli in Islington, und eine Flasche Rotwein, die aussah, als hätte er weit mehr dafür hingeblättert als die sechs Pfund, die Verity für einen Tropfen auszugeben bereit war. »Danke für die Einladung.«

»Ist das Bruchschokolade?«, fragte Merry und versuchte, die Tüte in die Finger zu bekommen, doch ihr Vater hinderte sie daran. »Und hast du die mit gesalzenem Karamell gekauft?«

»Widerstehe, Teufelsbrut!«

»Wo du gerade von Teufelsbrut sprichst – wer sind eigentlich diese Racker, die gerade das Wohnzimmer zerlegen und das Klavier kaputt machen?«, fragte Merry, während Johnny interessiert den Blick durch die von den spätnachmittäglichen Sonnenstrahlen erhellte Küche schweifen ließ.

»Sie sind aus dem Nachbardorf. Ihre Mum wurde mit akutem Blinddarm ins Krankenhaus eingeliefert, und ihr Dad arbeitet auf einer Ölplattform mitten in der Nordsee, sollte aber gegen Abend zurück sein.« Dora Love runzelte die Stirn. »Sie sind wirklich nett, nur vergesse ich ständig ihre Namen.«

»Dann ist also gar nicht genug Platz für alle?«, fragte Verity hoffnungsvoll. »In diesem Fall könnten wir einfach …«

»Nein, nein, es gibt genug Platz für alle. Die Kinder haben sich im Nähzimmer ein Matratzenlager eingerichtet, du und Merry, ihr könnt im blauen Zimmer schlafen, Chatty und Immy nehmen ihr altes Zimmer, und Jimmy ist sicher damit einverstanden, auf dem Sofa im Arbeitszimmer deines Vaters zu übernachten«, erklärte Mrs. Love ruhig.

»Jimmy? Er heißt Johnny«, korrigierte Verity. »Und Johnny ist Gast hier, deshalb sollte er in einem anständigen Bett schlafen. Er kann das blaue Zimmer nehmen, Merry schläft auf dem Sofa im Arbeitszimmer, und ich hole Opas altes Feldbett.«

»Auf dem Sofa schlafen? Ich? Mit meinem Rücken?«, maulte Merry.

»Mir macht es nichts aus, auf dem Sofa zu übernachten«, erklärte Johnny, als die Hintertür aufging und zwei Frauen hereinkamen, gefolgt von einem großen Golden Retriever, der versuchte, aufs Küchensofa zu springen, was die beiden Katzen, die inzwischen aufgewacht waren und sich vor den Augen aller in fauchende, spuckende Ungeheuer verwandelten, zu verhindern wussten.

»Armer Alan«, sagte Verity, denn besagter Armer Alan war in seiner sechsjährigen Funktion als Pfarrershund der stetigen Verachtung der Pfarrerskatzen – in Picassos und Dalís Fall sogar unverblümter Feindseligkeit – ausgesetzt. Nicht dass der Arme Alan es persönlich genommen hätte ... In diesem Moment erblickte er Merry und Verity und kam schwanzwedelnd herbeigelaufen, nur um von den Zwillingen beiseitegeschubst zu werden.

»Chatty! Immy!«, rief Merry so laut, dass die Trommelfelle reihenweise zu platzen drohten, und warf sich in eine schwesterliche Umarmung. »Wie schön! Wo ist Con?«

»Auf der Farm. Irgendein Notfall im Kuhstall.« Bei der Vorstellung, um was für einen Notfall es sich vermutlich handelte, zog Immy angewidert die Nase kraus.

»Solange sie nicht die Hand in eine Kuh reinstecken muss, ist alles bestens«, fügte Chatty, ebenfalls mit angeekelter Miene, hinzu.

Auf den ersten Blick schienen Chatty und Immy sich wie ein Ei dem anderen zu gleichen; erst bei genauerem Hinsehen bemerkte man, dass Chatty ein Stück größer war und Immy ein kleines Grübchen am Kinn und ihr Haar einen flachsgelben Unterton hatte. Ihre Mienen verhießen nichts Gutes, als sie sich Verity zuwandten. »Na, Very, eine kleine Runde Love gefällig?« Immy trat einen Schritt auf ihre ältere Schwester zu, während Chatty die Rückseite deckte und so eine Flucht unmöglich machte. Verity blieb noch nicht einmal Zeit auszuweichen, ehe die Zwillinge sie in die Mangel nahmen und ihre Wangen mit feuchten Küssen bedeckten – nicht etwa aus schwesterlicher Liebe, sondern um sie anständig zu piesacken.

Verity ließ die Attacke über sich ergehen und zählte insgeheim bis zehn, ehe sie ihre beiden Schwestern in die Arme kniff, die mit einem empörten Quieken von ihr abließen. »Gar nicht cool, Very«, tadelte Chatty.

»Ganz und gar nicht cool«, echote Immy.

Verity setzte ihr unschuldigstes Lächeln auf, weil sie ebenso gut wusste, wie sie ihre Schwestern drangsalieren konnte. *»Aber wir müssen der Flut von Arglist Einhalt gebieten und einander den Balsam schwesterlichen Trostes ins wunde Herz gießen«*, erklärte sie in ihrem gouvernantenhaftesten Tonfall.

Alle drei Love-Schwestern stöhnten laut, und Merry blickte dramatisch auf die Uhr der Mikrowelle. »Noch nicht mal zehn Minuten zu Hause, und schon muss Verity wieder mal aus *Stolz und Vorurteil* zitieren. Ich glaube, das ist persönlicher Rekord.«

Johnny hatte die Sticheleien mit leicht verwirrter Miene verfolgt, doch als er Veritys Blick auffing, lächelte er, worauf sie mit einem knappen Nicken in Richtung ihrer Schwestern die Augen verdrehte und sein Lächeln erwiderte.

»Wer ist das?«, fragte Chatty.

»Ein junger Verehrer, Very?« Immy, die mit dem Rücken zu ihren Eltern stand, zwinkerte Johnny theatralisch zu.

»›Jung‹ trifft es wohl nicht mehr ganz«, warf Johnny mit wehmütiger Miene ein.

Chatty und Immy grinsten. »Wir mögen ihn. Er darf bleiben«, verkündete Immy.

»Natürlich kann er bleiben, aber ihr müsst jetzt gehen. Ich kann keinen von euch hier gebrauchen«, sagte Mrs. Love. »Die Kinder müssen zu Abend essen und wollen bloß Chicken Nuggets und Pommes, und euer Vater hat die Predigt für morgen noch nicht vorbereitet, obwohl er sie eigentlich schon am Donnerstag fertig haben wollte.«

»Ich musste dringend nach Hull fahren und einem Mann helfen, der Probleme hatte, zwei Bienenvölker zu verschwistern«, protestierte der Herr Pfarrer. »Vielleicht halte ich ja meine Predigt einfach ex tempore. Das könnte ein ganz neues Erlebnis werden.«

»Hä?«, fragte Merry.

»Er will seine Predigt improvisieren«, erklärte Verity, während Mrs. Love nur den Kopf schüttelte.

»Letztes Mal hast du fast zwei Stunden geredet, und sämtliche Sonntagsbraten in der ganzen Gemeinde waren trocken und hart wie Schuhsohlen.« Mrs. Love tätschelte liebevoll den Bauch ihres Mannes. »Los, geh in dein Arbeitszimmer. Abendessen gibt es erst, wenn du fertig bist«, sagte sie und machte eine wedelnde Handbewegung in Richtung ihrer Töchter und Johnny. »Ihr geht so lange in den Pub. Und nehmt den Armen Alan mit«, fügte sie hinzu, als der Retriever einen neuerlichen Versuch startete, auf das Sofa zu gelangen, sich dabei jedoch prompt einen Tatzenhieb der empörten Picasso einfing.

»Entschuldige«, sagte Verity, als sie nach nicht einmal zwanzig Minuten wieder vor dem Pfarrhaus standen. »Es tut mir leid, dass man dir nicht mal einen Tee oder einen Platz angeboten hat.«

»Macht nichts«, gab Johnny zurück. »Nach der langen Fahrt tut es ganz gut, sich ein bisschen die Beine zu vertreten.«

»Das wird schwierig«, erklärte Chatty. »Der Pub ist gerade mal eine Minute von hier.« Sie zwinkerte ihm zu. »Weiß er, was wir wissen, Very?«

Verity gelangte zu dem Schluss, dass sie in einem anderen Leben etwas sehr Schlimmes getan haben musste – vielleicht auch in diesem, beispielsweise Schein-Freunde aus dem Hut zu ziehen – sonst würde sie all das wohl kaum verdienen. »Wenn Johnny es bisher nicht wusste, dann weiß er es jetzt.«

»Was genau?«, hakte Johnny nach, während Verity sich vergeblich fragte, wie er es schaffte, so ruhig zu klingen und scheinbar völlig unbeteiligt auszusehen.

»Dass ihr beide nur ›Freunde‹ seid«, meinte Immy grinsend und malte mit ihren Fingern Anführungszeichen in die Luft. »Aber das kaufen Farv und Muv euch logischerweise nicht ab. Sie beten, im wahrsten Sinne des Wortes, darum, dass ihr ineinander verliebt seid.«

»Sind wir aber nicht, sondern wir sind tatsächlich nur Freunde«, sagte Johnny mit einem Seitenblick auf Verity.

»Genau, nur Freunde«, bestätigte sie.

»Keine Angst, solange wir unter uns sind, braucht ihr euch nicht zu verstellen«, meinte Chatty freundlich. »Ihr müsst nicht mal so tun, als würdet ihr euch mögen, wenn ihr keine Lust dazu habt.«

»Aber wir mögen uns!«, riefen Verity und Johnny wie aus einem Mund, worauf Immy wieder feixte und Chatty und Merry einander anstießen. Selbst der Arme Alan sah aus, als würde er sie auslachen.

»Ja, aber ihr ›mögt‹ euch ja nicht«, widersprach Merry und deutete nun ebenfalls Anführungszeichen an.

Verity verdrehte die Augen dermaßen, dass es an ein Wunder grenzte, dass sie sich keinen Muskel zerrte. »Fest steht, dass ich dich gerade nicht besonders mag«, erklärte sie barsch, worauf Merry schmollte und die Zwillinge wie zwei freche Gören zu prusten begannen.

»Wenn du dir wirklich die Beine vertreten willst, machen wir einfach einen kleinen Spaziergang und kommen in den Pub nach«, schlug Verity vor, worauf Johnny erfreut nickte. »Und ihr werdet uns nicht begleiten«, sagte sie zu ihren drei Schwestern. »Nur der Arme Alan, und das auch bloß, weil er nicht sprechen kann.«

Sie folgten dem Armen Alan durch das Tor in der Steinmauer am Feldrand.

»Es tut mir echt leid«, sagte Verity noch einmal – und bestimmt nicht zum letzten Mal in diesen vierundzwanzig Stunden. Noch hatte Johnny Cons Bekanntschaft nicht gemacht.

»Zwischen Schwestern kann man offenbar nicht allzu viele Geheimnisse haben, was?«, bemerkte Johnny, als sie durch ein zweites Tor auf einen Weg traten, der auf einen Spazierweg entlang der Wolds führte.

»Zwischen meinen jedenfalls nicht«, bestätigte Verity. »Selbst wenn ich ihnen nicht alles auf die Nase binde, merken sie sofort, wenn ich etwas unterschlage, und nehmen mich so lange in die Mangel, bis ich mit der Sprache herausrücke.«

»Klingt ziemlich anstrengend.«

»Ist es auch.«

Verity riskierte einen prüfenden Blick, aber Johnny schien nicht im Mindesten verärgert zu sein. »Also, ich schlage vor, wir bleiben bei der Freunde-Nummer, solange sie uns keinen Eid schwören lassen. Was sagst du?«

»Klingt gut.«

»Wenn du nicht willst, brauchen wir auch nicht zu reden«, meinte er. Ehe Verity ihn fragen konnte, woher er wusste, dass sie am liebsten mindestens eine halbe Stunde lang kein Wort mehr hören wollte, legte er seine Fingerspitze auf ihren Brauenknochen. »Mir ist aufgefallen, dass jedes Mal ein kleiner Muskel hier zu zucken anfängt, wenn du drauf und dran bist, einen auf Greta Garbo zu machen.«

Es stimmte. Wenn ihr alles zu viel zu werden drohte, der Lärm, das Chaos, machte sich der winzige Muskel an ihrem rechten Augenlid bemerkbar, so wie jetzt.

»Außerdem wirst du dann immer einsilbig«, fuhr Johnny fort. »Das ist ein weiteres Zeichen dafür, dass ich lieber den Mund halten sollte.«

Wenn Verity ernsthaft im Begriff war, »einen auf Greta Garbo zu machen«, war dies ein Zeichen dafür, dass sie allein sein wollte, am liebsten bei gedämpftem Licht in einem schalldichten Raum, doch für den Moment genügte es schon, sich in der freien Natur aufzuhalten. Hier, ein gutes Stück weiter nördlich, herrschte keine ganz so drückende Hitze, und eine angenehme Brise ließ die Blätter rauschen. Verity sog die frische Luft tief in ihre Lunge, als wäre sie ein Junkie.

Verity liebte London, liebte die Mühelosigkeit, mit der man anonym bleiben konnte. Sie liebte ihre Freunde, das kleine mietfreie Apartment über der Buchhandlung und das Leben, das sie sich dort aufgebaut hatte, gleichzeitig fragte sie sich, ob sie nicht doch tief im Herzen ein Landei war.

Als das hohe Gras ihre Beine umschmeichelte und der Arme Alan fröhlich einem träge durch die Luft taumelnden Schmetterling hinterherjagte, spürte Verity, wie die Anspannung der fünfstündigen Autofahrt mit Merrys unablässigem Geplapper endlich von ihr abfiel.

Alles wäre perfekt gewesen. Bis auf eines. Johnny. Genauer gesagt, das ununterbrochene Piepsen seines Handys, wenn eine Nachricht eintraf – Verity würde mindestens fünf Pfund darauf setzen, dass sie ausnahmslos von Marissa stammten. Aber vielleicht war das Piepsen ja auch ein Zeichen, und der liebe Gott hatte ihr Johnny geschickt, damit sie ihn von dem Mühlstein namens Marissa befreien konnte, der ihn ständig unter Wasser zog. Schließlich war Verity eine Love und trug somit das Einmisch-Gen in ihrer DNA, auch wenn sie es noch so ungern zugab.

In diesem Moment läutete Johnnys Telefon; kein besonderer Ton, sondern nur das klassische Klingeln, trotzdem war es so wenig willkommen wie der Ausbruch einer Masern-Epidemie in einer Grundschule.

»Tut mir leid«, sagte Johnny wie schon so oft aus genau demselben Grund, »aber ich muss rangehen.«

Er musste nicht. Schließlich war dies kein akuter Notfall und Johnny nicht der einzige Mensch auf Gottes Erde, der Marissa helfen konnte.

»Marissa? Was ist los? Du klingst aufgebracht. Was? Wie war das? Es bricht immer wieder ab. Ich hab hier kein richtiges Signal. Verdammt!« Johnny hielt sein Handy von sich weg, als wäre es eine Wünschelrute.

Vielleicht war dies noch einer der Gründe, weshalb Verity das Land so sehr liebte. Der Handyempfang in der Gegend war eine absolute Katastrophe, es sei denn, man trug einen Stuhl in den hintersten Teil des Pfarrgartens und kletterte darauf.

Verity ging weiter und blieb erst an der kleinen Steinbrücke stehen, wo sie wartete, bis Johnny angelaufen kam. »Bitte entsch…«

»Ist dein Telefon eigentlich versichert?«, fragte Verity. Sie hatte die Nase voll von all den Entschuldigungen.

»Was?« Johnny sah sie an, als hätte sie Suaheli gesprochen. »Äh. Ja. Wieso?«

»Und machst du regelmäßig ein Back-up?«

»Ja, außerdem ist sowieso fast alles in der Cloud abgespeichert«, antwortete Johnny stirnrunzelnd. »Wieso fragst du?«

Verity kreuzte die Arme vor der Brust. »Weil ich ernsthaft überlege, ob ich es dir wegnehme und ins Wasser werfe. Deshalb.«

Sie blickten auf das fröhlich dahinplätschernde Flüsschen.

»Wahrscheinlich würde es danach nicht mal mehr funktionieren, wenn ich es eine ganze Woche in einen Sack Reis lege«, erklärte er ernst.

»Ich tu's auch nicht, aber ich habe schon häufig darüber nachgedacht, dein Telefon kaputt zu machen«, gestand Verity. »Ich will ja nicht neugierig sein, aber du hast gesagt, du und Marissa, ihr wolltet euch über den Sommer ein wenig Freiraum geben, aber das hier...«, sie deutete auf sein Telefon, »... würde ich wohl kaum so bezeichnen.«

Johnny kreuzte die Arme vor der Brust und warf Verity einen Blick zu, unter dem jede nicht ganz so charakterstarke Frau ganz schnell einknicken würde. Und auch Verity spürte, wie ihre Souveränität ein klein wenig ins Wanken geriet. »Du verstehst das nicht«, sagte er kühl. »Es ist sehr kompliziert.«

»Finde ich nicht«, widersprach Verity leise. »Sie ist seit mehr als zehn Jahren verheiratet, und zwar nicht mit dir.«

Sie brachte nicht den Mut auf, die Worte lauter auszusprechen oder ihm zu sagen, dass er aller Wahrscheinlichkeit auf dem Sterbebett noch Single wäre, wenn er sich weiterhin an den Strohhalm klammerte, dass Marissa es sich eines Tages überlegen und zu ihm zurückkehren würde.

»Du scheinst ja eine echte Expertin in Liebesfragen zu sein«, bemerkte Johnny mit einem Anflug von ätzender Belustigung in der Stimme, als sie weitergingen.

»Keineswegs«, gab Verity knapp zurück.

»Und was ist mit dem Typen, den du an der Uni kennengelernt hast? Alan?«

»Adam.« Allein seinen Namen auszusprechen, ließ Veritys Hände schweißfeucht werden. Selbst heute noch. »Was soll mit ihm sein?«

»Du hast gesagt, du hättest ihn geliebt,« erinnerte Johnny sie. Verity wünschte, er würde das Thema wechseln. Sie wollte nicht an Adam denken, und schon gar nicht über ihn reden.

»Ich habe ihn geliebt, und deshalb musste am Ende auch ein sauberer Schnitt sein. Keine Reue, keine gegenseitigen Beschuldigungen, nur komplette Funkstille. Aber hier geht es nicht um mich, sondern um dich.«

»Du hattest also bisher eine einzige Beziehung, über die du ziemlich schnell hinweg warst, richtig? Das klingt nicht wie die Art von Liebe, wie sich sie kenne«, erklärte Johnny, als hätte Verity nicht die leiseste Ahnung, unter welch unbeschreiblichem Liebeskummer ein Mensch leiden konnte, was schlicht nicht stimmte. Selbst jetzt noch konnte sie die emotionalen Narben spüren, die diese eine Beziehung in ihr hinterlassen hatte. Und obwohl es seitdem keinen Mann mehr in ihrem Leben gegeben hatte, wusste sie eine ganze Menge über die Liebe. Schließlich hatte sie *Stolz und Vorurteil* Hunderte von Malen gelesen, Johnny dagegen nie, denn hätte er es getan, wüsste er längst, was Verity bereits bei ihrer ersten Begegnung klar gewesen war: dass Marissa eine Caroline Bingley war, durch und durch.

Aber es lag nicht nur an *Stolz und Vorurteil* und den zahllosen anderen Liebesgeschichten, die Verity im Lauf ihres Lebens verschlungen hatte, nein, sie war von Liebe umgeben. Der Herr Pfarrer und seine Frau liebten einander von ganzem Herzen, außerdem waren da noch Con und Alex, Merry und Dougie, Sean und Emma und selbst Posy und Sebastian. Deshalb mochte Verity vielleicht nur eine einzige Beziehung in ihrem Leben gehabt haben, trotzdem hatte sie keineswegs vergessen, wie sich die Liebe präsentierte, und für sie sah es nicht so aus, als würden Marissa und Johnny in nächster Zukunft gemeinsam in den Sonnenuntergang reiten.

Das Giebeldach des Pfarrhauses ragte in der Ferne empor, als Veritys Telefon piepste. *Wir sind gleich bei der zweiten Runde. Beeilt euch! Merry*

Verity beschloss, das Thema »Marissa und Johnny« für den Moment ad acta zu legen. Dies war das erste Mal, dass sie sich in die Angelegenheiten anderer Leute einmischte, und wenn ihre Schwestern so etwas wie ein Maßstab waren, musste man immer weiter bohren, immer weiter nachhaken, so lange, bis der Betroffene regelrecht in die Knie ging und so weichgekocht war, dass er oder sie alles tun würde, nur damit es aufhörte. Abgesehen davon konnte Verity es auf den Tod nicht ausstehen, sich mit anderen Leuten zu streiten, und schon gar nicht mit Johnny – sie konnte auf seinen scharfen Tonfall ebenso gut verzichten wie auf die Härte in seinem Blick.

»Wollen wir einfach sagen, dass wir in puncto Liebe unterschiedlicher Meinung sind?«, schlug Verity vor. »Es ist es nicht wert, sich deswegen zu streiten, finde ich.«

Johnny sah sie ungläubig an. »Ich finde es sehr wohl wert, sich deswegen zu streiten.«

Das erneute Signal ihres Telefons rettete Verity davor, eine

Antwort geben zu müssen. Nina hatte eine Nachricht geschickt – ein Foto von Strumpet, der mit gespreizten Hinterbeinen auf dem Sofa hockte wie ein Betrunkener, mit einem Glas Rotwein und den Resten eines Kebabs vor sich. *Komm bald wieder heim, Mama. Tante Nina verdirbt mich hoffnungslos. Alles Liebe, Strumpet (Mr.)*

Prustend hielt Verity Johnny das Handy hin und atmete erleichtert auf, als ein Lächeln seine verkniffene Miene erhellte. »Müssen wir jetzt mit Vollgas nach London zurückrasen, um deinen Kater vor einem lasterhaften Leben zu bewahren?«

Der Gedanke hatte durchaus seinen Reiz, andererseits war die Aussicht auf einen Gin Tonic auch nicht übel. »Ach, Strumpet kommt schon klar, und wenn nicht, weise ich ihn am Montagmorgen gleich in die Katzenentzugsklinik ein. Und wo wir gerade über Entzug sprechen – wollen wir in den Pub gehen?«

Kaum erschienen Johnny und Verity mit ihren Gin Tonics und zwei Tüten Chips mit Salz und Essig im Eingang zum Biergarten des Lambton Inn, ertönte ein markerschütternder Schrei.

»Very! Komm sofort her und gib deiner großen Schwester ein Stückchen Love.«

»Das ist Con«, erklärte Verity, als ihre älteste Schwester sich zu ihrer vollen Größe von stattlichen eins achtzig aufrichtete und wild winkte.

»Die, die alle anderen herumkommandiert?«, fragte Johnny halblaut auf dem Weg zum Tisch der Love-Schwestern, wobei Verity hier und da andere Gäste begrüßte. In Lambton kannte jeder jeden, und als eine der fünf Pfarrerstöchter genoss sie sozusagen Prominentenstatus, selbst wenn sie in London lebte und nicht allzu oft zu Besuch nach Hause kam.

»Die, die alle anderen noch mehr herumkommandiert«, korrigierte Verity, als sie an den Tisch trat, an dem sich nicht nur die Love-Schwestern und Cons Verlobter niedergelassen hatten, sondern auch George, der Hilfsprediger ihres Vaters, wie Verity mit Schaudern feststellte. Er trug Shorts mit beige-farbenen Socken und schwarzen Sandalen und sah nicht auf, weil er gerade Immy eindringlich erläuterte, dass eine Karriere als Kunstlehrerin ja ganz nett sein mochte, aber doch viel zu abgehoben und zu wenig pragmatisch sei.

»Dafür habe ich einen fiesen rechten Haken«, hörte Verity Immy in Chattys Richtung raunen. »Ist das pragmatisch ge-nug?«

Con schloss Verity in die Arme und drückte sie so fest an sich, dass sie fürchtete, ihre Rippen würden gleich brechen.

»Very! Wir haben uns ja eine Ewigkeit nicht gesehen!«, rief Con, ohne von ihr abzulassen, als wollte sie ausprobieren, ob Verity sich tatsächlich umso erbitterter wand und zappelte, je fester sie sie an sich drückte.

Verity hatte ihre Schwestern schon lange im Verdacht, dass sie Buch darüber führten, wie lange sie sich eine Umarmung aufzwingen ließ, und siehe da … »Mehr als eine Minute. Ist das neuer Rekord?«, hörte sie Merry in diesem Moment fragen.

»Lass los!« Verity riss sich aus Cons Umklammerung und verpasste ihrer Schwester einen Hieb auf den Arm. »Und? Bist du bereit fürs große Hochzeits-Bootcamp? Endlich im Ent-scheidungsmodus?«

»Dafür ist morgen noch mehr als genug Zeit.« Con schüt-telte ihre üppigen rotblonden Locken. Sie hatte ein leicht spit-zes Gesicht, das durch ihren wilden Schopf und ihr breites

Lächeln etwas sanfter wirkte. Strahlend ließ sie den Blick über Johnny schweifen, den Immy gerade in Beschlag nahm, um George und seinen neunmalklugen Belehrungen zu entfliehen. »Du liebe Güte, Very! Das ist also Johnny? Du hast mir gar nicht gesagt, wie gut er aussieht!«

»Schsch!« Verity wedelte heftig mit den Händen. Als Johnny sich zu ihnen umdrehte, lag ein heiter-unschuldiges Lächeln auf Cons Zügen.

»Ich bin Con«, sagte sie. »Du musst Johnny sein. Ich habe schon so viel von dir gehört.«

»Ich von dir auch«, gab Johnny zurück, ohne mit der Wimper zu zucken. »Bist du in deiner Entscheidung über das Farbkonzept bei deiner Hochzeit denn weitergekommen?«

»Na ja, inzwischen sind nur noch vier Farben in der engeren Auswahl. Vielleicht auch sechs. Oder sieben. Das wird schon«, erklärte Con, obwohl keineswegs alles werden würde, wenn sie nicht langsam Gas gab. Bis zur Hochzeit waren es nicht einmal mehr zwei Monate. »Du musst dich neben mich setzen, Johnny, damit ich dir all die persönlichen Fragen stellen kann, die mir die ganze Zeit schon auf den Nägeln brennen. Du kannst dich verziehen, Very.« Con verpasste ihr einen nicht gerade sanften Schubs.

»Ich habe dir ja gesagt, dass sie die Herrschsüchtigste von allen ist«, erklärte Verity und schubste Con ebenfalls, ehe sie sich auf Johnnys andere Seite setzte, um mit Chatty plaudern und währenddessen der Unterhaltung zwischen Johnny und Con lauschen zu können, die sich als bei Weitem nicht so vorlaut und peinlich entpuppte wie befürchtet.

Eigentlich wollte Con nur wissen, wie er die Gefahr einschätzte, dass es Ende September regnen würde – als wäre Johnny leidenschaftlicher Hobby-Meteorologe und bestens vertraut mit den langjährigen Witterungsverhältnissen in Lincolnshire.

»Meine Schwestern machen die ganze Zeit miese Stimmung und unken, dass es bestimmt wie aus Eimern gießen wird, aber ich habe im Internet recherchiert und gelesen, dass es um diese Zeit gar nicht so oft regnet«, sagte sie zu Johnny, der es spätestens jetzt sicher bitter bereute, dass er so scharf darauf gewesen war, Veritys engste Verwandtschaft kennenzulernen.

»Wie wär's mit einem Plan B, falls es doch regnet?«, schlug er vor. »Ein Zelt im Garten deiner Eltern. Allerdings könnte das zeitlich etwas eng werden.«

»Sei bloß still!«, stöhnte Con, als wäre Johnny ein Familienmitglied und kein Gast. »Na ja, wir können immer noch auf die Scheune ausweichen, aber dort hausen überall Ratten, und es stehen irgendwelche kaputten Landmaschinen herum, die seit dem Ersten Weltkrieg niemand mehr benutzt hat.«

Verity blendete Cons Gejammer aus – all das hatte sie schon tausendmal gehört – und wandte sich wieder Chatty zu. Inzwischen hatte sich Immy zu ihnen gesellt, und die beiden tuschelten halblaut miteinander. »Johnny sieht so unfassbar gut aus. Bist du ganz sicher, dass du nicht wenigstens ein klein bisschen in ihn verliebt bist?«

Verity sah flüchtig zu Johnny hinüber, um sicherzugehen, dass er immer noch in seine Unterhaltung mit Con verstrickt war, in die sich nun auch Alex eingemischt hatte. »Na, rein ästhetisch gesehen kann ich ihm durchaus etwas abgewinnen. Ich habe schließlich Augen im Kopf, aber ich bin eben ...«

»Eine Idiotin, die das Gute nicht zu schätzen weiß, selbst wenn es direkt vor ihr steht?«, schlug Immy zuckersüß vor.

»Ich bin eben nicht die, die er haben will. Sein Herz gehört nicht mir«, fügte Verity hinzu und hielt kurz inne, um sich zu sammeln. »Sondern einer anderen.«

»Dieser Marissa«, erklärte Chatty düster. »Hast du ihren Instagram-Account gesehen?«

»Nein. Du?«

»Nur die Kardashians sind noch größere Egozentriker«, warf Immy abfällig ein, was den Verdacht nahelegte, dass sie sehr wohl über Marissas Instagram-Aktivitäten auf dem Laufenden war. »Sie war in Dubai ...«

»Das weiß ich.«

»Siebenundzwanzig Bikinifotos, alle mit #thighgap!«, sagte Chatty. »Ist sie nicht schon über dreißig? So etwas würde ich eher von einem der Teenager in meiner Klasse erwarten, aber doch nicht von einer halbwegs vernünftigen erwachsenen Frau.«

»Sie ist sehr intelligent«, beharrte Verity, obwohl sie keine Ahnung hatte, wieso sie Marissa in Schutz nahm. »Sie war in Cambridge.«

»Wer war in Cambridge? Redet ihr über mich?«, fragte Johnny hinter ihr. Zum Glück hatte Verity ihm den Rücken zugekehrt, sodass er die tiefe Röte nicht sehen konnte, die sich auf ihrem Hals und ihren Wangen ausbreitete.

»Nein, über jemand anderen.« Chatty fixierte Johnny mit Unschuldsmiene. »Viel wichtiger ist, ob Verity dir überhaupt schon alles über die peinlichen Momente in ihrem Leben erzählt hat. Es wäre doch schade, wenn sie dir etwas vorenthalten würde. Das dürfen wir auf keinen Fall zulassen.«

Da Verity immer noch mit dem Rücken zu Johnny saß, konnte er auch den todbringenden Blick nicht sehen, den sie ihren beiden Schwestern zuwarf, doch allem Anschein nach verrieten sie ihre angespannten Schultern und ihr durchgedrückter Rücken, denn er tätschelte behutsam ihren Arm. »Sie hat mir erzählt, dass ihr immer die Mitford-Schwestern und auch die Bennet-Schwestern gespielt habt, aber ich habe *Stolz und Vorurteil* nicht gelesen, deshalb...«

»O Gott, was bist du denn für ein Freak?«, unterbrach Immy und fuhr fort, ohne auf seine Erwiderung zu warten. »Hat Verity dir auch erzählt, wie wir gespielt haben, wir wären Puritanerinnen, die sich gegenseitig der Hexerei bezichtigen?«

»Wir hatten ja keinen Fernseher«, erklärte Verity und drehte sich zu Johnny um, damit er in ihren Augen ablesen konnte, welche Höllenqualen sie litt.

»Wir haben uns sogar Puritanernamen für uns ausgedacht«, sagte Chatty. »Immy war Impatience, die Ungeduldige, denn Ungeduld ist eine Todsünde.«

»Und Chatty ist natürlich Charity geblieben«, rief Merry von der anderen Seite des Tisches. »Die milde Gabe, die immer diejenigen bekommen, die es am wenigsten verdient haben.«

Grinsend ließ Johnny den Blick über die fünf Schwestern schweifen. »Und Con?«

»Constance war die Kontrollsucht auf zwei Beinen.« Drohend reckte Verity den Zeigefinger in die Luft, während Merry prustete.

»Das musst du gerade sagen, Very, die mies gelaunte Viper.« Con starrte Merry finster an. *»Selig sind, die da geistlich arm sind*, Merry.«

»Matthäus, 5:3«, warf Mr. Love ein und setzte sich mit einem Glas Bier an den Nebentisch. »Ich hoffe, die Geschichte endet nicht damit, dass ihr drei Immy und Chatty an der Wäscheleine festgebunden und ›Verbrennt die Hexen! Lasst sie brennen!‹ gerufen habt, statt mit gutem Beispiel voranzugehen.« Er trank einen großen Schluck. »Die Predigt für morgen steht.

Ich fand es eine gute Idee, über die Rückkehr des verlorenen Sohnes zu sprechen, als Anlass, weil ausnahmsweise einmal ihr alle fünf übers Wochenende hier seid.«

»Wo ist Muv?«, fragte Con. »Du hast sie doch nicht etwa mit all diesen Kindern allein zu Hause gelassen, oder?«

»Ihr Vater ist gekommen, während ich noch an meiner Predigt gesessen habe. Anscheinend hat man ihn mit dem Hubschrauber von der Ölplattform abgeholt. Jedenfalls sollte sie gleich hier sein. Sie wollte noch nach einer Barbie-Puppe suchen, die verloren gegangen ist ... Ah, da ist sie ja!«

Mrs. Love trat heraus in den Biergarten, in der Hand ein Glas mit Rotwein, das so groß war, dass es an einen Eimer erinnerte. »Ich habe Jean gebeten, uns eine Kleinigkeit zu essen zu machen. Sie bringt gleich Spiegelei mit Pommes. Ich habe schon für die Kinder Abendessen gekocht. Zweimal an einem Tag kochen ist mir zu viel.«

»Das erwartet auch niemand von dir, Liebes«, erklärte Mr. Love mit einem zärtlichen Blick auf seine Frau. »Und ich sollte lieber ganz die Finger von Töpfen und Pfannen lassen, wie wir alle wissen.«

»Als wir noch klein waren, hat Muv unsere Großmutter besucht, und Farv hat sich so lange um uns gekümmert«, erklärte Merry Johnny. »Er hat vergessen, dass er die Würstchen auf den Grill gelegt hatte. Am Ende waren sie völlig verkohlt. Aber das haben wir natürlich erst gemerkt, nachdem wir die brennende Pfanne mit den Bratkartoffeln gelöscht hatten.«

»Mein Vater hat mal ein Thai-Curry gekocht und vergessen, dass die Scotch-Bonnet-Chilis die schärfsten sind. Meistens gelingt es mir ganz gut, nicht mehr daran zu denken ... obwohl sich meine Geschmacksknospen bis heute nicht davon erholt haben«, sagte Johnny.

»Wo du gerade Scotch erwähnst – ich habe mehrere Imkerfreunde in Schottland«, warf der Herr Pfarrer ein, der grundsätzlich immer eine Möglichkeit fand, das Gespräch auf die Bienenzucht zu lenken. »Wie es der Zufall will, wohnen sie in Moray, wo auch einige der besten Whisky-Destillerien ihren Sitz haben.«

»Dads größte Leidenschaften, Malt-Whisky und Bienen«, rief Con, während Jean, die Wirtin, und ihr Sohn David, leidenschaftlicher Goth-Anhänger und der Einzige seiner Zunft im Dorf, mit den vollen Tellern heraustraten.

Verity war nicht sicher, ob das, was Johnny hier geboten bekam, dem entsprach, was er sonst bei Wochenendausflügen auf dem Land erlebte: Spiegeleier und Pommes im Kreis einer Familie, bei der jeder den anderen zu übertönen versuchte, Unterhaltungen über die Trennung von Kirche und Staat, über *The Real Housewives of Beverly Hills*, die absolute Lieblingssendung von Con und der Frau des Herrn Pfarrer, über die heiße Affäre zwischen der Leiterin der Abteilung für Moderne Sprachen und dem obersten Seelsorger an der Schule, wo Immy und Chatty unterrichteten. Aber falls Johnny tausend Tode starb und sich wünschte, überall zu sein, nur nicht hier, in diesem Biergarten im Lambton Inn, ließ er es sich jedenfalls nicht anmerken, sondern machte gute Miene zum bösen Spiel.

Mehr als das – er strahlte sogar über das ganze Gesicht, was ihn noch attraktiver aussehen ließ als sonst und die vier Love-Schwestern animierte, Verity in regelmäßigen Abständen den gereckten Daumen zu zeigen, und selbst die Frau des Herrn Pfarrer zwinkerte ihrer Tochter zu, als sie ihren Blick auffing.

Was ziemlich peinlich war. Verity hätte sich in Grund und Boden geschämt, wenn Johnny etwas davon mitbekommen hätte, aber eigentlich fühlte sie sich ganz wohl, auch wenn sich der Geräuschpegel an den beiden Tischen, die sie belegten, allmählich der Grenze des Ohrenbetäubenden näherte. Das war ihre Familie: laut, verrückt und exzentrisch. Trotz ihrer ständigen Foppereien und der beharrlichen Attacken auf ihr Trommelfell war Verity froh, wieder einmal nach Hause gekommen zu sein und mit den sechs Menschen zusammen zu sein, mit denen sie nicht nur ihre DNA, sondern auch eine lebenslange Geschichte verband. Sie hatten sie in ihren besten und ihren schlimmsten Momenten erlebt und liebten sie, ganz egal was passierte. Wenn sie all diese Qualitäten in einem Mann finden würde, bei dessen Anblick ihr Herz noch dazu einen Satz machte, wann immer er sie anlächelte, würde sie ihren Entschluss, der Romantik abzuschwören, vielleicht noch einmal überdenken.

Nicht dass Johnny jemals dieser Mann sein könnte; nicht solange sein Herz einer anderen gehörte und er Verity bei mehr als nur einer Gelegenheit schlicht verboten hatte, sich in ihn zu verlieben. Doch als Verity zusah, wie mühelos er sich in all das einfügte – wie er geduldig dem Herrn Pfarrer lauschte, der endlos über seine Bienen referierte, sich hinter ihre Schwestern stellte und sogar über einen von Georges langweiligen Witzen lachte –, konnte sie sich beim besten Willen nicht vorstellen, wieso sie so große Angst davor gehabt hatte, ihn hierher mitzubringen, damit er ihre Familie kennenlernte.

Kapitel 18

Ängstige dich nicht unnötig. Freilich ist es richtig,
sich auf das Schlimmste gefasst zu machen, aber es gibt
keinen Grund, dies als sicher zu betrachten.

Auch am nächsten Tag war Johnny immer noch bester Dinge, obwohl er auf einem Feldbett des Vaters des Herrn Pfarrer aus dessen Pfadfindertagen vor dem Zweiten Weltkrieg im Nähzimmer übernachtet hatte. Es bestand aus einem durch mehrere Metallstangen gespannten Segeltuch und war nur unwesentlich bequemer, als auf dem Boden zu liegen. Aber sämtliche Sofas im Haus hatten sich als zu kurz für Johnnys Körperlänge entpuppt, und er hatte sich schlicht geweigert, mit Verity zu tauschen und in einem richtigen Bett zu schlafen.

Es machte ihm auch nichts aus, dass das Frühstück lediglich aus Toast und Stachelbeermarmelade bestand, weil die Kinder am Vortag sämtliche Vorräte geplündert hatten.

»Und ich komme auch gern mit in die Kirche«, sagte er zu Verity, obwohl sie ihm erklärt hatte, dass er sie nicht aus reiner Höflichkeit zu begleiten brauchte. »Ich kann zwar nicht behaupten, dass ich hundertprozentig gläubig bin – immerhin gehöre ich eher zu den Agnostikern als zu den Atheisten –, aber ich würde sehr gern deinen Vater bei der Arbeit sehen.«

»Ich muss dich allerdings warnen. Manchmal gerät er ins Faseln«, sagte Merry, die gegenüber von ihm am Tisch saß und an einer Scheibe Toast knabberte. »Igitt, diese Stachelbeermarmelade schmeckt echt widerlich. Kein Wunder, dass noch so viele Gläser in der Vorratskammer stehen.«

»Und falls mir wider Erwarten langweilig werden sollte, kann ich mir immer noch die Architektur ansehen«, fuhr Johnny fort.

Als später Mr. Loves Ausführungen über die Heimkehr des verlorenen Sohnes ein klein wenig ausuferten, schweifte Johnnys Blick tatsächlich an den eleganten, schlanken Säulen im Kirchenschiff empor, während sich der weibliche Teil der Kirchengemeinde an Johnnys delikater Knochenstruktur ergötzte. Einige Mitglieder des örtlichen Frauenvereins seufzten sogar leise auf, als er sich mit der Hand durchs Haar fuhr.

Erst nach dem Mittagessen, als Mr. Love mit einem weißen Overall und einem großen weißen Hut mit Schleier ankam, verlor Johnnys Lächeln ein wenig von seiner Strahlkraft. »Sie reagieren doch nicht allergisch auf Bienenstiche, oder?«, fragte er.

Johnnys Lächeln verdüsterte sich weiter. »Keine Ahnung. Ich weiß nur, dass ich allergisch auf Mangos reagiere. Macht mich das auch anfälliger für Bienenstiche, was glauben Sie?«

Mr. Love tätschelte Johnny beruhigend den Rücken. »Es ist zwar unwahrscheinlich, dass Sie gestochen werden, aber wir wollen lieber auf Nummer sicher gehen«, sagte er. »Also, wir verschwinden besser, bevor der große Ansturm losgeht.«

»Ansturm?«, fragte Johnny, gerade als es an der Haustür läutete. Eilig schob der Herr Pfarrer ihn durch die Hintertür nach draußen.

Verity wünschte sehnsüchtig, sie könnte sie begleiten, doch stattdessen setzte sie sich an den Küchentisch, als Con mit

Alex' Mutter Sue, seiner Schwester Jenny und einer anderen Frau eintrat. »Das ist Marie, Jennys beste Freundin.«

Sie alle kannten Marie, allerdings nicht sehr gut, weshalb es nicht ganz einleuchtete, was sie bei einem Hochzeitsvorbereitungs-Bootcamp zu suchen hatte, das lediglich für die Familie gedacht war.

»Wie kommt es, dass du hier bist, Marie?«, wollte Merry wissen, die sich auch nicht scheute, heikle Fragen ohne jede Hemmung auszusprechen.

»Ich habe jede Folge von *Mein perfektes Hochzeitskleid* und *Mein Traum in Weiß* im Fernsehen gesehen. Deshalb braucht ihr mich. Außerdem darf meine Kayleigh eines der Blumenmädchen sein, hat Jenny versprochen.«

Jenny, die nur die Zähne auseinanderbekam, wenn man sie direkt ansprach, und dann auch nur schwer zu verstehen war, zuckte mit den Schultern und schüttelte den Kopf, als hätte sie gegen den Dickkopf ihrer besten Freundin ohnehin keine Chance. Verity konnte sich problemlos in sie hineinversetzen.

»Con weiß noch nicht mal, ob sie überhaupt Blumenmädchen will«, zischte Chatty Verity zu. »Sie hat gesagt, sie hätte am liebsten den Armen Alan als ›Blumenhund‹.«

»Sag das mal Marie und Kayleigh«, murmelte Verity, während Marie etwas aus ihrer Tragetasche zog.

»Ein Strohpüppchen«, präsentierte sie begeistert. »Als Blumenschmuck für den Tisch. Jenny hat gesagt, du wünschst dir eine rustikale Hochzeit.«

Die Strohpuppe sah aus, als wäre sie von einem bösen Geist besessen. Mrs. Love, die gerade mit ihrem Nähkorb aus der Küche kam, schrak zusammen. »Was tut dieses Ding in meinem Haus?«, kreischte sie. »Jedes Kind weiß, dass so was Unglück bringt.«

»Ich bin Pfarrerstochter, Marie«, erklärte Con. »Deshalb kann ich keine heidnischen Symbole als Tischschmuck verwenden.«

Die übrigen Love-Schwestern und ihre Mutter sahen einander mit hochgezogenen Brauen an. Das war ein klares Nein von Con. Bedeutete das etwa, dass sie sich auf weitere klare Ansagen freuen durften? Hoffentlich.

Mrs. Love nahm einen Krug aus dem Kühlschrank. »Das ist die erste Fuhre meines selbst gemachten Holundersirups«, verkündete sie. »Wir haben überlegt, ob wir ihn als Hochzeitscocktail ausschenken sollen.«

Chatty und Immy sprangen auf und holten Gläser, um etwas von der goldenen Köstlichkeit zu probieren, die Mrs. Love jedes Jahr zubereitete, während Con die Stirn runzelte. »Tatsächlich?«

»Ja«, antwortete Merry, nippte vorsichtig an dem Glas, das Chatty ihr reichte, und stieß einen wohligen Seufzer aus. »Das ist vielleicht der beste Sirup, den du je gemacht hast, Mum. Ich schlage vor, wir mischen ihn mit Cava oder mit Limonade für die Nichttrinker, und fertig.«

»Ich bin dafür«, rief Verity – wenn sie alle fünf Minuten einen anderen Punkt auf der Liste abhaken könnten, bestand noch Hoffnung. »Hast du schon eine Einkaufsliste für die Getränke zusammengestellt, damit Alex' Bruder die Tickets für die Fahrt über den Kanal besorgen kann und wir die Sachen zollfrei kriegen?«

Alex' Bruder leitete mehrere Weinberge in Kent und hatte angeboten, eine Bootstour über den Kanal zu machen, sobald Con und Alex ihm sagten, wie viele Kartons Cava, Bier, Rot- und Weißwein sie benötigen würden. Aber Cons betretene Miene ließ erahnen, dass bislang nichts passiert war.

»Ich hatte einfach noch keine Zeit dafür«, jammerte sie, doch dann erhellte sich ihre Miene. »Außerdem ist erst Ende Juli. Wir haben noch massenhaft Zeit. Monate.«

»Ziemlich genau zwei«, warnte Chatty.

»Und das ist so gut wie nichts«, schaltete sich Immy ein. »Bisher hast du bloß die Kirche reserviert, und das auch nur, weil der Herr Pfarrer es für dich erledigt hat.«

»Wenn du mich fragst, hört es sich fast so an, als würdest du gar nicht heiraten wollen«, sagte Alex' Mutter. Sie sah wie die typische Bäuerin aus – stämmig und fast immer mit einem Lächeln auf dem rosigen Gesicht, nur jetzt nicht; stattdessen reckte sie ihren gewaltigen Busen vor und schnaubte. »Einen Besseren als unseren Alex kriegst du nicht, junge Dame. Wenn du also jetzt die Hochzeitsvorbereitungen verschluderst, weil du hoffst, dass dir vorher noch ein schickerer Bursche über den Weg läuft, dann sei wenigstens so gut und lass meinen Jungen gehen.«

»Nein! Natürlich nicht! Ich liebe ihn! Von ganzem Herzen!«, rief Con und zog ein finsteres Gesicht. »Ich wäre auch zufrieden damit, ihn einfach nur lieben zu dürfen, ohne dieses ganze Hochzeitsbrimborium, aber als älteste Pfarrerstochter muss ich wohl oder übel mit gutem Beispiel vorangehen.«

»Vor allem für deine vier jüngeren Schwestern, die dich als eine Art spirituelle Vorreiterin betrachten«, erklärte Merry und bekreuzigte sich, worauf Con ihr den Ellbogen in die Seite rammte und grinste. Schlagartig war die Anspannung im Raum verflogen. »Also, Con. Rom wurde auch nicht an einem Tag erbaut, und eine Hochzeit kann man nicht an einem Nachmittag planen, aber würdest du dich bitte endlich für ein verdammtes Farbkonzept entscheiden?«

Chatty zog eine Farbkartenpalette des örtlichen Baumarkts

aus ihrer Tasche. »Grün scheidet aus. Du heiratest auf dem Land, da gibt es schon mehr als genug Grün. Gelb auch nicht. Ich und Immy sehen grauenvoll in Gelb aus.« Sie legte ein paar Karten beiseite, trotzdem blieb noch mehr als genug Auswahl.

»Orange ist doch recht fröhlich«, schlug Mrs. Love vor, wurde jedoch augenblicklich sowohl von ihren Töchtern als auch von Marie überstimmt.

»Rosa«, erklärte Marie. »Unsere Kayleigh liebt Rosa. Es ist ihre Lieblingsfarbe.« Als wäre das ein Argument.

»Rosa?«, stieß Merry entsetzt hervor. »Rosa ist nicht unser Ding. Noch nie. Die ganze Familie ist Anti-Pink. Aus Prinzip.«

»Posy hat im Laden Fuchsia als Akzentfarbe zu Grau ausgewählt, und es sieht wirklich hübsch aus«, warf Verity ein, obwohl alle vier Schwestern sie vernichtend ansahen. »Ich sag es ja nur!«

»Wie wär's denn mit Blau?«, warf Immy ein. »Ein schönes zartes Hellblau?«

»Viel zu klassisch!« Chatty verdrehte die Augen. »Was haltet ihr von einem hübschen Silbergrau?«

»Bocklangweilig!«

»Wir können doch unsere kleine Kayleigh und die anderen Brautjungfern nicht in graue Kleider stecken. Sie würden ja wie Nonnen aussehen, und euer Vater gehört der Kirche von England an.«

»Willst du überhaupt ein weißes Brautkleid tragen, Con?«

»Ja! Oder vielleicht auch Elfenbein. Ich habe bei Monsoon ein champagnerfarbenes Satinkleid gesehen, das sehr schön aussieht, allerdings sollte es knöchellang sein, und mir reichte es nur bis zur Wadenmitte.«

»Aber Champagner sieht immer ein bisschen wie schmutziges Weiß aus, oder?«

Das Ganze würde Stunden dauern. Es war halb zwei, und sie hatten vorgehabt, sich um vier Uhr auf den Rückweg zu machen, aber wenn es in diesem Tempo weiterging, wäre bis dahin rein gar nichts entschieden. Verity warf ihrer Mutter einen Blick zu, in der vagen Hoffnung, dass sie den Beteiligten einen sanften Tritt in den Hintern verpasste, wie sie es manchmal tat, wenn ihr nichts anderes übrig blieb, aber Mrs. Love lächelte Verity nur vage zu und widmete sich ansonsten ihrer Flickarbeit.

Veritys Blick schweifte an ihrer Mutter vorbei in den Garten in all seiner herrlichen, leicht überwucherten Pracht. Ganz hinten standen die Bienenkästen. Sie konnte ihren Vater und Johnny in ihren weißen Schutzanzügen und den Hüten sehen, begleitet vom Armen Alan in seinem eigens angefertigten Hunde-Schutzanzug nebst Kragen, den ihr Vater bestellt hatte, nachdem der Arme Alan mehrere Bienenstiche abbekommen hatte und zu einem Ballon in Hundegestalt angeschwollen war. Alle waren sich einig gewesen, dass er ein eigenes Schutz-Outfit brauchte, mit vier Schühchen über den Pfoten, in denen er wie ein Hundezombie durch die Gegend stapfte. Gerade trieb er sich in den Sträuchern herum, während die beiden Männer sich die Bienenstöcke ansahen. Verity konnte nur hoffen, dass ihr Vater Johnny nicht auszuquetschen versuchte, welche Absichten er bei seiner mittleren Tochter hegte. Oder, schlimmer noch, von ihm wissen wollte, welches sein Lieblingsmusical von Rodgers und Hammerstein war – ein weiteres Herzensthema ihres Vaters, das in erster Linie als Vorwand diente, den Refrain von »I'm Gonna Wash This Man Right Out Of My Hair« aus *South Pacific* schmettern zu können.

Ihr Vater zog einen Rahmen aus dem Stock, an den sich

eine regelrechte Wolke aus Bienen klammerte, und Verity sah, wie Johnny nickte und auf etwas zeigte; vielleicht interessierte er sich ja tatsächlich für Bienen und Honig und all die dazwischenliegenden Stadien. Aber so, wie sie Johnny bisher kennengelernt hatte, würde er aus reiner Höflichkeit so tun, als fände er das Thema spannend, selbst wenn es ihn in Wahrheit zu Tode langeweilte. Denn er und Verity waren Freunde, und allein deshalb würde er ihre Familie niemals kränken, wohingegen jemand vom Schlag eines Sebastian Thorndyke vermutlich demonstrativ gähnen und »Langweilig!« trompeten würde.

Ihr Vater gestikulierte wild – ein klares Zeichen, dass er mitten im Erzählfluss war. Einmal hatte er sich bei einer Predigt über die Speisung der Fünftausend dermaßen hineingesteigert, dass er sein Gesangbuch von der Galerie gefegt hatte. Verity würde ihre Familie für kein Geld der Welt eintauschen wollen, aber manchmal wäre es einfach nett, wenn sie nicht ganz so …

»Und du willst damit sagen, dass du jetzt, wo wir ein ganzes Jahr lang sämtliche Charity-Shops nach alten Teetassen abgeklappert haben, beschlossen hast, doch lieber Mason-Gläser zu verwenden?«

»Ich habe nur gesagt, dass ich ernsthaft darüber nachdenke. Ich brauche Alternativen, das ist alles.«

Während Verity ihren eigenen Gedanken nachgehangen hatte, war hier offensichtlich der dritte Weltkrieg ausgebrochen.

»Die Zeit für Alternativen ist vorbei, verdammt noch mal! Jetzt sind Entscheidungen gefragt!«

»Ich würde nichts nehmen, was kaputtgehen kann. Wir müssen doch an unsere Kayleigh und all die anderen Kleinen

denken, die herumlaufen. Wir sollten bei Costco Plastiksekt-
gläser besorgen.«

»Halt den Mund, Marie!«, blaffte die sonst so stille Jenny,
deren Laune inzwischen ebenso im Keller war wie bei allen
anderen. »Halt einfach die Klappe. Keiner hat dich um deine
Meinung gebeten!«

»Ich werde ganz bestimmt nicht ...«

Con, Chatty und Immy stritten sich mittlerweile darüber,
ob sie alte Teetassen oder Einmachgläser verwenden wollten,
und Merry erklärte Sue, dass »kein Mensch einen Früchte-
kuchen haben will, deshalb würde ich an deiner Stelle auch
keinen backen«, worauf Sue erneut mit wogendem Busen wie
ein aufgebrachter Drache schnaubte und ...

»Genug! Das reicht jetzt, Leute!«, rief Verity und sprang
auf. »Was wir hier tun, hat weder etwas mit Hochzeitsplanung
noch mit Respekt vor der Meinung anderer Leute zu tun.«

»Ich habe keinen Respekt vor der Meinung anderer Leute,
wenn diese Meinung komplett schwachsinnig ist!«, blaffte
Con mit einem vernichtenden Blick auf ihre beiden jüngsten
Schwestern. Und eigentlich hatte Verity auch nichts anderes
erwartet.

Genau aus diesem Grund hatte sie sich vor dem Wochenende an Pippa gewandt, Sebastians Projektmanagerin, die
ihnen beim Relaunch des Ladens geholfen hatte, und zwar mit
einem Minimum an Nervenzusammenbrüchen, dafür aber
einem Füllhorn an Motivationssprüchen und ganzheitlichen
Management-Techniken.

Verity schnappte sich das bösartig dreinsehende Strohpüppchen. Dieselbe Technik hatte Pippa mit einem Bohnen-
säckchen angewandt, das auch als Anti-Stress-Ball hatte her-
halten müssen. »Das hier ist ein Symbol für Kommunikation

und Kooperation. Reden darf bloß diejenige, die die Puppe der Wahrheit in der Hand hat.«

»Mein Gott, Very, was für Drogen hast du denn genommen?«

Very hielt die Puppe vor sich, als handele es sich um eine geladene und entsicherte Waffe. »Hast du die Puppe der Wahrheit in der Hand, Merry? Ich glaube nicht, also halt den Mund!«, erklärte sie so streng, wie sie nur konnte – diesen Tonfall musste sie regelmäßig anschlagen, wenn Nina gegen die Kardinalregel ihres Zusammenlebens verstieß und versuchte, Verity eine Unterhaltung aufs Auge zu drücken, kaum dass sie nach Ladenschluss nach oben gegangen waren, statt mindestens eine halbe Stunde zu warten, bis Verity sich von den Strapazen ihres Arbeitstages erholt hatte. Und auch bei Posy, wenn sie sie dabei erwischte, wie sie noch mehr Tragetaschen bestellen wollte.

Und er zeigte Wirkung: Ihre vier Schwestern starrten sie in schockiertem Schweigen an, während Sue ein weiteres Mal ihren gewaltigen Busen wogen ließ, Jenny zufrieden den Daumen reckte und Mrs. Love ihr einen belustigten Blick zuwarf. Marie stand auf.

»Ich lasse mich jedenfalls nicht beleidigen«, verkündete sie mit trotzig gerecktem Kinn, stürmte hinaus und knallte die Haustür zu.

»Keiner hat sie gebeten …«, begann Merry, worauf Verity mit der Puppe in ihre Richtung wedelte.

»Mund halten!«, sagte Verity noch einmal, stand auf und ging in die Vorratskammer, wo sie ihre Geheimwaffe deponiert hatte. Zwar hatte sie gehofft, sie nicht zu brauchen, aber Pippa hatte ihr geraten, sich lieber auf das Schlimmste gefasst zu machen.

»Versagen in der Vorbereitung ist die Vorbereitung zum Versagen«, hatte Pippa sie gewarnt.

Das Problem war nur, dass bei einer Hochzeit in nicht einmal zwei Monaten Versagen schlicht nicht zur Debatte stand.

Also trug Verity, immer noch mit der Strohpuppe bewaffnet, das Flipchart und den dazugehörigen Ständer aus der Kammer.

»Wir haben monatelang per Skype und WhatsApp wegen dieser Hochzeit kommuniziert«, erklärte sie ihren Schwestern. »Stundenlange Diskussionen über jedes Detail, vom Farbkonzept über das Spanferkel und … Gott weiß, was noch alles. Ich habe mir alle Notizen noch einmal angesehen und festgestellt, dass wir eine Menge gute Ideen hatten und uns manchmal auch einig waren. All das habe ich gesammelt und hier festgehalten.«

»Was? Das muss ja Stunden gedauert haben«, warf Con ein und verstieß damit gegen Veritys frisch aufgestellte Regel. »Aber ich kann mich nicht erinnern, dass wir uns sonderlich oft einig gewesen wären.«

»Weil du alles sofort in den Wind geschossen hast, worauf wir anderen uns geeinigt hatten«, gab Verity zurück und mühte sich mit dem Flipchartständer ab. Posy hatte ganz recht mit ihrer Einschätzung gehabt … dieses Ding dazu zu bringen, aufrecht stehen zu bleiben, war etwa so fruchtlos wie der Versuch, die Wellen im Meer aufzuhalten. »Und deshalb … verdammt noch mal, wieso kann dieses blöde Ding nicht einfach stehen bleiben? … hast du ab sofort sechzig Sekunden, um zu sagen, was du willst, sonst entscheidet die Mehrheit.«

»Das kannst du nicht machen!« Con ballte die Fäuste. »Das ist *meine* Hochzeit. Ich lasse mich nicht unterbuttern. Wir leben hier nicht in einer Diktatur!«

»Ich spiele mich hier auch nicht als Diktatorin auf, sondern was ich tue, ist ein Akt purer und aufrichtiger Liebe«, protestierte Verity. »Und weil ich Angst habe, dass wir am Tag deiner Hochzeit bei Tesco einfallen müssen, um für die Gäste etwas zu essen zu besorgen, während du noch überlegst, welche Farben dir am besten für die Deko gefallen.«

Con schaltete auf stur. »Gerade von dir hätte ich so was nie gedacht, Very«, sagte sie; und niemand konnte einen Menschen tiefer verletzen als die eigene Schwester. »Von Merry? Absolut. Vielleicht hätte ich auch den Zwillingen so was zugetraut, aber nicht dir.«

Endlich stand das Flipchart auf sicheren Füßen, sodass Verity sich umdrehen und die Strohpuppe in Cons Richtung halten konnte, ehe Chatty sie an sich riss. »Hör auf, auf Very herumzuhacken. Es ist nicht ihre Schuld, und eigentlich, Con, sollte dir bewusst sein, dass es ein demokratisches Grundprinzip ist, Entscheidungen durch die Mehrheit treffen zu lassen. Also, womit fangen wir an, Very? Mit den Kleidern für die Brautjungfern, bitte.«

Verity nickte und schlug den Bogen mit den Fotos von drei ASOS-Kleidern auf, die bereits in der engeren Auswahl waren. Es fehlte lediglich Cons letzte Entscheidung, ob sie lieber etwas im Empire-Stil, im Fifties-Look oder ein fließendes Maxikleid für sie wollte.

Immy riss Chatty die Puppe aus der Hand. »Los, Stoppuhr an, Very. Con, du hast eine Minute, um dich zu entscheiden.«

»Ich hasse euch«, stöhnte Con und starrte eindringlich auf die Kleider. »Das Maxikleid. Nein! Very und Merry sind nicht groß genug für so was. Vielleicht lieber Empire? Es ist doch ganz schmeichelhaft, nicht? Oder würde jeder sofort an ein Umstandskleid denken, wenn er es sieht? Hmmm.«

Con zusehen zu müssen, wie sie sich mit der Entscheidung abmühte, war etwa so, als lausche man Leuten, die einen Eiswürfel zerkauten oder mit den blanken Fingernägeln über eine Schiefertafel fuhren. Verity biss die Zähne zusammen, und die verkniffenen Mienen der anderen verrieten ihr, dass sie nicht die Einzige war. Con haderte immer noch. Fünfzig Sekunden waren vergangen. Fünfundfünfzig, sechsundfünfzig, siebenundfünfzig, achtundfünfzig, neunund…

»Gib her«, sagte Merry und riss die Puppe an sich. »Ladies, wir nehmen das Fifties-Kleid mit der schönen Taille, so wie wir es schon vor Monaten besprochen haben. Alle, die dafür sind, heben die Hand.«

Alle Hände schossen hoch, nur Cons nicht. Sie hatte die Finger in ihrem Haar vergraben und stöhnte, als litte sie Höllenqualen. Verity konnte nur hoffen, dass sie etwas tatkräftiger war, wenn die Kälbchen auf die Welt kamen oder die Tiere frisches Futter brauchten.

»Wenn wir in dem Tempo weitermachen, sind wir in Nullkommanichts fertig«, sagte Merry, ohne sich von den Qualen ihrer ältesten Schwestern beeindrucken zu lassen. »Und wo es gerade so gut läuft, könnten wir vielleicht endlich diese lästige Frage nach dem Farbkonzept klären.«

Eine gute Stunde später war die Hochzeitsplanung so gut wie beendet. Verity konnte es kaum fassen – vom Blumenschmuck über die Menükarten bis hin zum Ablauf in der Kirche war alles entschieden. Kaum war Con endlich im Entscheidungsmodus gewesen, hatte sie ihre Präferenzen laut hinausgeschrien, noch bevor die anderen überhaupt dazu gekommen waren, ihren Senf dazuzugeben.

Die Strohpuppe war völlig zerfetzt – die Love-Schwestern hatten sie sich gegenseitig aus den Händen gerissen, sodass lediglich der Korpus übrig geblieben war. Und Verity fühlte sich ähnlich zerrissen und zerpflückt. Sie saß auf dem Sofa, von den beiden Katzen flankiert und mit einer kalten Kompresse auf der Stirn.

»Deine Augen sind ganz glasig, Very.« Mrs. Love beugte sich so weit über sie, dass sich ihre Nasen beinahe berührten. »Du bist völlig überlastet, oder?«

Das traf den Nagel auf den Kopf. Überlastet. Überstimuliert. Über-alles. »Keine Worte«, brachte sie leise hervor. »Nicht sprechen.«

Die Küchentür ging auf, und der Herr Pfarrer, gefolgt von Johnny und dem Armen Alan, kam herein. »Ich habe dem jungen Johnny gerade versprochen, dass wir ihm ein paar Gläser unseres besten Honigs mitgeben«, verkündete Mr. Love mit einer Stimme, die Verity noch nie so laut und dröhnend vorgekommen war.

»Wir sollten uns allmählich auf den Weg machen, wenn wir nicht so spät in London sein wollen«, sagte Johnny, doch selbst seine wohlmodulierte Stimme hörte sich wie das Kreischen von tausend missgestimmten Geigen an. Seine Augen verengten sich zu Schlitzen, als er das trübselige Bündel mit geschlossenen Augen auf dem Sofa sitzen und die Nasenwurzel mit Daumen und Zeigefinger massieren sah. »Was ist los? Hast du Kopfschmerzen? Nasenbluten?«

»Schlimmer«, flüsterte Merry. »Wir haben sie restlos fertiggemacht.«

Mrs. Love nahm Johnny beiseite. »Sie braucht bloß ein bisschen Ruhe. Merry, Schatz, du kannst doch nie still sein, oder? Deshalb musst du mit den Zwillingen nach Manchester und von dort den Zug nehmen.«

»Nein«, sagte Verity – vor allem an einem Sonntagnachmittag war es fürchterlich umständlich, weil Merry einen Teil der Strecke mit dem Schienenersatzverkehr würde zurücklegen müssen. Gleichzeitig hatte sie keine Ahnung, wie sie eine mehrstündige Fahrt zurück nach London überstehen sollte, wenn Merry jedes einzelne Straßenschild vorlesen würde. Allein bei der Vorstellung schwanden Veritys Lebensgeister, und sogar Picassos und Dalís Stereo-Schnurren ging ihr auf die Nerven. »Mir geht's gut. Ehrlich. Ich bin bloß eine Spaßbremse.«

»So kennen und so mögen wir dich«, bemerkte Con liebevoll, als sie sich gemeinsam mit Sue und Jenny auf den Weg machte.

»Versteh mich nicht falsch. Eure Very ist ein ganz reizendes Mädchen, aber ihr fehlt einfach ein bisschen Eisen im Blut«, hörte Verity Sue sagen, ehe Con die Tür hinter ihnen zuknallte – keine der Schwestern war in der Lage, eine Tür leise zu schließen, ebenso wenig wie ihre Eltern.

Verity fuhr zusammen, dann erhob sie sich mühsam. Sie fühlte sich so wacklig auf den Beinen wie ein neugeborenes Fohlen. »Wir sollten los«, sagte sie zu Johnny, der gerade eine ganze Ladung in Alufolie gehüllter Päckchen von Mrs. Love entgegennahm.

»Nur eine Kleinigkeit für unterwegs«, sagte sie, während Merry, die mit Chatty und Immy redete, bloß die Augen verdrehte.

»Die Fahrt dauert maximal fünf Stunden, und mit dem Proviant kommen sie mehrere Tage aus«, gab Merry zu bedenken.

»Sie?«, hakte Johnny mit einem Seitenblick auf Verity nach, die mit der Geschwindigkeit einer frisch Operierten ihre restlichen Sachen einpackte. »Kommst du nicht mit uns?«

»Ich fahre mit Chats und Im nach Manchester. Bevor du mir netterweise angeboten hast, mich mitzunehmen, habe ich mir den Tag morgen schon freigenommen.« Merry klimperte mit den Wimpern.

»Ach. Ich habe es dir angeboten? Irgendwie habe ich das ganz anders in Erinnerung«, gab Johnny mit einem verschmitzten Grinsen zurück. Bei jeder anderen Gelegenheit wäre Verity zutiefst beeindruckt gewesen, wie lässig er ihren Schwestern Paroli bot, während andere Jungs gnadenlos daran gescheitert waren. Adam hatte sie regelrecht angebettelt, Merry niemals wiedersehen zu müssen, nachdem er ihr zweimal begegnet war, und im Vergleich zu Con oder dem geballten Chatty-Immy-Doppelpack war Merry das reinste Schmusekätzchen.

Aber gerade vermochte Verity rein gar nichts zu beeindrucken. Sie verabschiedete sich, entschuldigte sich noch mehrmals dafür, dass das Wochenende wegen ihr so ein unschönes Ende nahm, ehe sie endlich auf dem Beifahrersitz von Johnnys Wagen saß und sie den Ort von Veritys Grauen endlich hinter sich ließen.

Kapitel 19

Bis zu diesem Augenblick habe ich mich selbst
nicht gekannt.

Zum Glück fragte Johnny sie nicht, ob es ihr gut ging, sondern beschränkte sich darauf, ihr den einen oder anderen Blick zuzuwerfen; abgesehen davon sah er auf die Straße, während Verity sich bemühte, das nervige Summen der Klimaanlage und das Schnurren des Motors zu ignorieren. Es war, als würde ihr ganzer Körper kribbeln, und mit einem anderen Menschen auf engstem Raum eingesperrt zu sein, fühlte sich in diesem Moment so qualvoll an, als stünde sie inmitten einer dichten Menschenmenge, obwohl Johnny kein einziges Wort sagte.

Verity konzentrierte sich darauf, immer auf fünf ein- und wieder auszuatmen und ihre Finger und Zehen anzuspannen und wieder zu lösen, deshalb merkte sie erst nach einer ganzen Weile, dass Johnny angehalten hatte.

»Wir haben noch massenhaft Zeit«, sagte er. »Wenn du also kurz allein sein und einen Spaziergang machen willst, dann kannst du das tun. Hier ist ein markierter Wanderweg.«

»Ja.« Verity nickte – auf diese Idee war sie gar nicht gekommen, nahm seinen Vorschlag jedoch allzu gern an. »Bitte.«

Verity griff nach einer Flasche Wasser und einem von Mrs. Loves Schinkensandwiches und machte sich auf den Weg, ohne sich noch einmal umzudrehen; sie folgte den Schildern zu dem Wanderweg, der mehr oder weniger quer durch den Wald führte. Normalerweise hätte sie Angst gehabt, ganz allein durch die Gegend zu laufen, aber blutrünstige Axtmörder im Unterholz oder fiese Mückenstiche – all das war ihr im Moment völlig egal.

Nach ein paar Minuten gelangte sie zu einem kleinen Fluss mit einer Wiese voller Kleeblätter, die nur darauf zu warten schien, dass Verity sich setzte. Sie ließ sich nach hinten sinken, legte sich auf den Rücken, streckte Arme und Beine weit von sich, schloss die Augen und sammelte sich; angefangen bei ihrer Schädeldecke, wanderte sie im Geiste an ihrem Körper abwärts und malte sich aus, wie eine Art spiritueller Fensterabzieher all den Stress, den Lärm und die Unruhe von ihr streifte.

Verity hörte erst auf, als sie bei den Zehen angelangt war und sie spürte, dass sie zu ihrem Selbst zurückfand. Der Therapeut, bei dem sie während des Studiums in Behandlung gewesen war, hatte diesen Prozess mit dem Aufladen eines Handys verglichen. Die Stille schenkte Verity den inneren Frieden und das Gleichgewicht, das sie brauchte, um ein funktionierendes Mitglied der Gesellschaft sein zu können.

Verity hatte sich an den Therapeuten gewandt, nachdem ihre Tutorin sie gefragt hatte, wie es ihr gelungen sei, die beiden ersten Semester zu schaffen, ohne auch nur ein einziges Wort in ihren Vorlesungen und Seminaren zu sagen. Außerdem hatte sie der Stockwerksbetreuer in ihrem Wohnheim angesprochen, ein nervtötender Student der Sportwissenschaften, den alle Banjo nannten, obwohl er eigentlich Paul hieß.

Als Verity nach Manchester gekommen war und ihre Zelle von Einzelzimmer gesehen hatte, war sie außer sich vor Freude gewesen, denn zum ersten Mal in ihrem ganzen Leben hatte sie einen eigenen Raum für sich gehabt. Sie hatte ihre Einsamkeit mit derselben Hingabe zelebriert wie ihre Kommilitonen ihren Versuch, ihr eigenes Körpergewicht in der Studentenbar mit Wodka wegzusaufen. Für Banjo gab es nichts Größeres, als sich zu verkleiden und im Gemeinschaftsraum vorzuglühen, bevor sie mit der ganzen Mannschaft »steil gingen und sich weghauten« – allesamt Dinge, die Verity auf den Tod nicht ausstehen konnte. Banjo und Professor Rose hatten ihr beide ans Herz gelegt, sich auf der Krankenstation zu melden – wobei mehrfach der Begriff »Depression« gefallen war; auch das war die reinste Schmach für Verity gewesen.

Eine Therapie bedeutete, dass sie über sich sprechen musste, was ebenfalls nicht gerade zu ihren Lieblingsbeschäftigungen gehörte, allerdings hatte sie sich rasch für ihren Therapeuten erwärmen können, einen sanftmütigen Spanier namens Manuel mit Samtstimme und Augen wie flüssige Schokolade. Tief in ihrem Innern hatte Verity sich stets gefragt, ob etwas mit ihr nicht stimmte – woher kam diese Sehnsucht nach Stille und dem Alleinsein, dieses Bedürfnis, sich von der Welt ringsum, oder besser gesagt ihren temperamentvollen Schwestern, abzugrenzen. Warum überkam sie ein Gefühl der Wehmut, wenn der Herr Pfarrer von seinen Eltern erzählte, die eiserne Verfechter der Theorie waren, dass man Kinder allenfalls sehen, aber nicht hören können sollte, und die darauf bestanden hatten, dass am Sonntag nach dem Mittagessen bis zum Abendgebet strikte Stille herrschte.

Vielleicht hatte sie damals tatsächlich an einer Depression gelitten. Verity war daran gewöhnt, die schrägste der fünf ohnehin etwas schrägen Schwestern zu sein, und vielleicht gab es für diese Schrägheit ja eine klinische Diagnose.

»Für mich klingt es eigentlich nur danach, als wären Sie ein wenig introvertiert«, hatte Manuel bei der dritten Sitzung gemeint, als Verity ihm endlich, wenn auch stockend, gestanden hatte, dass sie sich, sobald sie zu viel Zeit in Gesellschaft anderer verbrachte, wie ein Aufzieh-Spielzeug fühlte, bei dem der Schlüssel zu oft umgedreht wurde. »Manche Menschen empfinden das tägliche Leben nun mal als anstrengend. Ich kann daran nichts Schlimmes finden.«

Manuel hatte auf seiner Meinung beharrt, dass Introvertiertheit kein Problem war, das es dringend zu lösen galt, sondern Verity stattdessen empfohlen, sich Methoden zu suchen, wie sie sich von ihrer lärmenden Umwelt abgrenzen konnte. Und kaum hatte sie festgestellt, dass sie einen Raum hatte, wohin sie sich jederzeit zurückziehen konnte, war sie, ganz langsam, aus ihrem Schneckenhaus herausgekommen. Sie hatte Freunde gefunden, die lieber ins Kino gingen oder lange Spaziergänge unternahmen, als sich in der Studentenbar beim »Drei Shots für zwei Pfund«-Abend abzuschießen. Sie hatte Yoga gemacht und eine ganze Batterie von Entspannungstechniken gelernt, mit deren Hilfe sie sich sozusagen auf Werkseinstellung zurücksetzen konnte – so wie jetzt gerade.

Verity schlug die Augen auf und sah Johnny auf sie zukommen. Er blieb stehen und zuckte kurz mit den Achseln, als wolle er fragen, ob seine Gegenwart vielleicht nicht willkommen sei. Verity winkte ihn heran.

»Müssen wir weiter?«, fragte sie.

»Ein bisschen Zeit haben wir noch«, antwortete er und setzte sich neben sie ins Gras. »Alles gut?«

»Alles gut«, bestätigte sie, beließ es jedoch dabei, obwohl sie sich vermutlich noch ein Dutzend Mal entschuldigen sollte, doch Johnny streckte sich neben ihr aus, und nach ein paar Augenblicken ließ Verity sich ebenfalls wieder nach hinten sinken.

Eine Zeit lang sagte keiner von ihnen etwas, und ihre Hände berührten sich nicht, obwohl sie nur wenige Zentimeter trennten. Stattdessen blickten sie zu den Wolken hinauf, die am geradezu absurd blauen Himmel vorüberzogen, lauschten dem fröhlichen Gezwitscher der Vögel und dem plätschernden Flüsschen. Verity konnte sich nicht erinnern, wann sie das letzte Mal mit jemandem zusammen gewesen war, mit dem sich die Stille so angenehm anfühlte.

So einen Menschen zu finden, war eine echte Seltenheit. Eigentlich hatte sie gedacht, Adam sei der Richtige, doch das hatte sich als grundlegender Irrtum entpuppt.

Verity versuchte, nicht an Adam zu denken, doch in letzter Zeit ertappte sie sich immer häufiger dabei. Schließlich war er der Grund für ihr selbst gewähltes Single-Dasein, und nun, da sie einen Schein-Freund hatte, war es wahrscheinlich ganz normal, dass immer wieder Gedanken an ihren letzten echten Freund aufkamen.

Etwas später, als sie wieder im Wagen saßen und in Richtung Autobahn fuhren, sagte sie: »Jetzt hast du mich in meinen schlimmsten Momenten erlebt.«

Johnny lächelte nur lässig. »Glaub mir, deine schlimmsten Momente sind gar nichts im Vergleich zu denen anderer Leute.«

Sein Handy lag in der Ablage vor dem Schaltknüppel. Offensichtlich hatte er es auf stumm gestellt, wofür Verity ihm mehr als dankbar war, trotzdem leuchtete im Minutenabstand das Display auf und zeigte, dass eine neue Nachricht eingegangen war. Verity vermutete, dass zumindest einige davon von

Marissa stammten. Was mochten wohl Marissas »schlimmste Momente« sein? Vielleicht war es ja die Marissa, die Verity bei der Hochzeit erlebt hatte, wütend und gekränkt, weil Johnny mit einer anderen Frau aufgetaucht war. Vielleicht war sie den Rest der Zeit der wundervollste Mensch auf Erden.

Egal. »Aber jetzt siehst du ja wohl selbst, weshalb ich zu dem Schluss gelangt bin, dass Beziehungen nichts für mich sind. Meine Zeit mit Adam ... es war die reinste Katastrophe. Am Ende habe ich ihn wirklich sehr schlecht behandelt.«

»Du? Verity Love?« Johnny schnaubte nur. »Ich kenne dich jetzt seit ein paar Wochen und kann mir beim besten Willen nicht vorstellen, dass du jemanden schlecht behandelst.«

»Das habe ich aber getan. Das Problem ist, dass ich dachte, er sei wie ich. Still. Introvertiert. Aber es hat sich herausgestellt, dass Adam in Wahrheit nur am Anfang schüchtern war und dann, als er erst einmal aufgetaut ist, ununterbrochen quasseln musste. Und zwar nicht wie meine Schwestern, die auch dann noch quatschen, wenn ihnen niemand antwortet.«

»Ich hab's gemerkt«, sagte Johnny. »Merrys halbstündiger Monolog über Coldplay ...«

»Dabei steht sie noch nicht einmal auf sie.«

»... auf der Fahrt hierher war Beweis genug.« Johnny und Verity wechselten einen vielsagenden Blick.

»Aber Adam wollte unablässig meine Meinung hören. Zu allem und jedem. Und weil er so schüchtern war, brauchte er auch ständig Rückbestätigung, sozusagen stündliche Statusberichte über den Zustand unserer Beziehung.« Verity schüttelte den Kopf bei der Erinnerung daran, wie Adam sie ein ums andere Mal gefragt hatte, was sie gerade denken würde, während ihr häufig bloß Banalitäten durch den Kopf gingen, wie etwa die Frage, was sie später zu Abend essen sollte oder ob sie schon genug Kleider für eine Ladung dunkler Wäsche beisammenhatte.

»Zwischen uns ist doch alles okay, oder?«, hatte Adam auch ständig gefragt, außerdem wollte er ununterbrochen Händchen halten, sie tätscheln und knuddeln. Und Verity kam sich wie das gemeinste Miststück vor, wenn sie Adam pausenlos daran erinnerte, dass sie nicht auf fortwährenden Körperkontakt stand. Dann war er jedes Mal beleidigt und gekränkt, als würde etwas mit ihrer Beziehung nicht stimmen, wenn sie einander nicht unablässig betatschten.

Sie hatten sich an der Uni kennengelernt, waren aber erst zusammengekommen, als sie sich beim Stöbern in den Bücherkisten vor dem BFI-Kino in Southbank zufällig wiedergetroffen hatten. In diesen ersten Monaten der überschwänglichen Verliebtheit hatten sie geglaubt, ein Paar wie aus dem Bilderbuch zu sein, doch nach etwa einem Jahr begriff Verity, dass ein grundsätzliches Missverständnis zwischen ihnen herrschte: So wie Verity Adams anfängliche Schüchternheit als stillen Charakter interpretiert hatte, interpretierte Adam Veritys stillen Charakter als Schüchternheit; er glaubte, sie sei ihr ganzes bisheriges Leben so einsam gewesen, wie er sich all die Jahre gefühlt hatte, und konnte es einfach nicht verstehen, dass der Wunsch nach Alleinsein und das Gefühl der Einsamkeit zwei völlig unterschiedliche Regungen waren, auch wenn sie es ihm noch so oft erklärte.

»Für ihn waren wir einfach zwei Menschen, die nie wieder einsam zu sein brauchten, weil wir jetzt rund um die Uhr zusammen sein konnten«, erklärte sie Johnny. »Während des Studiums habe ich eine Therapie gemacht, deshalb konnte ich mit den Belastungen des modernen Alltags besser umgehen. Aber gegen Adams Bedürfnis nach Nähe haben all die Abgrenzungstechniken, die ich mir im Lauf der Jahre angeeignet habe, nicht ausgereicht.«

»Also wart ihr einfach hoffnungslos inkompatibel. So was kommt vor«, sagte Johnny und wechselte die Spur. »Sogar verdammt häufig. Aber man darf nicht zulassen, dass man sich wegen einer gescheiterten Beziehung nie wieder auf jemanden einlassen kann.«

»Du verstehst nicht. Ich war ganz schrecklich zu ihm.« Allein bei der Erinnerung erschauderte Verity. »Schließlich hat er bloß versucht, mich glücklich zu machen. Zu meinem vierundzwanzigsten Geburtstag hat er mich mit einem Kurztrip nach Amsterdam überrascht. Und als ich die Flugtickets in der Geburtstagskarte gesehen habe … ich meine, jeder normale Mensch wäre vor Freude ausgeflippt.«

»Aber wenn du nicht ausgeflippt bist, dann bestimmt bloß, weil du keine Überraschungen magst, was man dir wohl kaum vorwerfen kann«, wandte Johnny ein, doch Verity schüttelte den Kopf.

»Nein, so war es aber nicht«, beharrte Verity, deren Herz sich genauso zusammenzog wie damals beim Anblick der Flugtickets. »Ich habe versucht, so zu tun, als würde ich mich freuen, aber in Wahrheit hat mich bei der Vorstellung, achtundvierzig Stunden mit Adam zu verbringen, ohne auch nur eine Minute allein sein zu können, es sei denn auf der Toilette, das kalte Grauen gepackt. Achtundvierzig Stunden gemeinsam mit Adam, das ist wie zwei Wochen mit jedem anderen Menschen.«

Während des ersten Tags hatte Verity sich alle Mühe gegeben, einfach nur den Augenblick zu genießen. Sie hatte mit Adam Händchen gehalten und brav »Mir geht's prima. Das ist ganz, ganz toll. Ich danke dir wirklich sehr« beteuert, wann immer Adam sie gelöchert hatte, wie es ihr gehe, ob sie glücklich sei und sich über ihr Geburtstagsgeschenk freue.

Ganze sechsundzwanzig Stunden hatte sie durchgehalten. Dann, am nächsten Morgen, hatte Adam es sich nicht nehmen lassen, sie zu knuddeln, während sie sich die Zähne putzte, und die ganze Zeit ihre Hand gehalten, als sie sich ihr Frühstück vom Büfett geholt hatte. Doch als er sie dreimal innerhalb von zwanzig Minuten gefragt hatte, ob sie sich denn auch wirklich über ihr Geburtstagsgeschenk freue, gab etwas in ihrem Innern nach. Es war, als hätte sie ein riesiges Gummiband ganz fest um eine undefinierbare Masse gewickelt, die in ihrem Innern waberte und pulsierte; um ein nagendes Gefühl der Unruhe und des Frusts, das sie die Zähne zusammenbeißen ließ, während ihr Schädel hämmerte und ihre Haut sich anfühlte, als würden Abermillionen winziger Ameisen darauf herumkrabbeln. Und als hätte Adam so lange an diesem Gummiband herumgezogen und -gezerrt, bis es schließlich riss.

»Nein! Ich bin nicht glücklich! Du machst mich völlig verrückt mit deiner ständigen Fragerei und dem Getratsche«, schrie sie. »Ich ertrage es nicht, pausenlos befummelt zu werden, und ich will kein Wort mehr aus deinem Mund hören, weil ich ALLE WORTE SCHON TAUSENDMAL GEHÖRT HABE. KEIN WORT MEHR. ES GIBT NICHTS MEHR, WAS ICH NOCH MAL HÖREN WILL. O Gott, ich kriege keine Luft, wenn du um mich herum bist.«

Verity hielt inne. »Aber es war keineswegs eine Erleichterung, es laut auszusprechen«, erklärte sie Johnny, der ihrem beschämenden Geständnis wortlos gelauscht und sich ansonsten auf einen Seitenblick oder ein mitfühlendes Lächeln beschränkt hatte. »Ich habe mich absolut schrecklich gefühlt. Die Worte sind aus mir herausgeplatzt, weil ich unter so extremem Druck gestanden habe, deshalb waren sie auch so unfreundlich. Aber eigentlich bestand gar kein Grund, sich so unter Druck zu setzen. Adam hat schließlich nichts Schlimmes getan, sondern mir nur zum Geburtstag eine kleine Reise geschenkt.«

»Ich weiß, dass du gesagt hast, du hättest ihn geliebt, trotzdem hast du das Wort ›Liebe‹ nicht wirklich ausgesprochen«, bemerkte Johnny sanft. »Vielleicht hast du ihn ja am Anfang wirklich geliebt, aber dann ist das Gefühl allmählich verflogen. Könnte das sein?«

»Ich habe keine Ahnung, wieso du mich die ganze Zeit fragst, ob ich ihn geliebt habe«, gab Verity trotzig zurück. »Natürlich habe ich das getan, sonst hätte ich mich wohl kaum so angestrengt, dass es zwischen uns funktioniert.«

Adam hatte ihr bereits nach wenigen Wochen seine Liebe erklärt, und Verity hatte ihm gesagt, dass auch sie ihn lieben würde – alles andere wäre gemein gewesen –, und zu Beginn ihrer Beziehung war sie auch glücklich gewesen. Im Überschwang jener Anfangstage hatte sie sogar geglaubt, ihren Seelenverwandten gefunden zu haben. Irgendwann hatten sich leise Zweifel eingeschlichen, doch sie hatte sich geweigert, sie zuzulassen. Wenn sie einen Mann wie Adam, der so viele Interessen mit ihr teilte und der so sanft und freundlich wie Charles Bingley war, nicht lieben konnte, dann stimmte eindeutig etwas nicht mit ihr.

Im ersten Moment nach ihrem Ausbruch in diesem verdammten Amsterdamer Hotelzimmer hatte Adam gar nichts gesagt – kein einziges Wort –, was eigentlich eine Wohltat hätte sein können, es aber nicht gewesen war; nicht solange er sie ansah wie eine Figur aus einem Zeichentrickfilm, eine Nanosekunde bevor ein Amboss auf ihrem Kopf landete.

Dann hatte er geblinzelt, und eine einzelne Träne war ihm über die Wange gekullert, die er mit einer zornigen Handbewegung weggewischt hatte.

»Es tut mir leid«, hatte Verity hervorgepresst, aber Adam hatte sie mit einer Geste zum Schweigen gebracht.

Ihr ganzes Leben hatte Verity sich nach Stille gesehnt, hatte förmlich danach gelechzt, sich danach verzehrt, doch die Stille, die nun in diesem Zimmer geherrscht hatte, war so laut gewesen, dass sie in ihren Ohren widerhallte.

Beschämt und zutiefst betroffen über ihren Ausbruch, hatte sie zu Boden gestarrt, und als sie endlich den Mut gefunden hatte, den Kopf wieder zu heben, hatte Adam sie angesehen, als wäre all seine Liebe für sie auf einen Schlag verflogen. Schlimmer noch – als wäre die Zuneigung in blanken Hass umgeschlagen.

»Du verdienst meine Liebe nicht«, hatte er mit einer so leisen Stimme gesagt, wie Verity sie sich immer gewünscht hatte. Aber dafür war es zu spät. »Ich hätte alles für dich getan, aber es war einfach nie gut genug.«

»Aber …«

»Ich habe es versucht und versucht und versucht, aber ich wusste immer, dass du mich nicht genauso liebst wie ich dich. Du hast mich niemals wirklich an dich herangelassen, sondern mich die ganze Zeit auf Abstand gehalten.« Mit konzentriert gefurchter Stirn hatte Adam zu erklären versucht, was mit Verity nicht stimmte. Und sie hätte es so gern gewusst, denn trotz all der Therapiestunden, der Meditationen und der Achtsamkeitsübungen hatte sie immer noch den Verdacht gehabt, dass sie einfach nicht normal war. »Du bist einfach nicht zu so tiefen Empfindungen fähig wie andere Menschen.«

»Ich empfinde aber durchaus etwas«, hatte Verity protestiert, allerdings war ihr auch bewusst gewesen, dass ihre Gefühle sich ausschließlich im mittleren Bereich der Gefühlsskala bewegten – keine überschwängliche Begeisterung, keine lodernde Wut oder auch abgrundtiefe Traurigkeit –, aber das machte sie noch lange nicht zu…

»Du bist ein grausamer Mensch, Very«, hatte Adam trotzig verkündet. »Ich werde nie wieder einer Frau wirklich vertrauen können. Du hast all meine Chancen auf eine normale Beziehung zerstört.«

Dann war er gegangen, und Verity war völlig zusammengebrochen, ganz im Gegensatz zu seiner Meinung, dass sie zu keiner Regung in der Lage sei. Sie hatte geweint und geweint. Tränen der Wut. Tränen der Trauer. Tränen über Adams Ungerechtigkeit und die Vorwürfe, die er ihr gemacht hatte.

Doch als die Tränen versiegt waren und Verity sich kaltes Wasser ins Gesicht gespritzt hatte, waren Selbsthass und Schuldgefühle in ihr aufgewallt. Mit ihr konnte etwas nicht stimmen, ganz eindeutig. Kein Mensch konnte so viel Raum für sich allein brauchen, so viel, dass für niemand anderen mehr Platz blieb.

Trotz Elizabeth Bennet als Vorbild und *Stolz und Vorurteil* als Bibel hatte Verity schon immer den dumpfen Verdacht gehegt, dass sie einfach nicht zu den Frauen gehörte, die zu großer Leidenschaft fähig waren, und dies war der klare Beweis dafür.

Inzwischen war sie älter und klüger und hatte sich mit der traurigen Wahrheit, dass leidenschaftliche, stürmische Affären einfach nicht ihr Ding waren, abgefunden. Das war etwas für Frauen wie Nina und Posy, die ihr Herz auf der Zunge trugen, wohingegen Verity ihres tief in ihrem Innern versteckt hielt, wo es sicher davor war, noch einmal gebrochen zu werden. Denn genau das hatte Adam an jenem Tag in dem Amsterdamer Hotelzimmer getan, und bis heute war es nicht vollständig geheilt.

»Irgendwann ist er dann zurückgekommen, hat aber kein Wort mit mir geredet, und auf dem Rückflug saßen wir still nebeneinander. Es war absolut grauenvoll.« Wieder überlief Verity ein Schauder. »Er war nicht einmal mehr wütend, sondern nur noch ein Häuflein Elend, und ich war schuld daran. Das war der Moment, in dem ich beschlossen habe, das Thema Beziehung ein für alle Mal abzuhaken, weil ich entweder mich selbst oder aber meinen Partner nur unglücklich mache. Was auch passiert, am Ende wären alle immer nur unglücklich.«

»Und es lag nicht nur daran, dass ihr beide, dieser Adam und du, eben nicht füreinander bestimmt wart?«, fragte er. Verity war ziemlich sicher, dass sie sich den verächtlichen Zug um Johnnys Mund bei dem Namen »Adam« nicht nur eingebildet hatte. »Wenn du mich fragst, war der Typ einfach eine Lusche, der nichts allein auf die Reihe bekommen hat.«

»Na ja, vielleicht«, räumte Verity ein. »Energievampir«, so hatte Merry Adam immer genannt. »Trotzdem ist es doch durchaus legitim, wenn jemand Händchen halten und Löffelchen im Bett haben will und sich wünscht, dass er nicht nur seine Zuneigung zeigt, sondern sie im Gegenzug auch gezeigt bekommt.«

»Glaubst du, Elizabeth Bennet und ihr ... wie hieß er noch mal ...«

»Hör auf! Du kennst seinen Namen ganz genau. Oder versuchst du mich absichtlich zu ärgern?« Zu ihrer Verblüffung spürte Verity, dass sie grinsen musste. »Darcy. Fitzwilliam Darcy.«

»Wer heißt schon Fitzwilliam mit Vornamen? Egal. Aber nach allem, was ich über den Roman, ihn und Elizabeth Bennet weiß, erklären sie einander doch auch nicht alle fünf Minuten ihre Liebe oder müssen in der Öffentlichkeit pausenlos turteln, oder?«

»Definitiv nicht!« Allein die Vorstellung war entsetzlich. Weder Lizzie noch Darcy waren Knuddel-Typen. »Selbst wenn sie getanzt haben, waren kaum Berührungen da«, erklärte Verity mit einem unwillkürlichen Seufzer. »Ich glaube, in der Regency-Zeit wäre ich viel besser aufgehoben gewesen.«

»Abgesehen davon, dass du aller Wahrscheinlichkeit nach sehr jung an irgendeiner fiesen Krankheit gestorben wärst, die man heute mühelos behandeln kann, glaube ich dir«, bemerkte Johnny trocken. »Gleich kommt übrigens eine Raststätte. Willst du anhalten und einen Tee trinken? Das ist das Einzige, was deine Mutter offenbar nicht eingepackt hat.«

»Bitte.«

Verity hatte Johnny ihr dunkelstes Geheimnis anvertraut; warum allerdings, konnte sie beim besten Willen nicht sagen. Sie hatte ihm von Amsterdam erzählt, von dem, was Adam ihr an den Kopf geworfen hatte … Dinge, die noch nicht einmal ihre Schwestern wussten. Ihre Scham darüber, was an diesem Wochenende vorgefallen war, war so groß gewesen, dass sie niemandem davon hatte erzählen wollen – mehr noch: Sie wollte sich schäbig fühlen, das war die Strafe, die sie verdiente. Und ihre Schwestern hätten nur alles darangesetzt, dass es ihr wieder besser ging – etwas, wozu Schwestern bekanntermaßen vertraglich verpflichtet sind.

Johnny dagegen hatte gelauscht und sich auf ihre Seite geschlagen, obwohl er keineswegs dazu verpflichtet war. Er hatte ihr Verhalten weder scharf verurteilt noch sich angewidert von ihr abgewandt. Stattdessen hatte er sogar einen Witz über *Stolz und Vorurteil* gerissen. Und als Belohnung, dass sie sich geöffnet und jemandem in einer Art und Weise vertraut hatte, wie es ihr bei Adam niemals gelungen war, bekam Verity die Erkenntnis auf dem Silbertablett serviert: dass die Welt nicht stehen geblieben war, nur weil sie ihre Gefühle preisgegeben hatte. Und auch ihre Scham lastete mit einem Mal nicht mehr ganz so schwer auf ihren Schultern. Sollte sie sich jemals entschließen, wieder eine Beziehung einzugehen, konnte sie von Glück sagen, wenn sie einen Mann wie Johnny fände. Nicht Johnny selbst, weil ...

Ihr Blick schweifte zu seinem Handy, das seit gut zehn Minuten geschwiegen hatte. Wie schade, dass Marissa ihn sich unter den Nagel gerissen hatte, denn Johnnys Freunde hatten durchaus recht – er war ein viel zu wunderbarer Mensch, um in einem endlosen Gefühlsvakuum leben zu müssen, und eigentlich war es Veritys Pflicht, ihn aus Marissas Fängen zu befreien, nur um dann gemeinsam mit seinen Freunden zu versuchen, jemand Passendes für ihn zu finden. Sie kannte jede Menge wunderbarer Frauen. Vielleicht Mattie. Oder sogar Pippa.

»Danke ... dass du mir von Adam erzählt hast«, sagte Johnny, als sie an einem Hinweisschild auf eine drei Meilen entfernte Raststätte vorbeifuhren. »Wenn ich wüsste, dass ich dich davon überzeugen kann, nicht alle Beziehungen über einen Kamm zu scheren, nur weil eine einzige den Bach runtergegangen ist, und dass irgendwo da draußen jemand darauf wartet, der dir nie, nie, nie auf die Pelle rücken oder ohne deine Erlaubnis deine Hand halten würde, täte ich es.«

»Bitte nicht«, bat Verity. »Wir verstehen uns gerade so gut.«

Wieder begegneten sich ihre Blicke, und diesmal lag Belustigung, aber auch ein Anflug von Frustration in Johnnys Lächeln. »Trotz allem hast du mir gezeigt, dass auch ich vielleicht ein bisschen Freiraum brauche.«

Einen entsetzlichen Moment lang glaubte Verity, dass Johnny sie abservieren wollte; dass ihr Schein-Freund mit ihr Schluss machte, weil sie als Schein-Freundin genauso wenig taugte wie als richtige Partnerin. Dass er sich von ihren Enthüllungen sogar abgestoßen fühlte. »Oh, das war mir nicht bewusst«, krächzte sie.

»Ja, weil du völlig recht hattest mit deiner Bemerkung, dass Marissa und ich nicht den Abstand voneinander kriegen, den wir wollten, wenn wir alle paar Minuten Nachrichten schreiben oder telefonieren«, sagte Johnny. Veritys Herz machte einen letzten kleinen Satz, ehe es sich wieder auf Normalfrequenz einpendelte. »Ich muss doch zumindest einen Eindruck davon kriegen, wie das Leben ohne sie ist, oder nicht?«

Verity gab keine Antwort, denn Johnnys Frage schien eher darauf ausgerichtet zu sein, seine eigenen Gefühle auszuloten, als Veritys Meinung abzufragen.

»Deshalb steht mein Entschluss fest«, fuhr er fort. »Ich werde einen kalten Entzug machen. Ein Monat lang keine Anrufe, keine SMS, keine Twitter-Nachrichten, keine Likes ihrer Instagram-Fotos. Es gibt Hunderte Mittel und Wege, dem anderen Freiraum zu lassen, und ich werde sie alle nutzen.«

»Ein kalter Entzug ist ziemlich drastisch«, bemerkte Verity, während sie innerlich triumphierend die Faust reckte. »Aber die Leute sagen ja auch, wenn man mit dem Rauchen aufhören will, sollte man sich gar nicht erst mit Pflastern und Kaugummis aufhalten, sondern es einfach tun, oder?«

»Genau«, bestätigte Johnny und bog auf die Zufahrt zur Raststätte ab. »Heute ist der zwanzigste Juli, und bis zum zwanzigsten August werde ich keinerlei Kontakt zu Marissa haben.«

»Und vielleicht gelangst du ja sogar zu der Erkenntnis, dass du danach die Verbindung ganz abbrechen möchtest. Wobei ich auf keinen Fall sagen möchte, dass sie ein schrecklicher Mensch ist«, wiegelte Verity eilig ab. »Aber vielleicht erkennst du ja, dass sie nicht mehr diejenige ist, die du willst, sondern dass all das hinter dir liegt.«

»Vielleicht. Aber jetzt mache ich erst mal diesen Entzug, und wenn ich innerhalb dieses Monats rückfällig werde, hast du offiziell meine Erlaubnis, mein Telefon in den nächsten Teich oder Fluss zu werfen«, erklärte er, fuhr auf einen Parkplatz und machte den Motor aus. »In Ordnung?«

»In Ordnung.«

Sie gaben einander die Hand darauf – ein fester Handschlag zwischen zwei Freunden. Und wenn sie einander lange genug in die Augen sahen, um einen Anflug von Verlegenheit zu spüren, dann lag es daran, dass es ein langer Tag gewesen und Verity immer noch ein wenig angeschlagen von ihrem emotionalen Zusammenbruch war, und Johnny … nun ja, Johnny hatte ganz offensichtlich zu viel Sonne abbekommen.

Kapitel 20

Zwischen ihnen lag ohnehin eine unüberbrückbare Kluft.

Wenn die grauenvollen Ereignisse während ihres Amsterdam-Wochenendes mit Adam ein Gutes gehabt hatten, dann waren es die Lektionen, die Verity über das Leben gelernt hatte: nicht nur ihre Abkehr vom Traum von einer festen Beziehung, sondern auch die Erkenntnis, dass die Menschen keine ganz so hohen Anforderungen an ihre Gesellschaftsfähigkeit stellten, wenn sie ihnen von Anfang an reinen Wein einschenkte und klare Grenzen zog. All diese Gedanken gingen Verity nach ihrer Unterhaltung mit Johnny durch den Kopf.

Der Sommer nahm seinen Lauf: An den Abenden, an denen Verity nicht unterwegs war, lag sie spätestens um neun Uhr abends im Bett. Sogar den Quiz-Abend im Midnight Bell versäumte sie, sehr zu Toms und Ninas Bestürzung, weil sie die Einzige war, die all die Fragen zu unbekannten Heiligen und Feiertagen beantworten konnte und auch bei Themen wie Architektur, Imkerei und den gesammelten Werken von Enid Blyton einiges auf dem Kasten hatte (wenngleich die beiden letzteren Kategorien eher selten abgefragt wurden).

»Ihr könnt nicht erwarten, dass ich den ganzen Tag über plappere *und* abends auch noch ausgehen will«, erklärte sie im Brustton der Überzeugung. »Ich muss ständig mit wild-fremden Leuten quatschen und süße Sachen essen, die ich eigentlich gar nicht essen will. All das überfordert mich rest-los.«

Trotzdem hielt es die Leute nicht davon ab, Ansprüche an Verity zu stellen. Vor allem Nina, die sich schlicht geweigert hatte, das entsprechende Memo zu lesen (Verity hatte ihr tat-sächlich eines gemailt), versuchte Verity oft zu überzeugen, dass ein schneller Drink im Midnight Bell sie schon nicht um-bringen würde – allerdings wusste Verity nur zu gut, dass sich das im Handumdrehen zu einer satten Vier-Stunden-Session ausweiten konnte.

Es war Dienstag – gut zwei Wochen waren seit dem Be-such beim Herrn Pfarrer und seiner Frau vergangen –, als sie das Happy Ends am frühen Abend schlossen… zwei Wo-chen, in denen Verity eine weitere Hochzeit, einen dreißigs-ten und einen vierzigsten Geburtstag sowie eine Reihe unge-planter Ausflüge in den Pub absolviert hatte. Aus der Teestube drang das Klappern von Geschirr und Besteck, als Mattie, Sophie und Paloma aufräumten. Tom kehrte mehr schlecht als recht den Boden, Verity machte die Kasse, Posy verstaute die herausgeräumten Bücher in den Regalen, und Nina, die bei einer Twitter-Verlosung Karten für *Grease al fresco* im Somer-set House gewonnen hatte, versuchte, die anderen zum Mit-kommen zu motivieren.

»Das wird bestimmt lustig«, meinte sie. »Wir könnten uns doch als Pink Ladies verkleiden. Okay, es ist ein bisschen sehr kurzfristig, aber es hat doch bestimmt jeder etwas Passendes im Schrank, oder?«

Verity konzentrierte sich auf ihre Abrechnung, hörte aber Posy sagen: »Normalerweise würde ich ja mitkommen, aber heute ist unser zehnter Hochzeitswochentag, und Sebastian hat bestimmt etwas geplant.«

»Ihr feiert jede Woche Hochzeitstag?«, fragten Nina und Tom ungläubig wie aus einem Munde.

»Na ja«, murmelte Posy. Verity hob den Kopf und sah, dass Posy tatsächlich dunkelrot angelaufen war. »Sebastian ist in Wahrheit viel romantischer, als man es ihm zutrauen würde.«

»Ich will dir ja nicht zu nahe treten, Posy, aber mir war Sebastian zehnmal lieber, als er noch der unverschämteste Kerl Londons war«, maulte Nina, für deren Geschmack Romantik nicht mal annähernd so reizvoll wie wilde Leidenschaft und abgrundtiefer Liebeskummer war.

»Manchmal ist er immer noch ein unverschämter Kerl«, gab Posy zurück, doch Nina hatte sich bereits Verity zugewandt.

»Aber du kommst doch mit, oder, Very?«, fragte sie und klimperte mit den Wimpern – den falschen und den echten. »Wenn Posy lieber die Langweilerin spielen und den Abend mit ihrem Angetrauten verbringen will, könnten wir ja Merry fragen, ob sie Lust hat. Wir würden ein tolles Pink-Lady-Gespann abgeben, vor allem wenn du mich deine Haare aufdrehen lässt.«

Verity zuckte zurück; nicht etwa wegen der Pink Ladies – zu dieser Verkleidung würde es sowieso niemals kommen –, sondern weil ihr gerade wieder eingefallen war, wie sie und ihre Schwestern früher die verbogene Schallplatte von *Grease* aufgelegt und lautstark mitgesungen hatten. Con und Merry hatten sich immer gezofft, wer Rizzo sein durfte, während Verity sich logischerweise mit Jan oder Marty hatte zufriedengeben müssen. Wie auch immer – das würde sie sich keinesfalls antun.

»Tut mir leid, aber ich habe heute Abend schon etwas anderes vor«, sagte sie.

»Du und Johnny, ihr seid ja inzwischen unzertrennlich«, murmelte Nina.

»Mit Peter Hardy, dem Ozeanografen, hast du dich nicht so oft getroffen«, bemerkte Tom mit diesem winzigen Lächeln, das er immer zeigte, wenn er auf Veritys ehemaligen Schein-Freund zu sprechen kam. Er zog ein paar Kreise mit dem Besen, doch in Wahrheit verteilte er den Staub bloß, statt ihn aufzukehren. »Wohin führt dich denn dein neuer Freund heute aus? Zu einer Verlobung? Einer Einweihungsparty? Oder vielleicht zu einem romantischen Dinner für zwei?«

»Peter Hardy war ziemlich oft unterwegs, beim Ozeanografieren, nur zu deiner Information«, erklärte Verity würdevoll, obwohl sie sich fragte, ob es so etwas wie »Ozeanografieren« überhaupt gab. »Und ich treffe mich auch nicht mit Johnny. Wir waren drei Abende hintereinander aus, und ich brauche etwas Zeit für mich. Ich muss ein bisschen herumpuzzeln oder nichts tun, und vor allem nicht reden. Und noch was: Den Boden sauber machen heißt nicht, dass man den Staub von einer Seite des Raums zur anderen schiebt.«

Endlich verschwanden sie – Posy in ihre Blase der frisch verheirateten Glückseligkeit, und Nina hatte, mit einem widerwilligen Tom im Schlepptau, Mattie und Paloma ebenfalls zu *Grease* überreden können.

Verity konnte es kaum erwarten, die schiefen Stufen in die Wohnung hinaufzugehen, wo Strumpet sie bereits erwartete. So ausgehungert Verity nach ein paar Stunden des Alleinseins war, so groß war sein Bedürfnis nach Gesellschaft und Futter. Nachdem Strumpet eines Tages in die Teestube gestürmt war und es geschafft hatte, seine neun Kilo Lebendgewicht in luftige Höhen zu erheben und im Freiflug auf dem Schoß einer Dame zu landen, die gerade ihren Tee genoss, achtete Verity darauf, die Tür nach unten zum Laden geschlossen zu halten. Die Frau war alles andere als begeistert gewesen und hatte sogar gedroht, das Gesundheitsamt einzuschalten. Seither hatte er Stubenarrest.

Strumpet tat seinen Unmut lautstark kund, schlängelte sich in Achtern um ihre Beine und stapfte dann empört davon, als ihm wieder einfiel, dass er eigentlich böse auf sie war. Wie gewohnt hielt seine Wut nur so lange an, bis Verity eine Dose Futter aufmachte, und während der Katzen-Diktator beschäftigt war, nutzte Verity die Gelegenheit, sich mit einer kleinen Yoga-Einheit von den Strapazen des Tages zu befreien, bis Strumpet wieder auftauchte und sich mitten auf die Matte pflanzte, während Verity ihre Sonnengrüße machte.

Seltsamerweise empfand sie das Bedürfnis nach Gesellschaft bei Haustieren als wesentlich weniger anstrengend und leichter zu befriedigen als bei Menschen, dachte Verity, als sie unter der Dusche stand und der wasserscheue Strumpet kläglich miauend vor der Tür wartete.

Sie teilten sich ein leichtes Abendessen aus gegrilltem Halloumi-Käse und Salat, dann las Verity eine Weile in ihrem neuesten Buch, einer modernen Version von *Stolz und Vorurteil*, die jedoch nicht annähernd so gut war wie ein halbes Dutzend anderer Versuche, die Story in die Jetzt-Zeit zu übertragen, die sie schon gelesen hatte.

Es war ein langweiliger Abend, selbst für Veritys Maßstäbe. Sie erledigte die Wäsche. Lackierte sich die Fußnägel. Räumte ihr Zimmer auf. Genehmigte sich noch einen Snack, ein paar Pringles mit Salz und Essig und eine Handvoll Weingummis – genau das, was sie brauchte nach drei Hochzeiten hintereinander und etlichen Partys während der Woche.

Um neun Uhr fühlte sie sich erholt und entspannt genug,

um Con eine WhatsApp zu schreiben, als von unten ein Geräusch heraufdrang. Sie warf einen Blick aus dem Fenster, um zu sehen, ob die Kapuzenshirt-Gang das elektronische Tor kurzgeschlossen hatte, das erst letzte Woche eingebaut worden war, doch die Bänke vor dem Haus waren leer.

Wieder nahm sie ein Geräusch wahr, so als würde am Tor gerüttelt werden, doch sie konnte sich nicht weit genug aus dem Fenster lehnen, um zu sehen, ob da jemand war. Gerade als sie leise Panik aufsteigen spürte, summte ihr Telefon.

Eine Nachricht von Johnny. *Entschuldige die späte Störung. Ich bin am Tor, kann aber auch wieder gehen, wenn du lieber allein sein willst.*

Verity dachte einen Moment nach. Wollte sie lieber allein sein? Nein. *Der Code für das Tor ist 2811813*, schrieb sie zurück.

Es war das Datum, an dem *Stolz und Vorurteil* das erste Mal veröffentlicht worden war – kein Datum, das sich jeder merken würde, aber eines, das sie jederzeit nachsehen konnten, falls sie den Code vergessen sollten.

Gut war, dass Verity die letzten drei Stunden allein gewesen war, denn so befand sich zumindest die Wohnung in einem präsentablen Zustand. Sie verstaute die halb aufgegessene Pringles-Rolle und die Tüte Weingummis im Schrank und pflückte ihre nassen BHs und Höschen von der Badezimmertür.

Augenblicke später klopfte es an der Tür. Verity rannte die Treppe hinunter.

Johnny winkte durch die Glastür, als Verity aufschloss. »Was gibt's?«, fragte sie. Johnny würde wohl kaum grundlos hier auftauchen. Sie mochten Freunde sein, aber nicht die Art, die einfach unangemeldet beim anderen hereinschneite. Solche Freunde hatte Verity nicht – sie wussten nur zu gut, was sie Verity damit antun würden.

»Ich war zufällig in der Gegend«, antwortete Johnny ruhig. Obwohl es ein schwülheißer Abend war, trug er einen Anzug und ein Hemd, dessen oberster Knopf offen stand, und eine Krawatte, die er gelöst hatte. Vielleicht kam er von einem Termin, der ein bisschen länger gedauert hatte. Wie auch immer – feststand, dass er herrlich unordentlich aussah; fehlte nur noch, dass ihm jemand die Haare verwuschelte, dann wäre der leicht anrüchige Look komplett. Eilig riss Verity sich zusammen. Das kam davon, wenn man Posys heiß geliebte Regency-Schnulzen las. »Eigentlich war das eine Lüge. Ursprünglich war ich ganz woanders und bin dann erst von Clerkenwell hierher zu Fuß gegangen.«

»Okay. Du kommst wohl besser rein.« Erst jetzt wurde Verity bewusst, wie schroff und abweisend sie klang. »Ich habe Gin und eine Flasche Holundersirup von meiner Mutter, aus denen wir einen Cocktail mixen können. Oder Rotwein, falls dir das lieber ist. Und Pringles mit Salz und E... O Gott. Strumpet! Festhalten!«

Strumpet war Verity nach unten gefolgt und versuchte gerade, sich vom Acker zu machen, um in den Genuss der Köstlichkeiten aus der Pommesbude zu kommen. Verity bezweifelte zwar, dass er es schaffen würde, sich durch die Gitterstäbe des neuen Gartentors zu quetschen, wollte es aber lieber nicht darauf ankommen lassen, um am Ende noch die Feuerwehr rufen zu müssen, wenn der Kater feststeckte.

Doch Johnny wendete die Katastrophe in letzter Sekunde ab, indem er Strumpet mit zwei Schritten einholte, ihn dann aber so vorsichtig hochhob, als handle es sich um flüssige Lava. »Die berühmte Katze. Beißt sie?«

»Eigentlich ist sie ein Er, und nein, er beißt niemals, sondern ist geradezu absurd freundlich«, sagte Verity, während sie

Johnny in den Laden folgte. »Strumpet hält sich auch für einen Schoßhund statt für einen Kater.«

»Und wieso Strumpet? Straßenhure?«, fragte Johnny, während sich der Kater geradezu ekstatisch in seinen Armen wand.

»Weil er eine kleine Schlampe ist und ich am Anfang dachte, er wäre eine Sie«, erklärte Verity und sah zu, wie Strumpet so lange strampelte, bis er auf dem Rücken lag und hektisch mit den Vorderpfoten wackelte. »Er will, dass du ihm den Bauch kraulst.«

»Eigentlich habe ich mit Katzen nicht so viel am Hut«, meinte Johnny auf dem Weg die Treppe hinauf. »Bei einem Hund weiß man immer, woran man ist. Mit Ausnahme von Chihuahuas. Einem Chihuahua darf man niemals über den Weg trauen.«

»Früher, als wir noch in Grimsby gewohnt haben, waren da zwei Chihuahuas, Lola und Tinkerbell, die den Park fest im Griff hatten. Unser damaliger Labrador, John Bunyan, hatte richtig Angst vor ihnen.« Verity blieb in der Wohnzimmertür stehen und überprüfte den Raum kurz auf belastende Spuren, gelangte jedoch zu dem Schluss, dass er besuchertauglich war. »Setz dich. Hast du schon was gegessen?«

»Ach, mach dir wegen mir keine Umstände«, sagte er, was weder ein Ja noch ein Nein war, weshalb Verity davon ausging, dass er Hunger hatte.

»Dauert nicht lange.« Minuten später kehrte sie mit einer bunten Mischung aus Halloumi-Resten und Salat in Pita-Brot, nicht mehr ganz frischem Gebäck und Kuchen, den Mattie ihnen mitgegeben hatte, und einer Flasche Rotwein zurück, die ein paar Pfund teurer war als der Fusel, den Nina und sie sonst zum Kochen verwendeten.

Johnny saß auf dem Sofa mit Strumpet auf dem Schoß, der

immer noch mit angezogenen Beinchen auf dem Rücken lag und sich mit hemmungsloser Genüsslichkeit den Bauch streicheln ließ – es gab nur eines auf der Welt, was Strumpet noch mehr liebte als Fressen: die Zuwendung eines Mannes, und gerade aalte er sich ungeniert in Johnnys ungeteilter Aufmerksamkeit.

Johnny warf Verity ein träges Lächeln zu und nickte, als sie die Flasche in die Höhe hielt, ehe er mit seinen langen Fingern den flauschigen Bauch des Katers streichelte, der so laut schnurrte, dass Verity fürchtete, er würde gleich platzen.

»Jaaa, das gefällt dir, stimmt's?«, sagte Johnny, worauf Strumpet noch einen Zahn zulegte. »Und wie ist es, wenn ich das hier mache?«

Er kitzelte Strumpet unter dem Kinn, ehe er sich wieder seinem Bäuchlein widmete. »Du stehst wirklich drauf, was? Vielleicht ein bisschen zu sehr. Soll ich langsam aufhören?«, Johnny verharrte einen Moment lang reglos, bis Strumpet mit dem Kopf seine Hand anstupste. »Du bist ja tatsächlich unersättlich, du kleines Flittchen.«

Schlagartig schienen Veritys Arme und Beine sich in eine gummiartige Masse zu verwandeln. »Das reicht jetzt«, erklärte sie verzweifelt und spürte, wie Teile ihres Körpers zum Leben erwachten, die seit langer, langer Zeit in tiefem Schlummer gelegen hatten. »Wenn du so weitermachst, fragt Strumpet dich noch, ob du ihn mit nach Hause nimmst.«

»Oh, das geht natürlich gar nicht«, säuselte Johnny Strumpet zu, der ihn verzückt aus seinen grünen Augen anblickte. »Der rote Kater von nebenan würde dich zum Frühstück verspeisen. Oh, ist das Essen hier für mich? Du setzt hier gefährliche Maßstäbe, Very. Ich könnte mich glatt an den Luxus gewöhnen.«

»Ich fürchte, es ist ein bisschen zusammengewürfelt«, sagte Verity, während Johnny umständlich über Strumpet hinweg, der immer noch auf seinem Schoß lag, nach dem Teller griff. »Bitte entschuldige das Chaos«, sagte sie und zuckte zusammen, als ihr Blick auf die Zimmerdecke fiel. »Und die Löcher in der Decke. Wir haben die Leitungen in der Wohnung neu machen lassen, und es muss alles noch vergipst und gestrichen werden, nur weiß niemand, wann das passieren wird.«

Verity blickte sich um und sah den Raum aus den kritischen Augen eines versierten Architekten, dem es vermutlich egal war, dass Verity und Nina sich die größte Mühe bei der Auswahl der Bücher in den Regalen neben dem Kamin gegeben hatten; oder dass die wie ein Schiffsbug geformte Minibar aus den Fünfzigern Ninas erklärtes Schmuckstück war, obwohl es überhaupt nicht zu Lavinias mit geblümtem William-Morris-Stoff bezogenem Sofa und den Sesseln passte.

Der Raum verströmte einen gewissen Chic, aber eindeutig einen shabby-artigen.

»Was für ein schöner Kamin«, bemerkte Johnny begeistert. »Die Kacheln erinnern ein bisschen an den Jugendstil. Edwardianisch, würde ich sagen, obwohl das Haus schon älter ist, stimmt's?«

»Keine Ahnung«, gestand Verity, erzählte Johnny jedoch von Lady Agatha Drysdale, Sebastians Urgroßmutter, deren Eltern ihr die Buchhandlung geschenkt hatten, in der Hoffnung, sie damit von ihrer Arbeit für die Suffragetten abzulenken. »Sie hat sich am Zaun vor dem Buckingham-Palast angekettet und wurde wegen Störung der öffentlichen Ordnung ins Gefängnis geworfen. Daher hat Sebastian wohl seine aufmüpfige Ader.«

Nach dem Essen bat Johnny um eine kleine Hausbesichtigung, die Verity ihm schlecht abschlagen konnte, wenn auch erst, nachdem sie eine zweite Runde gedreht hatte, um alles Peinliche wegzuräumen, das bei der ersten Überprüfung vergessen worden war.

Im Gegensatz zu Menschen wie Merry hielt sich Johnny mit Bemerkungen darüber zurück, dass Verity und Nina überall Deko und Schnickschnack herumstehen hatten, sondern erging sich stattdessen in Begeisterungsstürmen über die zahlreichen Simse und Balken. Beim Anblick des alten Badeofens in der Küche stieß er einen unterdrückten Schrei aus. Er spähte neugierig in Ecken und strich mit den Fingern über Verzierungen, was Verity Gelegenheit gab, ihn ungeniert zu beobachten.

Ein Mann war in ihrer Wohnung. Nein, *Johnny* war in ihrer Wohnung. Als ihr die enorme Tragweite erst einmal bewusst geworden war – ein Mann, bei dem es sich nicht um ihren Vater oder Tom handelte (wobei Tom im Grunde nicht als Mann zählte) –, hatte sie auf einen Schlag keine Ahnung mehr, was sie machen sollte. Mit sich, mit ihrem Mund, ihren Händen, mit allem.

Was wollte Johnny hier?

»Hier gibt es so viele charmante kleine Details. Ich schätze, das Haus wurde irgendwann im achtzehnten Jahrhundert erbaut und dann ziemlich häufig renoviert, während es als Buchhandlung genutzt wurde«, sagte er und strich über das Einbauschränkchen unter dem Fensterbrett in der Küche. »Allerdings nicht sonderlich fachgerecht, fürchte ich. Ich habe mindestens zehn ernsthafte Gefahrenquellen ausgemacht. Soll ich mal mit …«

»Wieso bist du den ganzen Weg von Clerkenwell hierhergekommen?«, unterbrach Verity. Sie hatte bereits geahnt, dass das Apartment eine Bruchbude war, andererseits durfte sie hier mietfrei wohnen, und Posy und Sebastian würden sich als Nächstes die Warmwasserversorgung vornehmen. Verity wusste nicht genau, was sie vorhatten, aber das war jetzt auch nicht wichtig. »Ich meine, wir sind zwar Freunde, die gemeinsam gesellschaftliche Verpflichtungen wahrnehmen, aber nicht von der Art, dass man einfach beim anderen reinschneit.«

»Du kannst jederzeit gern bei mir reinschneien«, gab Johnny lässig zurück, obwohl sie die Grenzen ihrer Freundschaft/Schein-Beziehung eigentlich gezogen hatten. Er hielt ihrem Blick scheinbar mühelos stand, doch Verity war die Großmeisterin in der Kunst des Starrens, daher wandte Johnny als Erster den Blick ab und blinzelte.

»Also, raus damit. Wieso bist du hier?«, fragte sie etwas sanfter.

Johnny stieß einen langen, leisen Seufzer aus. »Ich glaube, ich schwächle«, sagte er. »Marissa.«

»Oh«, seufzte Verity, obwohl es nicht ganz überraschend kam. Während der letzten beiden Wochen hatte sie eine gewisse Ruhelosigkeit an Johnny bemerkt, ähnlich wie bei Dougie, als er Anfang des Jahres mit dem Rauchen aufgehört hatte; dasselbe Gefummel, das Trommeln mit den Fingern auf der Tischplatte, derselbe in die Ferne gerichtete Blick, während er sich vermutlich vorstellte, Marissa stünde vor ihm, indessen es bei Dougie die Schachtel Marlboro gewesen war. »Aber wirklich schwach geworden bist du nicht?«

»Nein. Aber ich habe darüber nachgedacht. Sie hat angerufen. Hat Nachrichten geschickt. Hat über mehrere soziale Medien versucht, Kontakt aufzunehmen.« Er zog sein Handy aus der hinteren Hosentasche.

Verity kreuzte die Arme vor der Brust. »Und du hast auf

nichts reagiert?«, fragte sie so ruhig und neutral, wie sie nur konnte, obwohl sie innerlich alles andere als ruhig und neutral war.

»Nein. An diesem Sonntag, als wir von deinen Eltern zurückgekommen sind, habe ich ihr gesagt, dass ich ab sofort auf Tauchstation gehe, damit wir uns den Freiraum geben können, den wir vereinbart hatten. Es schien ihr nicht viel auszumachen. Im Gegensatz zu mir.« Johnny versuchte noch nicht einmal, ruhig und neutral zu klingen. Stattdessen klang seine Stimme ganz heiser, und seine Schultern sackten herab, als hätte er soeben eine Niederlage eingestanden. »Es ist wirklich schwer. Es juckt mich pausenlos in den Fingern. Ich dachte, eine kleine Nachricht von Zeit zu Zeit kann ja nicht so schlimm sein, aber ich bin stark geblieben.«

»Du *bist* stark«, sagte Verity ermutigend; schließlich hatte sie mit eigenen Augen beobachtet, wie hibbelig er war, und bereits befürchtet, dass er einknicken würde, noch bevor der Monat vorüber war. »Es sind bloß noch gut zwei Wochen, und auch die vergehen wie im Fluge, du wirst sehen.«

»Fast zwei Wochen lang kam kein einziger Anruf, keine Nachricht. Sie hat noch nicht mal meine Tweets geliked, was mich echt gekränkt hat«, sagte Johnny, als hätte er Verity gar nicht zugehört. »Dabei war mein Joke über Donald Trump echt witzig, das muss ich wirklich sagen. Und gestern Abend ging es plötzlich los, die Großoffensive.«

Er schaltete sein Telefon ein, das hektisch piepste, als wäre irgendwo in der Nähe ein Brand ausgebrochen, und reichte es Verity – fünfzehn entgangene Anrufe, zwanzig Textnachrichten, allesamt von Marissa, und Gott weiß wie viele Mails, Tweets und WhatsApp-Nachrichten.

»Ob es einen Notfall gegeben hat, was denkst du? Vielleicht

muss sie mich ja wirklich dringend sprechen.« Verity hörte den Anflug von Verzweiflung in seiner Stimme.

»Wenn es ein echter Notfall ist, hat sie ja immer noch Harry«, erinnerte Verity ihn. Normalerweise war Johnny ein souveräner, selbstsicherer Mann – keiner von diesen grässlichen Schleimern, die in Schlangenlederslippers ohne Socken durch die Gegend liefen und sich für die größten Charmeure des Planeten hielten, weil sie jede Frau »Süße« nannten, völlig egal, ob sie sie flachlegen wollten oder nicht.

Nein, Johnny war ein Mann, den man mit nach Hause zu seinen Eltern nehmen konnte, auch wenn man vier nervige Schwestern hatte, und der einen keine Sekunde lang blamierte. Und damit nicht genug: Er wurde von der Familie mit offenen Armen willkommen geheißen und in ihrem Kreis aufgenommen, ohne sich irgendwie einschmeicheln zu müssen. Und vor einer Viertelstunde, als Verity sich über den tropfenden Wasserhahn im Bad beschwert hatte, der laut Posys Aussage seit über fünfundzwanzig Jahren leckte, hatte er bloß gemeint, er werde ihn sofort reparieren, wenn sie eine Zange hätte. Man könnte sogar so weit gehen und behaupten, dass Johnny, zumindest in der Theorie, zu perfekt war.

Bei Cons und Alex' Verlobung hatte Con auf Merrys Frage, woher sie gewusst hätte, dass Alex der Richtige sei, lediglich gesagt: »Er bringt das Beste in mir zum Vorschein.« Was Marissa definitiv nicht tat, sondern eher die traurigen und verunsicherten Seiten an Johnny, die sie dann beinhart ins Licht hielt, damit auch jeder sie sehen und mitleidig »Armer Johnny« sagen konnte.

»Dir ist klar, weshalb ich hier bin, oder?«, fragte Johnny, löste seine Krawatte noch ein Stück weiter und schob die Hände in die Hosentaschen. »Ich musste herkommen, sonst hätte ich

Marissa angerufen und wieder komplett den Boden unter den Füßen verloren – oder sogar Schlimmeres.«

»Was könnte es denn noch Schlimmeres geben?«, fragte Verity.

Johnny schüttelte den Kopf. »Ich könnte mich betrinken und irgendeine Frau aufgabeln, damit ich sie wenigstens einen Abend lang vergesse.«

»Und das funktioniert?«

»Eigentlich nicht.«

In der Zeit, bevor die Leute rund um die Uhr erreichbar und verfügbar waren, musste es erheblich leichter gewesen sein, jemanden aus seinem Leben zu verbannen und anschließend zu vergessen. Für einen lebenslustigen Mann, der noch dazu ein viel beschäftigter Architekt war, war es höchst ungewöhnlich, dass Marissa der einzige Mensch zu sein schien, der ihn anrief oder ihm Nachrichten schickte.

»Das ist nicht dein einziges Telefon, stimmt's?«, fragte sie langsam.

»Es ist mein Marissa-Handy«, gestand er leise und zuckte zusammen, als ihm aufzugehen schien, wie sich das anhörte.

»Das macht es erheblich einfacher.« Verity ging in ihr Zimmer, dicht gefolgt von Johnny, der ihr vom Türrahmen aus zusah, wie sie es in die Schublade ihres altmodischen Schreibtischs legte und sie abschloss. »Gut? Ich könnte es auch die Toilette runterspülen, wenn dir das lieber ist.«

Johnny starrte die Schreibtischschublade an und hob die Schultern, als hätte ihm jemand soeben ein schweres Gewicht abgenommen. »Bevor du aufgetaucht bist, hatte ich nie jemanden, dem ich mich wirklich anvertrauen konnte. Du verstehst mich in mancher Hinsicht offenbar besser als ich mich selbst.«

Verity spürte förmlich, wie es ihm von Minute zu Minute

besser ging. Er streckte die Arme über dem Kopf aus, wobei sein Hemd ein Stück hochrutschte und den Blick auf einen Streifen nackter Haut freigab. Eilig sah sie weg, wünschte aber sofort, sie hätte es nicht getan, als sie den Stapel nasser BHs und Höschen erblickte, die sie von der Badezimmertür gepflückt und aufs Bett geworfen hatte.

»Ich schaffe das. Einen Monat lang ohne Marissa, und dann ...«

»Dann?«

»Und dann sehen wir weiter«, sagte er. »Vielleicht kommen wir ja beide zu dem Schluss, dass es zu schmerzlich ist, ohne den anderen leben zu müssen, und dass wir füreinander bestimmt sind. Dass wir zusammengehören, und zwar richtig. Nur wir beide.«

All der Kummer und die Sorgen, die Johnny abgestreift hatte, flogen quer durchs Zimmer und landeten geradewegs auf Veritys Schultern, die unter ihrem Gewicht in die Knie ging. So war das nicht vorgesehen gewesen! Stattdessen hätte Johnny erkennen sollen, dass er sehr gut auch ohne Marissa leben konnte; dass er frei wäre, um eine Frau kennenzulernen, die begriff, dass er perfekt war, aber mit Ecken und Kanten ...

»Wir werden sehen«, murmelte Verity. Mit einem Mal fühlte sie sich wie am Morgen nach einer von Ninas »Lass uns schnell auf einen Drink rausgehen«-Einladungen, die zu einer hoffnungslosen Sauftour ausarteten. Sie trat auf Johnny zu, um ihn aus ihrem Zimmer zu bugsieren, doch statt zurückzuweichen, trat er vollends ein und nahm ihre Hand. Mit weit aufgerissenen Augen starrte sie ihn an, als er sie an seine Lippen hob und einen Kuss auf ihren Handrücken drückte, lange genug, dass ihre Haut zu prickeln begann. »Danke, Very«, murmelte er. »Wenn's drauf ankommt, bist du eine echte Freundin.«

»Dafür sind Freunde doch da.« Es erschien ihr die einzig richtige Erwiderung, doch Johnny hielt ihre Hand immer noch fest und sah ihr ganz tief in die Augen, als könnte er...

RUMMS!

ZACK!

PUFF!

»Wella... wella... wella...! Uh! Tell me more! Tell me more!«

Erschrocken fuhren sie auseinander, als unten die Ladentür aufgerissen und mit noch größerem Nachdruck zugeknallt wurde, ehe Nina voller Begeisterung, dafür umso verkehrter singend die Treppe heraufstapfte.

Ihre polternden Schritte ließen die Stufen zittern. »Very! Du hättest wirklich mitkommen sollen! Tom hat versucht, es abzustreiten, aber er kennt sämtliche Songs auswendig. Wir müssen ihn morgen damit aufziehen! Oh!« Nina bog um die Ecke und blieb abrupt stehen. »Ich hatte ja keine Ahnung, dass ihr einen Abend zu Hause geplant hattet. Nur ihr zwei. Ganz gemütlich!«

Nina besaß das unnachahmliche Talent, selbst die unschuldigsten Worte wie eine vieldeutige Anspielung klingen zu lassen.

»Johnny wollte gerade gehen«, sagte Verity mit einer Geste in Richtung Treppe. »Oder?«

»Ich? Ja, ja.« Johnny wandte sich Verity zu und wollte erneut nach ihrer Hand greifen, doch sie verbarg sie eilig hinter ihrem Rücken, obwohl sie sich im selben Moment bereits dafür hasste. »Dann bis morgen.«

»Wie oft habt ihr euch eigentlich diese Woche schon gesehen? Das sieht ja ganz so aus, als wäre es etwas Ernstes.« Nina schob sich an ihnen vorbei in die Küche. »Ich brauche einen Tee. Willst du auch einen, Very?«

Verity brachte Johnny nach unten. Sie gingen durch den dunklen Laden, vorbei an den Romanen, in denen Liebespaare erst alle möglichen Hindernisse überwinden mussten, ehe ihnen ein Happy End vergönnt war. Genau das, was ich mir für Johnny wünsche, dachte Verity. Ein Happy End, aber nicht mit Marissa, sondern mit einer anderen Frau. Weil er es verdient.

Verity würde sich dafür mit einer anderen Art des Happy Ends begnügen müssen – vielleicht eröffnete sie ja ein Katzenasyl auf der anderen Seite der Straße und genoss den Rest ihrer Tage inmitten von Büchern und Miezekatzen. Es gab Schlimmeres.

»Alles in Ordnung?«, fragte Johny, als Verity die Ladentür aufschloss. »Du bist auf einmal so still.«

»Oh, mir geht's gut.« Verity zauberte ein Lächeln aus den Tiefen ihres Innern hervor. »Ich habe mir nur gerade überlegt, was ich morgen anziehen soll. Wir gehen zu einer Restauranteröffnung, richtig?«

»Genau. Ein Freund eröffnet für einen Monat ein hawaiianisches Pop-up-Restaurant neben einem Parkhaus in Dalston. Was das soll, weiß ich allerdings auch nicht so genau.«

Sie tauschten einen verwirrten Blick. Auch Verity leuchtete nicht ganz ein, wie ein temporäres Restaurant und eine Parkgarage in Hackney zusammenpassen sollten. »Tja, in Schale brauche ich mich dafür wohl nicht zu werfen.«

»Klingt einleuchtend.« Johnny trat hinaus, blieb jedoch noch einmal stehen, legte die Hand auf Veritys Arm und küsste sie auf die Wange – bis zu diesem Abend hatten sie sich stets mit einem knappen Winken begrüßt und verabschiedet. »Dann bis morgen. Ich hole dich um sieben ab.«

Noch einmal sahen sie einander an; lange genug, um den Moment als bedeutungsvoll zu bezeichnen. »Äh, du musst den

Knopf auf der rechten Seite des Tors drücken, dann geht es auf«, sagte Verity – schließlich war es schon seit 1989 ihre Spezialität, bedeutungsvolle Momente zu ruinieren.

»Mache ich.« Johnny trat durch das Tor und ging die Gasse entlang, während Verity immer noch wie angewurzelt dastand und das Kribbeln ihrer Wange spürte, wo Johnnys Lippen ihre Haut berührt hatten.

Kapitel 21

Das schreit zum Himmel! Wie stellen Sie sich das vor?
Soll das paradiesische Pemberley derart entweiht werden?

Es war fast bedauerlich, dass Cons Hochzeitsplanung nahezu abgeschlossen war – lediglich die Frage, ob sie Mason-Gläser oder Vintage-Tassen verwenden sollten, galt es noch zu klären –, denn im Lauf der vergangenen Wochen war Verity zu einer regelrechten Hochzeitsexpertin avanciert. Mit ihrem Wissen könnte sie sich jederzeit bei *Mastermind* bewerben, mit Hochzeiten als Spezialgebiet.

Und ihr neu erworbenes Wissen beschränkte sich keineswegs auf Hochzeiten, sondern erstreckte sich auf Partys aller Art. Der ganze August bestand aus Feiern – Hochzeiten, Geburtstage, Gartenpartys und »Wir haben die Schnauze voll von unserem Job und der absurden Miete für diese Bruchbude von Apartment und gehen jetzt erst mal für ein Jahr mit dem Rucksack auf Weltreise«-Abschiedsfeiern.

Sie hatten Rindfleisch im Teigmantel gegessen. Hühnchenbrust im Teigmantel. Lachs im Teigmantel. Und irgendeine seltsame Pilz-Kreation im Teigmantel. Veritys Freundeskreis servierte nichts im Teigmantel, sondern lieber Hotdogs. Oder Brötchen mit Veggie-Würstchen, notfalls sogar Brötchen mit veganen, gluten- und laktosefreien Würstchen, die nach Wellpappe, Tapetenkleister und purer Verzweiflung schmeckten.

Ab und zu hatten sie Champagner getrunken, meistens aber Prosecco. Prosecco mit Orangensaft. Prosecco mit Pfirsichsaft. Prosecco mit Granatapfelsaft. Aber keinen Prosecco mit selbst gemachtem Holundersirup, wie Verity erfreut Con berichtete. Damit konnte ihre Schwester ab sofort wieder ruhig schlafen in der Gewissheit, dass nicht einmal das Londoner Partyvolk etwas Ähnliches als Hochzeitscocktail bekommen hatte.

Verity und Johnny hatten getanzt (na ja, eigentlich hatte Verity nur verlegen ein bisschen hin- und hergewackelt), zu Abba, Burt Bacharach und der Ska-Punkband des besten Freundes von Dougies kleinem Bruder.

Sie hatten für Fotos posiert, mit dem Selfiestick, in Fotoboxen mit lächerlichen Hüten und Kostümen und einmal auch für ein Porträt im Stil eines Schul-Abschlussballs. »Los, küssen Sie sie schon, Kumpel«, hatte der Fotograf Johnny gedrängt, worauf Johnny die Arme um Veritys Taille geschlungen hatte und sie um ihn – nur wegen des Fotos, damit es am Ende nicht aussah, als hätte Johnny eine Holzlatte im Cocktailkleid im Arm.

»Du brauchst mich nicht zu küssen«, hatte sie gezischt.

»Los, nicht so schüchtern!«, hatte der Fotograf in diesem Moment gerufen. Johnny hatte ihr Kinn angehoben und die Stirn gerunzelt. »Tja, ich sollte dich jetzt wohl wirklich küssen, damit es echt wirkt. Außerdem halten wir den ganzen Betrieb auf«, stellte er fest. »Keine Angst, ich hab mir auch die Zähne geputzt.«

»Dann los, mach schon«, hatte sie verlegen gemurmelt. Dabei hatte ihr Herz so heftig zu hämmern begonnen, dass er es bestimmt über die Klänge von »Blame It On The Boogie«

hatte hören können. Er hatte sich herabgebeugt, während Verity mit angehaltenem Atem dagestanden und darauf gewartet hatte, dass sein Mund ihre zitternden Lippen berührte. Just in dem Moment war der Blitz aufgeflammt, und der Fotograf hatte triumphierend »Ich hab's!« gerufen. Sie hatten sich voneinander gelöst und waren nach draußen gegangen.

In diesem einen Monat war Verity häufiger unterwegs gewesen als in ihrem gesamten bisherigen Leben zusammen, und all das ohne einen einzigen Nervenzusammenbruch, obwohl sie sich zugegebenermaßen einige Male auf die Damentoilette hatte zurückziehen müssen, um ihren Akku wieder aufzuladen (und nach ihrem Beinahekuss hatte sie die Handgelenke unter kaltes Wasser gehalten und sich streng ermahnt, sich nicht auf Männer einzulassen, die zwar attraktiv und charmant waren, jedoch leider nicht zur Verfügung standen).

Aber solange Johnny mit Verity unterwegs war, Kanapees knabberte und mit seinen Freunden plauderte, zerbrach er sich zumindest nicht den Kopf wegen Marissa, auch wenn ihr nicht entging, wie verzweifelt und verloren er manchmal wirkte, wenn er sich einen Moment lang unbeobachtet glaubte. Sobald er Veritys Blick spürte, riss er sich zusammen, lächelte und machte irgendeine lustige Bemerkung, um Verity zum Lachen zu bringen.

In jenen goldenen Augusttagen strömten jede Menge Leute ins Happy Ends – nicht nur verirrte Touristen und Tagesausflügler auf dem Weg zum British Museum, so wie früher, sondern London-Besucher, die die Buchhandlung auf die Liste ihrer Ziele gesetzt hatten, um sich mit neuem Lesestoff einzudecken.

Und auch die Bestellungen über ihre neu gestaltete Website liefen so gut wie noch nie. Verity musste sogar Posys Bruder

Sam überreden, seine Sommerferien zu opfern und Bücher mit Gratis-Lesezeichen zu verpacken. Er bekam sechs Pfund pro Stunde (weit mehr als der Mindestlohn, wie Verity und Posy mehrfach betonten) und war in Gedanken den ganzen Tag bei Little Sophie, trotzdem bestand er darauf, an den Verkaufserlösen beteiligt zu werden.

Vor einem halben Jahr hatten sie die Kunden, die sich in den Laden verirrten, noch an einer Hand abzählen können, und die Teestube war zu einem verriegelten und verrammelten Lagerraum verkommen gewesen; insofern war Verity mehr als dankbar für die Wendung, die das Schicksal genommen hatte – auch wenn sie abends deutlich länger brauchte, um die Kasse zu machen.

Verity zweifelte keine Sekunde daran, dass die letzten beiden Wochen alles andere als ein Sonntagsspaziergang für Johnny gewesen waren, doch obwohl der Marissa-freie Monat in drei Tagen vorüber war, hatte er sie noch nicht gebeten, ihm sein Handy zurückzugeben. Am vergangenen Wochenende war Verity kurz besorgt gewesen, weil sie keine Zeit für Johnny gehabt hatte – Con, Chatty, Immy und eine Horde Freundinnen waren in der Stadt eingefallen, um Cons Junggesellinnenabschied zu feiern –, und sie wusste nur zu gut, dass der Teufel ein Eichhörnchen sein konnte und sich manchmal auch in Gestalt eines Flatrate-Handytarifs zeigen konnte. Doch glücklicherweise hatten sich die Eltern seines Patenkinds angekündigt, und Johnny hatte ihnen versprochen, das komplette Touristen-Programm mit ihnen zu absolvieren, sodass ihm gar keine Zeit für irgendwelche Telefon-Exzesse mit Marissa geblieben war.

Er hatte Verity sogar eine Reihe Fotos geschickt – mit gequälter Miene im London Eye, vor dem Buckingham Palast, im Hyde Park, bei Madame Tussauds und in der M&M World, auf der Mehrzahl davon mit Kleinkindern an der Hand.

Und auch Veritys Wochenende war reichlich turbulent gewesen. Wobei der Junggesellinnenabschied eigentlich ganz manierlich angefangen hatte. Obwohl sie den Kunden die Plätze wegnahmen, hatte Posy darauf bestanden, dass sie sich am späten Samstagnachmittag in der Teestube trafen. »Aber hallo. Ihr müsst euch anständig mit Kohlehydraten und Fett vollstopfen, das ist die perfekte Grundlage«, hatte Mattie bestätigt.

Als die Love-Schwestern erfahren hatten, dass Posy aus Zeitgründen um einen angemessenen Junggesellinnenabschied gekommen war, hatten sie sie spontan eingeladen, sozusagen als Ehrengast, gemeinsam mit Nina, Mattie und Paloma, der neuen Barista. Nach den Kohlehydrat-Exzessen war es rapide abwärtsgegangen: Sie hatten sich ein paar Cocktails genehmigt. Und noch mehr Cocktails. Dann tanzen. Noch mehr Cocktails, gefolgt von alles andere als bekömmlichen Kebabs mit Chili-Soße, und um drei Uhr morgens hatte Verity sich mit zwanzig anderen Frauen in einem ausgelassenen Football-Spiel in Coram Fields wiedergefunden, bis die Polizei gekommen war und sie aufgefordert hatte, schleunigst nach Hause zu gehen.

Sie hatten sich ein paar Stunden Schlaf im Apartment über der Buchhandlung gegönnt, ehe sie zum Brunch losgezogen waren, der wie üblich aus fettreichem Essen und noch mehr Alkohol bestand. Avocado fand sich jedenfalls auf keinem der Teller.

Am Sonntagabend um sechs, als Merry und Verity dafür gesorgt hatten, dass alle Mädels im Zug nach Nordost-England saßen, fühlte Verity sich, als hätte sie ein voll besetzter Bus überrollt. Selbst Merry war für ihre Verhältnisse still. »Du lieber Gott«, sagte sie leise. »Ich bin echt platt. Kann es sein, dass du dich schon nach ein paar Stunden in der liebevollen, aber etwas lauten Gesellschaft unserer Familie genauso fühlst wie ich mich jetzt?«

»Allerdings.« Verity legte den Kopf an Merrys Schulter, während der 73er-Bus durch die Straßen rumpelte. »Und jetzt halt bitte den Mund.«

Und obwohl sie an diesem Abend früh zu Bett ging, hatte sie die Strapazen am nächsten Morgen noch nicht ganz überwunden. Sie verschanzte sich in ihrem Büro, sorgsam darauf bedacht, jeglichen Konversationsversuchen aus dem Weg zu gehen, und kam erst heraus, als der nette Stefan vom schwedischen Deli ihr eine Nachricht schickte. Sie gingen stets gemeinsam zur Bank, weil Verity an der Seite eines fast eins neunzig großen muskelbepackten Wikingers kaum Gefahr lief, überfallen zu werden.

Sie konnte nur hoffen, dass sie die letzten beiden Stunden bis zum Ladenschluss auch noch irgendwie überstehen würde; am besten mit ein paar anspruchslosen Büroarbeiten, dachte sie, als sie sich zum Happy Ends zurückschleppte.

Der Laden war proppenvoll – einerseits ein erfreulicher Anblick, andererseits stets ein wenig beängstigend. Doch Verity hatte festgestellt, dass die Kunden sie zumeist nicht ansprachen, wenn sie, den Blick stur auf den Boden geheftet, durch den Laden hastete, als drohe sie zu spät zu einem Meeting zu kommen – trotz ihres obligatorischen grau-fuchsiafarbenen T-Shirts.

Sie schlängelte sich also an den Leuten vorbei und sah die rettende Bürotür bereits vor sich, als sich eine Hand auf ihren Arm legte.

»Lass mich in Ruhe!«, schrie sie, wenn auch zum Glück lautlos, und fuhr mit einem dünnen Lächeln herum, das augenblicklich verflog, als sie in Toms Gesicht sah.

»Nicht jetzt, Tom«, sagte sie. »Falls du eine Bestellung hast, kann das auch bis morgen warten.«

»Nein«, sagte Tom. Im Gegensatz zu den anderen Angestellten trug er kein Happy-Ends-Shirt, sondern sein gewohntes Outfit aus Hemd, Fliege und Strickjacke, wie es sich für den ältlichen, stets leicht abwesenden Akademiker gehörte, der seit Jahren an seinem Doktor der Geisteswissenschaften arbeitete. Tom weigerte sich mit einer Hartnäckigkeit gegen Posys aufgezwungenen Einheitslook, die Verity sich niemals an den Tag zu legen getraut hätte. »Auf dem Sofa sitzt eine Freundin von dir. Sie wartet schon seit einer halben Ewigkeit.«

Verity runzelte die Stirn, worauf sich ihre Kopfschmerzen – der letzte Rest ihres Katers – schlagartig verschlimmerten. Sie hatte erst vorgestern mit sämtlichen Freundinnen abgefeiert, die sie hatte … wie konnte eine davon auf dem Sofa im Happy Ends sitzen? Sie spähte an Tom vorbei zu der zierlichen blonden Gestalt, die sich auf dem durchgesessenen braunen Chesterfield-Sofa drapiert hatte, als handle es sich um eine luxuriöse Chaiselongue; einen Moment lang war Verity überzeugt, dass ihr der Räucherlachs-Bagel, den sie zum Mittagessen gehabt hatte, gleich wieder hochkam.

Erschrocken tauchte sie hinter Tom ab; vielleicht konnte sie ihn ja als eine Art menschlichen Schild benutzen, um ungesehen in ihr Büro zu gelangen.

»Hallihallo, Valerie! Da bist du ja endlich!«

Verity entglitten die Gesichtszüge vollends.

»Oh, hi«, sagte sie und schlurfte ein Stück in Richtung Sofa. »Wieso setzt du dich nicht zu Marissa, während ich euch eine Kanne Tee und ein paar Scones mit Clotted Cream besorge?« Veritys Blick fiel auf Posy, die sich auf dem Sofa gegenüber niedergelassen hatte. »Wir haben so nett geplaudert, während wir auf dich gewartet haben. Gott, es ist, als würden wir uns seit Ewigkeiten kennen.«

»Geht mir auch so«, bestätigte Marissa mit einer Begeisterung, die Verity ihr nicht ganz abkaufte, vor allem wenn man bedachte, wie frostig sie bei ihrer ersten Begegnung gewesen war. »Ich nehme bitte nur einen grünen Tee. Leider habe ich heute nicht meinen Cheat-Day.«

»Oh, das Problem kenne ich«, behauptete Posy, obwohl sie in Wahrheit ständig »Ich habe jeden Tag Cheat-Day« herausposaunte, vor allem wenn Mattie mit einem Teller Kuchen um die Ecke kam.

»Setz dich doch zu mir.« Marissa tätschelte auf den Platz neben sich – es hörte sich eher wie ein Befehl an, und Verity hatte keine Ahnung, wie sie die Aufforderung ablehnen sollte. »Wie geht's dir so?«

»Ganz gut«, murmelte Verity und ließ sich auf das Sofa sinken. Marissa trug weiße Jeans, ein mit Biesen besetztes Top in einem hellen Grünton und dazu flache Riemchensandalen. Ihr Styling war absolut top, ihre Haut wie von der Sonne geküsst, ihr mit zarten Highlights gesträhntes Haar seidig und so glänzend, dass sie einen Shampoo-Spot drehen könnte. Neben ihr kam Verity sich wie der letzte Bauerntrampel vor, wobei sie der Fairness halber zugeben musste, dass das ihr ureigenes Problem war und nichts mit Marissa zu tun hatte. »Noch besser würde es mir gehen, wenn du noch wüsstest, wie ich heiße. Verity.«

Marissa hatte immerhin den Anstand, leicht zu erröten und den Blick abzuwenden. »Tut mir leid«, sagte sie, während Verity feststellte, dass sie zu allem Übel auch noch gut roch; nach Pfingstrosen und noch etwas anderem, Schärferem, als Kontrapunkt zu dem süßlichen Rosenduft. »Ich tue mich immer so schwer mit Namen. Aber wahrscheinlich hätte ich ihn mir besser merken können, wenn ich dich häufiger gesehen hätte. Ich hatte gehofft, wir könnten uns ein bisschen näher kennenlernen, vielleicht sogar Freundinnen werden. Die anderen sind ja alle völlig verliebt in dich.«

Ach, hatte sie das? Und tatsächlich? »Ich war ziemlich viel unterwegs«, erwiderte Verity. Vermutlich hatte Johnny bewusst Partys ausgesucht, von denen er wusste, dass Marissa und Harry dort nicht auftauchen würden. Doch dann dachte Verity an das Handy in ihrer Schreibtischschublade, und mit einem Mal hatte die Röte auf Marissas Wagen nichts Zartes mehr. »Johnnys Freunde haben mich mit offenen Armen aufgenommen, das stimmt.« Allein seinen Namen in Marissas Gegenwart auszusprechen, fühlte sich wie ein Verbrechen an.

»Weil sich alle so freuen, dass Johnny endlich eine feste Freundin hat«, erklärte Marissa, als Little Sophie einen grünen Tee für Marissa, eine Tasse kräftigen Schwarztee für Verity und ein paar Scones servierte, von denen Verity tunlichst die Finger lassen würde. Marissa schenkte Sophie ein Lächeln, strahlend und superperfekt wie mit einem automatischen Instagram-Filter. »Danke, Süße. Was für eine hübsche Schürze. Die sieht ja bezaubernd aus.«

Mattie war sogar noch strenger als Posy und bestand darauf, dass Paloma und Sophie schwarze Kleider mit kurzen weißen Schürzen trugen, wie die Servierdamen, die sogenannten Nippies, in den traditionellen Lyons Corner Houses, worüber Sophie anfangs alles andere als begeistert gewesen war. Sie strahlte Marissa hingerissen an und kehrte in die Teestube zurück.

Marissa wandte sich wieder Verity zu. »Also, wo waren wir stehen geblieben?«

»Keine Ahnung. Ich weiß nur, dass ich dringende Bestellungen und die Post zu erledigen habe«, murmelte Verity, doch Marissa tätschelte ihr mit ihrer makellos manikürten Hand den Arm.

»Das läuft bestimmt nicht weg«, erklärte sie mit der Unbeschwertheit eines Menschen, der noch nie in seinem Leben dringend seine Arbeit hatte erledigen müssen, damit sie noch rechtzeitig in die Post ging. »Also … du und Johnny. Es scheint ja ganz gut zu laufen zwischen euch. Er verbringt seine Zeit nur noch mit dir.«

Marissa stieß einen leisen, wehmütigen Seufzer aus. Unwillkürlich verspürte Verity einen Anflug von Gewissensbissen, bevor sie sich ins Gedächtnis rief, dass Marissa eine verheiratete Frau war und Johnny jederzeit selbst bestimmen konnte, mit wem er seine Zeit verbrachte. Verity sah sich gezwungen, die Elizabeth Bennet in ihr heraufzubeschwören, und zwar in einer Art, wie sie es seit Wochen nicht mehr getan hatte – die Lizzie, die sich weigerte, sich von Caroline Bingley schikanieren zu lassen. »Johnny ist einfach wunderbar«, sagte Verity, und das war keine Lüge. »Er ist witzig und nett. Wir waren bei einer ganzen Reihe Hochzeiten und Partys in den letzten Wochen, und neben ihm zu sitzen, während der Trauzeuge eine Rede auf den Bräutigam zum Besten gibt, ist unschlagbar.«

Verity musste sich auf die Lippe beißen, um nicht auch noch in poetische Schwärmereien über die winzigen Fältchen um Johnnys Augenwinkel zu verfallen, wann immer er Verity anlächelte, wenn sie innerlich über die nächste Kreation im Teigmantel auf ihren Tellern stöhnten; dass sie sich an seinem Arm niemals deplatziert fühlte, wenn sie eine Kirche, ein Partyzelt oder einen Pub in East London betrat. Und wie sie es genoss, die Muskeln seiner Unterarme – die der absolute Wahnsinn waren – unter ihren Fingern zu spüren. Verity merkte, dass ihr leicht schwindlig wurde – es musste entweder an dem Restalkohol in ihrem Blut liegen oder an den köstlichen Scones vor ihrer Nase, die sie nicht anfassen durfte.

»Ja, Johnny und ich verstehen uns sehr gut«, fügte sie hinzu, worauf Marissa erneut nach ihrer Hand griff.

»Ich wünsche mir bloß, dass er glücklich ist«, säuselte sie, während sich ihre leuchtend blauen Augen – enzianblau, versteht sich, schließlich wäre gewöhnliches Blau nicht gut genug für sie – unvermittelt mit Tränen füllten. »Und ich freue mich so für euch beide.«

»Ach, noch ist ja alles ganz frisch«, sagte Verity und versuchte vergeblich, den Blick von Marissas inzwischen bebender Unterlippe zu lösen.

»Du weißt ja, dass Johnny und mich eine lange Geschichte verbindet. Eine sehr lange. Harry hat gesagt, er hätte dir erzählt, dass wir uns hinter Johnnys Rücken ineinander verliebt und geheiratet haben«, gestand Marissa und senkte die Stimme zu einem verschwörerischen Flüstern. »Ich schätze, ein Teil von mir wird sich deswegen für den Rest meines Lebens mies fühlen.«

Verity nickte. Sie verstand durchaus, und sie musste es Marissa hoch anrechnen, dass sie sich zu einem derartigen Geständnis durchgerungen hatte, obwohl es ihr bestimmt nicht leichtgefallen war, die Vergangenheit ans Licht zu zerren. »Aber man kann sich nun mal nicht aussuchen, in wen man sich verliebt«, beruhigte Verity sie. »Und du hast dich ja nicht in böser Absicht in Harry verliebt, oder?«

»Nein«, antwortete Marissa. »Und ich liebe Harry heute sogar noch mehr als damals. Aber wenn man erst mal verheiratet ist, betrachtet man den anderen gewissermaßen als selbstverständlich, und das zwischen mir und Johnny war so intensiv, deshalb ist die Vorstellung, dass Johnny immer ein bisschen in mich verliebt sein wird, einfach schön … eine Bestätigung, die ich sehr genieße. Ist das so schlimm?« Tränen glitzerten in Marissas weit aufgerissenen Augen, und ihre Miene war bekümmert.

Allmählich begriff Verity, was Marissa so besonders machte … weshalb Harry sich für sie und gegen seinen besten Freund entschieden hatte … Johnny immer noch bis über beide Ohren in sie verliebt war … und wieso auch Posy und Little Sophie ihr innerhalb von Minuten verfallen waren.

Denn wenn Marissa einen ansah, einem erlaubte, sich im Dunstkreis ihrer Großartigkeit aufzuhalten, sich einem sogar anvertraute, kam man leicht auf die Idee, tatsächlich der wichtigste Mensch in ihrem Universum zu sein. Es war geradezu berauschend. Verity spürte, wie sie ihrem Charme zu erliegen drohte – und dann noch dieser köstliche Duft, der von Marissa ausging –, aber sie würde stark bleiben, bei Gott, verdammt noch mal … *bitte verzeih mir, Herr, dass ich deinen Namen auf diese Weise in den Mund nehme, aber besondere Umstände erfordern nun mal besondere Maßnahmen,* dachte Verity.

»Willst du damit sagen, dass du gar nicht in Johnny verliebt bist?«, fragte Verity, worauf Marissa lächelte, als hätte Verity einen Witz gemacht. Und zwar keinen besonders lustigen. »Dass du seine Gefühle gar nicht erwiderst?«

»Das ist das Süßeste, was ich je gehört habe.« Marissa rang sich ein glockenhelles Lachen ab. »Johnny und ich sind liebende Freunde, mehr nicht. Zumindest was mich betrifft. Aber ich glaube, ich weiß, was hier in Wahrheit läuft.« Sie tätschelte Veritys schlaffe Hand.

»Und zwar?«, fragte Verity verwirrt. Sie hatte noch nie einen »liebenden Freund« gehabt, deshalb wusste sie nicht recht, wie sich »liebende Freunde« landläufig verhielten, aber eines konnte sie mit Bestimmtheit sagen: Ein »liebender Freund« bombardierte einen nicht ununterbrochen mit Anrufen und Nachrichten, wie Marissa es tat, schon gar nicht wenn sie davon ausging, dass Johnny inzwischen eine feste Freundin hatte.

Marissa legte den Kopf schief und bedachte Verity mit einem vor Mitgefühl triefenden Lächeln. »Ich nehme an, du glaubst, du wärst in Johnny verliebt. Und dass alle anderen auch in ihn verliebt sein müssen, weil er ja so etwas Besonderes, so klug und so attraktiv ist. Aber, nein, Vera, ich bin nicht in Johnny verliebt. Zumindest nicht auf diese Weise. Und ich vermute, Harry wäre alles andere als begeistert, wenn es so wäre.«

»Aber auf dieser Hochzeit in Kensington hat Harry doch …«

»Harry sagt viel, wenn der Tag lang ist«, unterbrach Marissa und machte ein Gesicht, als wäre das alles der reinste Klacks für sie. »Nein, ich wäre überglücklich, wenn Johnny endlich ein nettes Mädchen gefunden hätte. Vor ein paar Jahren war da diese Karen …«

»Du meinst, Katie?« Verity war nicht sicher, ob sie erleichtert oder beleidigt sein sollte, dass Marissa sich auch den Namen der einzigen anderen Frau nicht gemerkt hatte, mit der Johnny in den letzten zehn Jahren zusammen gewesen war.

»Karen. Katie. Was weiß ich. Jedenfalls war sie nicht die Richtige für Johnny. Absolut nicht«, erklärte Marissa mit einer wegwerfenden Handbewegung. »Ganz ehrlich, Argwohn ist keine besonders attraktive Eigenschaft an einer Frau, Velma. Und wieso wäre ich wohl hier, wenn ich in Johnny verliebt wäre?«

»Tja, das ist die Frage. Wieso *bist* du denn hier? Weil du gern mit mir plaudern wolltest? Oder bist du auf der Suche nach einem Buch?«

»Versteh mich nicht falsch ... der Laden ist reizend ... sehr charmant. Das habe ich Posy auch gerade gesagt, aber ich lese nur echte Literatur«, sagte Marissa. »Ich finde, Frauen, die Liebesromane lesen, haben immer so etwas Trauriges, Unbefriedigtes ...«

Marissa hätte nichts Besseres sagen können, um den Bann zu brechen, mit dem sie Verity belegt hatte. Es gab nichts gegen Liebesromane einzuwenden; sie dienten nicht nur dazu, Lücken im Leben einsamer Frauen zu füllen. Man konnte ohne Weiteres in einer liebevollen Beziehung leben und trotzdem diese Art von Romanen lesen. »Ehrlich gesagt ...«, hob Verity mit einem Anflug von Verärgerung in der Stimme an, der ihre vier Schwestern bereits hätte aufmerken lassen. »Ehrlich gesagt sind sogar die meisten Klassiker in Wahrheit Liebesromane. Von Ovids Liebesgedichten bis hin zu *Romeo und Julia* oder *Stolz und Vorurteil*. Und nur zu deiner Information: Wir führen auch renommierte literarische Autoren wie Ian McEwan und Sebastian Faulks.«

»Nein, ich fürchte, da irrst du dich, und ich muss es ja wissen, schließlich habe ich einen Cambridge-Abschluss in Englischer Literatur«, widersprach Marissa, als wäre dies ein Totschlagargument. Was es ganz bestimmt nicht war, doch als Verity widersprechen wollte – ein wenig vehementer und mit einem obligatorischen Zitat aus *Stolz und Vorurteil* –, packte Marissa Verity am Arm und drückte so fest zu, dass Verity reflexartig den Mund wieder schloss. »Wir kommen vom Thema ab. Ich bin nicht hergekommen, weil ich über Bücher diskutieren will, sondern um eine persönliche Einladung auszusprechen. Johnny hat weder zu- noch abgesagt, was vermutlich daran liegt, dass du ihn so auf Trab hältst.«

Es war, als verfügten Marissas magische Kräfte gerade einmal über eine Haltbarkeitsdauer von zwanzig Minuten. Aus den Fängen ihres Charmes und ihres verführerischen Gesäusels befreit, konnte Verity sie wieder mühelos als das erkennen, was sie in Wahrheit war – eine gefährliche Giftspritze, gegen die es nur ein wirksames Gegenmittel gab: Abstand halten.

»Du kannst dich bestimmt erinnern, wie es am Anfang ist. Johnny und ich wollen eben so viel Zeit zu zweit verbringen, wie wir nur können«, sagte Verity so zuckersüß, dass ihre Backenzähne schmerzten. »Also. Wozu wolltest du uns einladen?«

»Zu unserem zehnten Hochzeitstag«, antwortete Marissa. »Harry und ich haben ein Haus auf einer kleinen Insel in Cornwall gemietet und unsere engsten Freunde eingeladen. Natürlich haben wir auch Johnny schon vor Monaten Bescheid gegeben, und ich habe versucht, ihn an die Strippe zu bekommen, aber der arme Kerl hat offensichtlich nie auch nur einen Moment für sich allein.«

»Das hat er durchaus«, erwiderte Verity verärgert, denn sie gehörte definitiv nicht zu den Frauen, die klammerten. Niemals. »Vielleicht ist er einfach noch nicht dazu gekommen, dir zu antworten.«

»Das kann ich mir eigentlich nicht vorstellen«, widersprach Marissa ebenso verärgert. Einen Moment lang – so flüchtig, dass Verity sich später fragen sollte, ob sie es sich vielleicht bloß eingebildet hatte – lag eine abgrundtiefe Boshaftigkeit in ihrem Blick, als wäre Verity ein hässlicher Störfaktor in Johnnys Leben, den es, so schnell es ging, zu eliminieren galt. Doch dann blinzelte Verity, und als sie das nächste Mal hinsah, lag wieder jener unschuldig-gewinnende Ausdruck auf Marissas Gesicht. »Du bist natürlich auch eingeladen. Es findet dieses Wochenende ...«

»Wie schade, ich glaube, wir haben am Wochenende schon etwas vor«, unterbrach Verity, obwohl sie keine Ahnung hatte, ob das stimmte. Es war das lange Feiertagswochenende im August, der Sommer neigte sich dem Ende, und die Einladungen trudelten immer sporadischer ein, weshalb eigentlich kein Grund mehr bestand, das Versteckspiel aufrechtzuerhalten. Die Vorstellung löste Panik in Verity aus, doch sie ließ sich nichts anmerken. »Ich rede heute Abend mit Johnny. Mal sehen, was er sagt.«

Das war ein Satz, wie man ihn nur aus dem Mund einer festen Freundin erwarten würde. Wieder flackerte etwas in Marissas Augen auf, und dann erging sie sich in einem endlosen Monolog über den Spitzenkoch, der schon für alle möglichen Prominenten gekocht hatte, dass sie die endgültige Gästezahl brauchen würde und es unhöflich sei, sich mit der Zu- oder Absage bis zur letzten Sekunde Zeit zu lassen.

»... er hat sogar schon für das Thronfolgerpaar gekocht, und selbst die hatten einen Monat im Voraus die vollständige Gästeliste beisammen ...«

»Wir schließen jetzt. Wenn Sie also nicht auf die Kasse warten, müsste ich Sie bitten, den Laden zu verlassen«, sagte eine Stimme hinter ihnen. Verity wirbelte herum und sah Nina mit in die Hüften gestemmten Händen vor sich stehen. »Außerdem macht sich die Kasse nicht von selbst, Very.«

Marissa überlief ein leiser Schauder, als wäre dieser kurze Einblick in das banale Arbeitsleben eines gewöhnlichen Menschen mehr, als sie ertragen konnte. »Ich muss jetzt wirklich gehen«, erklärte sie, als wäre Verity diejenige, die sie gegen ihren Willen aufgehalten hatte, und erhob sich elegant vom Sofa. »Bitte gib mir doch wegen des Wochenendes Bescheid. Johnny weiß ja, wo er mich findet.«

Und dann schwebte sie von dannen, als wäre der zerschrammte Holzfußboden ein Mailänder Laufsteg.

»Mein sechster Sinn hat Alarm geschlagen«, erklärte Nina, während Verity sich deutlich uneleganter vom Sofa hochhievte. »Ich traue grundsätzlich niemandem mit derart glänzenden Haaren. So was ist doch nicht normal. Und wer ist sie überhaupt?«

»Eine von Johnnys Freundinnen von der Uni.« Verity bemühte sich um einen neutralen Tonfall, doch der zuckende Muskel an ihrem Augenlid verriet sie. »Sie hat einen Einser-Abschluss in Englischer Literatur in Cambridge gemacht, und ich kann sie nicht ausstehen.«

»Very!« Tom trat hinter dem Tresen hervor. »Du weißt doch, wie sehr es mir zusetzt, wenn du so hässliche Dinge sagst.«

»Denn schließlich bist du eine Pfarrerstochter«, konterte Nina und brach in schallendes Gelächter aus.

Wie so oft vermochte Jane Austen Veritys Gedanken besser auf den Punkt zu bringen als sie selbst. *»Sie gehört zu den jungen Damen, die sich dem anderen Geschlecht angenehm zu machen suchen, indem sie ihr eigenes herabsetzen; und bei vielen Männern hat dies wohl auch Erfolg. Aber meiner Meinung nach ist das ein schäbiger Schwindel, ein übler Trick.«*

Nina und Tom traten den Rückzug an. »Wir lassen dich dann mal in Ruhe die Kasse machen«, sagte Tom mit betont leiser Stimme.

»Lass dir ruhig Zeit«, stimmte Nina ein. »Und ich gehe heute

Abend übrigens aus. Mit einem Typen, den ich auf HookUpp kennengelernt habe. Er ist bei der Marine. Du hast also die Wohnung ganz für dich allein. Das kommt dir doch bestimmt entgegen, oder?«

»Mehr, als du dir vorstellen kannst.«

Kapitel 22

Das kam so allmählich, dass ich kaum weiß, wann es
anfing. Aber ich muss es wohl auf den Augenblick
datieren, als ich zum ersten Mal seinen schönen Park
in Pemberley sah.

Verity wünschte sich nichts sehnlicher, als sich mit einem feuchten Tuch auf dem Gesicht in einen abgedunkelten Raum zu legen, aber vorher musste sie mit Johnny reden.

So ungern sie es auch zugab, aber dies war etwas, das sie ihm nicht per Mail oder Textnachricht sagen konnte, eigentlich noch nicht einmal am Telefon.

Nein. Wenn man seinem Schein-Freund verklickern wollte, dass die Liebe seines Lebens sich wünschte, dass er zu ihrem zehnten Hochzeitstag mit ihrem Ehemann kam, musste man das von Angesicht zu Angesicht tun.

Trotzdem konnte es nicht schaden, schon einmal behutsam vorzufühlen, dachte Verity. Vielleicht war Johnny die nächsten Tage ja hoffnungslos ausgebucht, und wenn sie ihn am Wochenende erwischte, wäre es längst zu spät für eine Zusage; ganz zu schweigen davon, den Promi-Koch über irgendwelche Lebensmittelallergien zu informieren.

Bist du heute Abend zufällig in der Gegend? Ich muss etwas mit dir besprechen, schrieb sie, sobald sie die Tür hinter Nina abgeschlossen hatte, die wegen ihres Dates mit dem Marine-Typen ziemlich aus dem Häuschen gewesen war.

»Ein richtiger Marinesoldat, Very«, hatte sie schwärmerisch – und ziemlich Nina-untypisch – geseufzt. »Er hat gesagt, er könnte mich ohne Weiteres packen und aufs Bett werfen, wenn ihn die Leidenschaft übermannt. Genau so was habe ich mir schon immer von einem Mann gewünscht.«

Leider antwortete Johnny, noch bevor Verity die herrlich leere Wohnung betreten hatte.

Wieso? Hast du vergessen, dass wir heute Abend zum
Essen erwartet werden? Das »Doppeldate« mit meinem
Vater und Elspeth. Bitte beeil dich. (Deine Nachricht klingt
ja ziemlich geheimnisvoll.)

Das hatte sie völlig vergessen! Nach seinem Besuch in der Buchhandlung hatte William eine reizende Mail geschickt, auf die Verity zwar geantwortet, doch danach jegliche Erinnerung daran verdrängt hatte, wie so oft, wenn sich etwas als unangenehm zu entpuppen drohte.

Und jetzt würde das Ganze noch viel unangenehmer werden. Du hast ja keine Ahnung, dachte sie. Nachdem Strumpet gefüttert war, nahm sie Johnnys Marissa-Handy aus der Schreibtischschublade und machte sich schweren Herzens auf den Weg nach Canonbury – niemand riss sich darum, der Überbringer schlechter Nachrichten zu sein, schließlich wusste man, wie übel das manchmal enden konnte.

Verity hatte vorgehabt, die rund zwei Meilen durch die Nebenstraßen von Clerkenwell und Islington zu Fuß zu gehen, doch es würde das Unvermeidliche nur unnötig hinauszögern, deshalb quetschte sie sich in einen Bus voll schwitzender, schlecht gelaunter Leute auf dem Heimweg von der Arbeit und spürte, wie sich ihre eigene Laune ebenfalls mit jeder Minute verdüsterte.

Trotz des dichten Verkehrs war es noch viel zu früh für ihren Geschmack, als sie bei Highbury Corner ausstieg und sich auf den fünfminütigen Weg durch die hübschen, von Bäumen gesäumten Straßen machte, vorbei an den massiven Häusern im viktorianischen Stil. Schließlich stand sie vor Johnnys Haustür und klingelte. Obwohl sie im *Guardian* alles über sein vierstöckiges Schmuckstück gelesen hatte, war sie nicht darauf gefasst gewesen, wie groß und imposant es war, absolut perfekt, von den Stuckverzierungen bis hin zu der Eingangstür in geschmackvollem Grau.

Verity fühlte sich vollkommen fehl am Platz und hätte am liebsten den Lieferanteneingang genommen, vor allem als sie entsetzt feststellte, dass sie immer noch das grau-fuchsiafarbene T-Shirt trug. Außerdem hatte sie nicht einmal mehr daran gedacht, sich die Haare zu bürsten oder einen Spritzer Parfum aufzulegen. Oh Gott, und sie hatte völlig vergessen, unterwegs eine Flasche Wein oder einen Blumenstrauß zu besorgen.

Dafür war es jetzt zu spät. Die Tür ging auf, und Johnny stand vor ihr. Und offensichtlich hatte er im Gegensatz zu ihr noch Zeit gefunden, zu duschen und sich umzuziehen. Er trug Jeans und eines seiner kurzärmeligen T-Shirts, diesmal in Dunkelblau und Mintgrün, und seinem erleichterten Lächeln nach zu schließen, freute er sich sehr, sie zu sehen.

»Gott sei Dank, dass du hier bist«, sagte er, packte sie und drückte ihr, zu ihrer beider Verblüffung, einen Kuss auf die Stirn, dann zog er sie in die Diele mit den schwarz-weißen Originalfliesen und einer in die Treppe eingebauten Holzbank. »Wir trinken Pimm's im Garten.«

Das hörte sich nicht gerade vielversprechend an. Veritys Herz wurde noch schwerer, als sie ihm durch die Diele folgte. Ihr Blick fiel auf ein offen gestaltetes, lichtdurchflutetes Wohnzimmer mit in gebrochenem Weiß gestrichenen Wänden, in unterschiedlichen Blautönen gehaltenen Sofas, Teppichen und Sofakissen und einem von Einbauregalen voller Glas-Deko flankierten Kamin.

Es ging weiter durch die Küche, die sie bereits aus dem *Guardian* kannte: Einbauten, die Johnny selbst konstruiert hatte, der riesige Tisch aus gebürstetem Stahl, die weiß gestrichenen Wände mit den fröhlichen grünen Akzenten und ein großes Küchenbuffet voll buntem Geschirr.

Eine Wand bestand aus einer Glasfront mit Türen, die in einen weitläufigen, weitgehend aus Rasen bestehenden Garten führten. »Es läuft nicht so gut«, gestand er halblaut, als sie auf die Terrasse und um die Ecke traten, wo William und eine Frau in einem hübschen Blümchenkleid mit zarten Gesichtszügen, denen auch das Alter nichts anhaben konnte, auf einer Bank saßen.

Sie hatten die Köpfe zusammengesteckt und tuschelten, dann kicherte die Frau, als William das Gesicht an ihrem Hals vergrub. Selbst ein Blinder sah auf den ersten Blick, dass sie wie zwei Teenager schmusten.

»Ich kann euch nicht mal zwei Minuten allein lassen, was?«, bemerkte Johnny mit einem Anflug von Verärgerung, worauf die Frau auflachte, wenn auch etwas nervös. Johnny packte Veritys Hand und schob sie nach vorn. »Wir haben Gesellschaft bekommen. Very, diesen alten Schurken hast du ja bereits kennengelernt, richtig? Als er sich eingemischt hat.«

»Als ›eingemischt‹ würde ich es eigentlich nicht bezeichnen. Eher als Interesse am emotionalen Wohlergehen meines einzigen Kindes«, erklärte William nachsichtig und legte den Arm um die Frau. »Und das ist Elspeth, meine Freundin. Elspeth, das ist Verity, Johnnys Freundin, die mir geraten hat, dir die hübsche leinengebundene Ausgabe von *Stolz und Vorurteil* zu schenken.«

»Oh, was für eine wunderbare Wahl!« Elspeth strahlte Verity an, die das Lächeln erwiderte und ihr bedeutete, doch sitzen zu bleiben.

Verity sah erneut an sich hinunter. »Bitte entschuldigen Sie, aber ich hatte keine Zeit mehr, mich nach der Arbeit umzuziehen.« Sie fuhr sich durchs Haar, das sich ziemlich zerzaust anfühlte.

»Wahre Schönheit braucht keinen Schmuck«, bemerkte William galant und warf seinem Sohn einen Blick zu. »Deine Hübsche braucht etwas zu trinken.«

Minuten später hatte Verity ein Glas Pimm's mit Erdbeeren und Gurkenstücken in der Hand, und während Johnny Tunfischsteaks auf den Grill legte, plauderte sie mit Elspeth, die bis zu ihrer Pensionierung vor einigen Jahren als Englischlehrerin gearbeitet hatte. Im Gegensatz zu Marissa hatte Elspeth keinerlei Probleme damit, viele der großen Werke klassischer Literatur als Liebesromane einzuordnen. »Und davon abgesehen … wen kümmert das schon?«, meinte sie. »Einige der schönsten und glücklichsten Momente im Leben verdanke ich einer Schachtel Ingwerkekse mit Schokolade und dem neuesten Wälzer von Diana Gabaldon.«

»Meine verstorbene Frau Lucinda hat mit Begeisterung Liebesromane gelesen«, warf William ein, worauf Elspeth mit einem liebevollen Lächeln seine Hand drückte. Johnny musterte die beiden mit zusammengekniffenen Augen. »Sie hätte sich bestimmt gern mit Ihnen über Bücher unterhalten, Verity.«

Verity murmelte eine Erwiderung, es wäre bestimmt nett gewesen, ehe sie in Schweigen verfiel, so wie Johnny, der sich den Großteil des Abends auffallend wortkarg und miesepetrig zeigte. William und Elspeth bemühten sich nach Kräften, das Gespräch in Gang zu halten, wobei Verity sich hier und da beteiligte. Beim Essen schilderte Elspeth, wie sie innerhalb von zwei Monaten Rentnerin und völlig unerwartet Witwe geworden war und sich einen Hund zugelegt hatte, um aus diesem »abgrundtiefen Loch« wieder herauszukommen – einen Pudel namens Peggy. Außerdem hatte sie sich für einen Yoga-Kurs angemeldet, wo sie auch William begegnet war.

Johnny stieß ein leises Schnauben aus, von dem Verity nicht sagen konnte, ob es von der Abneigung gegen Hunde oder gegen Yoga herrührte oder davon, dass er sich ausmalte, wie Williams und Elspeths Blicke sich beim Herabschauenden Hund begegnet waren. Seine Miene war so finster, dass Elspeth mitten im Satz innehielt und William seinen Sohn mit einem wütenden, gekränkten Blick bedachte. Mit einem Mal war von dem gewohnten verschmitzten Funkeln in seinen Augen nichts mehr zu sehen.

»Ich denke … würdet ihr mich bitte entschuldigen«, sagte Elspeth und stand auf. »Ich sollte mir die Nase pudern.«

»Ich zeige dir den Weg«, sagte William, der sich ebenfalls erhob und mit unheilvoller Miene Elspeths Arm ergriff, um sie über die Terrasse zu führen.

»Ich bin nicht sicher, ob das so eine gute Idee war«, hörte Verity sie leise sagen, was bedeutete, dass auch Johnny sie gehört hatte, doch er besaß noch nicht einmal den Anstand, beschämt zu wirken.

»Ich hätte nicht gedacht, dass du dich dermaßen daneben-benehmen kannst. Du führst dich wie der letzte Idiot auf«, platzte sie aufgebracht heraus. »Du bist wirklich unmöglich. Die arme Frau. Sie ist dein Gast.«

Johnny machte Anstalten, etwas Scharfes zu erwidern, schien sich jedoch zu besinnen und starrte sie nur finster an. »Sie ist der Gast meines Vaters«, korrigierte er.

»Sie ist in *deinem* Haus, und du gibst ihr das Gefühl, nicht willkommen zu sein. So etwas nennt man schlechte Manieren«, beharrte Verity. »Ich bitte dich. So bist du doch in Wahrheit nicht. Zumindest dachte ich das.«

Wieder warf Johnny ihr einen vernichtenden Blick zu, und einen Moment lang war sie sicher, dass sie ihre Grenzen als Schein-Freundin überschritten hatte, doch dann starrte sie zurück, so lange, bis er seufzte. »Ich ja auch. Aber es ist … es fällt mir einfach schwer, meinen Vater mit einer anderen Frau zu sehen.« Er schüttelte den Kopf. »Dieses ständige Küssen und Geschmuse. Ich finde, sie sollten vielleicht mal einen Gang runterschalten.«

»Ach, komm schon, es ist ja nicht so, dass sie vor unseren Augen wild herumknutschen würden.«

Johnny massierte sich den Nasenrücken. »Bitte, Very, sag nicht solche Dinge.«

Aber irgendjemand musste die Dinge beim Namen nennen, und dieser Jemand war Verity. »Elspeth ist die Freundin deines Vaters, ob es dir nun passt oder nicht, deshalb schlage ich vor, du gewöhnst dich daran, und zwar schleunigst, denn mit deinem Verhalten kränkst du nicht nur Elspeth, sondern auch William. Schlimmer noch. Du gibst ihm das Gefühl, er müsse Gewissensbisse haben, obwohl er absolut nichts falsch gemacht hat. Er darf sich sehr wohl noch einmal neu verlieben, und das schmälert die Gefühle, die er für deine Mutter hatte, in keinster Weise.«

»Aber er hat meine Mutter von Herzen geliebt«, warf Johnny ein, wenn auch keineswegs trotzig, sondern eher mit einem Anflug von Wehmut.

»Und wie einsam muss sich jemand fühlen, wenn er all die Jahre ohne diesen geliebten Menschen leben musste«, erwiderte Verity mit Nachdruck, nahm Johnnys Hand und verschränkte mit einer Mischung aus Erregung und Scham über ihre eigene Kühnheit ihre Finger mit den seinen.

Die Falten auf seiner Stirn und die Anspannung, die sie in seiner Hand spürte, verrieten, wie sehr er mit sich rang. Dann schüttelte er den Kopf; nicht ungläubig, sondern eher, als wolle er seine Gedanken klären. »Ach, Very ...«, murmelte er und wandte sich um, als sein Vater und Elspeth wieder auf die Terrasse traten.

»Elspeth.« Er schluckte. Verity drückte seine Hand. »Ich habe mir gerade angehört, wie fürchterlich ich mich heute Abend benommen habe. Ich hoffe, Sie verzeihen mir.« Johnny lächelte sie an – ein warmherziges, freundliches Lächeln, bei dessen Anblick sich Elspeth sichtlich entspannte und zurücklächelte, während William seinem Sohn einen verärgerten, aber zugleich liebevollen Blick zuwarf.

»Du hast immer noch Hausarrest«, brummte er, worauf auch die letzten Reste der Anspannung verflogen, als hätten alle vier instinktiv die Luft angehalten und wären nun, da sie wieder frei durchatmen konnten, fast hysterisch vom Sauerstoffmangel.

Vielleicht war das der Grund, weshalb sie sich halb totlachten, als Johnny Strumpet als »Kater von höchst fragwürdiger Moral« bezeichnete, worauf Verity sich gezwungen sah, für ihn und sein auffallend frivoles Leben in die Bresche zu springen; danach zeigte sie William und Elspeth Handyfotos vom Armen Alan in seinem Imker-Outfit, da Worte sein Erscheinungsbild nicht annähernd zu beschreiben vermochten.

Die beiden waren ein wunderbares Paar, beendeten die Sätze des anderen, kicherten über die Witze, die der andere machte, und all das stets mit winzigen liebevollen Gesten. Elspeths Hand ruhte auf Williams Knie, er strich ihr eine Strähne hinters Ohr – kaum zu glauben, dass sie sich erst ein knappes Jahr kannten. »Mir kommt es viel, viel länger vor, dir nicht auch?«

Nun da Johnny seine Dämonen besiegt hatte, schien es ihn nicht im Mindesten zu irritieren, dass sein Vater nach zehn Jahren des Alleinseins plötzlich eine Freundin hatte. Im Gegenteil. Stattdessen fiel Verity auf, dass er Elspeth anlächelte und mit leiser, sanfter Stimme mit ihr sprach.

»Ich mochte Elspeth wirklich gern«, sagte Very später, als sie Johnny beim Aufräumen half, während William Elspeth in ein Taxi nach Crouch End setzte. »Und du auch, stimmt's?«

»Ja.« Er seufzte. »Sehr sogar. Und als ich mich erst mal eingekriegt habe, ist mir aufgegangen, wie glücklich sie meinen Vater macht, wofür ich sie sogar noch lieber mag.« Johnny spülte die Teller ab und reichte sie Verity, damit sie sie in die Geschirrspülmaschine räumte. »Danke.«

»Wofür?«, fragte sie. »Ich habe doch gar nichts getan.«

»Du hast mir den Kopf gewaschen, als ich es dringend nötig hatte«, sagte er. »Erst da habe ich begriffen, wie unmöglich ich mich aufgeführt habe, wie kindisch. Dass es die Liebe meines Vaters zu meiner Mutter nicht schmälert, nur weil er Elspeth mag. Oder sogar liebt.«

»Natürlich nicht«, sagte William, der im Türrahmen stand.

»Ich habe deine Mutter von Herzen geliebt und war so schrecklich einsam ohne sie, was sie nicht gewollt hätte.«

Verity schwenkte das Geschirrtuch wie ein Matador. »Ich gehe raus in den Garten, dann könnt ihr beide reden«, sagte sie, doch William schüttelte den Kopf, und Johnny nahm sie sanft am Handgelenk.

»Du musst nicht gehen«, sagte er leise. »Du weißt sowieso, dass ich mich wie der letzte Vollidiot benommen habe. Und du hast völlig recht. Natürlich hätte Mum nicht gewollt, dass du alleine bleibst«, fügte er, an seinen Vater gewandt, hinzu.

»Sie hat mir das Versprechen abgenommen, dass ich keiner dieser alten verbitterten Knochen werde, die sich ausschließlich von Dosenbohnen in Tomatensoße ernähren und sich nicht regelmäßig waschen.« Vorsichtig setzte William sich auf einen von Johnnys Hockern aus gebürstetem Stahl. »Sie hat sogar gemeint, ich solle anfangen, Swing zu tanzen, oder einen Wasserfarben-Malkurs belegen, damit ich dort vielleicht Frauen kennenlerne. ›Du warst mir so ein wunderbarer Mann, deshalb wäre es eine Verschwendung, wenn du niemals wieder die Liebe fändest‹, hat sie kurz vor ihrem Tod zu mir gesagt, aber gerade weil ich sie so sehr geliebt habe, war ich viele Jahre nicht bereit, mich auf jemand anderen einzulassen.«

»Und jetzt?«, fragte Johnny, dessen Finger immer noch um Veritys Handgelenk lagen, sodass er spüren musste, wie ihr Puls raste, während sie gezwungen war, einer Unterhaltung zu lauschen, die rein gar nichts mit ihr zu tun hatte, selbst wenn sie überaus dankbar für alles war, was Johnnys Ansichten zum Thema Liebe verändern könnte.

»Und erst heute ist mir klar, dass man, wenn man zu lange in der Vergangenheit lebt, womöglich das Schöne gar nicht mitbekommt, das man direkt vor Augen hat«, fügte William mit einem – wie Verity bemerkte – vielsagenden Blick in Johnnys Richtung hinzu. »Also … ich gehe jetzt nach unten in meine Höhle.«

»Als Höhle kann man es wohl kaum bezeichnen«, gab Johnny zurück, doch Verity fiel auf, dass er leicht abwesend klang, so als wäre er nicht ganz bei der Sache.

»Wieso zeigst du Verity nicht das Haus?«, schlug William vor, und obwohl Verity lässig abwinkte, konnte sie es in Wahrheit kaum erwarten, dass Johnny sie herumführte.

Abgesehen von ein paar Bemerkungen über die eigens angefertigten Holzböden sagte Johnny kaum ein Wort, während er Verity durch das Erdgeschoss führte. Erst im Gästebadezimmer im ersten Stock mit der frei stehenden Badewanne, die förmlich dazu einlud, sich mit einem schönen Buch darin auszustrecken, wurde er gesprächiger. »Wieso um alles in der Welt habe ich von ihm erwartet, dass er den Rest seines Lebens um meine Mutter trauert? Das war doch völlig idiotisch.«

Verity ließ sich auf die Bank unter dem Fensterbrett sinken. Trotz der klaren Weitläufigkeit des Hauses gab es überall gemütliche Ecken, in denen man sich ohne Weiteres für ein Stündchen mit einem Buch zusammenkuscheln oder einfach nur seinen Gedanken nachhängen konnte.

Das wird schwierig, dachte sie und blickte in Johnnys fragendes Gesicht. »Komm, setz dich doch zu mir«, sagte sie, aber im Gegensatz zu Marissa ließ sie es nicht wie einen Befehl klingen, sondern eher wie eine von Herzen kommende Bitte. Sie nahm seine Hand. Weil es sich richtig anfühlte.

»Ich habe plötzlich ein ganz schlechtes Gefühl«, sagte er in einem Tonfall, in dem ein Anflug von Belustigung mitschwang. »Entweder machst du jetzt mit mir Schluss, oder du erzählst mir, dass du nur noch drei Monate zu leben hast.«

»Weder noch. Aber … ich hatte heute Besuch im Laden.« Sie tätschelte Johnnys Hand. »Marissa.«

Zu Veritys Überraschung ertönte keine bedrohliche Musik, als sie den gefürchteten Namen aussprach, stattdessen spürte sie lediglich, wie Johnny sich neben ihr versteifte. »Ach, tatsächlich? Wie geht es ihr?«

»Gut. Sie sah gut aus.«

»Schön. Das ist … prima.«

Johnny brach zwar nicht in Begeisterungsstürme aus, trotzdem hatte Verity insgeheim gehofft, dass er die Nachricht mit einer gewissen Gleichgültigkeit aufnehmen würde, weil ihm dieser Monat genügt hatte, um ihn gewissermaßen von seiner Marissa-Sucht zu heilen. Oder dass er, im schlimmeren Fall, in die Nacht hinausstürmen würde, um der Dame seines Herzens seine ewige Liebe zu gestehen.

»Jedenfalls ist ein Monat vorbei. Sogar etwas mehr, deshalb dachte ich, dass ich dir dein Handy zurückgeben sollte. Marissa meinte, sie hätte versucht, dich zu erreichen, weil – bitte flipp jetzt nicht aus, okay? – weil sie und Harry dieses Wochenende eine Riesenparty zu ihrem zehnten Hochzeitstag schmeißen.«

»Oh, dieses Wochenende, ja?«, bemerkte Johnny beiläufig, als wäre er allen Ernstes über Marissa hinweg und hätte in den letzten vier Wochen kaum einen Gedanken an sie verschwendet. »Ich habe mir das Datum schon vor einer halben Ewigkeit im Kalender angestrichen, aber nie zugesagt.« Ein Lächeln trat auf seine Züge – eines von der Art, wie man es einer flüchtigen Bekannten oder einer Nachbarin zuwarf, der man zufällig auf der Straße begegnete; ein Lächeln, das Verity nicht deuten konnte. »War sie sauer?«

»Ziemlich.« Mehr konnte Verity nicht sagen, wenn sie nicht wie jemand dastehen wollte, der über andere Frauen herzog.

»Sie braucht dringend die endgültige Gästezahl und Sonderwünsche für den Spitzenkoch, den sie engagiert hat.«

Johnny nickte. »Ach, Marissa. Marissa.« Er ließ den Atem entweichen. »Das letzte Mal habe ich meine Mutter lächeln sehen, als Marissa und ich ihr gesagt haben, dass wir heiraten wollen. Sie hat mich gefragt, ob ich glücklich sei, und als ich Ja gesagt habe, meinte sie ›Das ist schön, dann bin ich es auch‹.«

Johnny hatte sich nach vorn gebeugt und stützte sich mit den Ellbogen auf den Knien ab. Verity legte ihm die Hand auf den Rücken. Für jemanden, der nicht gerade ein großer Freund von Berührungen war, machte sie gewaltige Fortschritte. »Bestimmt vermisst du sie ganz schrecklich«, sagte sie und hielt inne. »Deine Mutter, meine ich«, fügte sie sicherheitshalber hinzu.

»So viele meiner letzten Erinnerungen an sie sind unmittelbar mit denen an eine Zeit verknüpft, als Marissa und ich noch glücklich miteinander waren«, sagte er und schmiegte seinen Rücken an Veritys Hand. »Da neigt man leicht dazu, alles durch die rosarote Brille zu sehen, denn in Wahrheit haben wir uns entweder gestritten oder gerade wieder mal getrennt. Aber als meine Mutter krank geworden ist, hat sich das auf einen Schlag geändert.« Johnny richtete sich auf und sah Verity niedergeschlagen an. »Ich habe miterlebt, wie Marissa sich ins Zeug gelegt hat. Jeden Abend ist sie nach der Arbeit vorbeigekommen und hat sich für eine Weile zu meiner Mutter gesetzt, damit Dad und ich Pause machen konnten. Sie hat ihr die Haare gewaschen oder die Nägel lackiert … winzige Kleinigkeiten, die Mum das Gefühl gegeben haben, wieder ein klein wenig sie selbst zu sein, obwohl sie es seit Wochen schon nicht mehr war.«

Diese Seite hatte Verity nicht an Marissa kennengelernt,

andererseits war sie ihr auch nur zweimal begegnet. Doch so gemein und herablassend sie sich Verity gegenüber auch benommen hatte, sie war in dieser schwierigen Zeit für Johnny da gewesen, ebenso wie für seine Mutter, und inzwischen konnte Verity besser nachvollziehen, wie eng das Band zwischen Johnny und Marissa war. »Kein Wunder, dass du sie immer noch liebst«, sagte sie leise, obwohl sie vor Frust gerne laut aufgestöhnt hätte.

»Mir ist durchaus klar, dass es auf Außenstehende wirkt, als würde ich ihr wie ein liebeskranker Schuljunge hinterherheulen, ohne dass sie mich jemals ermutigt, aber wann immer ich ganz unten bin und denke, diese ganze leidige Angelegenheit sollte ein Ende haben, kriegt sie mich jedes Mal wieder herum.«

Johnny war ein hoffnungsloser Fall. Doch obwohl Verity keine Ahnung hatte, was sie sonst noch tun sollte, war sie fest entschlossen, nicht aufzugeben.

»Ich ertrage es nicht, noch länger darüber zu reden«, sagte Johnny, stand auf und hielt Verity die Hand hin. »Komm, ich habe dir den zweiten Stock noch nicht gezeigt… wo es sozusagen zur Sache geht…«

Johnny hatte recht. Zu dem traurigen Thema »Johnny und Marissa« war tatsächlich alles gesagt; höchste Zeit, dass sich die Stimmung wieder ein bisschen hob, deshalb ließ Verity sich von ihm auf die Füße ziehen.

Wer hier lebte, brauchte nicht auch noch ins Fitness-Studio zu gehen, dachte sie, als sie ihm die nächste Treppe hinauf folgte, vorbei an einer weiteren Sitzgelegenheit in der Nische des Treppenabsatzes.

Oben gab es ein Gästezimmer, ein Badezimmer, Johnnys Ankleide und einen großen Raum, Johnnys Schlafzimmer mit einem zusätzlichen Bad en suite. »Allerdings geht es hier meistens nicht sonderlich zur Sache, sondern es beschränkt sich eher aufs Schlafen. Du kannst gern reinkommen. Ich verspreche dir auch, dass ich dich nicht verführen werde.« Johnny legte den Kopf schief und warf ihr einen Blick zu, als wäre dies so ziemlich das Letzte, was er im Sinn hatte … was vermutlich auch so war, schließlich liebte er Marissa immer noch und würde es wohl auch bis ans Ende seiner Tage tun. Doch dann trat ein lüsterner Ausdruck auf seine Züge. »Es sei denn, natürlich, du willst es.«

Verity blieb keine andere Wahl, als ähnlich flapsig zu reagieren. Alles andere wäre blanker Irrsinn. »Nicht mit vollem Magen«, gab sie zurück und trat um den grinsenden Johnny herum ins Schlafzimmer.

Im Gegensatz zum hellen, lichtdurchfluteten Rest des Hauses verströmte der Raum eine behagliche, beinahe sexy Atmosphäre. Die Tapeten waren in einem satten Dunkelgrau und zartem Silber gehalten, mit einem Muster aus dichten bunten Ranken und scheinbar willkürlich platzierten Insekten und Blumen, die einen kleineren Raum hätten bedrückend wirken lassen, hier jedoch ein ganz besonders exquisites Ambiente schufen.

Am Fenster standen zwei üppig gepolsterte, mit grauem Samt bezogene Sessel, doch der Raum wurde von einem breiten Bett mit blütenweißen Kissen, einer bauschigen Bettdecke und einem grauen, säuberlich über dem Fußende drapierten Strickplaid dominiert. Das Schlafzimmer war eindeutig viel zu groß für eine einzelne Person; vor allem, wenn diese Person niemanden hatte, mit dem sie den Raum teilte, noch nicht einmal ein Haustier. Johnny setzte sich aufs Bett und tätschelte den Platz neben sich. Verity ließ sich neben ihn sinken.

Die Matratze war ziemlich hart, aber trotzdem nachgiebig

genug, um sie in Versuchung zu bringen, vorsichtig zu wippen.

»Das Haus ist wirklich schön«, sagte sie nervös. »Mir ist keine einzige Gefahrenquelle aufgefallen.«

»Das will ich doch hoffen.« Johnny lehnte sich auf die Ellbogen zurück. »Also, bist du bereit?

»Wie bitte?«, stieß Verity so empört hervor, dass jede Jane-Austen-Heldin stolz auf sie gewesen wäre, obwohl sie in Wahrheit ganz andere Gefühle umtrieben. Gefühle, bei denen sich ihr Magen verkrampfte und ihr Mund schlagartig trocken wurde wie die Sahara … eine keineswegs unangenehme Empfindung, auch wenn sie versuchte, dagegen anzukämpfen. »Du hast doch versprochen, mich nicht zu verführen!«

»Ich habe vom Wochenende gesprochen!«, sagte er mit einem breiten Grinsen. »Die Party zum Hochzeitstag.«

Der Knoten in Veritys Magen löste sich, und ihre Begeisterung erlosch, als hätte Johnny ihr einen Kübel kaltes Wasser ins Gesicht geschüttet. »Du willst hingehen? Obwohl du gerade gesagt hast, dass du sie immer noch liebst? Wie soll das funktionieren? Sie feiert ihren zehnten Hochzeitstag mit Harry!«, krächzte sie in einer Tonhöhe, die wahrscheinlich bloß Fledermäuse wahrnehmen konnten.

»Ich kann ihr schließlich nicht ewig aus dem Weg gehen, oder? Und gibt es eine bessere Methode, um mir vor Augen zu führen, dass sie niemals mir gehören kann, als mit ihr den zehnten Hochzeitstag mit ihrem Mann zu feiern? Wenn ich das schaffe, gibt es vielleicht ja doch noch Hoffnung für mich.« Johnny blickte nachdenklich an die Zimmerdecke. »Ein Leben nach Marissa. Und du wirst bei mir sein, oder? Ohne dich hätte ich diesen Sommer nicht überstanden.«

»Eigentlich habe ich nicht viel getan, sondern dir nur

dein Telefon abgeknöpft, was ehrlich gesagt nicht besonders schwierig war«, räumte Verity ein. »Und dass ich mich auf diese Nummer mit der Schein-Freundin eingelassen habe, aber auch das war viel weniger schlimm, als ich es mir vorgestellt hatte. Abgesehen von dem einen Mal, als du mich gezwungen hast, mit dir zu ›Hi Ho Silver Lining‹ zu tanzen. Das war echt übel.«

Johnny lachte. »Ja, nicht? Aber trotzdem haben wir uns prächtig amüsiert, oder?«

Das klang fast, als würde er ihrer Schein-Freundschaft den Todesstoß versetzen – nach Abschied, und obwohl Verity gemault hatte, ständig etwas im Teigmantel essen, in aller Öffentlichkeit tanzen und sich wie ein geselliger Mensch benehmen zu müssen, würde sie es vermissen.

Aber nicht halb so sehr, wie sie Johnny vermissen würde. Einerseits war er so stark, so selbstsicher, wie Verity es nie gewesen war. Andererseits würde er mit ziemlicher Wahrscheinlichkeit in sein altes Rollenmuster zurückfallen und Marissa hinterherweinen, sobald Verity von der Bildfläche verschwunden war. Mit einem Mal hatte sie das dringende Bedürfnis, ihr Experiment fortzuführen. »Willst du wirklich zu dieser Party?«, fragte sie. »Obwohl es das ganze lange Wochenende dauert?«

Johnny sah sie an, als hätte er sie gerade bei etwas Schlimmem ertappt. »Ich war nicht hundertprozentig ehrlich zu dir. Offen gestanden habe ich gewisse Hintergedanken«, sagte er zögernd, ehe er Veritys entsetztes Gesicht bemerkte. »O Gott, nein, es ist nichts Schlimmes!«

Verity kniff die Augen zusammen und machte sich auf einen heftigen Schlag in die Magengrube oder ein Geständnis gefasst … etwa, dass er die Gelegenheit nutzen wollte, um mit Marissa durchzubrennen, oder etwas in der Art. »Was?«, fragte sie.

»Das Haus, das Marissa und Harry reserviert haben. Es gilt als eines der schönsten Jugendstil-Exemplare in ganz England. Vor zehn Jahren war es völlig heruntergekommen, aber die Besitzer haben alles liebevoll und historisch exakt restauriert. Ich würde es wahnsinnig gern sehen.«

»Na ja, eigentlich ist Cornwall ja ganz nett«, sagte Verity zögernd. Noch einmal in Marissas Gegenwart sein zu müssen, war das Letzte, nein, das *Allerletzte*, was sie wollte, aber... »Wenn du sicher bist, dass dir das Wochenende nicht zu viel ist?«

»Es gibt nur eine Möglichkeit, es herauszufinden, oder?« Dafür, dass Johnny sich bald wieder in unmittelbarer Nähe der Frau aufhalten würde, der sein halbes Leben lang sein Herz gehört hatte, schien er ziemlich guter Dinge zu sein. »Und du bist ja dabei, um auf mich aufzupassen.«

Und danach würde er sie nicht mehr brauchen. Der Gedanke erfüllte sie mit unbeschreiblicher Traurigkeit, obwohl sie gewusst hatte, dass es über kurz oder lang dazu kommen würde. Sie war von Anfang an gegen diese Idee gewesen, doch nun, da sie sich damit angefreundet hatte, dämmerte ihr, dass es vermutlich ebenso schmerzhaft werden würde, ihren Schein-Freund zu verlieren, wie einen echten Freund.

»Also ein letzter Auftritt, ja?«, fragte sie mit verblüffend ruhiger Stimme.

Johnny verpasste ihr einen leichten Schubs, der sie beinahe vom Bett fallen ließ. »Wohl kaum. In ein paar Wochen findet Cons Hochzeit statt, und wer weiß, was sonst noch so kommt.« Er schlang den Arm um ihre Schultern und zog sie an sich, sodass ihr Gesicht in der Kuhle zwischen seiner Schulter und seinem Hals lag – jener Stelle, wo sein herrlicher Duft nach frischer Wäsche, diesem zitronigen Aftershave und seinem Johnny-Geruch am intensivsten war. Sie spürte seinen Atem in ihrem Haar. »Sieh mich an, Very«, sagte er in einem Tonfall, der keinen Widerspruch duldete.

Sie hob den Kopf. Johnny blickte ihr in die Augen mit … nun ja, im weichen Schein des Spiels aus Licht und Schatten … sah es fast wie Zärtlichkeit aus, vielleicht aber auch Freundlichkeit oder sogar Innigkeit … egal.

»Ich sollte wohl allmählich gehen«, murmelte sie, obwohl sie am liebsten noch Stunden so verharrt hätte.

»Nein, noch nicht«, widersprach er und legte die Hände um Veritys Gesicht, fuhr mit den Fingern die Linien ihrer Wangenknochen nach, sodass sie mit einem Mal zu atmen vergaß. »Very, ich weiß, dass keiner von uns für etwas anderes als Freundschaft zur Verfügung steht, aber ich weiß nicht, was ich ohne dich tun würde«, sagte er heiser und beugte sich vor. Veritys Augen weiteten sich, und sie konnte sich immer noch nicht daran erinnern, wie man atmete, und er … er würde sie gleich küssen … oh, ihren Scheitel. Er löste sich von ihr, sodass sie den zärtlichen Ausdruck in seinen Augen sehen konnte. »Ein letzter Auftritt, ja! So schnell wirst du mich nicht los!«

Kapitel 23

Ich fühlte mich ziemlich unwohl. Sehr unwohl,
man kann auch sagen unglücklich.

Am Freitag machten Verity und Johnny sich um die Mittagszeit auf den Weg zum äußersten Zipfel Cornwalls.

Es nieselte leicht, was sich gar nicht gut auf Veritys Haar
auswirkte, doch je weiter sie nach Westen kamen, umso mehr
klarte es auf, bis sich schließlich ein strahlend blauer Himmel
über ihnen spannte und die Felder ringsum sattgrün leuchteten. Obwohl Verity davor graute, Marissa (ganz zu schweigen
davon, Johnny mit Marissa) wiedersehen zu müssen, erwies
sich die Autofahrt als gewohnt beruhigend.

Im Radio liefen alte Indie-Hits, und Verity hielt Johnny über
die jüngsten Entwicklungen auf #simpsonliebeshochzeit auf
dem Laufenden, da Con und Alex inzwischen einen offiziellen
Hochzeits-Hashtag eingerichtet hatten – offenbar erforderten
bedeutende Hochzeiten heutzutage einen eigenen Hashtag.

Kurz hinter Taunton fuhr Johnny von der Autobahn ab,
um in einem kleinen Pub zu Mittag zu essen. Beim Anblick
des »Welcome to Cornwall«-Schilds spürte Verity, wie sich
ihr Magen erneut verkrampfte, und sie wurde von Minute zu
Minute stiller.

Während sie die schmalen, von überfahrenen Tierkadavern förmlich übersäten Landstraßen entlangfuhren, wuchs der Knoten allmählich zu einem Felsbrocken hinter Veritys Brustbein an. Sie konnte nur zu gut nachvollziehen, wie sich diese armen Tiere gefühlt haben mussten, als ihnen aufgegangen war, dass sie ihrem Tod geradewegs in die Augen blickten.

Wenig später fuhren sie durch Lower Meryton, ein hübsches Küstenstädtchen, und Johnny bog auf den Parkplatz des Pubs. Sie hatten sich geeinigt, dass Verity sich wegen der letzten Details mit Marissa in Verbindung setzen würde, und Verity hatte die strikte Anweisung erhalten, vom Parkplatz aus mit einer Nachricht an eine unbekannte Handynummer ihre Ankunft zu verkünden.

Das Ziel ihrer Reise, ein weißes Haus auf einem kleinen rundlichen Hügel inmitten des glitzernden Meeres, ragte in etwa zweihundertfünfzig Metern Entfernung in die Höhe. Bei Ebbe konnte man die Insel zu Fuß erreichen, doch es herrschte offensichtlich gerade Flut, deshalb hieß es in der SMS, sie sollten warten, bis ein »Sea Tractor« sie abholen käme.

»Ich habe keine Ahnung, was ein Sea Tractor sein soll«, sagte Verity, während Johnny ihr Gepäck aus dem Kofferraum nahm.

Er blickte aufs Meer hinaus. »Das da.«

Ein seltsam anmutendes Gefährt kam auf sie zugepflügt – es sah aus wie das Chassis eines offenen Lasters, mit Bankreihen links und rechts, das auf der Wasseroberfläche zu schweben schien, allerdings konnte Verity, als das Vehikel näher kam, vier große Räder und mehrere Metallverstrebungen erkennen, daher konnte das Wasser wohl nicht allzu tief sein.

»O Gott«, stöhnte Verity.

»Das Ding ist bombensicher«, sagte Johnny und nahm ihre

Koffer. »Sea Tractors waren in den Dreißigern ziemlich verbreitet. Man hat sie für Ausflüge am Meer entlang verwendet, aber wahrscheinlich nehmen die Leute heute lieber das Boot.«

Eine Metalltreppe wurde heruntergelassen, und ein Mann winkte ihnen zu, als sie den Hügel zum Strand hinunterliefen.

»Jeremy«, rief er, als sie sich in Hörweite befanden. »Ihr müsst Johnny und Victoria sein.«

»Verity«, korrigierten Johnny und Verity wie aus einem Munde.

Es stellte sich heraus, dass Jeremy der Besitzer von Wimsey House und ein geschäftlicher Bekannter von Harry war. Verity klammerte sich mit geschlossenen Augen an ihrem Sitz fest und betete zu Gott, er möge sie heil und unversehrt übers Meer bringen, das anfänglich ganz ruhig gewesen zu sein schien, nun aber doch mit Wellen aufwartete, die für ihren empfindlichen Magen eindeutig zu heftig waren. Jeremy und Johnny plauderten unterdessen angeregt über Wimsey House und die Renovierungen, die sich über fünf Jahre hingezogen und eine satte Million Pfund verschlungen hatten.

So tief ist es doch gar nicht, beschwor sich Verity insgeheim. Und du bist auch nicht auf einem Boot, sondern auf einer Art Nutzfahrzeug fürs Wasser. Trotzdem rebellierte ihr Magen aufs Heftigste, als der Sea Tractor sie einem ungewissen Schicksal näher brachte – oder zumindest einer über ein ganzes Wochenende andauernden Party, ausgerichtet von einer Frau, gegen die Verity eine größere Abscheu hegte als gegen jeden anderen Menschen, seit sie in der zweiten Klasse ihrer Sportlehrerin Miss Harriss begegnet war, die sie vom ersten Moment an nicht hatte ausstehen können. Und dieses Gefühl hatte absolut auf Gegenseitigkeit beruht …

Immerhin half die Erinnerung an die zahllosen Liegestütze, die Miss Harriss ihr bei jeder noch so kleinen Provokation aufgebrummt hatte, vorübergehend ihre Gedanken von ihrer Übelkeit und der Furcht, gleich sterben zu müssen, ein wenig abzulenken. Und Johnny bekam von alldem nichts mit – er lauschte gespannt Jeremys Schwärmereien über die vier verschiedenen Sonnenterrassen auf seinem Anwesen.

Sie erreichten die Insel keine Sekunde zu früh. Der Sea Tractor tauchte aus dem Wasser auf und kam mit einem heftigen Ruckeln zum Stehen, der Veritys ohnehin ruckelndem Magen vollends den Rest gab. Sie lehnte sich über das Seitengeländer und gab ihr Mittagessen in einem heftigen Schwall von sich.

»O Gott«, stöhnte sie. Während der vergangenen sechzig Minuten hatte sie seinen Beistand ziemlich häufig erfleht, doch Gott schien Verity in der Stunde ihrer größten Not vergessen zu haben.

»Very!« Sie spürte eine Hand auf der Schulter, die sich in beruhigenden Kreisen zu bewegen begann, dabei war es längst zu spät.

Johnny half ihr die Stufen hinunter, doch auch als sie wieder festen Boden unter den Füßen hatte, fühlten sich ihre Knie immer noch wie Pudding an. Sie war zittrig und weinerlich, wie immer, wenn ihr übel war. Ausnahmsweise war sie dankbar und froh, als er auf dem Weg zum Haus hinauf den Arm um sie legte. Wie ein richtiges Paar, dachte sie.

»Wir gehen gleich zur unteren Terrasse«, erklärte Jeremy, öffnete ein Seitentor zu einem von üppigen Sträuchern gesäumten Kiesweg um das Gebäude herum. Schon bevor sie um die Ecke bogen, hörte Verity das Klirren von Gläsern, Gelächter und Stimmen – die Party war bereits in vollem Gange.

Oder sie war es zumindest gewesen. Bis die drei auftauchten. Die Gäste verstummten, und alle Blicke richteten sich auf sie. Vielleicht weil alle ganz in Weiß gekleidet waren, nur Johnny und Verity nicht. Außerdem war Verity ziemlich sicher, dass ihr Erbrochenes im Haar klebte – der Gestank verhieß jedenfalls nichts Gutes.

»Liebling! Ich freue mich ja so, dass du hier bist, Johnny.« Marissa löste sich aus einer Gruppe von Gästen. Sie trug ein schlichtes Kleid, das sie wie eine griechische Göttin aussehen ließ, frisch vom Olymp herabgestiegen. Sie schwebte auf sie zu, löste Johnny aus Veritys halbherziger Umarmung, ließ ihre Hand an seiner Brust hinaufgleiten und gab ihm einen Kuss auf die Wange. »Jetzt kann die Party ja endlich anfangen.«

»Sieht so aus, als hätte sie das längst getan«, bemerkte Johnny und schob Marissa sanft, aber bestimmt von sich – eine Geste, die Veritys erschöpftes kleines Herz unwillkürlich erwärmte. »Herzlichen Glückwunsch zum Hochzeitstag. Wo steckt denn Harry?«

»Der muss hier irgendwo sein«, gab Marissa zurück und musterte Johnny von oben bis unten, als hätte sie vor, ihn demnächst zu verspeisen – und zwar halb blutig. »Ihr könnt euch ja inzwischen umziehen, ich sorge dafür, dass ihr einen Drink bekommt, sobald ihr fertig seid. Gin Tonic, stimmt's?«

Johnny schüttelte mit einem bedauernden Lächeln den Kopf. »Wir wissen doch beide, dass Gin Tonic immer eher dein Ding war. Ich hätte lieber einen Wodka Martini, wenn's geht.«

Verity platzte fast vor Stolz auf ihn. Dann wandte sich Marissa ihr zu und musterte sie kühl. »Valerie. Du hast es auch geschafft«, sagte sie tonlos, als hätte sie insgeheim gehofft, Jeremy hätte Verity auf halber Höhe der Überfahrt ins Meer geschubst. »Du liebe Güte, du siehst ja ziemlich … mitgenommen aus.« Marissa schnüffelte und wich einen Schritt zurück … was Verity ihr nicht verdenken konnte. »Zum Glück bleibt ja noch genug Zeit, um euch frisch zu machen und das KW anzuziehen. Um Punkt halb acht gibt es Abendessen. Der Küchenchef versteht da keinen Spaß.«

Eine halbe Stunde, um zu duschen, ihr Haar einer Grundreinigung zu unterziehen und ein … »KW? Was ist denn das?«, fragte Verity angespannt.

»Ach, Valentine, jedes Kind weiß doch, was ein KW ist«, antwortete Marissa laut und gab ein glockenhelles Lachen von sich.

Johnny lachte nicht. Obwohl Veritys Haar vermutlich absolut ekelhaft stank, legte er den Arm erneut um sie und zog sie eng an sich. »Du weißt ganz genau, dass sie Verity heißt«, sagte er so leise, dass nur Marissa ihn verstehen konnte; es war einfach nicht sein Stil, jemanden in aller Öffentlichkeit und bei voller Lautstärke zu demütigen. »Und ich weiß auch nicht, was ein KW ist, also hättest du vielleicht die Güte, uns beide aufzuklären?«

Marissa wurde noch nicht einmal rot oder machte Anstalten, sich zu entschuldigen. Denn das war wiederum nicht *ihr* Stil. Stattdessen lehnte sie scheinbar ungerührt den Kopf nach hinten und wandte das Gesicht gen Himmel, sodass die Sonne ihre bildschönen Züge wie gemeißelt erscheinen ließ. »KW steht für ›Kleines Weißes‹«, sagte sie ganz langsam, als hätte sie zwei Vollidioten vor sich. »Das Wochenende steht unter dem Motto ›Weiß‹. Eigentlich ist der zehnte Hochzeitstag ja der Blecherne, aber das konnte ich natürlich nicht als Motto verwenden. Das alles stand in der E-Mail, die ich dir geschickt habe, Verity.«

»Ich habe keine Mail bekommen, in der etwas über ein ›Kleines Weißes‹ oder sonst etwas in der Art stand«, sagte Verity.

Und das stimmte auch. Stattdessen hatte sie bloß eine knappe Bestätigung erhalten, dass sie und Johnny offiziell auf der Gästeliste stünden und an welche Nummer sie eine SMS schicken sollten, wenn sie in Lower Meryton eintrafen. »Ich habe kein weißes Kleid dabei, tut mir wirklich leid. Ich hoffe, ich ruiniere dir damit dein Wochenende nicht allzu sehr«, erklärte Verity aufrichtig zerknirscht, auch wenn sie halb darauf hoffte, dass Marissa sie auf der Stelle nach Hause schicken würde; dafür würde sie sogar eine weitere tödliche Überfahrt mit dem Sea Tractor in Kauf nehmen.

»Ich weiß ganz sicher, dass ich dir die Mail geschickt habe«, widersprach Marissa so aufgebracht, dass Verity für den Bruchteil einer Sekunde zweifelte. Obwohl sie überzeugt war, dass sie keine Mail bekommen hatte, war nicht ganz auszuschließen, dass Marissa ihr tatsächlich eine geschickt hatte, sie jedoch aus unerfindlichen Gründen in Veritys Spam-Ordner gelandet war. »Nun ja, da kann man jetzt auch nichts mehr machen. Aber ihr habt zumindest Abendgarderobe mitgebracht, oder? Morgen Abend werfen wir uns so richtig in Schale. Frack und langes Abendkleid.«

»Nein, auch das nicht«, sagte Johnny scheinbar völlig gelassen, während Verity sich am liebsten übers Terrassengeländer gestürzt hätte. Okay, sie würde beim Aufprall auf den Felsbrocken zerschellen, aber wenigstens würde dann keiner mehr von ihr verlangen, morgen im langen Abendkleid zu erscheinen. »Wir essen aber gern auf dem Zimmer, wenn es …«

»Das ist doch albern«, unterbrach Marissa mit einem verkniffenen Lächeln und ließ den Blick über die Gäste schweifen, die wieder plauderten, lachten und miteinander anstießen. »Vielleicht lässt sich ja irgendwo ein Dinnerjacket auftreiben, und eine meiner Freundinnen könnte dir ein Kleid leihen,

Verity …« Marissa ließ ihre Stimme verklingen, während ihr Blick über Veritys Körper glitt, als hätte sie noch nie eine Frau mit Kleidergröße 38 gesehen.

»Wunderbar. Verity gehört ja zum Glück zu den Frauen, die sogar noch im Kartoffelsack gut aussehen«, erklärte Johnny galant – eine derart infame Lüge, dass Verity nur staunen konnte, dass ihn nicht sofort der Blitz traf. Trotzdem war sie ihm unendlich dankbar für seine Unterstützung.

»Danke, dass du dich vor mich gestellt hast«, sagte sie zu ihm, als Marissa sie in die Obhut der Haushälterin gegeben hatte, die sie zu ihren Zimmern führen sollte. Sie folgten ihr durch das mit weißem Marmor ausgelegte Entree und eine elegant geschwungene Treppe hinauf. »Trotzdem bin ich zu neunundneunzig Prozent sicher, dass sie mir keine Mail wegen des Dresscodes geschickt hat.«

»Darauf würde ich sogar wetten«, bemerkte Johnny unbekümmert und warf Verity einen Blick zu. »Kein Grund, Trübsal zu blasen, Verity. Dass Marissa sich von einer so fiesen Seite zeigt, ist eine erstklassige Methode, um Abstand von ihr zu gewinnen. Schon komisch, dass man sich nur an die positiven Eigenschaften eines Menschen erinnert, wenn man ihn eine Weile nicht sieht.«

Falls Marissa auch gute Seiten haben sollte, hielt sie sie zumindest tunlichst unter Verschluss, dachte Verity, als sie ihr Zimmer betrat. Ihr gemeinsames Zimmer wohlgemerkt. Ein bildschöner Raum mit einem herrlichen Blick auf das glitzernde, unfassbar blaue Meer und den unfassbar blauen Himmel, der sich in der Ferne allmählich rosa und orange zu verfärben begann. Und in diesem wunderbaren Zimmer stand nur ein einziges Bett. Verity hatte schlicht vergessen, Marissa darüber zu informieren, dass sie und Johnny in getrennten Betten, am liebsten sogar in getrennten Zimmern schlafen würden. Allerdings konnte sie sich den triumphierend-hämischen Ausdruck auf Marissas Gesicht lebhaft vorstellen, wenn sie es getan hätte.

»Das ist doch überhaupt kein Problem«, sagte Johnny, noch bevor Verity den Mund aufmachen und verkünden konnte, dass es hier durchaus ein Problem gab. »Wir haben doch schon einmal im selben Zimmer geschlafen. Okay, vielleicht nicht im selben Bett, aber wir sind schließlich erwachsene Menschen und schaffen es bestimmt, unsere Lüsternheit unter Kontrolle zu halten, falls sie denn aufkommen sollte.« Er lachte verlegen.

»Und falls nicht, können wir immer noch ein Kissen zwischen uns legen«, scherzte Verity, obwohl ihr eigentlich nicht zum Lachen zumute war. Sie dachte an die Ereignisse der vergangenen Stunde und daran, wie sich ihre Schwestern – von Posy, Nina und Tom ganz abgesehen – vor Lachen ausschütten würden, wenn sie ihnen erzählte, wie sie mit Stückchen von erbrochenem Käse und Essiggürkchen in den Haaren bei einer Party aufgetaucht war. In Situationen wie dieser gab es nur zwei Alternativen: sich entweder schlapp lachen oder sich aufs Bett werfen und so lange weinen, bis die Tränenkanäle versiegt waren. »Zumindest habe ich damit genug Stoff, um meine Familie bei Laune zu halten«, sagte sie.

»Außerdem hätte es schlimmer kommen können. Wir könnten auch in eine Mine in Sibirien zum Salzklopfen verbannt worden sein«, warf Johnny ein.

»Ich habe in den Ferien mal in Grimsby in einer Tierfutterfabrik am Band gearbeitet … ich sage nur, Dörrfisch«, erklärte Verity, deren Humor sich allmählich zurückmeldete. »Dagegen ist das hier der reinste Sonntagsausflug. Und riechen tue ich auch besser. Übrigens kannst du gerne als Erster ins Bad, wenn du nicht so lange brauchst. Ich muss nämlich dringend duschen.«

Kapitel 24

Ich lese lieber.

Es wurde sehr schnell klar, dass die anderen sie nicht wie Freunde aufnahmen. Die Gästeliste bestand ausschließlich aus Harrys Geschäftspartnern und deren Frauen – wohlhabende, glamouröse Erfolgsmenschen, die als Mode- oder Media-Consultants arbeiteten, jeden Morgen um sechs eine Runde Yoga in einem völlig überheizten Raum praktizierten und sich vor dem Frühstückstermin beim Friseur noch schnell die Haare machen ließen.

Sie waren zwar höflich, zeigten aber keinerlei Interesse an ihnen; in ihren Blicken schwang stets ein Anflug von Mitleid mit, und ihr Lächeln bekam eine leicht herablassende Note, wann immer Verity in einem nicht-weißen Outfit versuchte, sich zu ihnen zu gesellen.

Beim Abendessen am ersten Tag – Johnny saß ganz am anderen Ende des Tisches und unterhielt sich angeregt mit Jeremy – klärte Marissa ihre Freundinnen darüber auf, dass Verity Pfarrerstochter war und in einem Laden arbeitete. »Dort muss sie Uniform tragen«, fügte Marissa hilfreicherweise hinzu. »Und sie verkaufen ausschließlich Liebesromane. Ich musste mich erst einmal vergewissern, ob ich überhaupt noch im einundzwanzigsten Jahrhundert bin.« Sie rundete ihre Schilderung mit dem Hinweis ab, dass Verity eine öffentliche Schule besucht und weder in Oxford noch in Cambridge studiert hatte.

»Ich habe noch nie jemanden wie dich kennengelernt«, sagte Trudie, eine Expertin für ganzheitliche Innenarchitektur, beim Frühstück am nächsten Morgen, als Verity schüchtern wissen wollte, worin denn der Unterschied zwischen einem Bircher und einem gewöhnlichen Müsli bestand.

Johnny erging es nicht viel besser. Er wurde ausgegrenzt, weil er keine obszönen Summen damit verdient hatte, gegen das Pfund oder auf die Abwertung des Dollars zu spekulieren, oder womit auch immer diese Männer sonst ihr Vermögen gemacht hatten. Außerdem lebte er nicht in West London, spielte kein Squash und musste auch keine Alimente an eine erste Frau zahlen, über die er sich bitter beklagen konnte.

Es gab nur eine Möglichkeit, dieses Wochenende einigermaßen unbeschadet zu überstehen: indem sie sich in ihrer Unzulänglichkeit zusammentaten und versuchten, sich gegenseitig bei Laune zu halten.

»Immerhin sitzen wir nicht aneinander gekettet in einem Steinbruch in den Südstaaten und müssen Steine klopfen«, hatte Johnny am Freitagabend gesagt, als sie beim Abendessen zu den weiß gekleideten Gästen gestoßen waren, die allesamt mindestens einen Vorsprung von drei Drinks hatten.

»Immerhin sind wir nicht in einem kaputten Raumschiff eingesperrt, das endlos um die Erde kreist, während die Vorräte und der Treibstoff allmählich knapp werden«, meinte Verity, als sie abends im Bett gelegen und dem Rauschen des Meeres gelauscht hatten, das durch das geöffnete Fenster hereindrang. Zwischen ihnen lag ein Kissen, weil Johnny gestanden hatte, dass er ein unruhiger Schläfer sei, und Verity nicht versessen darauf war, regelmäßig mit Ellbogenhieben oder Knieremplern aus dem Schlaf gerissen zu werden.

»Immerhin überqueren wir nicht die Appalachen zu Fuß und müssen unser gesamtes Gepäck selbst tragen, weil unser Muli lahmt«, sagte Johnny nach dem Frühstück, als sie eigentlich beim gemischten Doppel mitmachen sollten, aber kurzerhand zu Balljungen degradiert wurden, weil sie keine Tennissachen dabeihatten.

»Immerhin sind wir nicht ins Jahr 1666 zurückversetzt worden, wo wir beim Großen Brand von London ums Leben gekommen wären, wenn uns die Beulenpest nicht vorher dahingerafft hätte«, sagte Verity später an diesem Nachmittag. Alle anderen lagen am Pool auf der oberen Terrasse, aber nur Johnny und Verity waren tapfer genug, auch ins Wasser zu gehen – obwohl Verity einen schlichten Einteiler und keinen knappen weißen Bikini trug, fühlte sie sich deutlich wohler so. Gemächlich zogen sie ein paar Bahnen, bis Harry meinte, es sei langsam Zeit, sich fürs Abendessen fertig zu machen. Um sieben würden alle auf der Crescent Terrace (all die vielen Terrassen …) zum Cocktail erwartet.

Veritys einziges auch nur annähernd weißes Kleidungsstück war eines von Lavinias Kleidern – ein Fifties-Dress aus weißer Baumwolle mit leuchtend gelben, rosa und blauen Segelbooten. Sie band sogar ihr Haar zu einem kecken Pferdeschwanz zusammen, doch als sie auf die Terrasse trat und Jocasta, Rainbow und Solange erblickte, die sich in ihren weißen, mit schrägen Säumen versehenen Art-déco-Kleidern auf den Art-déco Loungemöbeln drapiert hatten, kam sie sich etwa so deplatziert vor wie eine Domina bei einem Teekränzchen im Pfarrhaus.

Doch hätte sich eine Domina im Latex-Catsuit auf ihr Teekränzchen verirrt, hätte die Frau des Herrn Pfarrer alles getan, damit sie sich nicht deplatziert fühlte – ganz im Gegensatz zu den drei Damen, die sie einer eingehenden Musterung unterzogen und einander mit hochgezogenen Brauen ansahen, ehe sie sich wieder der Unterhaltung über Jocastas spanisches Aupair-Mädchen zuwandten, das sich endlich mal ein bisschen anstrengen sollte.

Die Ehemänner hatten sich an der Bar versammelt und bereits unzweifelhaft klargemacht, dass sie keinerlei Verwendung für Verity hatten, solange sie weder eine Freundin ihrer Ehefrauen noch hübsch genug war, um mit ihr zu flirten.

Also stand Verity mit einem Glas Champagner (Prosecco gab es nicht) in der Ecke und wartete. Eigentlich war es genauso wie früher bei der Schuldisco, wenn Merry und Con sie mitgeschleppt hatten, nur um sich sofort mit ihren Freundinnen ins Getümmel zu stürzen, während Verity allein zurückblieb – was normalerweise damit endete, dass sie sich mit ihrem eigens für diesen Zweck mitgebrachten Buch in die Mädchengarderobe zurückzog.

Sehnsüchtig dachte sie an den neuen Roman von Santa Montefiore, der oben in ihrem Zimmer lag. Würde es jemand merken, wenn sie einfach verschwand? Doch bevor sie kehrtmachen konnte, erschien Johnny an ihrer Seite.

»Du siehst hübsch aus«, sagte er und zog sie neckend an ihrem Pferdeschwanz. »Und als wärst du drauf und dran, die Kurve zu kratzen. Bitte nicht. Bitte lass mich nicht allein mit denen.«

Verity sah ihn an. Er trug ein weißes Hemd, das ihm die Haushälterin nach einigem Bitten und Betteln gebügelt hatte, und dazu cremefarbene Freizeithosen, denen eine Runde mit dem Bügeleisen sicherlich auch nicht geschadet hätte. Aber Johnny schien sich pudelwohl zu fühlen in seiner perfekt gebräunten Haut und wirkte völlig entspannt, ganz im Gegensatz zu Verity, die sich am liebsten unsichtbar gemacht hätte.

»Ich habe bestimmt noch einen Müsliriegel und ein paar Halstabletten in der Handtasche, die ich gern mit dir teile, wenn wir uns wieder nach oben schleichen.«

»Das klingt wirklich verführerisch«, erwiderte Johnny. »Vielleicht könnte ja einer von uns eine Migräne vortäuschen...«

»Ihr Süßen! Bitte entschuldigt, dass ich euch habe warten lassen«, säuselte Marissa, an die gesamte Gästeschar gewandt. »Aber Harry, dieser böse, böse Junge, hat mich aufgehalten.«

Obwohl Johnny versuchte, sich nichts anmerken zu lassen, entging Verity nicht, dass sich seine Miene für eine Sekunde gequält verzog, ehe er sich mit einem nichtssagenden Lächeln zu Marissa und Harry umwandte.

»Du hast es verdient«, gab Harry mit einem lüsternen Grinsen zurück; ziemlich viel Gequatsche über ihren Vorabendessensquickie vor den Gästen, dachte Verity, als ihr Blick auf etwas Funkelndes an Marissas Ringfinger fiel.

Was kaum zu übersehen war, denn Marissa wackelte demonstrativ mit den Fingern, während sich ihre Freundinnen um sie scharten und lautstark den Brillantring bewunderten.

»Ein Eternity-Ring«, erklärte sie. »Weil Harry sagt, dass unsere Liebe bis in alle Ewigkeit bestehen wird.«

»Ein Platinbandring im Pflastersteinstil mit zehn Diamanten im Rosenschliff und Rundschliff-Brillanten«, verkündete Harry. »Einer für jedes Ehejahr und keiner unter einem Karat.«

»Du bist einfach viel zu gut für mich«, bemerkte Marissa, ausnahmsweise einmal nicht säuselnd, trillernd oder scharf, sondern in einem Tonfall, als würde sie es auch so meinen.

Verity spürte, wie Johnny neben ihr stocksteif wurde, und streckte instinktiv die Hand aus, um ihn am Arm zu berühren. Er zögerte, dann legte er völlig unerwartet den Arm um ihre Taille und zog sie fest an sich, sodass sie die Hitze seines Körpers spüren konnte. Unwillkürlich überlief sie ein Schauder, obwohl ihr keineswegs kalt war. Weit gefehlt.

»Liebe, süße Very«, hörte sie ihn mit kehliger Stimme raunen und sah zu ihm auf, worauf er sich herunterbeugte und mit den Lippen über ihre Wange strich. Ja, sie waren Freunde, gute Freunde, und alle anderen hielten sie für ein Liebespaar. Gab es ein klareres Signal, dass Johnny ein neues Kapitel in seinem Leben aufgeschlagen hatte? Außerdem war es nur ein Kuss, ein unschuldiger Kuss auf die Wange.

Sie sah auf und bemerkte, dass die Blicke der Gäste auf Marissa und Harry gerichtet waren, während Marissa und Harry wie gebannt Verity und Johnny anstarrten, als hätten sie noch nie gesehen, wie zwei Menschen eine liebevolle Zärtlichkeit austauschten.

Johnny hob sein Glas. »Auf Marissa und Harry!«, verkündete er, worauf die anderen Gäste in seinen Toast einstimmten, während Verity erschauderte, als er sich von ihr löste. Doch dieses Gefühl war nichts im Vergleich zu dem, als sie den Ausdruck auf seinem Gesicht sah – ein Lächeln, das vollkommen erstarrt war.

Derselbe Ausdruck lag noch auf seinem Gesicht, als sie an der Tafel Platz nahmen. Obwohl Verity sicher gewesen war, dass dieses Wochenende Johnny endgültig die Augen öffnen und er erkennen würde, dass in Marissas und Harrys Ehe kein Platz für drei war, litt sie mit ihm, wünschte sich, sie könnte ihm seinen Schmerz nehmen; aber er wusste wenigstens, dass sie für ihn da war. Und immer da sein würde.

Das Essen war köstlich – exquisiter Champagner und Speisen aus der Region: Spargelcremesuppe, Krebse und pochierter Hummer, Brüstchen von Hühnern, die vor einer Woche noch vergnügt auf dem eine Meile entfernten Bauernhof gepickt hatten. Der Rhabarber in einem traumhaft leichten Soufflé stammte aus dem hauseigenen Garten und war ein weiterer Beweis für das bemerkenswerte Talent des Spitzenkochs, dessen Dienste auch bereits der Duke und die Dutchess of Cambridge in Anspruch genommen hatten, wie Marissa ihnen unablässig aufs Brot schmierte.

Doch Verity stocherte nur in ihrem Essen herum, kaute mechanisch, schluckte. Johnny saß gegenüber von ihr direkt neben Marissa, die ihm offensichtlich verziehen hatte, dass er über einen Monat lang in der Versenkung verschwunden war. Sie waren tief, tief, tief in ein Gespräch vertieft; nur gelegentlich blickte Johnny kurz auf, lächelte Verity an und formte lautlos »Alles okay?« mit den Lippen, bevor Marissa ihm sofort die Hand auf den Arm legte und ihn wieder ganz für sich einnahm. Und jedes Mal schmerzte es Verity, zu sehen, wie schnell, wie begierig er seine Aufmerksamkeit wieder auf sie richtete.

Zu ihrer Linken saß ein Ölhändler namens Miles, der sich ihr alle paar Minuten zuwandte und irgendeine Bemerkung über das Essen ins Ohr bellte, ehe er sich wieder mit Solange unterhielt, die anscheinend einen größeren Unterhaltungswert hatte als Verity. Rechts von ihr saß Juri, ein russischer Wertpapierhändler, der sich zwar augenscheinlich gern mit Verity unterhielt, allerdings kein anderes Thema als seine Verärgerung über die Börsenmärkte zu kennen schien.

Johnny hatte ihr geholfen, dieses Wochenende zu überstehen. Er war ihr Komplize gewesen, ihre Exit-Strategie, ihr Plan

B, hatte stets gespürt, wenn sie schwächelte, und sie an ein ruhiges Plätzchen gebracht, wo sie sich ausruhen konnte. Erst jetzt wurde ihr bewusst, dass sie keine einzige Nachricht an ihre Schwestern geschickt und sie um Mitleid oder Aufmunterung angebettelt hatte, wie sie es jetzt am liebsten täte.

Mit interessierter Miene dazusitzen, die Schultern durchgedrückt, immer mit einem Lächeln auf den Lippen und Bemerkungen wie »Oh, ja, die braune Buttersoße schmeckt wirklich ausgezeichnet« oder »Ja, ja, amerikanische Wertpapiere sind eine ganz heikle Sache« parat, war unbeschreiblich anstrengend. Verity spürte, wie ihr Akku von Minute zu Minute schwächer wurde und sie immer größere Mühe hatte, ihr Lächeln zu konservieren und Banalitäten mit ihren Nachbarn auszutauschen.

Wie fühlte es sich wohl an, Marissa zu sein, die noch heller funkelte und strahlte als die Brillanten an ihrem nagelneuen Ring? Verity konnte sich nicht einmal ansatzweise vorstellen, wie leicht das Leben sein mochte, wenn man sich seines Platzes in der Welt so sicher war; wenn man stets in der festen Überzeugung lebte, all das Glück verdient zu haben, das einem beschieden war.

Als die Dessertteller abgetragen wurden, tippte Marissa mit einem Messer gegen ihr Glas. »Ladies? Wollen wir im Wintergarten einen Kaffee trinken?«

Verity brauchte keine weitere Aufforderung. Noch bevor sich die anderen von ihren Plätzen erhoben hatten, war sie halb zur Tür hinaus. »Ich muss nur etwas aus dem Zimmer holen«, rief sie über die Schulter, wohl wissend, dass es vermutlich ohnehin niemanden interessierte.

In ihrer Panik verlief sie sich prompt – das Haus verfügte über zwei Treppen und drei Stockwerke –, und nachdem sie minutenlang hin und her gelaufen und an allerlei offen stehenden Türen vorbeigespäht hatte, fand sie etwas noch viel Schöneres als das Zimmer, das sie mit Johnny teilte.

Die Bibliothek.

Sie trat hinein, schloss die Tür und stand einen Moment einfach nur da, um sich zu sammeln. Einatmen. Ausatmen. Der Anblick und der Geruch der Bücher beruhigte sie augenblicklich; es war fast so schön wie zu Hause im Happy Ends.

Wenn sie jetzt noch ein Handysignal hätte, könnte sie Merry oder eine ihrer anderen Schwestern anrufen, die sofort alles stehen und liegen lassen würden, um Verity zu trösten, die gerade eines der grässlichsten Wochenenden ihres Lebens durchstehen musste.

Aber es war Samstagabend, und bestimmt hatten Con, Merry, Chatty und Immy Schöneres zu tun, als sie davon abzubringen, sich aus dem Fenster zu stürzen. Aus einem Impuls heraus (sie war felsenfest davon überzeugt, dass sie einen sechsten Sinn besaß) trat sie zu den Regalen zu ihrer Rechten, fuhr mit den Fingern über die alten ledergebundenen Buchrücken und hielt erst inne, als sie die Worte erblickte. Ihre Hände, ihre Seele, ihr Herz, sie alle kannten sie so gut.

Stolz und Vorurteil.

Verity lächelte. Also gab es hier doch ein paar Freunde.

Sie setzte sich in einen riesigen Lehnsessel vor den geöffneten Balkontüren. Es war ein heißer Tag gewesen, doch nun wehte eine angenehme Brise vom Meer heran. Einen Moment lang genoss sie den Ausblick auf die funkelnden Lichter auf dem Festland, ehe sie die erste Seite aufschlug.

Es ist eine allgemein anerkannte Wahrheit, dass ein Junggeselle im Besitz eines schönen Vermögens nichts dringender braucht als eine Frau.

Verity hatte keine Ahnung, wie oft sie diesen ersten Satz schon gelesen hatte – deshalb las sie ihn eigentlich gar nicht mehr, sondern sprach ihn lautlos aus dem Gedächtnis nach. Sie übersprang einige Kapitel und kam zu ihrer Lieblingspassage.

Darcys Liebeserklärung an Elizabeth Bennet.

Ich habe vergebens dagegen angekämpft. Es geht nicht. Meine Gefühle lassen sich nicht unterdrücken. Gestatten Sie mir, Ihnen zu sagen, wie glühend ich Sie verehre und liebe.

Verity kuschelte sich mit einem glücklichen Seufzer tiefer in ihren Sessel, obwohl sie nur allzu gut wusste, dass Darcy es an die Wand fahren würde, indem er Lizzy erklärte, dass ihre Familie peinlich war, sie gesellschaftlich nicht auf derselben Stufe stand und er sie wider besseres Wissen liebte. Aber das war kein Problem, denn am Ende würde sich alles fügen.

Das war das Gute an Lieblingsromanen – sie ließen einen niemals im Stich. In diesem Moment ging die Tür hinter ihr auf. Sie erstarrte.

Gerade als sie sich bemerkbar machen wollte, hörte sie eine Stimme, die sie nur allzu gut kannte. »Ich will es nicht hören, Marissa, völlig egal, was du sagst. Heb es dir für deinen Mann auf!«, zischte sie leise und zornig.

»Sei doch nicht so, Darling. Wenn hier jemand wütend sein sollte, dann ja wohl ich«, zischte Marissa zurück.

Johnny.

Und Marissa.

Und Verity, die in ihrem Sessel tiefer rutschte. Und keine Ahnung hatte, was sie machen sollte – sich zeigen? Oder würde das alles nur noch schlimmer machen? Andererseits konnte es kaum noch schlimmer werden. Auf der Skala von eins bis zehn war die Situation bei mindestens tausend.

Lautlos schlug sie ihr Buch zu und machte Anstalten aufzustehen.

»Wieso? Verletzt es dich, mich mit einer anderen Frau zu sehen, Rissa?« Ungläubig registrierte Verity, wie hasserfüllt Johnny sich anhörte. So kannte sie ihn gar nicht. »Tja, jetzt weißt du ja, wie sich das anfühlt.«

»Du sprichst von dieser geistlosen, uninspirierten Langweilerin?« Marissa gab einen Laut von sich, der sich anhörte, als würde Strumpet einen Haarballen herauswürgen. »Sie ist ja noch öder als diese Katie, von der du vor ein paar Jahren so hin und weg warst.«

»Tja, aber die hattest du ja im Handumdrehen vertrieben, stimmt's?«, blaffte Johnny. »Ein kurzer Mädels-Lunch, und weg war sie.«

»Ehrlich, Johnny, wir haben das doch schon hundert Mal besprochen.« Marissa schlug einen etwas besänftigerenden Tonfall an. »Sie war einfach nicht gut genug für dich. Nichts würde mich glücklicher machen, als wenn du eine Frau fändest, die dich wirklich verdient. Katie war es nicht, und diese kleine Pfarrerstochter ist es schon zweimal nicht. Sie ist so gewöhnlich. Eine lächerliche kleine Verkäuferin. Das kriegst du doch viel besser hin.«

Damit stand fest, dass Verity nicht mehr aufstehen und sich zeigen konnte. Schließlich wollte sie Marissas messerscharfe Charakteranalyse keinesfalls unterbrechen. Stattdessen blieb ihr nur, ruhig sitzen zu bleiben und darauf zu warten, dass Johnny sie verteidigte – doch der schien sich mächtig Zeit zu lassen.

»Das hier hat nichts mit ihr zu tun. Sie war nur Mittel zum Zweck«, sagte er schließlich. Verity presste sich die Hand aufs Herz, das sich anfühlte, als wäre es soeben in tausend Scherben zerbrochen. »Ein kleines Experiment sozusagen. Was für eine Ironie, dass du auf jemanden eifersüchtig bist, den ich gerade mal ein paar Minuten kenne, während ich seit über zehn Jahren zusehen muss, wie du mit ihm zusammen bist, verdammt noch mal. Ich habe weiß Gott versucht, mich von dir fernzuhalten, aber wir beide wissen, wie sehr es dich antörnt, mir unter die Nase zu reiben, wie glücklich du mit ihm bist. Tja, aber ich kann das alles nicht mehr, Rissa. Keinen Tag länger.«

»Sag das nicht. Nein. Kein Wort mehr.« Es hörte sich an, als würde Marissa ihre Hand auf seinen Mund legen. »Ich liebe Harry, daraus habe ich nie einen Hehl gemacht, aber dich liebe ich auch. Immer noch. Nicht so wie ihn, aber ich liebe dich schon so lange, dass ich nicht weiß, wie ich dich nicht mehr lieben soll, Johnny. Dich nicht mehr zu lieben, wäre die pure Qual für mich.«

Aha? Verity verdrehte die Augen. Ihre Großmutter hatte einen ganzen Stapel schwülstiger Liebesromane besessen, und dieser ganze Verbotene-Liebe-Quatsch, den Johnny und Marissa da verzapften, hörte sich an, als würden sie eine Szene daraus nachspielen.

»Ich weiß auch nicht, wie ich dich jemals nicht lieben soll«, erwiderte Johnny, und Verity kniff die Augen zusammen, als sie hörte, wie seine Stimme zu brechen drohte. Dann hörte sie das Rascheln von Stoff, als würden sich die beiden umarmen, während sie gezwungen war, in ihrem Versteck zu hocken und zu leiden. »Ich wünschte, ich könnte aufhören, dich zu lieben.«

Plötzlich war da ein anderes Geräusch. Verity schlug die Augen auf, kniff sie zusammen und riss sie wieder auf, so weit, dass sie schier aus den Höhlen traten, denn in der offenen Balkontür stand Harry – mit einem Gesicht wie ein aufziehender Gewittersturm, inklusive Donner, Blitz und sintflutartigem Regen.

Er trat auf Verity zu. Im ersten Moment war sie nicht sicher, ob er sie überhaupt bemerkt hatte, aber dann nickte er ihr knapp zu und ging weiter. »Ihr wollt aufhören, euch zu lieben? Tja, dann kann ich euch einen guten Tipp geben. Gebt euch einfach mehr Mühe«, sagte er laut.

Verity riskierte einen Blick über die Sesselkante und sah Johnny und Marissa dicht voreinanderstehen, kaum mehr als ein Flüstern voneinander getrennt. Johnny wirkte bestürzt, voller Scham (na, immerhin!), während sich auf Marissas Miene ein ... selbstgefälliger Ausdruck widerspiegelte, soweit Verity erkennen konnte.

Doch dann lächelte sie und senkte züchtig den Blick. »Es ist nicht das, wonach es aussieht, Schatz.«

»Doch, ist es. Es ist ganz genau das, wonach es aussieht«, gab Harry tonlos zurück.

»Ich habe Johnny nur gerade erklärt, dass er eine viel bessere Frau verdient als diese Verity«, erklärte Marissa mit Nachdruck.

»Aber in Wahrheit meinst du damit, dass keine andere Frau jemals an dich herankommen wird, Liebling«, sagte Harry. »Aber sei dir da mal nicht so sicher. Vielleicht mache ich ja selbst bald die Probe aufs Exempel.«

Augenblicklich war Marissa an seiner Seite, während Johnny vergessen zu sein schien. »Das würdest du niemals tun. Über so was macht man keine Witze. Johnny und ich ... nun, wir haben eine lange Geschichte, das weißt du ganz genau.«

Harry strich ihr mit dem Handrücken über die Wange. »Bei Gott, das weiß ich. Aber irgendwann reicht es. Lass ihn einfach gehen und gib ihm die Chance, mit jemand anderem glücklich zu werden. Das hier geht schon viel zu lange, und ich spiele einfach nicht mehr mit.«

»Aber…«

»Nichts *aber*.«

»Harry, du weißt doch, dass ich dich liebe.« Marissas Stimme bebte. »Daran kannst du doch nicht ernsthaft zweifeln.«

»Vor zehn Jahren hast du mir versprochen, mich zu lieben und alles andere hinter dir zu lassen, Rissa. Es wird allmählich Zeit, dass du dich an deinen Teil der Abmachung hältst. Das kann *dein* Geschenk zum Hochzeitstag an mich sein: deine ungeteilte Aufmerksamkeit.« Er trat einen Schritt nach hinten. »Du solltest jetzt zurück zu unseren Gästen gehen.«

»Natürlich«, sagte Marissa. Verity riskierte einen weiteren Blick und sah, wie sie ihr Haar glatt strich und in ihrem fließenden weißen Satinkleid aus dem Zimmer rauschte, ohne Johnny eines weiteren Blickes zu würdigen.

Und dann waren sie nur noch zu dritt. »Es tut mir leid, Harry«, sagte Johnny. »Wirklich. Aber ich kann sie nicht aufgeben.«

»Das spielt keine Rolle mehr, weil du sie längst verloren hast«, gab Harry ruhig zurück, als wäre seine Wut schlagartig verflogen. »Ich habe draußen auf dem Balkon eine Zigarette geraucht. Marissa kann es auf den Tod nicht ausstehen, deshalb darf ich nur im Freien rauchen. Wir haben beide unsere kleinen Gewohnheiten, die dem anderen auf die Nerven fallen. Du bist Marissas Version einer Schachtel Marlboro Lights. Aber in ein paar Jahren werde ich vierzig, deshalb ist es an der Zeit, endlich das Rauchen aufzugeben. Und für Marissa wird es Zeit, dasselbe mit dir zu tun.«

Johnny gab einen Laut von sich, den Verity nicht ganz deuten konnte (ablehnend, verzweifelt, keine Ahnung). »Aber ist das nicht Marissas Entscheidung?«, fragte er dann. »Außerdem war ich als Erster mit ihr zusammen. Ich habe sie lange vor dir geliebt, und du wusstest das ganz genau, aber sobald ich dir den Rücken zugekehrt hatte, hast du ...«

»Das reicht jetzt!« Harrys leiser Befehl war wirkungsvoller, als hätte er laut geschrien. »Ich habe kein schlechtes Gewissen deswegen, Johnny. Schon lange nicht mehr. Marissa und ich sind seit zehn Jahren verheiratet, und du musst darüber hinwegkommen, denn ich habe keine Lust mehr, den Mistkerl zu spielen. Zehn Jahre. Jetzt bist du der Mistkerl von uns beiden. Also halt dich gefälligst aus meiner Ehe raus!«

»Aber sie liebt ...«, begann Johnny.

»Herrgott noch mal, du kapierst es einfach nicht, du armseliger Idiot. Sie. Benutzt. Dich. Nur. Sie liebt mich. Sie ist mit mir verheiratet. Würde Rissa dich immer noch so sehr lieben, wie du glaubst, hätte sie mich schon längst verlassen. Sie gibt sich nur mit dir ab, weil es ihrem Ego schmeichelt, mein Freund.« Harry stieß ein freudloses Lachen aus. »Aber was rede ich mir hier das Maul fusselig? Vielleicht schafft Verity es ja, dich zur Vernunft zu bringen, wenn wir anderen alle versagen?«

»Lass Verity da raus!«, blaffte Johnny. Das war ihr Stichwort. Zum Glück gehorchten ihre Beine wieder, und sie stand auf.

»Dafür ist es ein bisschen zu spät, was?« Auch ihre Stimme funktionierte einwandfrei, obwohl sich der kalte, bittere Tonfall seltsam fremd anfühlte.

Johnny besaß tatsächlich die Unverfrorenheit, sie auch noch anzuherrschen. »Du hast mein Privatgespräch belauscht?«

»Dass ich mit angehört habe, wie ihr beide, du und diese Frau, mich schlechtgemacht habt, meinst du? Wenn ihr euch hinter dem Rücken ihres Mannes trefft, solltest du vielleicht lieber erst mal nachsehen, ob ihr auch wirklich alleine seid.«

»Das solltet ihr zwei Turteltäubchen lieber unter euch ausmachen«, verkündete Harry fröhlich und verschwand.

Und dann waren nur noch sie beide übrig.

Kapitel 25

Aber wütende Menschen sind nicht immer weise.

Verity hatte sich in die Bibliothek geflüchtet, weil ihr alles zu viel geworden war – zu viele Eindrücke, zu viel zu verarbeiten. Sie war im Begriff gewesen, dichtzumachen und sich in ihr Schneckenhaus zurückzuziehen, doch jetzt war sie bereit für die nächste Runde.

Sie war außer sich vor Wut. So sehr, dass es sie in den Fingern juckte und sie am liebsten irgendetwas gepackt und durch die Gegend geworfen hätte, vorzugsweise Johnny an seinem verdammten Dickschädel. Das Einzige, was sie davon abhielt, war die Tatsache, dass sie sich in einer Bibliothek befanden und ihr Respekt vor Büchern es ihr verbot, sie durch die Gegend zu schleudern.

»Ich habe dir immer reinen Wein eingeschenkt«, sagte er und kreuzte die Arme vor der Brust. Seine Miene war eisig, arrogant, als wäre er nicht bereit, auch nur einen Millimeter nachzugeben. »Du wusstest von Anfang an, dass ich Marissa liebe. Und mir das Gegenteil einzureden, war völliger Schwachsinn.«

»Du lieber Gott, ich bin so was von darüber hinweg, dass du in Marissa verliebt bist«, blaffte Verity ihn an. »Doch sie ist es nicht wert. Ja, ihr habt euch vor all den Jahren ineinander verliebt, aber anscheinend hast du nicht mitbekommen, dass Marissa sich zu einer gehässigen, egoistischen Narzisstin entwickelt hat. Wenn du sie also tatsächlich so heiß und innig liebst, sagt das auch einiges über dich aus!«

Wow! Verity musste sich an einem Beistelltischchen festhalten… was für ein Ausbruch. Mit einem Mal war sie wieder in diesem Hotelzimmer in Amsterdam und schlug alles kurz und klein, weil sie endlich all die Gefühle rauslassen konnte, die sie so lange unterdrückt hatte.

»Das ist doch lächerlich. Du kennst sie ja kaum«, gab Johnny kühl zurück – er war aus völlig anderem Holz geschnitzt als Adam. »Eigentlich ist sie unglaublich nett, wenn man sie erst mal…«

»Sie hat mich als geistlose, uninspirierte Langweilerin bezeichnet«, unterbrach Verity – dieses Urteil hatte sich unauslöschlich in ihre Hirnwindungen eingebrannt, so tief, dass sie es bis zum Ende ihrer Tage nicht vergessen würde. »Eine lächerliche kleine Verkäuferin. Gewöhnlich.«

Wie jeder andere Mensch wollte Verity jemand sein, der Tiefgang besaß, versteckte Qualitäten. Und obwohl ihr Leben in ruhigen, gemäßigten Bahnen verlief, hatte sie Fantasie und Potenzial. Aber all das hatte Marissa mit zwei Sätzen in Grund und Boden gerammt.

»Du bist nicht gewöhnlich«, widersprach Johnny ungeduldig. »Es ist doch ganz normal, dass Marissa sich ein wenig bedroht fühlt, aber das heißt ja nicht…«

»Und du hast gesagt, ich sei bloß Mittel zum Zweck gewesen«, unterbrach Verity scharf. »Ich war so eine Idiotin! In Wahrheit wolltest du nie eine Schein-Freundin, um dir deine Freunde vom Leib zu halten, sondern es ging immer nur darum, Marissa eifersüchtig zu machen.« Auf einen Schlag war alles so klar – ihre Schein-Beziehung, die Verity in Wahrheit für eine echte, aufrichtige Freundschaft gehalten hatte, war nur eine Strategie gewesen, um Marissa in den Wahnsinn zu treiben und dieses verkohlte schwarze Etwas zu erobern, das eigentlich ihr Herz sein sollte. »Bei unserer ersten gemeinsamen Hochzeit konntest du es kaum erwarten, uns einander vorzustellen, und selbst heute Abend, als du mich geküsst und mich angesehen hast, ging es immer nur um sie, richtig?«

Inzwischen war es draußen dunkel, lediglich vereinzelte Lampen tauchten die Bibliothek in düsteres Licht. Trotzdem konnte Verity Johnnys zusammengepresste Lippen sehen, den zuckenden Muskel an seinem Hals, die tiefe Röte, die sich über seine Wangen zog.

»Das war nie meine Absicht. Zumindest am Anfang nicht. Das musst du mir glauben, Very.« Johnny trat einen Schritt vor. Er war so wunderschön. Und so verdammt – verdammt dazu, für immer die falsche Frau zu lieben. »Aber Marissa war eifersüchtig. Du hast doch gehört, was sie gesagt hat. Dass sie mich immer noch liebt. Und nicht weiß, wie sie mich nicht lieben soll.«

Es war unglaublich. Johnny war ein hochintelligenter Mann – der Kerl hatte einen Cambridge-Abschluss, verdammt noch mal – und gleichzeitig einer der dümmsten Menschen, denen Verity je begegnet war. Sie spürte, wie sich die Hitze in ihr auszubreiten begann, von den Zehen aufwärts, bis ihr ganzer Körper in Flammen zu stehen schien, ballte die Fäuste und presste die Lippen aufeinander, doch es nützte nichts.

»SIE WIRD HARRY NIEMALS VERLASSEN!«, heulte sie vor Wut und Frustration, so laut und durchdringend, dass Johnny sich die Hände auf die Ohren hielt, worauf Verity nur noch lauter brüllte. »SIE IST SEIT ZEHN JAHREN MIT HARRY VERHEIRATET. WIESO KAPIERST DU DAS NICHT ENDLICH? ERDE AN JOHNNY! SIE WIRD IHN NIEMALS VERLASSEN, UM MIT DIR ZUSAMMEN ZU SEIN! DAZU WIRD ES NIEMALS KOMMEN!«

»Halt den Mund! Du hast doch keine Ahnung, wovon du redest!« Johnny trat einen weiteren Schritt auf Verity zu, die den Kopf zurückwarf wie ein gereizter Araber, der gleich seinen Reiter abwerfen würde.

»Marissa liebt dich nicht. Denn wenn sie es täte, würde sie dich freigeben. So wie es sich gehört. Wenn ich nur daran denke, dass ich Mitleid mit dir hatte. Aber damit ist jetzt Schluss! Zehn Jahre, Johnny! Das geht alles auf deine Kappe!«

»Ich habe gesagt, du sollst den Mund halten!« Inzwischen stand Johnny direkt vor ihr, so dicht, dass sie den Brandy in seinem Atem riechen, die roten Flecke auf seinen Wangen sehen konnte. Er packte ihr Handgelenk, nicht so fest, dass es wehtat, aber fest genug, dass sie nicht ausweichen konnte. »Und was ist mit dir? Du bist auch nicht perfekt.«

»Das habe ich auch nie behauptet …«

»Zumindest habe *ich* den Mut, jemanden zu lieben«, fuhr er fort und beugte sich weit vor, sodass sich ihre Nasen beinahe berührten. »Ich habe mich nicht von der Welt abgeschottet, nur weil eine einzige lauwarme Beziehung den Bach runtergegangen ist. Und dieses Gefasel von wegen ›Ich bin eine Insel‹ ist doch erbärmlich!«

»Das war eine Metapher«, protestierte Verity lahm, denn auch wenn es noch so befriedigend sein mochte, anständig auszuteilen – einzustecken machte definitiv überhaupt keinen Spaß.

»Mein Fehler. Klar. Du bist einfach nur ›introvertiert‹.« Johnny ließ von ihr ab, um mit den Fingern Anführungszeichen in die Luft zu malen, als wäre es noch nicht einmal ein richtiges Wort. »Obwohl du eine große Familie, Freunde und ein Haustier hast und niemals einsam sein musst, weil immer jemand für dich da sein wird, sind all die Liebe und die Zuwendung, die du bekommst, so schrecklich anstrengend.«

Alles, was sie ihm je erzählt, die Geheimnisse, die sie ihm anvertraut hatte, verzerrte er nun, legte sie völlig falsch aus, sodass sie nicht einmal mehr ansatzweise der Wahrheit entsprachen. »Ich hasse dich«, schleuderte sie ihm entgegen.

»Und ich hasse dich!«, blaffte er zurück. Verity hob die Hand – vielleicht, um ihm eine Ohrfeige zu verpassen, vielleicht auch, um ihn wegzustoßen –, doch stattdessen lag sie plötzlich um seinen Nacken, ihre Finger vergruben sich in seinem Haar, während Johnny ihre Taille umschlang. Er zog sie näher, und sie ... nein, das konnte nicht sein ... aber ...

Sie küssten sich.

Küssten sich, als gäbe es kein Morgen mehr.

Küssten sich, als könnten sie nicht genug voneinander bekommen.

Küssten sich wie zwei Menschen, die seit Monaten, Jahren niemanden mehr geküsst hatten.

Münder, die einander berührten. Hände, die einander fanden. Körper, die sich aneinanderdrängten.

Es stellte sich heraus, dass Verity durchaus Bedürfnisse hatte, die sich nicht mit einem Schokoriegel und einem guten Buch befriedigen ließen. All die Sehnsucht, das Verlangen, die sie so lange unterdrückt hatte, stiegen nun in ihr auf, verlangten danach, erhört zu werden. Doch all das schenkte sie nicht irgendeinem Mann – sondern Johnny.

Obwohl sie ihn in diesem Moment aus tiefster Seele hasste, fühlte es sich an, als wüsste ihr Körper längst instinktiv, was ihn erwartete, und gab sich seinen Berührungen nur allzu bereitwillig hin. Seinen Mund auf ihren Lippen zu spüren, war fast wie ein Schock, gleichzeitig jedoch tröstlich vertraut.

»Oh, Verity!«, flüsterte Johnny an ihrer nackten Haut, denn auf wundersame Weise war es ihnen gelungen, zwischen all den Küssen und Umarmungen sein Hemd aufzuknöpfen, und ihr Kleid lag in einer Ecke der Bibliothek. »Was machst du bloß mit mir?«

»Ich bin stocksauer auf dich!«, flüsterte Verity. Johnny sollte bloß nicht glauben, er könnte sie immer weiter küssen und damit wäre alles vorbei und vergessen. »Aber wenn du mich nicht auf der Stelle küsst, muss ich sterben.«

Wieder küssten sie sich. Beistelltische kippten, Lesesessel wurden zur Seite gestoßen, als sie sich zu dem roten Samtsofa vorarbeiteten. Arme und Beine, die sich umeinanderschlangen, und ein letzter klarer Gedanke, ehe sie die Beine um ihn schlang. *Ich kann nicht glauben, dass wir es vor all diesen Büchern tun.*

Sie hatten keine Gelegenheit, die Zeit danach zu genießen, einander süße Worte zuzuflüstern, wie Liebende es taten – weil sie keine Liebenden waren, sondern zwei Menschen, die soeben, befeuert von Wut und dem Gefühl des Verrats, den schlimmsten aller Fehler begangen hatten.

Inzwischen waren sie zur Vernunft gekommen. Zumindest glaubte Verity das, als sie ihre im Eifer des Gefechts achtlos weggeworfenen Kleider einsammelten.

Dann kehrte die Erinnerung an ihren Streit zurück. »War das geistlos genug für dich?«, blaffte sie, während Johnny seinen linken Schuh suchte.

»Und das war das, was du unter einem Mitleidsfick verstehst? Weil ich dir so leidtue?«

Den ganzen Weg zurück zu ihrem Zimmer zankten sie sich im Flüsterton, und noch viel lauter, kaum dass die Tür hinter ihnen ins Schloss gefallen war. Bis es erneut passierte.

Küsse.

Hände.

Kleider, die sie sich gegenseitig vom Leib rissen.

Sex.

Danach schliefen sie ein, eng umschlungen, nur um noch einmal anzufangen, diesmal jedoch ohne Streit als Vorspiel, sondern einfach so, weil es sich die beiden Male so unbeschreiblich angefühlt hatte.

Jetzt war es vier Uhr früh, und Verity saß mit angezogenen Knien im Bett und sah Johnny beim Schlafen zu.

Nur um sich all die Details einzuprägen: den Schwung seines Rückgrats, die Sommersprossen auf seinen Schultern, sein Haar, das sie zerzaust hatte … jeder einzelne Schnarchlaut brannte sich in ihr Gedächtnis ein.

Schließlich stand sie auf und begann im Schein des Mondlichts, ihre Sachen zu packen.

Sie konnte nicht länger bleiben. Nicht wenn sie ihn so sehr hasste. Und weil sie ihn liebte, auch wenn sie keine Ahnung hatte, wann es dazu gekommen war. Sie hatte ihn aus Marissas teuflischer Umarmung befreien wollen – doch nicht etwa, damit er eine andere Frau lieben lernte, die ihn wirklich verdiente, sondern weil sie sich danach gesehnt hatte, dass er seine Liebe zu *ihr* entdeckte. Und zu sonst keiner.

Sie hatte seine Warnung, sich bloß nicht in ihn zu verlieben, unerträglich arrogant gefunden, dabei aber übersehen, dass sie nur gerechtfertigt gewesen war, und jetzt war es zu spät.

Johnny zu lieben, war sinnlos. Es würde zu nichts führen – kein Happy End, sondern bloß Kummer und Schmerz.

Johnny hasste sie. Das hatte er klipp und klar gesagt. Und selbst wenn nicht, war er immer noch in Marissa verliebt. Seit siebzehn Jahren. Und dreimal Sex mit Verity war ganz bestimmt kein Wundermittel dagegen. Nicht einmal ansatzweise!

Zu bleiben würde bedeuten, dass sie sich durch den berühmten peinlichen Morgen danach würde quälen müssen, nur um anschließend Marissa und Harry gegenüberzutreten – allein die Vorstellung war unerträglich.

Deshalb war es das Beste, gar nicht lange nachzudenken, sondern einfach zu verschwinden.

Auf Zehenspitzen schlich sie durch das stille Haus und ging die Steinstufen zum Strand hinunter, als ihr dämmerte, dass sehr wohl etwas ihren heimlichen Abgang zunichtemachen würde – zweihundertfünfzig Meter Meer.

Wenn sie Jeremy oder den Ehemann der Haushälterin nicht wecken wollte, blieb nur noch, den Sea Tractor kurzzuschließen, was sie auf keinen Fall hinbekäme. Sie hatte ja noch nicht einmal ein ausreichend starkes Handysignal, um auf Google zu checken, wie man so etwas machte.

Sie blickte aufs Meer hinaus, auf die Wellen, die im Mondschein glitzerten, und ließ sich auf die Knie sinken. Ihr Verhältnis zu Gott war schon immer herzlich, aber auch aufrichtig gewesen, doch nun drängte sich ihr die Frage auf, ob Beten tatsächlich helfen würde – immerhin hatte sie gerade dreimal hintereinander unehelichen Sex gehabt. Noch dazu war sie auch davor keine Jungfrau mehr gewesen.

Und sie hatte gelogen. Sie hatte dreimal nacheinander Sex mit ihrem Schein-Freund gehabt. Und sie hatte besagten

Schein-Freund begehrt, obwohl sie von Anfang an gewusst hatte, dass sein Herz einer anderen gehörte; im Grunde hatte sie gegen so gut wie jedes Gebot verstoßen... na ja, ermordet hatte sie niemanden. Was jedoch durchaus noch passieren konnte, wenn sie noch länger gezwungen war, sich mit Marissa auf engstem Raum aufzuhalten.

O Gott.

Mit einem Mal kräuselten sich die Wellen deutlich stärker, vor allem wenn man bedachte, dass es erst früher Morgen war. Der Himmel war immer noch tiefdunkelblau, kaum ein Lüftchen wehte, und doch war das Wasser unverkennbar in Bewegung geraten. Qualvoll lange Minuten verstrichen, während Verity zusah, was sich vor ihr abspielte. Sie traute ihren Augen kaum, als das sandige Uferbett plötzlich zum Vorschein kam.

So wie Gott das Rote Meer für die Israeliten geteilt hatte, tat er dasselbe nun für sie, sodass sie ihr Köfferchen nehmen und ans andere Ufer laufen konnte, wie Usain Bolt, der fest entschlossen war, seinen eigenen Weltrekord in Grund und Boden zu stampfen.

Kapitel 26

Sie war gedemütigt und bekümmert; sie empfand Reue,
doch wusste sie kaum, worüber.

Nachdem Verity in Amsterdam mit Adam Schluss gemacht hatte, waren sie gemeinsam nach Hause zurückgeflogen, nebeneinander auf ihren vorreservierten Plätzen, und immer wenn Verity seinem Blick begegnet war, hatte er sie angesehen, als wäre sie ein Ungeheuer, das seine gesamte Familie, seine Haustiere und alle seine Freunde brutal ermordet hätte.

Beim Zoll hatten sich ihre Wege endgültig getrennt. »Schönes Leben noch«, hatte Adam mit einem Höchstmaß an eisiger Würde zu sagen versucht, doch die Worte waren mehr in einem erstickten Schluchzen über seine Lippen gekommen, und als Verity mit der U-Bahn zurück in die Stadt gefahren war, hatte ihr Entschluss festgestanden: Sie musste alles daransetzen, nie wieder diese grauenvolle Mischung aus Schuldgefühlen und Erleichterung empfinden zu müssen, durfte nie wieder einen Mann zum Weinen bringen. Daher würde sie künftig einen großen Bogen um jegliche Form romantischer Bindung machen.

Obwohl sie sicher war, dass sie Adam geliebt und ihre Zuneigung sowohl ihm als auch ihren skeptischen Schwestern gegenüber mehrfach zum Ausdruck gebracht hatte, war Verity nicht allzu traurig über das Ende gewesen. Sie hatte nicht literweise Wein trinken, pfundweise Eiscreme essen und sich von ihren Freundinnen bestätigen lassen müssen, dass sie »diesen Schwachmaten ohnehin nie leiden« konnten – Rituale, die jedes Mal zum Einsatz kamen, wenn eine ihrer Schwestern abserviert worden war, aber Verity brauchte all das nicht. Im Vergleich dazu, wie sehr sie die köstlichen Stunden des Alleinseins in den drei Jahren ihrer Beziehung vermisst hatte, fehlte Adam ihr eigentlich überhaupt nicht.

Aber jetzt? Es war, als hätte Johnny ihr das Herz herausgerissen, wäre darauf herumgetrampelt, hätte Salz in sämtliche offenen Wunden gestreut und es ihr dann wieder in die Brust gestopft. Denn ohne es zu bemerken, hatte Verity ihm genau dieses Herz leichtsinnigerweise geschenkt, obwohl sie die ganze Zeit gewusst hatte, dass sie das seine niemals bekommen würde – weil Marissa es bereits für sich in Anspruch genommen hatte und es somit ohnehin niemals zur Verfügung gestanden hätte.

»Und was ich erst mit seinen Eiern anstellen werde …«, bemerkte Merry, als sie Verity am Sonntagmorgen am Bahnhof von Exeter abholte.

Nachdem sich das Meer auf wundersame Weise vor ihr geteilt hatte, war Verity bis nach Upper Meryton gelaufen, wo sie den dortigen Pfarrer und seine Frau beim frühmorgendlichen Tai-Chi im Garten des Pfarrhauses angetroffen hatte. Sie hatte um Hilfe gebeten, und es hatte sich herausgestellt, dass Pfarrer Michaels Veritys Vater sogar persönlich kannte. Er hatte ihr erzählt, dass eines seiner Gemeindemitglieder bald nach Exeter aufbrechen würde, um seine Schwiegereltern zum sonntäglichen Mittagessen abzuholen, weil an diesem Wochenende die Zugverbindung unterbrochen war. Also hatte sie um sieben Uhr früh Merry angerufen, während der Pfarrer und seine Frau das Frühstück vorbereiteten.

Merry hatte sich noch nicht einmal angezogen, sondern kam im Schlafanzug angedüst. Sie hatte den Wagen von Dougies Mutter geliehen und war mit durchgedrücktem Gaspedal gefahren, weshalb sie gegen elf bereits in Exeter eintraf.

Verity hatte sich geschworen, nicht allzu sehr ins Detail zu gehen und sich mit Kommentaren zurückzuhalten, doch sowie sie auf dem Beifahrersitz des Nissan Micra saß und in Merrys leicht irritiertes Gesicht blickte, kamen ihr die Tränen.

Und dann brach alles aus ihr heraus. Merry schaffte es, bis auf den einen oder anderen empörten Laut, den Mund zu halten und sich Marissas Gemeinheiten über Verity und alles andere, was an diesem Wochenende vorgefallen war, anzuhören. »Drei Mal! Drei Mal nacheinander! O mein Gott!«, rief sie und verpasste glatt die Abzweigung zur Autobahn.

Veritys Empfinden nach bestand die gesamte Fahrt lediglich aus Heulen, Schluckauf und Naseputzen. Mittlerweile waren drei Wochen vergangen, und nach wie vor kämpfte sie jeden Tag mit den Tränen, Schluckauf und einer laufenden Nase.

Selbst bei der Arbeit brach sie in Tränen aus, obwohl das eigentlich gegen ihr Arbeitsethos verstieß. Die Anlässe waren absolut nichtig: Posy schilderte ihr den Inhalt eines Romans über eine auffallend von Ängsten gequälte Frau, den sie gerade las, Mattie drohten die Scones vor der Nachmittagspause auszugehen, oder Nina deckte sie mit schlauen Kommentaren und Ratschlägen ein wie: »Andere Mütter haben auch schöne Söhne«, »Am leichtesten kommst du über einen Kerl hinweg, wenn du dich unter einen anderen legst« oder »Wenn man abgeworfen wird, soll man am besten gleich wieder in den Sattel steigen, auch wenn du dich fühlst, als wäre jeder einzelne Knochen gebrochen« – und schon gingen Veritys Tränendrüsen in die Überproduktion.

Nina besaß ein beängstigendes Repertoire an Weisheiten für Leute, die abserviert worden waren, wobei Verity nicht einmal genau sagen konnte, auf welcher Seite sie eigentlich stand – war sie diejenige, die abserviert worden war, oder umgekehrt? Und war es überhaupt angemessen, nur noch ein flennender, schniefender Schatten ihrer selbst zu sein, wo das, was sie mit Johnny verbunden hatte, noch nicht einmal eine richtige Beziehung gewesen war?

Sie war zumindest davon ausgegangen, dass es sich um echte Freundschaft gehandelt hatte – bis zu jenem Moment, als sie gezwungen gewesen war, sich anzuhören, was Johnny wirklich über sie dachte. Er hatte sich auch nicht hinter Verity gestellt, als Marissa sie als geistlos, uninspiriert und gewöhnlich bezeichnet hatte, also teilte er offensichtlich die Ansicht seiner gehässigen Angebeteten. Schlimmer noch! Sie war für ihn nur Mittel zum Zweck, was bedeutete, dass alles, was sie ihm in diesen Wochen anvertraut hatte, eine Lüge gewesen war; von ihrem Besuch bei Veritys Eltern ganz zu schweigen. Für ihn war es lediglich eine Methode gewesen, um ihre Beziehung glaubwürdig genug aussehen zu lassen. Marissa sollte eifersüchtig werden und merken, was ihr entging, damit sie Harry endlich verlassen und sich für Johnny entscheiden konnte.

Aber es war alles umsonst gewesen, weil Marissa Harry niemals verlassen würde, und Johnny war einfach ein hoffnungsloser Fall.

Verity sandte sogar ein Gebet an den heiligen Judas, den Schutzpatron für die hoffnungslosen Fälle – vielleicht war bei Johnny ja doch noch nicht Hopfen und Malz verloren. Falls er sich melden und sich angemessen zerknirscht zeigen sollte, wäre sie bereit, sich noch einmal auf eine Freundschaft mit ihm einzulassen, auf mehr allerdings nicht. Aber wenn sie ehrlich zu sich selbst war, musste sie sich eingestehen, dass es ihr nicht um Freundschaft ging. Sie wollte ihn, mit Haut und Haaren, obwohl sie der Liebe und Romantik eigentlich abgeschworen hatte. Was gut gewesen war, denn sie hätte nie im Leben gedacht, dass es so wehtun könnte.

Verity erkannte dieses tränendrüsige, schluchzende Bündel, zu dem sie verkommen war, kaum wieder – inzwischen ging sie sogar beim ersten Läuten ans Telefon, weil sie hoffte, er wäre am Apparat. Sie bekam das Flattern, wann immer eine Nachricht oder eine Mail auf ihrem Handy einging, auch wenn keine davon von Johnny stammte, sondern meist von einer ihrer Schwestern, die sich nach ihr erkundigen und ihr noch einmal sagen wollte, dass Johnny ein elender Dreckskerl war. Zu Posys Verblüffung drückte Verity sich sogar regelmäßig im Laden herum, in der vagen Hoffnung, dass er hereinkommen würde, aber Johnny war und blieb wie vom Erdboden verschluckt.

Nach der Arbeit war es noch viel schlimmer, denn zum ersten Mal, seit Verity denken konnte, war sie ihre eigene Gesellschaft leid. Nina hatte Gervaise, dem sexuell flexiblen Performance-Künstler, noch eine Chance gegeben und war jeden Abend auf der Piste. Posy wollte logischerweise ihre freie Zeit mit ihrem Ehemann verbringen, und Tom lag in den letzten Zügen seiner ominösen Doktorarbeit und ließ sich deshalb nur selten zu einem Drink im Midnight Bell überreden, sodass lediglich Merry übrig blieb, die sich dankbarerweise regelmäßig in der Wohnung über der Buchhandlung blicken ließ.

Und zwar nicht nur, weil es Teil des schwesterlichen Pflichtprogramms war, sondern weil Con sie mit der Massenproduktion von Hochzeitsgirlanden beauftragt hatte. »Wenn ihr sie selbst bastelt, ist es einfach persönlicher«, hatte sie gesagt, als Merry und Verity sie angefleht hatten, die Dinger im Internet zu bestellen, so wie jeder andere Mensch auch. Verity war heilfroh, nicht länger allein sein zu müssen, auch wenn sie Merry verbieten musste, die zahllosen Foltermethoden aufzulisten, denen sie Johnny unterziehen würde, falls er ihr jemals über den Weg laufen würde, denn nicht einmal er verdiente es, sich bei lebendigem Leibe ganz langsam die Zehennägel ausreißen zu lassen. Und so saßen Verity und Merry auf Veritys Sofa, manchmal auch im Pub, schnitten, klebten und knickten und zogen dabei über Con her, bis Verity aufsah, weil Merry sie wieder einmal ungläubig anstarrte und den Kopf schüttelte. »Drei Mal? Drei Mal hintereinander, und seither keine einzige Mail, keine Nachricht, kein Anruf, und sei es nur, um sicherzugehen, dass du bei deiner Flucht von der Insel nicht ertrunken bist. Was für ein Mistkerl! Ohhh! Was würde ich mit ihm anstellen, wenn ich ihn in die Finger bekommen könnte! Willst du es wissen?«

»Lieber nicht.«

»Als Erstes würde ich ihm mit einem stumpfen Kartoffelschäler bei lebendigem Leib die Haut abziehen …«

Trotz allem war es immer noch besser, als allein mit einer Schachtel Papiertaschentücher und ihren trübseligen Gedanken auf dem Sofa zu sitzen. Noch nicht einmal *Stolz und Vorurteil* konnte ihr den gewohnten Trost spenden, denn ausnahmsweise brachte sie die Antwort auf die Frage *Was würde Elizabeth Bennet jetzt tun?* auch nicht weiter.

Sie war gedemütigt und bekümmert; sie empfand Reue, doch wusste sie kaum, worüber. Sie sehnte sich nach seiner Achtung – jetzt, da sie nicht mehr darauf hoffen durfte. Sie wollte von ihm

hören – jetzt, wo fast keine Aussicht auf Nachricht bestand. Sie war
überzeugt, dass sie mit ihm glücklich geworden wäre – jetzt, da sie
einander wahrscheinlich nicht einmal mehr begegnen würden.

Nein, ausnahmsweise spendeten ihr auch die Seiten ihres
Lieblingsbuches keinen Trost, ebenso wenig wie die Gewissheit, dass sie mit ihrem Gefühl, so nass und schlaff zu sein wie
die benutzten Taschentücher rings um sie herum, keineswegs
allein auf der Welt war. Es war allgegenwärtig. Verity war
alles andere als ein Einzelfall, sondern genau wie jeder andere
Mensch, dessen Liebesgeschichte gerade den Bach hinunter-
gegangen war.

Wieso hatte es dann bei Adam nicht so wehgetan? Allmählich dämmerte ihr, dass sie, obwohl sie *Stolz und Vorurteil* unzählige Male gelesen hatte, keine Ahnung hatte, was Liebe
eigentlich war. Bis zu diesem Tag war sie ihr niemals wirklich begegnet. Und erst jetzt konnte sie nachvollziehen, wie
sehr sie Adam damals wehgetan hatte. Wenn sie ihm auch nur
halb so viel Schmerz zugefügt hatte, wie sie seit ihrer Flucht
aus Cornwall bei Nacht und Nebel litt, schuldete sie ihm eine
Entschuldigung, und zwar keine knappe. Daher loggte sie sich
eines Abends, als sie es endgültig satthatte, an Johnny zu denken, zu flennen und vor allem ununterbrochen diese albernen
Girlanden zu basteln, bei FaceUpp ein, Sebastian Thorndykes
Social-Media-Netzwerk, das nicht nur er und seine Frau auf
dem Handy hatten, sondern inzwischen die halbe Welt.

Adam aufzustöbern entpuppte sich als Kinderspiel: Sie hatten beide mehr als genug gemeinsame Freunde aus der Uni-
zeit. Er wohnte immer noch in London und arbeitete am
Goldsmiths College, allerdings fand sie keinen Hinweis auf
seinen Beziehungsstatus… wahrscheinlich weil Verity ihn
mit ihrer distanzierten, emotional verkrüppelten Art für im-

mer beziehungsunfähig gemacht hatte. Doch es gab nur einen Weg, das herauszufinden.

Sie hoffte, dass er ihre Nachricht als aufrichtige Entschuldigung auffassen würde, als etwas, worüber sie monatelang nachgedacht hatte, und nicht als irgendein Geschreibsel, das unter dem Einfluss einer Flasche Chenin Blanc entstanden war.

Hey Adam,

lange her, dass wir voneinander gehört haben. Ich hoffe, das Leben ist gnädig zu dir.

Mir geht's gut. Ich arbeite immer noch in der Buchhandlung, habe immer noch vier Schwestern am Hals und bin immer noch ein bisschen schräg.

Und wo wir gerade bei schräg sind: In letzter Zeit denke ich ziemlich viel nach, und ich möchte mich endlich dafür entschuldigen, wie ich mich dir gegenüber benommen haben. Sollte ich damals ein bisschen distanziert gewirkt haben … tja, dann war ich es wohl auch. Ich brauchte so viel Freiraum, dass ich dich ständig nur weggeschoben habe. Je länger ich es mir überlege, umso klarer wird mir, dass ich eine lausige Freundin gewesen bin. Bei der Erinnerung daran, wie gemein ich zu dir war, als du mich nach Amsterdam entführt hast, wird mir immer noch ganz anders. Das hast du nicht verdient. Nichts von alldem.

Ich musste im Lauf der Jahre ziemlich oft an dich und diesen Vormittag in Amsterdam denken, und die Vorstellung, dass du recht behalten haben könntest, geht mir gewaltig an die Nieren – dass ich dich für immer zerstört hätte und du niemals wieder eine Frau von Herzen lieben könntest. So ist es doch nicht gekommen, oder? O Gott, bitte sag mir, dass es nicht so ist.

Tja, dann will ich mal Schluss machen.

Liebe Grüße,

Verity

PS: Hast du noch Kontakt zu Banjo alias Paul, meinem Stockwerks-
betreuer von der Uni? Meine Schwester arbeitet in der Medizinfor-
schung an der UCH, und man erzählt sich, er sei eines Tages in der
Notaufnahme des St. George's mit einer Mandarine unter der Vor-
haut aufgetaucht, weil er eine Wette verloren hatte.

Um halb zwölf Uhr abends hatte die Nachricht eigentlich ganz
nett geklungen, aber im grellen Licht des frühen Morgens und
mit einem fiesen Kater war sie nur noch peinlich – so anhäng-
lich und klammernd, wie sie es Adam damals vorgeworfen
hatte. Und welcher Teufel hatte sie geritten, auch noch das PS
zu Banjo und seiner Vorhaut anzuhängen?

Auch diese Frage quälte sie immer wieder – bis Adams Antwort kam, als sie gerade auf dem Rücksitz des Nissan Micra
von Dougies Mum zwischen drei Kartons voller Girlanden,
zwei Brautjungfernkleidern und allem anderen eingequetscht
saß, das nicht in den Kofferraum gepasst hatte. Es war D-Day
minus eins, der Freitag vor dem großen Samstag, an dem Con
und Alex den Bund der Ehe schließen und anschließend mit
Spanferkel und Cava im Garten des Pfarrhauses feiern würden. Leider war es zu spät gewesen, um noch ein Partyzelt zu
ergattern, und laut Wettervorhersage sollte es regnen.

Als das Telefon piepste, dachte Verity, dass es bestimmt
Con mit einer ihrer halbstündlichen Wetter-Updates war,
doch dann machte ihr Herz einen Satz – vielleicht war es auch
Johnny, um zu checken, ob sie nicht in einem nassen Grab lag.
Das leise Flattern schlug in heftiges Hämmern um, als sie sah,
dass eine FaceUpp-Nachricht von Adam gekommen war.

Verity stöhnte auf, wovon Dougie und Merry allerdings
nichts mitbekamen, weil sie vorn lautstark die Songs aus
Hamilton mitsangen. Obwohl sie zu den Leuten gehörte, die

Pflaster niemals mit einem Ruck abrissen, sondern sie lieber langsam abknibbelten, beschloss Verity, sich Adams Nachricht am besten gleich anzusehen und das Unvermeidliche nicht unnötig hinauszuzögern. Sie sandte ein Gebet gen Himmel, dass er nicht zum Mönch oder einer dieser Männerrechtsaktivisten geworden war, die Frauen auf den Tod nicht ausstehen konnten – und falls doch, wäre es allein ihre Schuld.

Hallo Fremde!

Ich will nicht lügen – deine Nachricht war eine ziemliche Überraschung und auch keine ausschließlich angenehme, denn auch mir war ziemlich mulmig, wenn ich die letzten Jahre an dich gedacht habe. Nicht weil du etwas falsch gemacht hättest, sondern weil ich lieber gar nicht daran denken will, wie sehr ich damals geklammert habe. Wenn jemand eine Entschuldigung verdient hätte, dann wärst es ganz klar du, weil ich dir so ein schlechtes Gewissen eingeredet habe, von wegen, du hättest mich für immer beziehungsuntauglich gemacht, und dass ich niemals wieder eine Frau lieben könnte. Ich wollte mich auch schon bei dir melden, um mich zu entschuldigen, habe mich aber immer zu sehr geschämt. Es tut mir aufrichtig leid, Very.

Wenn du mich fragst, war das die erste richtige Beziehung für uns beide, und wir haben es nicht gerade gut hingekriegt. Ich glaube nicht, dass auch nur einer von uns beiden wusste, was Liebe wirklich ist. Deshalb, ja, du warst manchmal ein bisschen schräg, und ich genauso, und meine nächste Freundin nach dir hat noch nie in ihrem Leben Gemüse gegessen und konnte nur schlafen, wenn das Licht brannte und Talk FM im Radio eingeschaltet war, daher relativiert sich das mit dem »schräg« wieder ein bisschen.

Wegen dir bin ich also nicht zum Beziehungsphobiker geworden. Was für eine Vorstellung! Auf Amsterdam hatte ich allerdings seit diesem Wochenende keine Lust mehr!

Gerade lerne ich eine sehr besondere Frau näher kennen, und ich hoffe, dass es in deinem Leben auch jemanden gibt, weil ich es sehr schade fände, wenn du wegen mir der Männerwelt für immer abgeschworen hättest. Es wäre nett, wenn wir uns irgendwann mal auf einen Drink treffen würden.

Adam

(Zu Banjo habe ich keinen Kontakt mehr, aber ich habe gehört, es sei keine Mandarine, sondern eine Grapefruit gewesen. Wie und wieso die da hingekommen sein könnte, ist mir allerdings ein Rätsel.)

Adams unbeschwerter Tonfall rief Verity unvermittelt in Erinnerung, dass ihre Beziehung keineswegs nur daraus bestanden hatte, dass Adam klammerte und Verity zum Rückzug blies. Wenn Adam sie nicht gerade damit gelöchert hatte, was sie dachte und ob sie ihn liebte, hatte sie seine Gesellschaft sehr genossen. Er war witzig gewesen, und sie hatten eine Menge zu lachen gehabt. Außerdem war er ein toller Koch und hatte dieselbe Schwäche für alte Hollywood-Klassiker, deshalb hatten sie oft ganze Wochenenden damit verbracht, Katherine Hepburn in der Rolle der Kessen oder Cary Grant als Mann von Welt zu sehen.

Was für eine Erleichterung, endlich Gewissheit zu haben, dass Verity nicht Adams Leben zerstört und ihm schwerste psychische Schäden zugefügt hatte! Hiermit war sie von der Schuld befreit, die sie wie eine Zentnerlast all die Jahre mit sich herumgeschleppt hatte. Und damit nicht genug – Adam hatte eine reife, sogar regelrecht philosophische Haltung zu dieser ganzen leidigen Angelegenheit entwickelt; er hatte dieses Amsterdam-Wochenende als wichtige Lektion einsortiert und sich dann kurzerhand ins Beziehungsgetümmel gestürzt.

Könnte Verity mehr in dieses Wochenende hineininterpretiert haben, als da tatsächlich gewesen war? Vielleicht hatte es ja tatsächlich bloß das Ende einer halbgaren Beziehung zwischen zwei unerfahrenen, aber viel zu leicht beeinflussbaren Menschen markiert. Jedenfalls war das Ganze bei Weitem nicht so schwerwiegend und welterschütternd gewesen, dass man Beziehungen und der Liebe für immer hätte abschwören müssen, oder? Hatten vielleicht am Ende doch alle recht – von ihrer Mutter, über ihre Schwestern bis hin zu ihren Freunden und Kollegen –, dass sich alles wie von ganz allein fügte, wenn man nur dem richtigen Mann begegnete?

Nein. Verity weigerte sich zu glauben, dass sie überreagiert und ihr ganzes Leben nach Amsterdam, ihre gesamte Zukunft in eine Richtung gelenkt hatte, in die es sich eigentlich nicht hätte bewegen sollen; dass sie drei Jahre ihres Lebens damit verbracht hatte, sich an ein Singledasein zu klammern, als wäre es ein Rettungsboot. Sie schaffte es einfach nicht, ihrem Beziehungsleben und all den anderen Anforderungen an sie gerecht zu werden und gleichzeitig die Ruhe und den Freiraum zu finden, die sie brauchte, um so zu sein, wie man es von ihr wünschte.

Oder etwa doch? Aber welche Rolle spielte es schon, wenn der einzige Mann, den sie wirklich wollte, sie wiederum nicht wollte? Er liebte eine andere, und selbst wenn es nicht so wäre, hatte er klipp und klar gesagt, dass er sie hasste. Und damit hatte sie all den Freiraum und die Ruhe, die sie brauchte, was ganz wunderbar war. Nur dass es sich leider nicht so toll anfühlte, sondern vielmehr wie das Ende der Welt.

Gerade als Merry und Dougie vollends zu Form aufliefen, aus Leibeskräften sangen und dazu im Takt aufs Armaturenbrett schlugen, vermeldete Veritys Handy eine weitere Nachricht. Dieses Wochenende hätte sie jedenfalls keinerlei Ruhe und Freiraum, so viel stand fest, allerdings hatte sie sich bereits damit abgefunden. Es war Cons Hochzeit, und Verity würde nichts tun, was auch nur eine Minute der nächsten achtundvierzig Stunden verderben könnte – sie war sogar beim Arzt gewesen und hatte um ein Rezept für zwei Valium gebeten, um für einen Nervenzusammenbruch gerüstet zu sein.

»Ist das schon wieder Con?«, fragte Merry und drehte sich um.

Verity blickte auf das Display. »Ja. Sie hat The Met Office, BBC Weather, Google Weather und Yahoo Weather gecheckt und ist völlig fertig, weil alle eine Regenwahrscheinlichkeit zwischen dreißig und fünfzig Prozent für morgen vorhersagen, und sie will jetzt wissen, ob wir glauben, dass es vielleicht nur ein kurzer Schauer sein könnte.«

»Ich habe dieses ewige Gefasel übers Wetter so satt«, schaltete sich Dougie ein.

»Ich hab's gehört«, sagte Verity, als ihr Handy erneut piepste. Ihr Herz hatte noch nicht mal die Zeit zu flattern, in der vagen Hoffnung, dass es vielleicht doch Johnny sein könnte. »Es ist schon wieder Con. Offensichtlich benutzen wir ihren Hochzeits-Hashtag nicht oft genug. Sie erwartet von uns, dass wir mindestens jede halbe Stunde einen Tweet abgeben, wie toll das alles wird und wie sehr wir uns freuen.« Verity stieß mit dem Knie gegen die Rücklehne des Beifahrersitzes. »Wie kommt es, dass sie dir nie schreibt?«

»Ich habe doch ihre Nummer blockiert.«

Verity konnte ihr noch nicht einmal böse sein. »Ich wünschte, ich hätte daran gedacht.«

Jetzt war es zu spät dafür, und während Dougie und Merry den Rest der Fahrt aus Leibeskräften Musical-Songs mitgrölten, meldete Veritys Handy alle paar Minuten neue Mitteilungen mit Wetter-Updates, Hashtag-Forderungen und panischen Neuigkeiten über so ziemlich alles, von der Hochzeitstorte über den Blumenschmuck bis hin zu der Frage, wie Con innerhalb der nächsten zwölf Stunden noch zwei Kilo abnehmen könnte, sonst müsse sie noch ein Miederhöschen und einen Minimizer-BH besorgen.

Verity blieb verblüffend ruhig. In den letzten Wochen hatte sie derartige emotionale Achterbahnfahrten erlebt, dass sie keine Energie mehr hatte, um auszuflippen. Sie war leer.

Endlich kamen sie ihrem Ziel näher, fuhren durch all die kleinen Dörfer und Käffer, die sie in- und auswendig kannten, ehe der Turm der Kirche ihres Vaters in Sichtweite kam.

»Willkommen in Lambton«, verkündete das Schild am Ortseingang.

»Endlich zu Hause«, stöhnte Merry befriedigt. »O Gott, glaubt ihr, Con hat sie erpresst, das zu tun?«

An jedem Gartentor im Dorf flatterte ein kornblumenblaues (Con hatte sich endlich doch noch entschieden) Satinband in der Brise.

»Wahrscheinlich«, sagte Verity und blinzelte heftig gegen ihre aufsteigenden Tränen an. »Aber hübsch sieht es trotzdem aus.«

»Weinst du etwa, Very? Hör sofort auf damit!«, befahl Merry, deren Stimme ebenfalls zu brechen drohte. »Du weißt genau, dass ich auch anfangen muss, wenn du erst loslegst. Die letzten Wochen haben ein nervliches Wrack aus mir gemacht.«

»Ich kann doch auch nichts dafür«, schluchzte Verity, als Dougie vor dem Pfarrhaus anhielt.

Noch bevor Dougie den Motor ausgemacht hatte, ging auch

schon die Haustür auf, und eine ganze Horde Leute stürmte heraus, angeführt von Con in Freizeithosen, dem offiziellen #simpsonliebeshochzeit-Shirt und dem alten Schleier der Frau Pfarrer, der inzwischen schon vergilbt war und laut detailliertem Zeitplan, den Con zu Beginn der Woche an alle Beteiligten gemailt hatte, in Oxiclean eingeweicht liegen sollte.

»*Noch einmal stürmt, noch einmal, liebe Freunde*«, zitierte Dougie, als Con direkt auf sie zusteuerte.

Die Fahrertür wurde aufgerissen, und Con streckte den Kopf herein. »Ihr solltet schon vor siebzehn Minuten hier sein«, sagte sie statt einer Begrüßung. »Ich hoffe bloß, ihr habt die verdammten Girlanden nicht vergessen!«

Kapitel 27

*Ich werde noch als alte Jungfer enden und euren zehn
Kindern beibringen, wie man Kissen bestickt und
möglichst falsch auf seinem Instrument spielt.*

Trotz aller Warnungen der Wetter-Apps schien der Samstag
ein klarer, sonniger Tag zu werden. Helles Licht erfüllte das
Pfarrhaus, als Con sich für die Trauung bereit machte, was natürlich alles auf Fotos festgehalten wurde. Chatty übernahm
die Frisur und das Make-up; sie war diejenige der fünf Schwestern mit der künstlerischen Ader und hatte sich in den letzten
zwei Wochen mit allerlei Videos auf YouTube schlaugemacht.

Am Freitag hatte es ein deftiges Abendessen in der Küche
des Pfarrhauses gegeben, mit massenhaft Kästetoasts und Rotwein, weshalb alle leicht angeschlagen waren und sich der Geräuschpegel in Grenzen hielt. Außerdem hatte Con die To-do-
Liste und den Ablaufplan in Veritys Hände gegeben, die nun
ständig zwischen Kirche und Pfarrhaus hin- und herrennen
musste, um irgendwelche Kleinigkeiten in letzter Minute zu
erledigen, daher kümmerte es sie nicht weiter, ob die Leute in
Zimmerlautstärke redeten oder nicht.

Nachdem Verity die Spanferkel-Jungs in Empfang genommen und ihnen gezeigt hatte, wo der Grill im Garten aufge-

baut werden sollte, wurde allmählich die Zeit knapp, wenn sie sich noch um ihre eigene Frisur und ihr Make-up kümmern wollte. Sie hastete die Einfahrt entlang, wo sie der Lieferwagen eines Nobel-Weinhändlers aus Skipton überholte, obwohl, soweit sie wusste, nichts besonders Edles bestellt worden war.

»Wir haben aber einen Lieferauftrag«, erklärte der Fahrer und wedelte mit einem Zettel vor Veritys Nase herum.

»Das ist die Hochzeit meiner Schwester. Sie hat sich zwar einiges vorgenommen, aber ihr Budget ist ziemlich überschaubar. Eigentlich sollte sie alles, was sie bestellt, vorher mit ihrem Verlobten, seiner Mutter und unseren Eltern abklären«, sagte Verity panisch. »Wir haben kein Geld mehr.«

»Ist alles längst bezahlt, Schätzchen.«

Der Fahrer lud zwei Kisten Champagner aus, dazu einen an Con und Alex adressierten Umschlag, den Verity ins Schlafzimmer ihrer Eltern trug, wo Con ihr Beauty-und-Frisur-Basislager aufgeschlagen hatte.

»Los, Very, setz dich hin. Ich muss dich auch noch auf Vordermann bringen«, befahl Chatty barsch. »Der Bischof kommt in zehn Minuten.«

Con und Alex würden vom Bischof getraut werden, weil Mr. Love an diesem Tag einfach nur der stolze Brautvater sein wollte, der seine Tochter zum Altar führte. Worauf Con, die wochenlang gemault hatte, dass sie sich weigerte, hochoffiziell ihrem Bräutigam übergeben zu werden, als wäre sie ein ungewolltes Haustier oder ein verdammter Gebrauchtwagen, in Tränen ausgebrochen war und gemeint hatte, eigentlich fände sie es ja doch ganz nett.

»Wir müssen alle daran denken, auf keinen Fall vor dem Bischof zu fluchen.« Con fläzte in einem Overall mit aufgedruckten Kätzchen auf dem Bett und riss den Umschlag auf.

»Und denk dran, Chatty, nicht zu viel Smokey Eyes. Wir gehen in die Kirche und nicht in einen Nachtclub… Heilige Scheiße! Hast du gerade gesagt, dass da zwei Kisten Champagner gekommen sind, Very?«

»Ja. Perrier-Jouët«, murmelte Verity, während Chatty ihr Make-up ins Gesicht kleisterte. »Von wem ist der?«

»Ich lese es euch vor.« Con hielt die braune Karte hoch, sodass Verity die zwei prallen Herzen auf der Vorderseite sehen konnte. »Liebe Con, lieber Alex, herzlichen Glückwunsch zu diesem besonderen Tag. Mögen eure gemeinsamen Jahre von Glück und Liebe erfüllt sein. Mit meinen besten Wünschen, Johnny True.«

»Johnny!«, kreischten Merry, Chatty und Immy wie aus einem Mund.

»Dieser elende Drecksack! Wir hassen ihn!«, sagte Immy dann. »Wegen all der grauenvollen Dinge, die er Very angetan hat.«

Tränen waren keine Option, weil Chatty gerade grauen Lidschatten auf Veritys Lider tupfte. »Genau darüber habe ich nachgedacht«, gestand Verity… ehrlich gesagt hatte sie in den letzten Wochen so gut wie nichts anderes getan. Deshalb war Cons Auftrag, ihre To-do-Liste abzuarbeiten, eine mehr als willkommene Abwechslung gewesen. »Über die schlimmen Dinge, meine ich. Die vielleicht gar nicht so schlimm waren, weil wir ja bloß so getan haben, als würden wir eine richtige Beziehung führen. Na ja, ich wusste ja eigentlich die ganze Zeit, dass er Marissa liebt.«

»Was meinst du damit, Schatz… bloß so tun?«, fragte Mrs. Love, die in der Ecke saß und einen losen Knopf an Mr. Loves Hemd annähte. »Willst du damit sagen, er war die ganze Zeit in eine andere Frau verliebt?«

Verity schob Chatty beiseite, die Veritys Wimpern tuschen wollte. »Es ist kompliziert. Sehr, sehr kompliziert.«

»Ist doch egal.« Con wedelte mit der Karte in Veritys Richtung. »Johnny True? Sein Nachname ist True?«

»Ja«, antwortete Verity. »Wobei mir nicht ganz klar ist, was das mit der ganzen Sache zu tun hat.«

»Johnny True! Das ist ja der Hammer!« Chatty brüllte vor Lachen, und Verity dachte für einen Moment, dass jetzt vielleicht der richtige Zeitpunkt für eine Valium sein könnte – sie hatte völlig vergessen, das Chatty und Immy mit ihrem Gelächter ohne Weiteres die auf dem Küchentisch aufgereihten Gläser zum Zerspringen bringen konnten.

»Nur gut, dass er dich so beschissen behandelt hat. Stellt euch bloß mal vor, ihr beide hättet geheiratet und beschlossen, dass du einen Doppelnamen trägst, dann wärt ihr die True-Loves. Köstlich!«, trompete Immy.

»Wie komisch«, prustete Con. »Die True-Loves. Kannst du dich nicht mit ihm versöhnen und ihn heiraten?«

»Ich werde mich nicht mit ihm versöhnen«, erklärte Verity verdrossen. »Weil ich gar nie wirklich mit ihm zusammen war. Wie gesagt, die Geschichte war sehr, sehr kompliziert.«

»Und er ist immer noch ein Mistkerl, Nachname hin oder her«, warf Merry in einem Anfall von Loyalität ein und musterte Verity für den Bruchteil einer Sekunde nachdenklich. »Aber seinen Champagner können wir doch trotzdem trinken, oder?«

Die Hochzeit war absolut perfekt.

Mit Blumensträußen aus frisch gepflückten Anemonen und Mädesüß in den Händen schritten Verity und ihre Schwestern in ihren kornblumenblauen Kleidern im Fifties-Stil, die sie bei ASOS im Sommerschlussverkauf für einen Zwanziger erstanden hatten, und Converse-Turnschuhen in unterschiedlichen Farben, als Zeichen ihrer Individualität, das Con ihnen zugestanden hatte, durch die Kirche zum Altar.

Der Herr Pfarrer führte Con in einem schlichten elfenbeinfarbenen Chiffonkleid mit Flatterärmeln und Blumenapplikationen, das ebenfalls von ASOS stammte, das Haar offen und mit Blumen geschmückt. Beide strahlten über das ganze Gesicht. Sie hätte noch nie so schön ausgesehen, hatten ihre Schwestern im Vorraum versichert, wo sie gewartet hatten, dass Mrs. Reynolds, die Organistin, die ersten Noten von »I Could Have Danced All Night« aus *My Fair Lady* anstimmte.

Auf die Frage des Bischofs, ob es jemanden unter den Versammelten gäbe, der Einwände hätte, weshalb Con und Alex einander nicht das Jawort geben sollten, sandte Gott einen heftigen Donner, der die gesamte Hochzeitsgesellschaft vor Schreck zusammenfahren ließ.

Der Arme Alan stahl allen die Show, als er in seiner Funktion als Ringträger freudig den Gang zum Altar entlangtrabte, angezogen von dem Cocktailwürstchen, das der Herr Pfarrer ihm entgegenhielt.

Dann gelobten Con und Alex unter Tränen, einander zu lieben und zu ehren, in guten wie in schlechten Tagen, in Krankheit und Gesundheit, bis dass der Tod sie scheide.

Während Con und Alex die Kirche verließen, im Schutz zahlreicher Schirme, um dem sintflutartigen Regenguss zu entgehen, machten sich die unerschütterlichen Damen des Frauenvereins Lambton und Umgebung daran, Tische und Bänke im Pfarrsaal aufzustellen und ihn mit Girlanden zu schmücken, während der Herr Pfarrer und seine Frau mit ihren Töchtern das Büfett aus dem Pfarrgarten ins Trockene verlegten. In der Zwischenzeit kümmerte sich Verity darum, dass die Spanferkel-Jungs das Schwein unter eine Markise im Kirchhof schafften. Gott würde es unter diesen Umständen gewiss nicht stören, dass auf geheiligtem Boden ein Ferkel gebraten wurde, hatte der Bischof gemeint.

Die Ansprache des Herrn Pfarrer als Brautvater – »wie gesegnet ich doch mit fünf Töchtern bin, obwohl ich leider keiner weiteren mehr gestatten kann zu heiraten … nicht etwa, weil wir diesen Tag nicht gern mit ihnen feiern wollten, sondern weil die Vorbereitungen zu diesem Fest Dora und mich Jahre unseres Lebens gekostet haben« – sorgte für großes Gelächter und Tränen.

Als Nächstes wurde die Hochzeitstorte angeschnitten – ein Prachtstück mit Honig aus dem Bienenstock des Herrn Pfarrer –, dazu gab es den edlen Champagner oder Cava mit selbst gemachtem Holundersirup. Der Brauttanz erfolgte auf »At Last« von Etta James, und wenig später hatten alle fünf Love-Schwestern die Tanzfläche gestürmt und sangen grölend und unter Tränen zu »We Are Family«.

Es war ein wunderbarer Tag. Einer der schönsten Tage überhaupt. Voller Glück. Und sowohl dem zufälligen als auch dem aufmerksamsten Betrachter wäre aufgefallen, dass die Mittlere der Love-Töchter ungewöhnlich fröhlich war, abgesehen von einem kurzen Moment der Verdrossenheit, als im Pfarrsaal noch das Chaos herrschte, die Gäste jedoch bereits hereinzuplatzen drohten.

Verity freute sich von ganzem Herzen für Con. Sie konnte

sich nichts Schöneres vorstellen, als mit anzusehen, wie ihre älteste Schwester vor den Traualtar trat, auch wenn sie seit dem Moment, als der Champagner geliefert worden war, keine ruhige Minute mehr gehabt hatte. Ihr wurde bewusst, dass Hoffnung, und sei es nur der winzigste Schimmer, viel schlimmer war als die Verzweiflung, die sie quälte, seit sie Johnny schlafend in dem von ihrem Liebesspiel zerwühlten Bett in Cornwall zurückgelassen hatte.

Wann immer es an der Tür des Pfarrhauses läutete oder ein männlicher Gast die Kirche betrat oder sie jemanden ihren Namen sagen hörte, machte ihr Herz einen kurzen Satz, nur um sofort wieder zu sinken, denn es war niemals er, Johnny.

Und die Tatsache, dass sie bei einer Hochzeit war, machte das Ganze noch viel schlimmer, denn in den vergangenen Wochen und Monaten hatten sie so viele Trauungen gemeinsam besucht. Eigentlich sollte sie mit den Gedanken ausschließlich bei Con sein, doch stattdessen malte sie sich aus, wie sie neben Johnny auf der Kirchenbank, auf dem Standesamt, am ausgelassensten Pärchentisch in einem Partyzelt oder einem schicken Restaurant saß.

Unzählige Male hätte sich Verity gerne zu ihm gedreht, um ihm zuzulächeln, eine Bemerkung zu murmeln oder auch die Augen zu verdrehen, als Marie mit der kleinen Kayleigh in einem rosa Prinzessinnenkleid auftauchte und das Mädchen zwang, auf dem Weg zum Altar Blumen zu streuen. Doch Johnny kam nicht, obwohl sie ganz sicher war, dass der Champagner und die Karte ein Zeichen sein mussten.

Wenn er dann nicht zu mir kommt, gebe ich ihn für immer auf, sagte sie sich immer wieder an diesem Tag, doch diese Seite an Elizabeth Bennet hatte sie eigentlich niemals für sich in Anspruch nehmen wollen.

Schließlich war der Moment gekommen, dass Con und Alex aufbrachen, um ihre erste Nacht als Mann und Frau in der Executive Suite des einzigen Fünf-Sterne-Hotels in Skipton zu verbringen; Alex' Onkel, der keinen Alkohol trank, würde sie in seinem Ford Mondeo mit dem obligatorischen »Just Married«-Schild und den Blechdosen an der Stoßstange hinfahren.

Verity schloss sich den Gästen an, die das Brautpaar unter Applaus und Jubel verabschiedeten, aber statt in den Saal zurückzukehren, schlug sie den Weg zum Pfarrhaus ein. Sie fütterte die Katzen und den Armen Alan, doch beim Anblick der Champagnerflaschen im Kühlschrank, die Johnny bestellt hatte, weil er sich das Datum gemerkt hatte und folglich immer noch an Verity dachte, schossen ihr die Tränen in die Augen. Hätte er doch nur einen Anruf, eine Nachricht, *irgendetwas* folgen lassen, um Verity zu signalisieren, dass es mehr gewesen war als bloß eine Geste der Höflichkeit.

Sie kauerte sich auf das von Tierhaaren übersäte Küchensofa, den Kopf des sichtlich betrübten Armen Alan auf ihren Knien, und weinte – einige ihrer Tränen gehörten Johnny, weil sie ihn liebte und er sein ganzes verdammtes Leben vergeudete für eine Frau, die nicht mit ihm zusammen sein wollte; doch der größte Teil ihrer Tränen war für sie selbst bestimmt, weil sie mitten während des Hochzeitsempfangs eine Erleuchtung gehabt hatte … auf einen Schlag war eine ganze Wagenladung an Glühbirnen über ihrem Kopf aufgeflammt.

Ihre Schwestern hatten mit ihren Partnern getanzt, der Herr Pfarrer und seine Frau waren in einem stolzen Tango übers Parkett geschwebt, und selbst George, der nervige Hilfspfarrer, hatte die nicht minder nervige Marie im Arm gehabt, während sich die kleine Kayleigh reihenweise die Cocktailwürstchen in den Mund stopfte, als wären es Smarties.

Und Verity hatte auf ihrem Stuhl gesessen. Allein. Und heute hatte dieses »Allein« den Beigeschmack der Einsamkeit gehabt. Lange Zeit hatte Verity geglaubt, ihre Eigenheiten, ihr stilles Naturell, einem anderen Menschen nicht zumuten zu können, doch mit einem Mal begriff sie, dass das ein Riesenfehler gewesen war.

Ihre Schwestern würden ohne Umschweife zugeben, dass sie lästig sein konnten und zu viel quatschten, aber keine von ihnen käme je auf die Idee, dass dies ein Hinderungsgrund für eine Beziehung sein könnte. Und wie groß war die Chance gewesen, dass der Herr Pfarrer und seine Frau mit ihrer Liebe zu Musicals und zu Kartenspielen und ihrer Angewohnheit, absolut alles mit Tabasco nachzuwürzen, einander jemals finden würden? Und doch war es so gekommen.

Einmal hatte Nina aus Spaß eine Postkarte mit mindestens zwölf Katzen, die durch eine offene Tür spähten, und dem Spruch »Hallo, wir haben gehört, du bist vierzig und immer noch nicht verheiratet« am Kühlschrank befestigt. Inzwischen war das kein lustiger Gag über eine schrullige Katzenbesitzerin mehr, sondern ein beängstigender Blick in ihre Zukunft.

Die Vorstellung, mit vierzig die alte Jungfer der Gemeinde zu sein, trieb Verity neuerlich die Tränen in die Augen. All ihre Schwestern wären längst verheiratet, mit Männern, die sie vergötterten, und einem Stall voller Kinder, und Verity würde sie zu Weihnachten und Ostern besuchen, weil sie keine eigene Familie hatte, und ihre Schwestern würden ihre Sprösslinge mit untypisch leiser Stimme ermahnen: »Jetzt müsst ihr Tante Verity aber schön in Ruhe lassen. Sie führt ein sehr zurückgezogenes Leben, und ihr wisst ja, wie ekelhaft sie werden kann, wenn man zu laut spricht.«

Johnny hatte durchaus recht gehabt, als er Verity als Feigling bezeichnet hatte. Die Liebe war ihr so schwer erschienen, deshalb hatte sie gleich beim ersten Mal aufgegeben, als es nicht so gelaufen war, wie sie es sich vorgestellt hatte, während der eigentlich so unsichere und hilflose Adam diese Hürde scheinbar mühelos und mit Bravour genommen hatte. Er hatte aus diesem Morgen in Amsterdam eine Lektion fürs Leben gezogen, hatte sich wieder ins Getümmel gestürzt, mit dem festen Entschluss, künftig alles anders zu machen, glücklich zu sein und weiter nach der wahren Liebe zu suchen. Und Verity? Sie hatte sich in ihr Schneckenhaus zurückgezogen und so getan, als wäre »halbwegs zufrieden« dasselbe wie »glücklich«. Pustekuchen.

Ein halbwegs zufriedenes Leben war nicht das, was sie wollte. Stattdessen wünschte sie sich von ganzem Herzen ein Leben mit einem Mann, der verstand, dass sie Freiraum brauchte, aber gleichzeitig ganz für sie da war, wenn sie zusammen waren. Sie wünschte sich einen Mann, der geschickt mit seinen Händen war, ob er nun aus dem Nichts ein Haus bauen oder ein Feuer in Verity entfachen konnte, das selbst nach Wochen noch loderte. Einen Mann, der so einsam war wie sie, aber nicht aus freien Stücken.

Es war kaum anzunehmen, dass sie die Bewunderung eines so vornehmen Mannes erregte …

»O Gott, hältst du vielleicht endlich mal den Mund, Elizabeth Bennet?«, sagte Verity laut, denn in letzter Zeit schien Miss Elizabeth Bennet nicht länger ihr Guru in allen Lebenslagen zu sein, sondern sich vielmehr zur Stimme des Zweifels in ihrem Kopf entwickelt zu haben.

Statt *Was würde Elizabeth Bennet jetzt tun?* war es offensichtlich an der Zeit, die Welt aus einem anderen Blickwinkel zu betrachten. Und eine andere Frage zu stellen.

Was würde Verity Love tun? Und würde sie es *jetzt gleich* tun?

Kapitel 28

Nun bleibt mir nichts mehr zu tun, als Sie
mit den bewegendsten Worten meiner heftigen Zuneigung
zu versichern.

Es war später Nachmittag, als Merry und Dougie Verity an der Ecke Rochester Street absetzten.

Eine Stunde und einen weiteren Versuch, den Spanferkelgeruch endlich loszuwerden, später war Verity bereit. Na ja, eigentlich nicht. Sie konnte sich nicht vorstellen, jemals wirklich bereit dafür zu sein, aber sie *musste* es einfach tun.

»Okay, Gervaise, es gibt ja nichts dagegen einzuwenden, wenn du deine Sexualität erst noch ausloten musst, trotzdem verstehe ich nicht, wieso es unbedingt ein Dreier mit mir und deiner deutschen Freundin Helga sein muss«, fauchte Nina am Telefon und verdrehte die Augen, als Verity sich auf den Weg machte. »Wäre es dein deutscher Freund Hans, sähe die Sache ein bisschen anders aus.«

Verity verdrehte ebenfalls die Augen und schüttelte den Kopf, als sie den Laden durchquerte, wobei sie mit der Hand über die Rücken der Klassiker in den Regalen strich.

Es war erst halb acht, dämmerte aber bereits; die ersten Vorboten des Herbstes lagen in der Luft – raschelnde Blätter, der Geruch nach Lagerfeuer, der Wunsch, möglichst schnell nach Hause zu kommen, die Vorhänge zuzuziehen und sich aufs Sofa zu kuscheln. Verity war nicht unbedingt der Kuscheltyp, andererseits hatte sie so manches in sich entdeckt, was ihr zuvor nicht bewusst gewesen war. Wer konnte schon sagen, worin sie sich sonst noch getäuscht hatte.

Erfahrungsgemäß war es sonntagabends um diese Uhrzeit in der Innenstadt eher ruhig, was es einfacher machte, all die kleinen Geheimnisse der Stadt auszumachen – die in den Stein gemeißelten Jahreszahlen an den Häusern, die Erker und Simse, die Gedenk- und Namensplaketten an den Mauern, die ihr inzwischen auffielen, weil Johnny ihr beigebracht hatte, genau hinzusehen, die Schönheit zu erkennen, die sich überall zeigte.

Schließlich gelangte sie nach Canonbury. Inzwischen war ihr Blick wieder auf ihre Füße gerichtet, die sie mit jedem Schritt ihrem Ziel näher brachten, auch wenn sie es eigentlich nicht wollte. Sie wollte die fünf Stufen zur Eingangstür nicht hinaufgehen, ihre Hand wollte sich nicht nach der Klingel ausstrecken, aber Verity zwang sie dazu. Und dann konnte sie nichts anderes mehr tun, als zu warten und dem Geräusch von Schritten zu lauschen.

Vielleicht war er ja nicht zu Hause. Er hatte Verity irgendwann erzählt, dass er Sonntagabende nicht ausstehen konnte, weil darin stets diese »Morgen ist wieder Schule«-Stimmung mitschwang. Vielleicht war er ja in den Pub gegangen, mit Freunden oder, o Gott, mit Marissa.

In diesem Moment ging die Tür auf, und da stand er. Johnny. Er schien nicht sonderlich begeistert zu sein und beäugte sie argwöhnisch, als fürchtete er, sie würde gleich einen Katalog herausziehen und versuchen, ihm eine Doppelverglasung für seine Fenster anzudrehen.

»Hallo«, sagte er schließlich erschöpft.

Verity war schockiert, wie müde er aussah. Er war immer noch bildschön, doch seine Schönheit hatte etwas Dramatisches. Er hatte abgenommen, seine Wangen wirkten hohl unter den hervortretenden Wangenknochen. Selbst seine Augen schienen ihr Feuer verloren zu haben.

Er sah genauso aus, wie Verity sich fühlte. Als hätte die Welt aufgehört, sich zu drehen, obwohl sie in Wahrheit keine Sekunde innegehalten hatte, während sich die Tage schier endlos dahinzuzogen, ohne jede Perspektive.

Offensichtlich hatte Harry mit seinem Ultimatum ernst gemacht – er oder Johnny, hatte er zu Marissa gesagt, und sie hatte ihre Wahl getroffen, weshalb Johnny wohl so am Boden zerstört war.

»Willst du noch lange hier stehen bleiben und mich anstarren?«, fragte er scharf. Erst jetzt wurde Verity bewusst, dass sie mit offenem Mund vor ihm gestanden hatte. Obwohl er sie nicht gerade mit offenen Armen empfing, würde sie jetzt nicht auf dem Absatz kehrtmachen und wieder nach Hause gehen. Dafür hatte sie zu viel auf sich genommen.

»Hallo«, sagte sie schüchtern und wartete darauf, dass er sie hereinbat, doch er kreuzte nur die Arme vor der Brust. »Ich bin hier, um mich für den Champagner zu bedanken, aber Con wird dir sowieso noch schreiben. Allerdings kenne ich meine Schwester und weiß, dass sie es wahrscheinlich erst nach Weihnachten schafft. Ich habe dir sogar zwei Flaschen mitgebracht. Er schmeckt zwar wirklich gut, aber wir konnten ihn nicht ganz trinken, weil der Cava schon in der Badewanne auf Eis lag. Und von der Hochzeitstorte habe ich auch ein Stück für dich.« Sie schwenkte die schwere Tragetasche, doch Johnny machte keine Anstalten, sie ihr abzunehmen, deshalb stellte sie sie auf den Boden. »Es ist ein Honigkuchen«, erklärte sie, obwohl ihr Herz vollends den Dienst versagte. »Muv hat das Rezept von ihrer besten Freundin Sylvia, die mit einem Rabbi verheiratet ist. Con hat um Rosch Haschana herum geheiratet, den jüdischen Neujahrstag, und Honigkuchen gibt es da traditionell als Symbol für ein frohes neues Jahr voller Süße, und da der Herr Pfarrer ja sowieso Bienen züchtet, hat es sich praktisch aufgedrängt.«

Selbst in Bestform hätte Merry nicht so viel gequasselt. Und dies war auch keineswegs der Grund, weshalb Verity gekommen war … um über jüdisch-christliche Traditionen und Gott weiß was zu reden. Sie sah ihn vorsichtig an. Für den Bruchteil einer Sekunde glaubte sie, etwas in seinen Augen aufflackern zu sehen, etwas wie Hoffnung, doch dann blinzelte er, und seine Miene wurde wieder kalt, hart und versteinert wie Granit. Wie sollte sie die Mauer einreißen, die er um sich errichtet hatte? Jeden einzelnen Ziegelstein seines Seins, den Marissa unwiderruflich festzementiert hatte, denn wenn sie ihn nicht haben konnte, sollte ihn auch keine andere bekommen.

»Eine nette Geste, aber ich brauche weder Champagner noch Kuchen«, sagte Johnny brüsk. »Sonst noch etwas?«

Verity wusste nur zu genau, was sie noch sagen wollte, sie war sich nur nicht sicher, ob sie auch wirklich den Mut hatte, die Worte laut auszusprechen, da das Schicksal nicht gerade auf ihrer Seite zu stehen schien.

Was würde Elizabeth Bennet tun?

Das Problem war, dass sie sich nicht mehr wie Elizabeth Bennet fühlte, sondern mit einem Mal einem Darcy viel näher war. Er wusste, was es bedeutete, sein Herz zu öffnen, die Wahrheit auszusprechen, auch wenn er sicher war, dass sein Ansinnen keine Aussicht auf Erfolg hatte.

Was würde Darcy also tun?

Kaum hatte sie die Frage im Kopf formuliert, kamen die Worte wie von selbst.

»Johnny«, sagte sie. »Johnny. *Ich habe vergebens dagegen angekämpft. Es geht nicht. Meine Gefühle lassen sich nicht unterdrücken ...«*

Sie hielt inne, strauchelte, schluckte, denn obwohl sie nun wusste, was sie sagen musste, besaßen die Worte, die sie so oft gelesen hatte, eine so unendliche Tragweite, wenn sie sie laut aussprechen, ihnen ihre wahre Bedeutung einhauchen würde, so gewaltig, als ginge es um Leben oder Tod.

Sie sah ihm in die Augen, die nun unverwandt auf ihr Gesicht geheftet waren, dennoch verriet seine Miene nicht, was in ihm vorging – ob er bereit war, anzuhören, was sie zu sagen hatte, ob er sie für immer aus seinem Leben verbannen und damit zwingen würde, allein ... ungeliebt durch die Welt zu gehen.

Wenn dies die letzten Momente mit ihm waren, musste sie das Maximum aus ihnen herausholen.

Flehend sah sie zu ihm auf. Noch nie waren seine Augen so blau gewesen, so sanft ... so zärtlich? Konnte sie tatsächlich Hoffnung schöpfen?

»Johnny ... meine Gefühle ...« Oh Gott, das hatte sie schon zwei Mal gesagt. »Ich ... du ... du ...«

»*Gestatten Sie mir, Ihnen zu sagen, wie glühend ich Sie verehre und liebe*«, sprang Johnny für sie ein und nahm ihre Hand.

»Du hast *Stolz und Vorurteil* gelesen?«, fragte sie ungläubig, während Johnny sie mit sich zog, ins Haus, in seine Arme.

»Ich habe William gebeten, mir die alte Ausgabe meiner Mutter herauszusuchen, und dann habe ich es gelesen, von der ersten bis zur letzten Seite«, sagte er und nahm Verity die schwere Tragetasche ab, um sie ungehindert in die Arme zu nehmen und das Gesicht in ihrem Haar zu vergraben, sodass sie die Worte kaum verstehen konnte. »Es war das Einzige, was mir von dir geblieben ist.«

»Aber wie hätte ich bleiben sollen? Du hast gesagt, du würdest mich hassen!« Allein bei der Erinnerung schoss ein heißer Schmerz durch ihren Körper. Sie löste sich aus seinen Armen, während Johnny den Kopf hob, um ihre Stirn, ihre flatternden Lider, ihre Wangen mit Küssen zu bedecken. Verity spürte, wie ihre Knie nachgaben.

»Ich wollte so oft zu dir kommen … einmal war ich sogar schon auf halbem Weg nach Bloomsbury, aber dann fiel mir wieder ein, dass du gesagt hast, du würdest mich hassen. Ich habe dich vor mir gesehen, die Verachtung auf deinem Gesicht, und hatte keinerlei Hoffnung mehr.« Zärtlich strich er mit dem Handrücken über Veritys Wange. »Aber jetzt ist die Hoffnung auf einmal wieder da, obwohl ich in all den Jahren so oft zurückgewiesen wurde, Verity, dass ich es nicht länger ertrage. Keine fünf Minuten mehr.«

Und ohne jede Vorwarnung stand Marissa wieder zwischen ihnen. Wie gewohnt.

»Marissa.« Allein beim Klang ihres Namens erschauderte Verity. »Es … das … wir … ist unmöglich.«

»Nein, gar nicht. Es ist keineswegs unmöglich.« Wieder nahm Johnny ihre Hände, zog sie an sich, streichelte ihr Haar, als würde er es keinen Moment länger ertragen, sie nicht berühren zu dürfen. Er ließ seine Hände an ihren Armen entlanggleiten, ergriff ihre Finger, und sie folgte ihm ins Wohnzimmer. Die Jalousien waren geschlossen, der Raum von weichem Licht erhellt, doch sie nahm ihre Umgebung kaum wahr, weil sie nur Augen für ihn hatte. Behutsam zog er sie zu sich aufs Sofa, ohne ihre Hände loszulassen.

»Marissa?«, sagte Verity noch einmal, mit einem Anflug von Verzweiflung in der Stimme.

»Sie hat mich niemals wirklich glücklich gemacht. Mein Glück stand für sie nie zur Debatte«, erwiderte Johnny langsam, als hätte er zahllose schlaflose Nächte damit verbracht, zu dieser Erkenntnis zu gelangen. »Und trotzdem war ich unglücklich, wenn ich nicht bei ihr sein konnte. Dann kamst du auf einmal und hast mich glücklich gemacht, und in diesen letzten Wochen ohne dich war ich einfach unglücklich. Todunglücklich. Am Boden zerstört. Verstehst du, was ich meine?«

»Ich denke schon«, sagte Verity, obwohl sie immer noch nicht recht glauben konnte, was Johnny sagte. Vielleicht glaubte er es jetzt gerade, in diesem Moment, aber der Bann, mit dem Marissa ihn belegt hatte, ließ sich nicht einfach so durchbrechen. »Aber du liebst Marissa. Du hast sie dein halbes Leben lang geliebt.«

»Ich habe geliebt, was Marissa und ich in meiner Fantasie waren. Was wir hätten sein können. Und dann kamst du, und ganz allmählich habe ich begriffen, dass ich eigentlich keine Frau will, die ich selbst auf ein Podest gestellt habe, sondern jemanden, der neben mir steht, auf Augenhöhe ... jemanden, mit dem ich lachen kann ...«

»Hast du mit Marissa nie gelacht?«, fragte Verity skeptisch.

Johnny schüttelte den Kopf. »Mit Marissa gab es nur selten etwas zu lachen. Auch dann nicht, als ich sie und Harry letzte Woche zum Essen eingeladen habe, um mich bei ihm für all den Kummer zu entschuldigen, den ich ihm bereitet habe, und um Marissa zu sagen, dass sie einen Mann geheiratet hat, der das Beste in ihr zum Vorschein bringt, während es bei uns beiden immer nur das Schlechteste war. Ich wollte ihnen sagen, dass ich nicht länger die dritte Person in ihrer Ehe sein werde.«

»Du lieber Gott«, hauchte Verity ungläubig. »Das muss schrecklich schwer gewesen sein.«

»Seltsamerweise überhaupt nicht. Ehrlich gesagt war es eine Erleichterung, als ich es ausgesprochen hatte, trotzdem gehört es zu den schlimmsten Augenblicken meines Lebens. Und als ich danach darüber nachgedacht habe, ist mir klar geworden, dass das, was Marissa und mich verbunden hat, in Wahrheit nichts war als eine ungesunde Sehnsucht und eine Menge Drama.« Er seufzte. »Mit jemandem, der eigentlich immer nur Drama braucht, kann man keine solide Beziehung aufbauen. So etwas hätte niemals Bestand.«

»Und worauf sollte man eine Beziehung dann aufbauen?«, frage sie mit einer Stimme, als hätte man ihr gerade die Mandeln herausoperiert.

Johnny nahm ihre Hand und drückte einen Kuss auf ihre Knöchel, während Verity mit angehaltenem Atem auf seine Antwort wartete.

»Zu einer soliden Beziehung gehört, dass man miteinander lacht, neue Dinge entdeckt, von denen man nicht mal im Traum gedacht hätte, dass sie einem Spaß machen könnten… so wie *Stolz und Vorurteil* zum Beispiel. Und dass man das Gefühl hat, in der Familie des anderen aufgenommen zu sein, ein Teil von ihr zu werden. Und wenn man eine etwas kratzbürstige Frau findet, die die Stille liebt und einen ihre Hand nicht halten lassen will, die nicht an die Liebe glaubt… und, na ja, wenn diese Frau einem dann endlich erlaubt, ihre Hand zu halten, würde man alles tun, absolut alles, um sie davon zu überzeugen, dass die Liebe eigentlich etwas ganz Wunderbares sein kann.«

Verity hätte schwören können, dass sie keine Tränen mehr hatte, doch sie spürte bereits, wie sich ihre Augen füllten. »Oh.

Ach«, sagte sie schwach, als nicht nur die Tränen strömten, sondern auch noch ihre Nase zu laufen anfing – sie gehörte nicht zu den Frauen, die tränenüberströmt absolut hinreißend aussahen. Sie zog ein Taschentuch heraus und putzte sich die Nase. »Seit diesem Wochenende in Cornwall habe ich drei Schachteln Papiertaschentücher verbraucht.«

Johnnys Miene erhellte sich. »Du hast wegen mir geweint?«

»Ja, allerdings war es wohl genauso viel Rotz wie Wasser. Wenn ich Kummer habe, läuft meine Nase wie verrückt«, gestand Verity, doch Johnny schien nicht im Mindesten davon abgestoßen zu sein; stattdessen beugte er sich zu ihr und küsste die Spitze besagter Nase. »Das Problem ist, dass ich in puncto Beziehungen eine echte Null bin. Ich habe keine Ahnung, wie das geht.«

»Genau das wollte ich auch gerade sagen.« Johnny zuckte die Achseln. »Aber wir können es ja gemeinsam herausfinden. Wenn zwei so verrückte Gestalten wie Elizabeth Bennet und Darcy es hinkriegen, schaffen wir es ja wohl auch.«

»Eigentlich war es ja nur für einen Sommer gedacht«, sagte Verity, worauf Johnny lächelte. Sein Mund. Seine Lippen. Erst jetzt fiel ihr wieder ein, wie sie sich auf den ihren angefühlt hatten.

»Ich war so beschäftigt damit, dich zu warnen, dich bloß nicht in mich zu verlieben ...«

»Das ist mir durchaus aufgefallen«, bemerkte Verity reichlich trocken für jemanden, dem die Tränen über die Wangen liefen.

»Und dabei habe ich ganz vergessen, mir selbst zu verbieten, mich in dich zu verlieben. Aber jetzt, wo es passiert ist, wirst du wohl bei mir bleiben müssen, fürchte ich. Wenn ich liebe, dann tue ich es nicht halbherzig. Für mich gibt es nur alles oder nichts«, sagte Johnny, und Verity spürte, wie sie ein Schauder der Erregung überlief.

»Soweit ich weiß, habe ich nicht gesagt, dass ich dich liebe«, krächzte sie. »Obwohl ich mich freue, zu hören, dass du mich liebst. Sehr.«

»Ich fand es als Zitat durchaus angemessen.« Er seufzte. »Aber es gibt noch etwas anderes, das mir auf der Seele brennt.« Auf seinem Gesicht erschien ein gequälter Ausdruck, bei dessen Anblick Verity das Herz blutete. »Es bringt mich um den Schlaf.«

»Was denn?«, fragte Verity mit einem Anflug von Beklommenheit – sollte er den Namen dieser Frau noch einmal erwähnen und gestehen, dass er sie niemals ganz aufgeben könne, blieb ihr nichts anderes übrig, als zu gehen und niemals zurückzukehren, denn auch für sie galt – alles oder nichts. Sie würde sich nicht mit einem Teil von Johnny zufriedengeben.

»Wenn wir Sex haben können, so grandios und unfassbar schön, dass ich mich sogar noch auf meinem Sterbebett daran erinnern werde, wie grandios und unfassbar schön wird es dann erst jetzt sein, wo wir uns gegenseitig unsere Liebe gestanden haben?«, fragte er grinsend.

»Ich habe dir nach wie vor nicht gesagt, dass ich dich liebe«, erklärte sie im gouvernantenhaftesten Tonfall, den sie aufbringen konnte, doch dann gab sie es auf, denn sie wünschte sich nichts sehnlicher, als seine Lippen auf ihren zu spüren, ebenso wie alles andere von ihm. »Aber vielleicht sollte ich es endlich sagen, damit wir herausfinden können, wie viel besser der Sex ist. Vielleicht schaffen wir ja sogar viermal ... obwohl morgen Montag ist.«

»Wir könnten uns ja krankmelden«, schlug Johnny vor, der mittlerweile so dicht herangerückt war, dass sie praktisch auf

seinem Schoß saß … und sie konnte sich nichts Schöneres vorstellen. »Falls du es sagen willst.«

»Ja, das will ich. Wirklich.« Verity schloss die Augen, nahm
all ihren Mut zusammen und sprang. Mitten ins Ungewisse
hinein. Sie würde es schaffen. So schwer war es gar nicht. Sie
hatte nichts zu verlieren, dafür aber alles zu gewinnen. »Ich
weiß, dass ich noch nie vorher wirklich geliebt habe. Und noch
nie für jemanden so empfunden habe.« Sie schlug die Augen
auf und sah, dass Johnny sie voller Erwartung … voller Liebe
ansah. »Deshalb – ja, ich liebe dich. Ich liebe dich von ganzem
Herzen.« Zitternd ließ sie den Atem entweichen. »Okay, genug
geredet. Du weißt ja, dass Reden nicht so mein Ding ist. Ich
würde dich viel lieber küssen.«

Dann lagen seine Lippen auf ihren, er schlang die Arme um
sie, und Verity erwiderte seinen Kuss voller Leidenschaft, so
voller Bewunderung und Hingabe, dass sie selbst ihren eigenen Namen vergaß, ganz zu schweigen davon, wie sie auf die
Idee gekommen war, sich nie wieder auf die verschlungenen
Pfade der Romantik zu begeben.

Ehrlich gesagt konnte sie es kaum erwarten, Johnny zu um-
schlingen. Wieder. Und immer wieder.

Epilog

Ich bin das glücklichste Geschöpf auf Erden.

Später, viel später, Wochen, Monate, sogar Jahre, antworteten Johnny und Verity auf die Frage, wie sie sich kennengelernt hatten, stets, dass sie einem Ozeanografen namens Peter Hardy für immer zu tiefstem Dank verpflichtet seien, weil er sie zusammengeführt hatte.

Dank

Ich danke meiner Agentin, Rebecca Ritchie, für ihre hervorragende Arbeit und Unterstützung sowie Melissa Pimental und allen bei Curtis Brown.

Mein tiefster Dank gilt auch Martha Ashby für ihr beherztes, positives Lektorat und die netten Gespräche über Georgette Heyer, außerdem Kimberley Young, Charlotte Brabbin und dem Team bei Harper Collins.

Danke auch an all meine Leser, an die Blogger und Rezensenten und die treuen Fans von Liebesromanen, die mich auf dem Weg zu meinem ganz persönlichen Happy End begleitet haben.

Lesen Sie auch >>

LESEPROBE

So fing alles an …

Posy Morland hatte es immer schwer im Leben. Als sie einen
kleinen, heruntergekommenen Buchladen in Bloomsbury
erbt, scheint sich ihr Glück endlich zu wenden. Sie plant,
den Laden neu zu eröffnen und dort nur Liebesromane mit
Happy Ends zu verkaufen. Denn traurige Geschichten gibt
es im wahren Leben ja genug. Doch Sebastian, der Enkel der
verstorbenen Besitzerin, hat andere Pläne für den Laden und
legt Posy Steine in den Weg, wo er nur kann. Doch Sebastian
ist nicht nur der unverschämteste Kerl in ganz London,
sondern dummerweise auch schrecklich attraktiv …

Aus der London Gazette

NACHRUF

Lavinia Thorndyke

1. April 1930 – 14. Februar 2015

Lavinia Thorndyke, Buchhändlerin, Mentorin und unermüdliche Kämpferin im Dienste der Literatur, verstarb vor wenigen Tagen im Alter von 84 Jahren.

Lavinia Rosamund Melisande Thorndyke hatte am 1. April 1930 als jüngste Tochter von Sebastian Marjoribanks, dem dritten Lord Drysdale, und seiner Gattin Agatha, Tochter von Viscount und Viscountess Cavanagh, das Licht der Welt erblickt.

Bereits 1937 fiel Lavinias ältester Bruder Percy im Kampf für die Loyalisten in Spanien, ihre Zwillingsbrüder Edgar und Tom verloren innerhalb von nur einer Woche bei der Luftschlacht um England ihr Leben. Lord Drysale verstarb 1947 und vererbte Titel und den Familiensitz in North Yorkshire an einen Cousin.

Lavinia und ihre Mutter ließen sich daraufhin in Bloomsbury nieder, in unmittelbarer Nähe der Buchhandlung Bookends, die Agatha 1912 anlässlich ihres einundzwanzigsten Geburtstags von ihren Eltern geschenkt bekommen hatte, in der Hoffnung, dass sie sie von ihrer Arbeit bei der Suffragetten-Bewegung abbringen würde.

In ihrer Kolumne in The Bookseller *schrieb Lavinia 1963: »Die vielen Bücher spendeten mir und meiner Mutter großen Trost. In Er-*

mangelung einer eigenen Familie war es eine Freude, von den Bennets aus Stolz und Vorurteil, den Pockets aus Große Erwartungen und von Betty und ihren Schwestern gewissermaßen adoptiert zu werden. Unsere Lieblingsbücher gaben uns alles, wonach wir suchten.«

Lavinia besuchte die Camden School of Girls und machte ihren Abschluss in Philosophie an der Oxford University, wo sie Peregrine Thorndyke, den dritten und jüngsten Sohn des Dukes und der Duchess von Maltby, kennenlernte.

Die beiden heirateten am 12. Mai 1952 in der St. Paul's Church in Covent Garden und ließen sich in der Wohnung über dem Bookends nieder. 1963, nach dem Tod von Lavinias Mutter Agatha, zogen die Thorndykes in ihr Haus am Bloomsbury Square, an dessen Küchentisch so mancher junge aufstrebende Autor verköstigt und mit guten Ratschlägen versorgt wurde.

1982 wurde Lavinia für ihre Verdienste in der Buchhandelsbranche mit dem Order of the British Empire ausgezeichnet.

Peregrine erlag 2010 dem kurzen, aber schweren Kampf gegen den Krebs.

Lavinia fuhr fast täglich mit dem Fahrrad zu Bookends – jeder in Bloomsbury kannte sie so. Vor einer Woche, wenige Tage nach einem Zusammenstoß mit einem anderen Radfahrer, von dem Lavinia lediglich ein paar Schrammen und blaue Flecke davontrug, starb sie völlig überraschend in ihrem Haus am Bloomsbury Square.

Sie hinterlässt ihre einzige Tochter, Mariana, Contessa di Reggio d'Este, und ihren Enkelsohn, Sebastian Castillo Thorndyke, IT-Experte.

1

Lavinia Thorndykes Trauerfeier wurde in den Räumen eines Privatclubs literarisch interessierter Damen in der Endell Street abgehalten, dem sie über ein halbes Jahrhundert angehört hatte.

Die Trauergäste hatten sich in dem holzvertäfelten Salon im zweiten Stock eingefunden, von dem aus sich ein großartiger Blick auf die geschäftigen Straßen von Covent Garden bot. Obwohl sie direkt von der Beerdigung kamen, trugen die Damen bunte Sommerkleider, die Herren weiße Anzüge mit cremefarbenen Hemden; einer hatte sich sogar in ein leuchtend gelbes Sakko geworfen, als wollte er der Tristesse des grauen Februartages trotzen.

Sie folgten damit Lavinias eigenen Anweisungen, die eindeutig gewesen waren: »Absolut kein Schwarz, nur bunte Farben.« Möglicherweise war dies der Grund, weshalb die Atmosphäre dieser Feier nicht an eine Beerdigung, sondern vielmehr an eine Gartenparty erinnerte, und zwar an eine höchst ausgelassene.

Posy Morlands Kleid hatte dieselbe blassrosa Farbe wie Lavinias Lieblingsrosen. Posy hatte das Kleid aus der hintersten Ecke ihres Kleiderschranks gezogen, wo es fast zehn Jahre lang gehangen hatte; verborgen hinter einem Leopardenkunstpelzmantel, den sie seit ihrer Studienzeit nicht mehr getragen

hatte. Da sie seitdem zahllose Pizza- und Kuchenstücke ver-
drückt und mit literweise Wein hinuntergespült hatte, war es
kein Wunder, dass das Kleid an den Brüsten und Hüften etwas
spannte. Doch Lavinia hätte sich Posy in genau solch einem
Kleid gewünscht, und so zupfte und zog sie an dem knallengen
rosafarbenen Baumwollstoff herum, während sie an ihrem
Champagner nippte – der Champagner, ein weiterer von Lavinias ausdrücklichen Wünschen für die Trauerfeier.

Der Champagner floss, die Lautstärke der Unterhaltungen
war beinahe ohrenbetäubend. »Jeder Idiot kann den *Sommer-
nachtstraum* inszenieren, aber um jeden einzelnen Darsteller
dafür in eine Toga zu hüllen, muss man ordentlich Mumm in
den Knochen haben, so viel steht fest«, hörte Posy Morland
jemanden in affektiertem Tonfall sagen. Nina, die neben Posy
saß, brach daraufhin in heftiges Gekicher aus, versuchte das
jedoch eilig mit einem Hüsteln zu kaschieren.

»Keine Sorge, ich glaube, wir dürfen ein wenig Spaß haben«, beruhigte Posy sie und sah zu den beiden Männern in
der Ecke, die sich vor Lachen förmlich ausschütteten – einer
schlug sich vor Vergnügen sogar auf die Schenkel. »Lavinia hat
doch immer gesagt, die besten Trauerfeiern sind die, die in
einer wilden Party enden.«

Nina seufzte. Ihr kariertes Kleid war farblich mit ihrer Haar-
farbe abgestimmt – aktuell ein leuchtendes Blau. »O Gott, sie
wird mir so fehlen.«

»Ohne Lavinia wird die Buchhandlung nie mehr dieselbe
sein«, erklärte Verity, die auf der anderen Seite saß. Sie hatte
sich für ein graues Kleid entschieden mit dem Argument,
grau sei nicht schwarz, außerdem hätte sie weder den Teint
noch das Gemüt für bunte Farben. »Ich denke immer noch,
sie müsste jeden Moment zur Tür hereinkommen und von

irgendeinem Buch schwärmen, das sie die halbe Nacht nicht aus der Hand legen konnte.«

»Und ihr ›Oh, jetzt ist Champagner-Zeit‹ für den Freitagnachmittag«, warf Tom ein. »Ich habe es nie über mich gebracht, ihr zu sagen, dass ich eigentlich keinen Champagner mag.«

Die drei Frauen und Tom, die Belegschaft von Bookends, stießen miteinander an, und jeder Einzelne schien seine Lieblingserinnerung an Lavinia hervorzukramen:

Ihre leicht atemlose Mädchenstimme, die immer etwas geklungen hatte, als käme Lavinia gerade erst aus den 1930er-Jahren.

Ihre Begeisterung, die sie immer wieder für neue Bücher und Menschen aufbringen konnte, obwohl sie ständig gelesen und Gott und die Welt gekannt hatte.

Die Rosen in derselben blassrosa Farbe wie Posys Kleid, die sie immer montag- und donnerstagmorgens gekauft und liebevoll in der angeschlagenen Glasvase arrangiert hatte, die sie in den Sechzigern bei Woolworth erstanden hatte.

Dass sie alle ständig »Darling« genannt und sich dieses Kosewort bei ihr so liebevoll, tadelnd und zugleich neckend hatte anhören können.

Oh Lavinia. Die wunderbare, hinreißende Lavinia mit all ihren zauberhaften Besonderheiten. Nachdem Posys Eltern vor sieben Jahren bei einem Autounfall ums Leben gekommen waren, hatte Lavinia ihr nicht nur einen Job gegeben, sondern sie und ihren kleinen Bruder auch in der Wohnung über der Buchhandlung wohnen lassen. Lavinias plötzlicher Tod erfüllte Posy mit großer Traurigkeit, einer Traurigkeit, die bis ins Mark zu dringen schien und ihr das Herz so unendlich schwer werden ließ.

Aber das war nicht das Einzige: Posy machte sich große Sorgen. Eine nagende Angst hatte Besitz von ihr ergriffen, die in regelmäßigen Abständen aufflackerte. Wie sollte es nun, da Lavinia nicht mehr da war, mit dem Bookends weitergehen? Dass ein neuer Besitzer Posy und Sam die Wohnung über dem Laden mietfrei überließ, war höchst unwahrscheinlich, um nicht zu sagen völlig ausgeschlossen. Kein Mensch, der auch nur ein wenig Geschäftssinn besaß, würde sich auf so etwas einlassen.

Und von Posys magerem Gehalt als Buchhändlerin konnten sie sich bestenfalls einen Hasenstall in irgendeinem Vorort leisten, weit, weit weg von Bloomsbury. Sam würde auf eine andere Schule gehen müssen, oder sie müssten London ganz verlassen und ins walisische Merthyr Dyfan zurückkehren, wo Posy aufgewachsen war. Sie müssten sich dort im Reihenhäuschen ihrer Großeltern einquartieren, und Posy würde versuchen, einen Job in einer Buchhandlung zu ergattern, falls nicht alle dort schon längst dichtgemacht hatten.

Deshalb hatte sie allen Grund, traurig zu sein; traurig und verzweifelt und am Boden zerstört vor Kummer, aber auch halb verrückt vor Sorge. Am Morgen hatte sie nicht einmal eine Scheibe Toast herunterbekommen, sich dann aber geschämt, weil sie an einem Tag wie diesem doch eigentlich nur krank vor Kummer sein sollte – und nicht krank vor Angst um ihre eigene Zukunft.

»Hast du eine Ahnung, was jetzt aus dem Laden werden soll?«, fragte Verity zögernd. Erst jetzt merkte Posy, dass sie beide tief in ihre trübseligen Gedanken versunken gewesen waren und eine ganze Zeit lang geschwiegen hatten.

Posy schüttelte den Kopf. »Nein, aber bestimmt werden wir bald klarer sehen.« Sie bemühte sich um ein ermutigendes

Lächeln, das sich jedoch eher wie eine verzweifelte Grimasse anfühlte.

Verity schien es ähnlich zu gehen wie ihr. »Ich war über ein Jahr arbeitslos, bevor Lavinia mir einen Job gegeben hat, und das auch nur, weil Verity Love der schönste Name sei, den sie je gehört hätte.« Verity beugte sich näher zu Posy. »Ich bin nicht sonderlich geschickt im Umgang mit anderen, und Vorstellungsgespräche sind überhaupt nicht mein Ding.«

»Ich hatte nie eines«, sagte Posy – fünfundzwanzig ihrer achtundzwanzig Lebensjahre hatte Posy im Bookends verbracht; ihr Vater hatte hier als Geschäftsführer gearbeitet, ihre Mutter die angeschlossene Teestube geführt. Beim Einsortieren der Bücher hatte Posy das Alphabet gelernt und Rechnen, indem sie den Kunden ihr Wechselgeld überreichen durfte. »Ich habe noch nicht mal einen schriftlichen Lebenslauf, und wenn ich einen hätte, würde er locker auf eine Seite passen.«

»Lavinia hat sich meinen nicht mal angesehen, was wahrscheinlich auch gut so war, weil ich die letzten drei Male gefeuert wurde.« Nina kam zu ihnen und streckte die Arme nach vorne. »Sie hat nur gefragt, ob sie sich meine Tattoos mal ansehen dürfte, und das war's.«

Über Ninas einen Arm zog sich eine Kletterrose mit Blüten und Dornen, über der ein Zitat aus Emily Brontës *Sturmhöhe* stand: *Woraus auch immer unsere Seelen gemacht sein mögen, seine und meine sind gleich.*

Auf dem anderen Arm, quasi als Gegenpol, prangte ein Auszug aus der Teegesellschaft des verrückten Hutmachers aus *Alice im Wunderland*.

Die drei Frauen wandten sich Tom zu, in der Erwartung, dass er ihnen die ungewöhnlichen Umstände verriet, unter denen es ihn zu Bookends verschlagen hatte. »Ich studiere Literaturwissenschaften«, sagte er. »Ich könnte als Lehrer oder an der Uni arbeiten, aber das will ich nicht. Ich will lieber bei Bookends arbeiten. Dort gibt es montags Kuchen!«

»Wir können jeden Tag Kuchen essen«, warf Posy ein. »Im Augenblick weiß keiner, wie es weitergehen soll, deshalb schlage ich vor, wir machen einfach weiter wie bisher, bis … na ja, bis … Lasst uns den Tag heute nutzen, um daran zu denken, wie gern wir Lavinia hatten und …«

»Da seid ihr ja alle, Lavinias verrückte Bücherbande!«, ertönte eine tiefe, angenehme Stimme, die durchaus attraktiv gewesen wäre, hätte nicht ständig dieser sarkastische, höhnische Unterton darin mitgeschwungen.

Posy sah auf und blickte in Sebastian Thorndykes Gesicht, das ebenfalls als durchaus attraktiv bezeichnet werden könnte, würde nicht ständig dieses überhebliche Grinsen um seine Mundwinkel spielen. Für einen Moment vergaß sie, dass sie hier war, um Lavinia zu ehren. »Sebastian«, platzte es aus ihr heraus, »bekannt und berüchtigt als unverschämtester Kerl Londons.«

»Weder bekannt noch berüchtigt«, gab Sebastian auf seine typisch blasierte, selbstzufriedene Art zurück, die er sich bereits im Alter von zehn Jahren angeeignet hatte und die Posy regelmäßig dazu brachte, dass sie die Fäuste ballte. »Da es sowohl in der *Daily Mail* als auch im *Guardian* stand, muss es wohl stimmen.« Sein Blick schweifte über Posy und blieb an ihren Brüsten hängen, die – das musste man fairerweise zugeben – die Belastbarkeit der Knöpfe an ihrem Kleid auf eine harte Probe stellten. Eine unbedachte Bewegung, und der Stoff würde einfach platzen und den Blick auf ihren lächerlichen Blümchen-BH von Marks & Spencer freigeben – grundsätzlich ein indiskutables Malheur, ganz besonders aber auf einer Trauerfeier; vor allen Dingen vor Sebastian, der glücklicherweise den Blick von ihrem Dekolleté löste und durch den Raum schweifen ließ, vermutlich auf der Suche nach jemandem, den er noch nicht in den Genuss einer seiner Kränkungen hatte kommen lassen.

Bei Lavinias einzigem Enkel konnte man nie ganz sicher sein, was gerade in ihm vorging. Posy hatte sich Hals über Kopf in ihn verliebt, als sie mit drei Jahren Bookends das erste Mal betreten und den hochmütigen Achtjährigen mit dem hinreißenden Lächeln und den Augen in der Farbe von Bitterschokolade gesehen hatte. Und daran hatte sich zunächst auch nichts geändert – sie war Sebastian wie ein treues, liebeskrankes Hündchen durch den Laden nachgelaufen, bis sie zehn gewesen war und er sie in die stockdunkle Kohlenkammer unter dem Laden eingesperrt hatte, wo es vor Spinnen, Ratten und sonstigem ekligen Ungeziefer nur so wimmelte.

Er hatte eiskalt abgestritten, etwas über Posys Verbleib zu wissen, bis ihre Mutter völlig außer sich vor Angst die Polizei rufen wollte.

Im Lauf der Jahre hatte Posy ihr Kohlenkeller-Trauma zwar überwunden – weigerte sich allerdings bis zum heutigen Tag, auch nur den Kopf durch die Luke zu stecken –, doch seitdem war Sebastian ihr erklärter Erzfeind. Die ganzen Jahre als mürrischer Teenager hindurch, gefolgt von den Zeiten in den Zwanzigern, als er ein kleines Vermögen mit der Entwicklung grässlicher Websites verdient hatte, und auch heute noch, mit über dreißig, wenn pausenlos sein Foto in irgendeiner Zeitung abgedruckt war, meistens mit irgendeinem hübschen blonden Model oder Starlet am Arm.

Den absoluten Höhepunkt seiner traurigen Berühmtheit hatte er im Zuge seines ersten und letzten Fernsehauftritts bei der BBC erreicht, als er einem rotgesichtigen Parlamentarier, der sich von den Einwanderern bis hin zu den Steuern für Umweltprojekte über alles und jeden aufregte, ohne mit der Wimper zu zucken geraten hatte, er bräuchte dringend mal eine heiße Nummer und einen anständigen Cheeseburger. Danach hatte eine Zuschauerin aus dem Publikum über die lausigen Gehälter von staatlichen Lehrern schwadroniert, woraufhin Sebastian die Augen verdreht und gestöhnt hatte: »Du lieber Gott, ist das öde. Das hält ja kein Mensch nüchtern aus. Kann ich jetzt endlich gehen?«

Seit dieser Zeit galt er in den Medien nur noch als »der unverschämteste Kerl Londons«, eine Bezeichnung, die er seitdem auch nur zu gern erfüllte – nicht, dass er irgendeine Form von Ermutigung nötig gehabt hätte, um sich wie ein unausstehliches Ekel aufzuführen. Posys Einschätzung nach nahm das Beleidigungsgen mindestens 75 Prozent seiner DNA in Anspruch.

Sebastian zu hassen war das reinste Kinderspiel, gleichzeitig fiel es ihr schwer, sich von seiner Schönheit nicht in den Bann ziehen zu lassen. Wenn sein Gesicht nicht gerade zu einem höhnischen Grinsen verzogen war, hatte er immer noch dasselbe hinreißende Lächeln wie als Kind und verzauberte einen mit den tiefbraunen Augen seines spanischen Vaters (seine Mutter Mariana hatte schon immer eine Schwäche für südländische Männer gehabt) und den dichten dunklen Locken, in denen Frauen am liebsten die Finger vergraben wollten.

Sebastian war groß, schlank und langgliedrig (eins neunzig laut *Tatler*, der ihn trotz aller gegenteiligen Beweise zu einem der begehrtesten Junggesellen des Landes gekürt hatte) und trug am liebsten maßgeschneiderte Anzüge, die sich so eng an seinen Körper schmiegten, dass es schon an Obszönität grenzte.

Lavinias Anweisungen zum Trotz trug er heute einen dunkelblauen Anzug und ein gepunktetes rotes Hemd dazu, farblich abgestimmt auf sein Einstecktuch.

»Hör auf, mich anzustarren, Morland. Du sabberst ja schon«, sagte er, woraufhin Posys Wangen dieselbe Farbe annahmen wie sein Hemd und sie eilig den Mund zuklappte.

Nur um ihn sofort wieder zu öffnen. »Nein, das tue ich nicht! Niemals! Vergiss es!«

Doch ihr Protest prallte an seiner aalglatten Fassade ab. Fieberhaft durchforstete sie ihr Gehirn nach einer passenden Erwiderung – bestimmt fiel ihr gleich etwas ein, womit sie ihm so richtig die Luft herauslassen konnte –, als Nina sie mit dem Ellbogen anstieß. »Sei doch nicht so, Posy«, stieß sie zwischen zusammengebissenen Zähnen hervor. »Immerhin kommen wir gerade vom Begräbnis seiner Großmutter.«

Auch wieder wahr. Und Lavinia war schon seit jeher die Schwachstelle in seiner ansonsten so undurchdringlichen Rüstung gewesen. »Los, Granny, ich lade dich auf eine Runde Cocktails ein«, hatte er verkündet, wann immer er in den Laden gerauscht kam – warum auf normale Weise einen Raum betreten, wenn man auch den großen Auftritt haben konnte? »Wie wär's mit einem Martini? Lass uns gleich einen ganzen Eimer davon trinken, ein Glas ist zu wenig.«

Trotz seiner zahlreichen Unzulänglichkeiten hatte Lavinia Sebastian heiß und innig geliebt. »Man muss das verstehen«, hatte sie stets gesagt, wenn Posy wieder einmal über seinen letzten Fauxpas der Zeitung gelesen hatte – eine Affäre mit einer verheirateten Frau oder über seine HookUpp, die seelenlose Dating-App, die ihn zum mehrfachen Millionär gemacht hatte. »Mariana hat den armen Jungen einfach zu sehr verwöhnt. Von Anfang an.«

Beim Trauergottesdienst hatte Sebastian eine Trauerrede auf Lavinia gehalten, mit der er sämtliche Gäste begeistert hatte. Während der Großteil der Frauen und auch ein paar Männer die Hälse gereckt hatten, um einen Blick auf ihn zu werfen, hatte er ein so lebhaftes, farbenfrohes Bild von Lavinia gezeichnet, als stünde sie direkt neben ihm. Seine Laudatio hatte er mit einem Zitat aus *Pu der Bär* enden lassen, ein Buch, das sie ihm zahllose Male vorgelesen hatte, als er noch ein kleiner Junge gewesen war.

»Welch ein Glück, etwas zu haben, das den Abschied so schwer macht«, hatte Sebastian rezitiert, und nur jemand, der Sebastian so gut kannte wie Posy, fiel diese winzige Sekunde auf, in der seine Stimme plötzlich schrecklich brüchig klang. Zum allerersten Mal während der gesamten Rede hatte er auf seine Notizen geblickt. Doch als er aufgesehen hatte, lag dieses strahlende, unbekümmerte Lächeln wieder auf seinem Gesicht und der Moment war vorbei.

Erst da war Posy bewusst geworden, dass auch er trauerte, mindestens ebenso sehr wie sie selbst.

»Es tut mir leid«, sagte sie jetzt. »Wir alle bedauern deinen Verlust sehr, Sebastian. Ich weiß, wie sehr sie dir fehlen wird.«

»Danke, das ist sehr nett von dir.« Wieder drohte seine Stimme zu versagen, doch in Sekundenbruchteilen hatte er sich bereits wieder gefangen. *»Wir alle bedauern deinen Verlust.* Gott, was für eine klischeebehaftete Gefühlsregung. Eigentlich ist der Spruch doch völlig bedeutungslos. Wie ich diese Worthülsen hasse.«

»So etwas sagt man doch nur, weil einem manchmal nichts Passendes einfällt, um jemandem …«

»Jetzt kommt wieder mal die große Aufrichtigkeitsnummer, Posy. Wie öde. Ich finde es tausend Mal spannender, wenn du zickig bist«, unterbrach Sebastian. Verity, die mit nichts zurechtkam, was auch nur ansatzweise nach Auseinandersetzung roch, tauchte hinter ihrer Serviette ab, Nina stieß ein weiteres Zischen aus, und Tom sah Posy an, als würde er nur darauf warten, dass Posy, berühmt für ihre messerscharfe Schlagfertigkeit, ihm eins überbriet – doch in diesem Fall musste er etwas länger auf eine Erwiderung warten.

»Unverschämt. Absolut unverschämt«, sagte Posy schließlich. »Ich hätte angenommen, dass du an einem Tag wie diesem ausnahmsweise darauf verzichtest, dich wie das Ekel zu benehmen, das du sonst jeden Tag bist. Du solltest dich schämen.«

»Ja, genau, schämen sollte ich mich. Und ich hätte angenommen, dass du dir an einem Tag wie diesem ausnahmsweise die Haare bürstest.« Sebastian besaß sogar die Frechheit, eine Strähne zu packen und anzuheben, bevor Posy empört seine Hand wegschlug.

Posy hätte alles für eine glatte, seidige Mähne oder eine füllige Lockenpracht gegeben. Die Realität sah leider anders aus – braunes Haar mit einem leichten Stich ins Rötliche. Bei bestimmtem Licht konnte man die Farbe noch als Kastanienbraun durchgehen lassen. Viel schlimmer war jedoch, dass ihr Haar die Eigenart hatte, sich ständig zu verknoten. Wenn sie es bürstete, verwandelte es sich in einen explodierten Handfeger, versuchte sie hingegen, ihm mit dem Kamm zu Leibe zu rücken, musste sie Strähne für Strähne vorgehen – eine schmerzhafte und überaus zeitraubende Tortur. Also nahm sie es meistens zusammen und fixierte es mit allem, was sie gerade in die Finger bekam; normalerweise Bleistifte, aber heute hatte sie sich Mühe gegeben und Haarspangen in unterschiedlichen Farben verwendet. Eigentlich hatte sie gehofft, es würde ihrem Styling einen nachlässigen und bohemienhaften Chic verleihen, aber offenbar traf weder das eine noch das andere zu. »Mein Haar lässt sich nun mal nicht mit der Bürste bändigen«, gab sie trotzig zurück.

»Das stimmt allerdings«, bestätigte Sebastian. »Dein Haar ist eher etwas, worin Vögel gerne nisten würden. So, und jetzt steh auf und komm mit.«

Sein Tonfall war so autoritär, dass Posy reflexartig aus ihrem Sessel aufspringen wollte, ehe ihr bewusst wurde, dass es eigentlich keinerlei Veranlassung dazu gab. Sie saß gut hier, außerdem hatte sie bereits zwei Gläser Champagner auf nüchternen Magen getrunken, weshalb sich ihre Beine wie Pudding anfühlten.

»Ich bleibe hier sitzen, wenn es dir ... hey, was soll das?«

Sebastian hatte die Hände in ihre Achselhöhlen geschoben und versuchte, sie aus dem Sessel zu heben, doch da sie deutlich kräftiger und schwerer war als die Mädchen, mit denen er sich sonst so umgab, gelang es ihm nicht auf Anhieb. Er zog und zerrte an ihr herum, bis passierte, was passieren musste: Zwei der Knöpfe an ihrem Kleid sprangen ab, und Posys BH war für jedermann sichtbar, der zufällig gerade in ihre Richtung blickte.

Was rein zufällig so einige taten, schließlich kam es nicht jeden Tag vor, dass sich jemand während einer Trauerfeier entblößte.

»Lass mich sofort los!«, herrschte Posy ihn an, während Verity ihr eilig eine Serviette ins Kleid schob, um ihre Blöße zu bedecken. Die beiden Knöpfe waren mit der Schnellkraft von Projektilen quer durch den Raum geschossen. »Sieh dir bloß an, was du angerichtet hast!«

Sie blickte wütend zu Sebastian, der unverhohlen grinsend

auf ihren Ausschnitt starrte. »Wärst du aufgestanden, als ich dich gebeten habe …«

»Aber du hast mich nicht gebeten, sondern mir die Anweisung erteilt. Du hast nicht einmal *bitte* gesagt.«

»Das Kleid war ohnehin zu eng. Es wundert mich nicht, dass die Knöpfe nach der Mühsal gestreikt haben.«

Posy schloss die Augen. »Hau ab. Ich ertrage dich einfach nicht. Zumindest heute nicht.«

Ihre Worte zeigten nicht die geringste Wirkung, denn er packte ihren Arm und begann erneut zu ziehen. »Spiel hier nicht das Weichei. Der Anwalt will dich sprechen. Los, komm.«

Das Bedürfnis, Sebastian an die Gurgel zu gehen, war schlagartig verschwunden, während sich ein mulmiges Gefühl in ihrer Magengegend bemerkbar machte. Plötzlich war sie froh, dass sie bisher keinen Bissen runtergebracht hatte.

»Jetzt gleich?«

Sebastian warf den Kopf in den Nacken und stöhnte laut auf. »Ja. Großer Gott. In der Zeit, die du brauchst, um aus diesem Sessel aufzustehen, wurden schon Kriege gewonnen.«

»Aber du hast nicht gesagt, weshalb ich aufstehen soll, sondern nur an mir herumgezerrt.«

»Dann sage ich es eben jetzt. Ehrlich, Morland, allmählich verliere ich die Geduld.«

Posy schloss die Augen, um die verängstigten Gesichter der anderen Bookends-Angestellten nicht sehen zu müssen. »Wieso will er mich ausgerechnet jetzt sprechen? Auf Lavinias Beerdigung? Kann das nicht warten?«

»Offensichtlich nicht.«